W0334963

ullstein

Jennifer McMahon

Winter People –
Wer die Toten weckt

Thriller

Aus dem Amerikanischen
von Sybille Uplegger

Ullstein

Besuchen Sie uns im Internet:
www.ullstein-taschenbuch.de

MIX
Papier aus verantwortungsvollen Quellen
FSC® C083411

Deutsche Erstausgabe im Ullstein Taschenbuch
1. Auflage März 2014
© für die deutsche Ausgabe Ullstein Buchverlage GmbH, Berlin 2014
© 2014 by Jennifer McMahon
Published by Arrangement with Jennifer McMahon
Titel der amerikanischen Originalausgabe: *The Winter People*
(Doubleday, a Division of Random House LLC, New York)
Umschlaggestaltung: ZERO Werbeagentur, München
Titelabbildung: Mädchen: © Abi Symons / Arcangel Images;
Blatt an Schläfe: © Margie Hurwich / Arcangel Images;
Wald (multipliziert): © Darin Stoyanov / Arcangel Images;
Äste: FinePic®, München
Satz: Pinkuin Satz und Datentechnik, Berlin
Gesetzt aus der Quadraat
Papier: Pamo Super von Arctic Paper Mochenwangen GmbH
Druck und Bindearbeiten: CPI books GmbH, Leck
Printed in Germany
ISBN 978-3-548-28609-9

Für Zella.

Weil du eines Tages ein sehr unheimliches Spiel
mit mir spielen wolltest, über zwei Schwestern,
deren Eltern im Wald verschwunden waren ...
»So was kann passieren.«

Frage: Begrab mich
Unter Erd und Stein,
Und doch wirst nimmer
Los mich sein.
Was bin ich?

Antwort: die Erinnerung

Volkstümliches Rätsel

Besucher von der anderen Seite
Das geheime Tagebuch der Sara Harrison Shea

Aus einem Vorwort der Herausgeberin Amelia Larkin

Meine geliebte Tante Sara Harrison Shea wurde im Frühling des Jahres 1908 brutal ermordet. Sie war einunddreißig Jahre alt.

Kurz nach ihrem Tod sammelte ich alle von ihr verfassten Tagebucheinträge und Notizen, soweit ich ihrer habhaft werden konnte. Ich barg sie aus Dutzenden über das ganze Haus verteilter, geschickt ausgewählter Geheimverstecke. Meine Tante war sich der Gefahr bewusst gewesen, die diese Aufzeichnungen für sie bedeuteten.

Innerhalb des nächsten Jahres machte ich es mir zur Aufgabe, die Einträge zu ordnen und zu einem Buch zusammenzufassen. Ich ging ganz in dieser Arbeit auf, hatte ich doch rasch erkannt, dass der Inhalt dieser Seiten imstande war, alles zu verändern, was wir über Leben und Tod zu wissen glaubten.

Ferner wage ich die Behauptung, dass die wichtigsten Eintragungen, diejenigen mit den erschütterndsten Geheimnissen und Enthüllungen, auf den letzten Seiten ihres Tagebuchs zu finden waren, da sie sie nur wenige Stunden vor ihrem Tod verfasst hatte.

Von diesen Seiten fehlt bislang jede Spur.

Bei der Transkription der Einträge habe ich mir keinerlei Freiheiten erlaubt; sie sind von mir in keiner Weise ausgeschmückt oder verändert worden. So unglaublich die Geschichte meiner Tante auch klingen mag, ich bin überzeugt, dass es sich dabei um Tatsachen handelt, nicht um Erdachtes. Entgegen der allgemeinen Auffassung war meine Tante bei klarem Verstand.

1908

Besucher von der anderen Seite
Das geheime Tagebuch der Sara Harrison Shea

29. Januar 1908

Als ich zum ersten Mal eine Schlafende sah, war ich neun Jahre alt.

Es war das Frühjahr bevor Papa Auntie fortschickte und bevor wir meinen Bruder Jacob verloren. Meine Schwester Caroline hatte im Herbst geheiratet und war nach Graniteville gezogen.

Ich durchstreifte den Wald nahe der Teufelshand, wo Papa uns zu spielen verboten hatte. Die Bäume hatten ausgeschlagen, und ihr Laub bildete einen üppig grünen Baldachin über mir. Die Erde war warm von der Sonne, und der feuchte Wald roch satt nach Lehm. Hier und dort blühten unter Buchen, Vogelaugenahorn und Birken die ersten Frühlingsblumen: Waldlilien, Hundszahn und meine Lieblingsblume, der dreiblättrige Feuerkolben – eine drollige kleine Pflanze mit einem Geheimnis: Wenn man die gestreifte Blattkapuze anhob, kam darunter der Blütenstand zum Vorschein. Auntie hatte es mir gezeigt und mir gesagt, dass man die Wurzelknollen ausgraben und wie Rüben kochen könne. Ich hatte gerade eine dieser Pflanzen entdeckt und zog das Hüllblatt zurück, um mir den im Kelch verborgenen Blütenstand anzusehen, als ich langsame, gleichmäßige Schritte in meine Richtung kommen hörte, Füße, die sich schwerfällig durchs trockene Laub schoben und gegen Wurzeln stießen. Ich wollte davonlaufen, war jedoch vor Angst wie gelähmt und kauerte mich hinter einen Stein. Gleich darauf kam eine Gestalt auf die Lichtung.

Ich erkannte sie sofort – Hester Jameson.

Sie war zwei Wochen zuvor an Typhus gestorben. Ich war gemeinsam mit Papa und Jacob auf ihrer Beerdigung gewesen und hatte gesehen, wie sie auf dem Friedhof hinter der Kirche oben bei der Moosbeerenwiese in die Erde gelegt worden war. Die ganze Schule war gekommen, und alle hatten ihren besten Sonntagsstaat an.

Hesters Vater Erwin war der Besitzer von *Jamesons Sattelzeug und Futtermittel* in der River Street. Er trug eine schwarze Jacke mit blank gewetzten Ärmeln, und seine rote Nase glänzte feucht. Neben ihm stand seine füllige Frau Cora, die in der Stadt ein Schneideratelier hatte. Cora Jameson schluchzte in ein Spitzentaschentuch, und ihr ganzer Körper zitterte und bebte dabei.

Es war nicht mein erstes Begräbnis, doch nie zuvor hatte ich gesehen, wie jemand beerdigt wurde, der im selben Alter war wie ich. Für gewöhnlich waren es die sehr Alten oder sehr Jungen, die starben. Ich konnte den Blick nicht von ihrem Sarg abwenden, der genau die passende Größe für ein Mädchen wie mich hatte. Ich starrte die schmucklose Holzkiste an und fragte mich, wie es sich wohl anfühlen mochte, darin zu liegen. Davon wurde mir ganz benommen zumute, was Papa gemerkt haben musste, denn er nahm meine Hand, drückte sie und zog mich an sich.

Reverend Ayers, damals noch ein junger Mann, erklärte, dass Hester nun bei den Engeln wohne. Unser alter Priester Reverend Phelps hatte einen Buckel gehabt und war halb taub gewesen, und von seinen Predigten hatte ich nie ein Wort verstanden – sie waren voller furchterregender Metaphern über Sünde und Erlösung gewesen. Doch wenn Reverend Ayers mit seinen strahlend blauen Augen sprach, hatte ich das Gefühl, als wäre jedes einzelne seiner Worte allein an mich gerichtet.

»Ich bin der, der euch Kraft schenkt. Ich habe euch erschaffen, und ich werde euch tragen. Ich werde euch stützen, und ich werde euch erretten.«

Zum ersten Mal begriff ich das Wort Gottes, weil es aus Reverend Ayers' Mund kam. Seine Stimme, behaupteten die Mädchen, könne selbst den leibhaftigen Satan besänftigen.

Ein Rotschulterstärling rief sein *konk-a-riih* von einem Haselstrauch unweit der Grabstelle. Er plusterte sein Gefieder auf und ließ seinen Ruf wieder und wieder erklingen, so laut er konnte. Sein Gesang war beinahe hypnotisch – selbst Reverend Ayers hielt kurz inne und blickte sich nach ihm um.

Mrs Jameson sank laut weinend auf die Knie. Mr Jameson versuchte sie hochzuziehen, doch ihm fehlte die Kraft.

Ich stand ganz dicht bei Papa und hielt seine Hand, während Erde auf den Sarg der armen Hester Jameson geschaufelt wurde. Sie war in meiner Klasse gewesen. Hester hatte einen schiefen Schneidezahn gehabt, aber dafür ein wunderhübsches zartes Gesicht. Und sie war die Klassenbeste in Arithmetik gewesen. Einmal hatte sie mir zu meinem Geburtstag eine Karte mit einer gepressten Blume darin geschenkt. Ein getrocknetes, perfekt erhaltenes Veilchen. *Möge dieser Tag so einzigartig sein, wie Du es bist*, hatte sie in gestochener Schönschrift auf die Karte geschrieben. Ich hatte die Blume in meine Bibel gelegt, und dort war sie jahrelang geblieben, bis sie irgendwann zerbröselte oder herausfiel, ich weiß es nicht mehr.

Und nun, wenige Wochen später, entdeckte mich die Schlafende Hester dort oben im Wald, während ich mich hinter meinen Stein duckte. Ich werde nie den Blick ihrer Augen vergessen – es war der verängstigte, halb erkennende Blick eines Menschen, der aus einem schrecklichen Traum erwacht ist.

Ich hatte von den Schlafenden gehört; es gab sogar ein Spiel, das wir manchmal auf dem Schulhof spielten. Dabei musste sich ein Kind als Tote in einen Kreis aus Veilchen und Vergissmeinnicht legen, die die anderen Kinder gepflückt hatten. Dann beugte sich jemand zu dem toten Mädchen herunter und flüsterte ihm Zauberworte ins Ohr, woraufhin es aufsprang und die anderen Kinder zu fangen versuchte. Diejenige, die zuerst gefangen wurde, musste als Nächste sterben.

Ich glaube, ich habe dieses Spiel sogar einmal mit Hester Jameson gespielt.

Ich hatte das Gerede gehört, die Gerüchte über Schlafende, die angeblich von ihren trauernden Ehemännern oder -frauen aus dem Land der Toten zurückgerufen worden waren. Allerdings war ich überzeugt davon, dass sie allein in den Geschichten existierten, die alte Frauen einander beim Wäschefalten oder Sockenstopfen erzählten – als Zeitvertreib und um dafür zu sorgen, dass neugierige Kinder vor Einbruch der Dunkelheit nach Hause eilten.

Bis zu diesem Zeitpunkt war ich mir ganz sicher gewesen, dass Gott in seiner unendlichen Weisheit eine solche Abscheulichkeit niemals zugelassen hätte.

Hester stand keine zehn Fuß von mir entfernt. Ihr blaues Kleid war fleckig und zerrissen, ihr helles Haar struppig wie Maisgrannen. Sie verströmte den dumpfen Geruch nasser Erde, doch da war noch etwas anderes, ein beißender, öliger Brandgeruch – etwa so, wie wenn man eine Talgkerze ausbläst.

Unsere Blicke trafen sich, und ich wollte etwas sagen, ihren Namen rufen, doch alles, was mir über die Lippen kam, war ein ersticktes *Hss*.

Hester floh in den Wald zurück wie ein aufgescheuchter Hase. Ich vermochte mich nicht zu rühren und drückte mich kläglich an meinen Stein wie eine Flechte.

Kurz darauf kam auf dem Pfad, der zur Teufelshand hinaufführte, eine zweite Gestalt gelaufen, die Hesters Namen rief.

Es war Cora Jameson, ihre Mutter.

Als sie mich sah, blieb sie stehen. Ihre Wangen glühten, ihre Miene war verzweifelt. Sie hatte Kratzer im Gesicht und an den Armen. Blätter und Zweige hatten sich in ihrem Haar verfangen.

»Sag niemandem etwas davon«, keuchte sie atemlos.

»Aber warum?«, fragte ich und kam hinter meinem Stein hervor.

Sie blickte mir geradewegs ins Gesicht, ja fast durch mich hindurch, als wäre ich eine Fensterscheibe voller Schlieren. »Eines

Tages, Sara«, sagte sie, »wirst du vielleicht einen Menschen so sehr lieben, dass du es verstehst.«

Dann hastete sie weiter, in den Wald hinein, der Schlafenden hinterher.

Später erzählte ich Auntie davon.

»Ist das wirklich möglich?«, wollte ich von ihr wissen. »Jemanden wieder lebendig zu machen?«

Wir waren unten am Fluss und pflückten Farnspitzen. Wie jedes Frühjahr füllten wir Aunties Korb mit den noch eingerollten Trieben, um aus ihnen zu Hause mit verschiedenen wilden Gemüsen und Kräutern, die Auntie unterwegs sammelte, eine dicke Suppe zu kochen. Außerdem wollten wir nach den Fallen sehen – zwei Tage zuvor hatte Auntie einen Biber gefangen, und nun hoffte sie auf einen zweiten. Biberpelze waren kostbar, und man erzielte gute Preise für sie. Einst seien die Biber fast so zahlreich gewesen wie Eichhörnchen, hatte Auntie mir erklärt, doch Fallensteller hätten die Tiere beinahe ausgerottet.

Buckshot begleitete uns, die Nase am Boden, die Ohren auf jeden Laut horchend. Ich wusste nicht, ob er ganz oder nur zur Hälfte Wolf war. Auntie hatte ihn als Welpen gefunden. Jemand hatte ihn angeschossen, und er war in eine ihrer Fallgruben gestürzt. Sie hatte ihn mit zu sich nach Hause genommen, den groben Schrot aus seinem Fleisch entfernt, seine Wunden versorgt und ihn gesund gepflegt. Seitdem wich er ihr nicht von der Seite.

»Es war sein Glück, dass du ihn gefunden hast«, hatte ich gesagt, nachdem ich die Geschichte zum ersten Mal gehört hatte.

»Mit Glück hatte es nichts zu tun«, hatte Auntie mir widersprochen. »Er und ich waren füreinander bestimmt.«

Bei keinem anderen Hund – überhaupt bei keinem Tier – habe ich jemals solche Treue erlebt. Seine Wunden waren verheilt, doch das Schrot hatte sein rechtes Auge verletzt, so dass es nun blind und milchig weiß war. *Sein Geisterauge*, wie Auntie es nannte.

»Er war dem Tod so nahe, dass er mit einem Auge immer noch dort ist«, erklärte sie. Ich liebte Buckshot, hasste jedoch dieses milchweiße Mondauge, das alles und gleichzeitig nichts zu sehen schien.

Auntie und ich waren nicht blutsverwandt, doch sie hatte sich meiner angenommen und mich großgezogen, nachdem meine Mutter bei meiner Geburt gestorben war. Ich hatte keinerlei Erinnerungen an meine Mutter – die einzigen Beweise ihrer Existenz waren das Hochzeitsfoto meiner Eltern, die Erzählungen meiner älteren Geschwister und der von ihr genähte Quilt, unter dem ich Nacht für Nacht schlief.

Mein Bruder sagte mir, dass ich das Lachen meiner Mutter geerbt hätte. Meine Schwester meinte, Mutter sei einst die beste Tänzerin im County gewesen, und alle Mädchen hätten sie beneidet.

Aunties Familie kam aus dem Norden, aus Quebec. Ihr Vater war Fallensteller gewesen, ihre Mutter eine Inuit.

Auntie hatte stets ein Jagdmesser bei sich und trug einen langen Mantel aus Rehfell, der mit bunten Perlen und Stachelschweinstacheln verziert war. Sie sprach Französisch und sang Lieder in einer Sprache, von der ich nie herausfand, welche es war. Am rechten Zeigefinger trug sie einen aus vergilbtem Bein geschnitzten Ring.

»Was steht da?«, fragte ich sie einmal und berührte die eingeritzten Buchstaben und Symbole auf dem Ring.

»Dass das Leben ein Kreis ist«, antwortete sie.

Die Leute im Ort fürchteten sich vor Auntie, doch ihre Furcht hielt sie nicht davon ab, den ausgetretenen Pfad zu ihrer Waldhütte draußen hinter der Teufelshand hinaufzusteigen und ihr Geldmünzen, Honig und Whiskey zu bringen – was immer sich gegen ihre Arzneien eintauschen ließ. Auntie hatte Tropfen gegen die Kolik, Tee gegen Fieber, sogar ein kleines blaues Fläschchen, von dem sie schwor, es enthalte einen Trank, der so stark sei, dass ein einziger Tropfen davon einem Menschen jeden Herzenswunsch erfüllen könne. Ich besaß genug Verstand, nicht an ihren Worten zu zweifeln.

Ich wusste noch einige andere Dinge über Auntie. Ich hatte gesehen, wie sie im Morgengrauen aus Papas Schlafzimmer geschlüpft war; hatte die Geräusche gehört, die durch seine verschlossene Tür drangen, wann immer sie ihn dort besuchte.

Ich wusste auch, dass es nicht klug war, sie zu reizen. Sie besaß ein aufbrausendes Temperament und hatte wenig Nachsicht mit jenen, die anderer Meinung waren als sie. Weigerte sich ein Kunde, für ihre Dienste zu zahlen, ging sie zu seinem Haus, verstreute ein schwarzes Pulver aus einem ihrer vielen Ledersäckchen und sprach eine seltsame Formel, einen Fluch. Danach wurde seine Familie von schrecklichen Unglücksfällen heimgesucht: Krankheit, Feuer, Missernten, ja sogar Tod.

Ich warf eine Handvoll dunkelgrüner Farntriebe in den Korb.

»Auntie, bitte sag es mir«, bettelte ich. »Können die Toten zurückkehren?«

Auntie sah mich lange an. Sie hatte den Kopf zur Seite geneigt und die Blicke aus ihren kleinen dunklen Augen fest auf mich gerichtet.

»Ja«, antwortete sie schließlich. »Es gibt einen Weg. Nur wenige sind mit ihm vertraut. Diejenigen, die das Geheimnis kennen, geben es an ihre Kinder weiter. Weil du für mich fast wie ein eigenes Kind bist, werde ich irgendwann einmal das Geheimnis an dich weitergeben. Ich werde alles niederschreiben, was ich über die Schlafenden weiß. Dann werde ich die Seiten zusammenfalten, sie in einen Umschlag stecken und ihn mit Wachs versiegeln. Du wirst ihn an einem sicheren Ort verwahren, und eines Tages, wenn du bereit bist, wirst du ihn öffnen.«

»Wie soll ich denn wissen, ob ich bereit bin?«, fragte ich.

Sie lächelte und entblößte dabei ihre kleinen Zähne, die spitz waren wie die eines Fuchses und braun vom Tabak. »Du wirst es wissen.«

Ich schreibe diese Worte heimlich, unter der Bettdecke. Martin und Lucius glauben, dass ich schlafe. Ich höre sie unten Kaffee trinken und darüber reden, wie es um mich steht (nicht gut, fürchte ich).

Ich habe versucht, mich daran zu erinnern, wie alles anfing, habe die Einzelteile aneinandergefügt, so wie wenn man einen Quilt näht. Aber ach, was für ein hässlicher, verdorbener Quilt der meine wäre!

»Gertie«, höre ich Martins Stimme über das Klappern seines Löffels hinweg, mit dem er den Kaffee in der Blechtasse umrührt, aus der er so gerne trinkt. Ich stelle mir seine von tiefen Sorgenfalten zerfurchte Stirn vor; wie traurig sein Gesicht aussehen muss, nachdem er ihren Namen ausgesprochen hat.

Ich wage nicht zu atmen und lausche angestrengt.

»Manchmal kann ein Schicksalsschlag einen Menschen zugrunde richten«, sagt Lucius, »so dass er sich nie wieder davon erholt.«

Wenn ich jetzt die Augen schließe, sehe ich noch immer das Gesicht meiner kleinen Gertie vor mir und spüre ihren zuckersüßen Atem an meiner Wange. Die Erinnerung an unseren letzten gemeinsamen Morgen ist in mir noch so lebendig, dass ich sie zu mir sagen höre: »Wenn Schnee schmilzt und zu Wasser wird, erinnert er sich dann noch daran, früher einmal Schnee gewesen zu sein?«

Martin

12. Januar 1908

»Martin, wach auf.« Ein sanftes Wispern, hauchzart an seiner Wange. »Es ist Zeit.« Martin öffnete die Augen, und der Traum von einer Frau mit langem dunklem Haar verblasste. Sie hatte ihm gerade etwas gesagt. Etwas Wichtiges, was er nicht vergessen durfte.

Noch liegend, drehte er sich um. Er war allein. Saras Bettseite war kalt. Er setzte sich auf und horchte. Durch die geschlossene Tür von Gerties Kammer auf der anderen Seite des Flurs drangen Stimmen und leises Gelächter.

Hatte Sara wieder die ganze Nacht bei Gertie verbracht? Es konnte doch nicht gut für das Kind sein, so erdrückt zu werden. Manchmal regte sich in ihm die Befürchtung, dass Saras Beziehung zu Gertie einfach nicht ... gesund war. Erst vergangene Woche hatte sie Gertie drei Tage hintereinander zu Hause behalten, statt sie in die Schule zu schicken, und diese drei Tage hindurch hatte sie Gertie fortwährend bemuttert – sie hatte ihr die Haare geflochten, ein neues Kleid für sie genäht, Kekse für sie gebacken, Verstecken mit ihr gespielt. Saras Nichte Amelia hatte angeboten, Gertie über das Wochenende zu sich zu nehmen, doch Sara hatte sich herausgeredet: *Sie bekommt so leicht Heimweh, sie ist so kränklich.* Martin begriff, dass Sara es einfach nicht ertragen konnte, ohne ihre Tochter zu sein. Ihr schien immer etwas zu fehlen, wenn sie Gertie nicht in ihrer Nähe wusste.

Er schob diese sorgenvollen Gedanken beiseite. Besser, er kümmerte sich um die Probleme, von denen er etwas verstand und an denen er etwas ändern konnte.

Im Haus war es kalt. Das Feuer war ausgegangen.

Er schlug die Decke zurück, schwang die Beine über den Bettrand und zog sich die Hosen an. Sein verkrüppelter Fuß hing unbeweglich und nutzlos da wie ein Huf, als er ihn in den Stiefel zwängte, den der Schuster in Montpelier eigens für ihn angefertigt hatte. Die Sohlen waren durchgelaufen, und er hatte beide Stiefel mit trockenem Gras, Katzenschwanz und Lederlappen ausgestopft – ein vergeblicher Versuch, die Feuchtigkeit abzuhalten. Im Augenblick war kein Geld da für neue, maßangefertigte Schuhe.

Im letzten Herbst hatte die Krautfäule den größten Teil der Kartoffelernte vernichtet, und um über den Winter zu kommen, mussten sie mit dem wenigen Geld wirtschaften, das der Verkauf der Kartoffeln an die Stärkefabrik eingebracht hatte. Es war erst Januar, und der Kartoffelkeller war nahezu leer: eine Handvoll schwammiger Kartoffeln und Möhren, ein paar Winterkürbisse, einige Gläser mit Stangenbohnen und Tomaten, die Sara im Sommer eingekocht hatte, sowie wenige Stücke Salzfleisch von dem Schwein, das sie im November geschlachtet hatten, waren noch übrig. (Den Großteil des Fleisches hatten sie gegen Trockengut aus dem Gemischtwarenladen eingetauscht.) Wenn sie weiterhin satt werden wollten, würde Martin bald ein Wild erlegen müssen. Sara besaß die Gabe, mit dem wenigen, was sie hatten, lange auszukommen. Es gelang ihr, aus Milchsoße, Sodabrot und einigen Brocken Salzfleisch eine ganze Mahlzeit zuzubereiten, doch aus nichts konnte auch sie kein Essen zaubern.

»Nimm dir nur, Martin«, forderte sie ihn immer auf und schöpfte ihm mehr Soße auf den Teller. »Es ist reichlich da.« Er nickte dann stets und nahm sich Nachschlag, um das Märchen vom Überfluss, das Sara sich ausgedacht hatte, nicht zu zerstören.

»Ich liebe Sodabrot mit Soße«, sagte Gertie immer.

»Deshalb koche ich es ja auch so oft, mein Liebling«, gab Sara jedes Mal zurück.

Einmal im Monat spannten Sara und Gertie den Wagen an und

fuhren in die Stadt, um im Gemischtwarenladen alles Nötige einzukaufen. Sie leisteten sich nichts Außergewöhnliches: Zucker, Sirup, Mehl, Kaffee und Tee. Abe Cushing gab ihnen Kredit, doch vergangene Woche hatte er Martin beiseitegenommen, um ihm zu sagen, dass die Rechnung allmählich zu hoch würde und sie erst ein wenig davon abbezahlen müssten, ehe sie Neues kaufen konnten.

Martin spürte, wie ihm das saure Gefühl des Scheiterns von seinem leeren Magen bis hinauf in die Brust stieg.

Er zog die Schnürsenkel fest und knotete sie sorgfältig. Sein verkrüppelter Fuß schmerzte schon jetzt, dabei war er noch nicht einmal aufgestanden. Es lag an dem Unwetter.

Er langte in die rechte Tasche seiner geflickten, zerschlissenen Arbeitshosen und tastete nach dem Ring, um sich zu vergewissern, dass er noch dort war. Wie einen Talisman trug er ihn immer bei sich, wohin er auch ging. Der Ring erwärmte sich unter seiner Hand, und Martin war, als strahlte er seine ganz eigene Hitze aus. Manchmal, wenn er draußen auf dem Acker oder im Wald arbeitete und wusste, dass Sara ihn nicht sehen konnte, steckte er ihn an den kleinen Finger.

Jedes Frühjahr warf der Pflug so viele Steine auf, dass Martin davon ein Silo hätte bauen können. Doch es waren nicht nur Steine, die er beim Pflügen zutage förderte – er hatte auch schon andere Dinge gefunden, seltsame Dinge, oben auf dem Nordacker, direkt unterhalb der Teufelshand.

Zerbrochene Teetassen und Teller. Eine Stoffpuppe. Kleiderfetzen. Verkohltes Holz. Zähne.

»Eine alte Siedlung? Oder eine Art Müllhalde?«, mutmaßte er, als er Sara die Fundstücke zeigte.

Ihr Blick verdüsterte sich, und sie schüttelte den Kopf. »Dort oben hat es nie etwas gegeben, Martin.« Dann drängte sie ihn, die Sachen wieder zu vergraben. »Pflüg nicht so nahe bei der Teufelshand. Lass den hinteren Acker brachliegen.«

Er befolgte ihren Rat.

Bis vor zwei Monaten, als er dort oben den Ring in der Erde gefunden hatte. Er hatte geleuchtet wie der Hof um den Mond, den man manchmal sehen konnte.

Es war ein sonderbarer Ring, von Hand aus einem Stück Bein geschnitzt. Und alt war er, sehr alt. In ihn waren Muster und rätselhafte Schriftzeichen eingeritzt, die Martin nicht entziffern konnte. Doch als er ihn in der Hand hielt, war es ihm, als spräche der Ring zu ihm, als würde er sich erwärmen und pulsieren. Martin deutete dies als Zeichen, dass sein Schicksal sich bald wenden würde.

Er nahm den Ring mit nach Hause, säuberte ihn und steckte ihn in einen kleinen Beutel aus Samt. Diesen legte er, aufgeregt und voller Vorfreude, am Weihnachtsmorgen auf Saras Kopfkissen. Sie hatten nie genug Geld für ein richtiges Geschenk gehabt – ein Geschenk, wie es Saras würdig gewesen wäre –, daher konnte er es kaum erwarten, dass sie den Ring fand. Er wusste, dass er ihr gefallen würde. Er war so aufwendig verziert, so filigran und hatte etwas ... Magisches an sich. Ein Geschenk wie gemacht für seine Frau.

Saras Augen leuchteten, als sie den kleinen Beutel entdeckte, doch kaum hatte sie ihn geöffnet und hineingeschaut, ließ sie ihn erschrocken mit zitternden Händen fallen. Es war, als hätte Martin ihr einen abgetrennten Finger geschenkt.

»Wo hast du ihn gefunden?«, verlangte sie von ihm zu wissen.

»Auf dem Acker, am Waldrand.«

»Du musst ihn dorthin zurückbringen und wieder vergraben«, befahl sie.

»Aber wieso denn?«, fragte er.

»Versprich mir, dass du es tust«, beharrte sie, legte ihm die Hand an die Brust und krallte die Finger in sein Hemd. »Jetzt gleich.«

Sie sah so verängstigt aus. So seltsam verzweifelt.

»Ich verspreche es«, beteuerte er, nahm den Ring mitsamt Beutel und steckte ihn in seine Hosentasche.

Doch er hatte ihn nicht wieder vergraben. Er hatte ihn heimlich behalten, als seinen eigenen kleinen Glücksbringer.

Nun erhob er sich und trat ans Fenster. Im trüben Licht der Morgendämmerung erkannte er, dass es die ganze Nacht hindurch geschneit hatte. Das bedeutete, er würde Schnee schaufeln und die Pferde vor die Walze spannen müssen, um die Hofeinfahrt passierbar zu machen. Wenn er früh genug damit fertig wäre, würde er das Gewehr holen und in den Wald gehen, um zu jagen – der frisch gefallene Schnee würde das Spurenlesen erleichtern. Bei tiefem Schnee zog es das Wild dorthin, wo der Wald am dichtesten war. Selbst wenn es ihm nicht gelänge, ein Reh zu schießen, würde er vielleicht immerhin einen Truthahn oder ein Raufußhuhn vor die Flinte bekommen. Womöglich sogar einen Schneeschuhhasen. Er stellte sich vor, wie Saras Gesicht leuchten würde, wenn sie ihn mit dem frischen Fleisch heimkommen sähe. Sie würde ihm einen Kuss geben, sagen: »Gut gemacht, mein Liebster«, ihr bestes Messer wetzen und sich an die Arbeit machen. Sie würde durch die Küche tanzen und dabei ein Lied summen, das Martin nicht kannte und das zugleich fröhlich und traurig klang. Sara hatte es als Kind gelernt, wie sie ihm einmal erklärt hatte.

Er humpelte die schmale Treppe hinunter in die Wohnstube, säuberte dort den Kamin und entfachte ein Feuer. Dann machte er sich am Ofen in der Küche zu schaffen, wobei er achtgab, die eiserne Tür nicht zuzuschlagen. Wenn Sara ihn hörte, würde sie herunterkommen. Sie sollte ruhig noch ein wenig liegen bleiben und mit der kleinen Gertie unter der warmen Bettdecke lachen und kuscheln.

Martins Magen krampfte sich vor Hunger zusammen. Das Abendessen am vergangenen Tag war ein wässriger Eintopf aus Kartoffeln mit einigen wenigen Stücken Kaninchenfleisch gewesen. Den Großteil des Fleisches hatte er durch Schrot ungenießbar gemacht.

»Hättest du nicht auf den Kopf zielen können?«, hatte Sara ihn gefragt.

»Das nächste Mal gebe ich dir die Flinte«, hatte er augenzwinkernd erwidert. In Wahrheit war sie immer schon die bessere Schützin gewesen. Außerdem besaß sie großes Geschick beim Schlachten von Tieren. Sie häutete sie mit wenigen flinken Handgriffen, ganz so, als zöge sie ihnen einen Wintermantel aus. Er hingegen stellte sich stets unbeholfen an und ruinierte jedes Fell.

Martin hüllte sich in seine wollene Jacke und rief nach dem Hund, der in einer Ecke der Küche zusammengerollt auf einem alten Quilt lag, den er als Bett benutzte. »Komm, Shep«, befahl er. »Hierher, Junge.« Der Hund hob seinen großen, kantigen Kopf und warf Martin einen verdatterten Blick zu, bevor er sich wieder hinlegte. Er wurde alt und hatte keine Freude mehr daran, durch den frischen Schnee zu toben. Außerdem schien er dieser Tage nur noch Sara zu gehorchen.

Shep war lediglich der jüngste in einer langen Reihe von Sheps, die alle von einem ursprünglichen Shep abstammten, der in Saras Kindheit der Hofhund auf der Farm gewesen war. Er war groß und langgliedrig, und Sara behauptete, sein Urgroßvater sei ein Wolf gewesen. Wenn Martin ihn so ansah, war er durchaus geneigt, ihr zu glauben.

Martin öffnete die Haustür, um zur Scheune zu gehen. Er würde die Tiere füttern (die wenigen, die ihnen geblieben waren – zwei alte Zugpferde, eine Kuh, die Hühner) und ein paar Eier für das Frühstück einsammeln, wenn es denn welche gab. Um diese Jahreszeit legten die Hennen nicht viel.

Die Sonne stieg gerade eben über den Hügel, der Morgen war grau und kalt. Dicke, weiche Flocken fielen vom Himmel. Martins Füße versanken im Schnee, der ihm bis zur Mitte der Waden reichte. Wenn er später in den Wald gehen wollte, würde er Schneeschuhe brauchen. Mühsam bahnte er sich einen Weg quer über den Hof bis zur Scheune, wo er zunächst einen Schlenker zum Hühnerhaus machte. Die Hühner zu füttern zählte für ihn zu den angenehmsten Arbeiten des Tages – es gefiel ihm, wie sie ihn gackernd begrüßten, und er mochte die Wärme der Eier, wenn er sie aus den Gelegen nahm. Die Hühner gaben ihnen so viel und verlangten so wenig dafür. Gertie hatte ihnen allen Namen gegeben: Willamena, Florence die Große, Queen Reddington – Martin hatte Mühe, die vielen Namen samt der drolligen kleinen Geschichten, die Gertie sich dazu ausgedacht hatte, im Kopf zu behalten. Sie hatten ein ganzes Dutzend gehabt, ehe der Fuchs vergangenen Monat eins der Tiere geholt hatte. Im November hatte Gertie kleine Papierhüte für alle Hühner gebastelt und ihnen ein Maisbrot als Kuchen gebracht. »Wir feiern ein Fest«, hatte sie ihm und Sara erklärt, und sie hatten vergnügt dabei zugesehen, wie Gertie die Hühner über den Hof jagte, während sie versuchte, ihnen die Hüte aufzusetzen.

Martin umrundete die Scheune, und die Luft wich aus seinen Lungen, als er es sah: purpurrote Spritzer auf Weiß. Federn.

Der Fuchs war wieder da gewesen.

So schnell er konnte, humpelte Martin weiter, wobei er seinen verkrüppelten Fuß durch den Schnee nachzog. Es war unschwer zu erkennen, was sich zugetragen hatte: Die Fuchsspuren führten bis zum Hühnerhaus. Davor war im zertrampelten Schnee ein Durcheinander aus Blut und Federn zu sehen, und die Fährte, die vom Hof wegführte, war rot – der Fuchs hatte ein Huhn mitgenommen und eine Spur aus Blut hinter sich hergezogen. Martin ging in die Hocke und streifte sich den dicken Handschuh ab – das Blut war frisch, noch nicht gefroren. Als er den Stall untersuchte, entdeckte er das kleine Loch, das der Fuchs ins Holz gebissen hatte, um hineinzugelangen. Er stieß zwischen zusammengebissenen Zähnen die Luft aus, entriegelte die Tür und spähte ins Innere des Hühnerhauses. Zwei weitere Tiere waren tot. Keine Eier. Die verbliebenen acht Hennen drängten sich verängstigt in der hintersten Ecke zusammen.

Er eilte zurück zum Haus, um das Gewehr zu holen.

Gertie

12. Januar 1908

»Wenn Schnee schmilzt und zu Wasser wird, erinnert er sich dann noch daran, früher einmal Schnee gewesen zu sein?«

»Ich bin mir nicht sicher, ob Schnee überhaupt ein Gedächtnis hat«, antwortet Mama.

Es hat die ganze Nacht über heftig geschneit, und als ich heute Morgen zum Fenster hinausgeschaut habe, war alles unter einer dicken, weichen Decke verborgen, so weiß und rein, dass man nichts mehr sehen konnte – weder Fußspuren noch Wege noch irgendwelche Hinweise darauf, dass es hier Menschen gibt. Als wäre die Welt wiedergeboren worden, ganz frisch und neu. Heute ist schulfrei, und obwohl ich Miss Delilah sehr gern habe, mag ich es noch lieber, mit Mama daheim zu bleiben.

Mama und ich liegen ganz eng aneinandergekuschelt, zusammengerollt wie zwei Kommas. Ich weiß alles über Kommas und Punkte und Fragezeichen. Miss Delilah hat es mir beigebracht. Einige Bücher kann ich schon recht gut lesen, aber andere, die Bibel zum Beispiel, verstehe ich nicht. Miss Delilah hat mir auch von der Seele erzählt und erklärt, dass jeder Mensch eine habe.

»Gott haucht sie uns mit seinem Odem ein«, sagte sie.

Ich fragte sie, ob Tiere auch eine Seele hätten, und sie sagte nein, aber ich glaube, sie irrt sich. Ich glaube, dass alles eine Seele und ein Gedächtnis hat, auch Tiger und Rosen, sogar der Schnee. Und natürlich der alte Shep, der den ganzen Tag vor dem Feuer liegt und schläft. Er hat die Augen geschlossen und scharrt mit den Pfoten, denn in seinen Träumen ist er immer noch ein junger Hund. Wie kann man träumen, wenn man keine Seele hat?

Die Bettdecke bildet ein Zelt über unseren Köpfen, und es ist dunkel, als befänden wir uns tief unter der Erde. Wie Tiere in ihrem Bau, warm und geborgen. Manchmal spielen wir Verstecken, und ich liebe es, mich unter Mamas Bettdecke zu verstecken. Ich bin klein und kann mich selbst in die winzigsten Ecken zwängen. Manchmal dauert es sehr, sehr lange, bis Mama mich gefunden hat. Mein Lieblingsversteck ist Mamas und Papas Kleiderschrank. Ich mag das Gefühl, wie ihre Kleider mein Gesicht und meinen Körper streicheln, als ginge ich durch einen Wald voller weicher Bäume, die nach Zuhause riechen: nach Seife und Holzfeuer und der Creme mit Rosenduft, die Mama manchmal für ihre Hände nimmt. Ganz hinten im Schrank gibt es ein loses Brett, das man herausnehmen kann, und wenn ich weiterkrieche, komme ich im Wäscheschrank im Flur wieder heraus, unter dem Regal mit den Laken, Handtüchern und Quilts. Manchmal schlüpfe ich auch heimlich auf der Flurseite hinein, schleiche mich von dort aus in Mamas und Papas Schrank und sehe ihnen beim Schlafen zu. Dabei wird mir immer ganz seltsam und wunderbar zumute, und ich komme mir eher wie ein Schatten als wie ein echtes Mädchen vor, weil nur ich allein wach bin, niemand sonst. Ich und der Mond lächeln dann auf Mama und Papa herab, während sie träumen.

Mama nimmt meine Hand und schreibt mit dem Zeigefinger etwas hinein.

A-U-F-S-T-E-H-E-N?

»Nein, Mama«, sage ich und schließe meine Finger um ihre. »Nur noch ein bisschen.«

Mit einem Seufzer zieht Mama mich an sich. Ihr Nachthemd ist aus zerschlissenem Flanell. Ich streiche mit den Fingern über die weichen Falten.

»Was hast du geträumt, mein kleiner Liebling?«, fragt sie. Ihre Stimme ist weich und glatt wie gutes Leinen.

Ich lächele. Nehme ihre Hand und schreibe B-L-A-U-E-R H-U-N-D hinein.

»Schon wieder? Wie schön! Hat er dich auf seinem Rücken reiten lassen?«

Ich nicke. Mein Hinterkopf stößt dabei gegen ihr Kinn.

»Wo ist er diesmal mit dir hingelaufen?« Sie küsst mich in den Nacken, und ihr Atem kitzelt die kleinen Härchen dort. Ich habe einmal zu Miss Delilah gesagt, dass wir alle zum Teil auch Tiere sein müssen, weil an verschiedenen Stellen unseres Körpers Fell wächst. Sie hat gelacht und gemeint, das sei ein törichter Gedanke. Manchmal, wenn Miss Delilah über mich lacht, komme ich mir so klein vor, wie ein Kind, das gerade erst Sprechen lernt.

»Wir haben eine Frau mit zerzausten Haaren besucht, die in einem hohlen Baum wohnt. Sie ist aber schon lange tot. Sie ist eine vom Wintervolk.«

Ich spüre, wie Mama sich versteift. »Wintervolk?«

»So nenne ich sie«, erkläre ich und drehe mich zu ihr um. »Die Menschen, die zwischen dem Hier und dem Dort festsitzen und warten. Sie erinnern mich an den Winter, wenn alles bleich und kalt und tot ist und man nichts machen kann, außer auf den Frühling zu warten.«

Mama sieht mich sehr merkwürdig an. So, als mache sie sich Sorgen.

»Hab keine Angst, Mama. Die Frau, die ich getroffen habe, ist keine von den Bösen.«

»Den Bösen?«, wiederholt Mama.

»Manchmal sind sie zornig. Es gefällt ihnen nicht, dass sie festsitzen. Sie wollen zurückkommen, wissen aber nicht, wie, und je mehr sie es versuchen, desto zorniger werden sie. Manchmal sind sie auch bloß einsam und wünschen sich jemanden, mit dem sie reden können.«

Plötzlich fliegt die Decke über unseren Köpfen davon, und ich spüre die Kälte des Zimmers. Meine Haut prickelt, als würde sie von tausend winzigen Eiszapfen gestochen.

»Zeit zum Aufstehen«, sagt Mama mit einer Stimme, die höher ist als sonst. »Nachdem wir die Arbeiten erledigt und gefrühstückt haben, können wir zwei vielleicht etwas zusammen backen.«

Mama ist aufgestanden, streicht die Laken glatt und schwirrt durchs Zimmer wie ein geschäftiger Vogel.

»Sirupkekse?«, frage ich hoffnungsvoll. Die mag ich am allerallerliebsten. Shep mag sie auch, und jetzt, wo er so alt ist, darf er die Schüssel ausschlecken. Papa sagt, wir würden den Hund verhätscheln, aber Mama meint, Shep hätte es sich redlich verdient.

»Ja. Aber jetzt lauf, such deinen Papa und frag ihn, ob er Hilfe beim Füttern der Tiere braucht. Und bring die Eier herein. Wir brauchen sie für die Kekse. Und Gertie?«, sagt sie und dreht mein Gesicht zu sich herum, so dass ich sie anschauen muss. Ihre Augen sind hell und glitzern wie Fische im Bach. »Erzähl ihm nichts von deinem Traum. Oder vom Wintervolk. Er würde es nicht verstehen.«

Ich nicke ernst und springe mit einem großen Satz vom Bett auf den Fußboden. Heute bin ich ein Dschungeltier. Ein Löwe oder ein Tiger. Ein Tier mit scharfen Zähnen und Klauen, das irgendwo weit weg lebt, jenseits des Meeres, wo es immer heiß ist. Miss Delilah hat uns ein Bilderbuch gezeigt, darin waren alle Tiere, die Noah auf seiner Arche mitgenommen hat: Pferde und Ochsen, Giraffen und Elefanten. Mir haben die großen Raubkatzen am besten gefallen. Ich wette, sie können ganz leise gehen und lautlos durch die Nacht schleichen, so wie ich.

»Grrr«, knurre ich und krieche auf allen vieren aus dem Zimmer. »Nimm dich in Acht, Papa. Hier kommt die größte Katze des Dschungels. Groß genug, um dich mit Haut und Haaren zu verschlingen.«

Martin

12. Januar 1908

Martin kannte Sara schon sein ganzes Leben. Ihre Familie lebte auf dem Hof vor der Stadt, draußen beim Hügelkamm.

Teufelshand wurde die senkrecht aufragende Felsgruppe genannt, weil sie aussah wie riesige, sich aus der Erde emporstreckende Finger. *Ein verfluchter Ort*, behaupteten die Leute. Ein Ort, an dem Monster ihr Unwesen trieben. Der Boden in der näheren Umgebung war unfruchtbar – nichts als Lehm und Steine, doch die Harrisons rangen der Erde mühsam ihr Brot ab und tauschten die kümmerlichen Erträge, die das Land ihnen brachte – Kartoffeln, Rüben –, in der Stadt gegen Mehl und Zucker ein. Alle Harrisons waren dünn, fast mager, mit dunklen Augen und dunklem Haar, doch Sara fiel aus der Reihe – ihr Haar war, wenn die Sonne darauf schien, beinahe kastanienbraun, und in ihren kupferfarbenen Augen tanzte mehr Licht als Schatten. Für Martin war sie eine beinahe überirdische Erscheinung, wie eine Feenprinzessin.

Saras Mutter war bei der Geburt gestorben, und der alte Joseph Harrison hatte sich fortan ganz allein um Sara und ihre älteren Geschwister gekümmert. Allerdings erzählten sich die Leute, dass es früher eine Frau gegeben habe, die ihm in Haus und Hof behilflich gewesen sei. Sie habe Wäsche gewaschen, die Mahlzeiten gekocht und die Kinder gehütet. Die Leute sagten auch, sie habe mit Joseph Harrison das Bett geteilt und eine Zeitlang mit ihm zusammengelebt wie eine Ehefrau. Sie sei Indianerin gewesen, wortkarg und mit Kleidern aus Tierhaut – all das erzählten sich die Leute. Manche behaupteten sogar, die Frau sei selbst ein halbes Tier gewesen und habe die Fähigkeit besessen, sich in einen Bären oder ein Reh zu verwandeln. Martin konnte sich noch gut erinnern, wie sein Vater ihm einmal von dieser Frau erzählt hatte; er hatte gesagt, sie habe in einer Hütte oben jenseits der Teufelshand gelebt, und wenn im Ort jemand krank wurde, seien die Leute zu ihr gekommen. »Wenn einem der Arzt nicht helfen konnte, wandte man sich an sie.«

Ihr war etwas zugestoßen – ein Unfall? War sie ertrunken? Irgendein Unglück hatte sie ereilt, etwa zu der Zeit, als Saras Bruder gestorben war. Martin erinnerte sich nicht mehr an die Einzelheiten, und als er Sara kurz nach ihrer Hochzeit einmal dazu befragte, schüttelte sie bloß den Kopf.

»Die Geschichten, die du gehört hast, sind nichts weiter als Geschichten. Die Leute in der Stadt lieben es, ihr Garn zu spinnen, das weißt du so gut wie ich. Da waren nur Vater, Constance, Jacob und ich. Es gab keine Frau im Wald.«

In der Grundschule hatte Martin einmal mit einigen Jungen auf dem Schulhof Murmeln gespielt. Sein älterer Bruder Lucius war auch dabei, und er war wütend, weil Martin soeben seine Lieblingsmurmel aus dem Kreis geschlagen und von ihm gewonnen hatte. Es war eine wunderschöne orangefarbene Murmel aus Achat, der Lucius den Namen »Jupiter« gegeben hatte. Martin hielt seinen Gewinn in die Höhe und dachte über die Kreisbahnen der Planeten nach, als Sara Harrison zu ihnen herübergeschlendert kam. Ihre Kupferaugen blitzten und fingen das Licht ein, gerade so wie seine neue Murmel. In diesem Moment erschien sie ihm so unfassbar schön, dass er das Einzige tat, was ihm einfiel – er schenkte ihr die Murmel.

»Nein!«, schrie Lucius. Doch es war zu spät. Sara schloss die Finger um die Murmel und lächelte.

»Martin Shea, du bist der, den ich einmal heiraten werde«, verkündete sie.

Lucius schnaubte vor Lachen. »Du bist verrückt, Sara Harrison.«

Doch Sara hatte die Worte mit einer solchen Bestimmtheit, einer so festen Überzeugung ausgesprochen, dass Martin niemals daran zweifelte, dass sie stimmten, auch wenn er damals, in Gegenwart seiner Freunde und seines Bruders, lachte, als hätte sie einen Scherz gemacht. Denn es kam ihm tatsächlich wie ein Scherz vor, dass ein so hübsches Mädchen wie sie sich für jemanden wie Martin entscheiden könnte.

Er war ein Sonderling – die Arme zu lang für die Ärmel seiner Hemden, die Nase stets in einem Abenteuerbuch: *Der schweizerische Robinson, Die Schatzinsel, Zwanzigtausend Meilen unter dem Meer*. Er sehnte sich nach Abenteuern und glaubte, in seiner Brust schlüge das Herz eines Helden. Leider gab es in West Hall keine Piraten, gegen die er kämpfen, keine Schiffsunglücke, die er überleben konnte. Nur die endlose Eintönigkeit der Arbeit auf der Farm seiner Eltern: Kühe melken, Heu machen. Eines Tages, schwor er sich, würde er all das hinter sich lassen und zu wahren Abenteuern aufbrechen – er war für Höheres bestimmt als zum Dasein eines Bauern. Bis es so weit war, würde er sich gedulden. Er war ein schlechter Schüler und träumte, wenn er hätte lernen sollen. Sein Bruder Lucius hingegen war Klassenbester. Lucius war stärker, schneller, mutiger als Martin, er sah sogar besser aus. Lucius war derjenige von den beiden Brüdern, den die Mädchen heiraten wollten. Was also sah Sara Harrison in ihm, Martin?

Damals wusste er es noch nicht, doch dies war eine von Saras großen Gaben: die Fähigkeit, in winzigen Dingen die Zukunft zu sehen, als besäße sie ein besonderes Teleskop.

»Du wirst niemals aus West Hall weggehen, Martin«, sagte sie ihm beim Picknick am 4. Juli. Martin war zwölf. Fast alle Einwohner der Stadt hatten sich auf dem Grün um den neu errichteten Musikpavillon versammelt. Einige tanzten, andere hatten es sich auf Decken bequem gemacht. Lucius stand oben auf der Bühne und spielte Trompete. Er und einige Männer aus dem Ort bildeten zusammen das Stadtorchester von West Hall. Im Herbst würde Lucius nach Burlington gehen, um Medizin zu studieren –

dank seiner guten Noten hatte er ein Vollstipendium an der Universität von Vermont erhalten.

»Woher willst du das wissen?«, fragte Martin und wandte sich zu Sara um, die sich gerade neben ihm niederließ.

»Bist du jemals auf den Gedanken gekommen, dass all die Abenteuer, die du erleben möchtest, vielleicht genau hier auf dich warten?«

Er lachte, und sie schenkte ihm ein nachsichtiges Lächeln, bevor sie in die Tasche ihrer Jacke griff und etwas herausholte. Die Jupitermurmel.

Sie steckte die Murmel wieder ein, beugte sich zu ihm und gab ihm einen Kuss auf die Wange. »Ich wünsche dir einen schönen Unabhängigkeitstag, Martin Shea.«

Dies war der Moment, in dem er begriff, dass Sara recht gehabt hatte – sie war das Mädchen, das er einmal heiraten würde. *Sie* war das Abenteuer, das zu erleben er bestimmt war.

»Martin«, hatte sie ihm in ihrer Hochzeitsnacht zugeflüstert. Sie hatte die Finger in seinem Haar vergraben, und ihre Lippen kitzelten sein rechtes Ohr. »Eines Tages werden wir ein kleines Mädchen haben.«

Und genauso war es gekommen.

Sieben Jahre zuvor, nachdem drei Kinder noch in Saras Bauch gestorben waren und sie ihren Sohn Charlie mit zwei Monaten verloren hatten, brachte Sara Gertie zur Welt. Das Mädchen war winzig – so klein, dass Lucius meinte, es würde die erste Woche nicht überleben.

Er hatte sein Examen gemacht und war aus Burlington nach West Hall zurückgekehrt, um in der Praxis des alten Dr. Stewart zu arbeiten, der sich bald zur Ruhe setzen würde. Danach wäre Lucius der einzige Arzt im Ort.

Lucius schloss seine lederne Arzttasche und legte Martin die Hand auf den Arm.

»Es tut mir leid«, sagte er.

Doch Lucius irrte sich: Gertie saugte sich an Saras Brust fest und trank und trank und wurde mit jedem Tag kräftiger. Sie war ihr Wunderkind. Sara strahlte vor Glück, wenn die Kleine an ihrer Brust schlief, und sah Martin mit einem Lächeln an, als sei auf der Welt alles in bester Ordnung. Martin empfand dasselbe wie sie und wusste, dass kein Abenteuer, das er jemals hätte erleben können, ein glücklicheres Ende hätte nehmen können als dieses; staunend und mit Stolz betrachtete er die beiden. Sie waren das Allerbeste, was sein Leben zu bieten hatte.

Obgleich sie nicht länger an der Brust trank, hing Gertie immer noch sehr an Sara. Sie waren unzertrennlich, hielten sich ständig in den Armen, schmiegten sich fest aneinander. Sie flochten sich gegenseitig die Haare und schrieben einander mit Fingern geheime Botschaften in die Handflächen. Manchmal dachte Martin, dass sie gar keine Worte benötigten, um sich zu verständigen, weil sie die Gedanken des anderen lesen konnten. Sie schienen allein mit Blicken lange Unterhaltungen zu führen, und lachten und nickten einander über den Abendbrottisch hinweg zu. Manchmal verspürte Martin dabei einen Anflug von Neid. Hin und wieder unternahm er auch den Versuch, sich an ihren Heimlichkeiten und kleinen Scherzen zu beteiligen, doch er lachte unweigerlich im falschen Moment, und dann schaute Gertie ihn an, als wolle sie sagen: *Armer Papa*. Er sah ein, dass zwischen den beiden eine Nähe, eine ganz besondere Verbindung bestand, an der er niemals teilhaben würde. Irgendwann fand er sich damit ab. Er hielt sich auch so für den glücklichsten Mann der Welt, weil er diese zwei Menschen zur Frau und Tochter hatte – es war, als dürfe er in der Gesellschaft von Feen oder Meerjungfrauen leben; atemberaubend schöne Wesen, die zu durchschauen er als Mensch nicht bestimmt war.

Dennoch fürchtete er, dass der Verlust ihrer bisherigen Kinder Sara dazu veranlasste, sich auf eine Art und Weise an Gertie zu klammern, die mitunter fast etwas Verzweifeltes hatte. Es gab Tage, an denen sie das Mädchen nicht zur Schule gehen ließ. Sie behauptete dann, sie mache sich Sorgen, weil Gerties Nase laufe oder ihre Augen ein wenig glasig seien. Sie behielt Gertie viel zu oft daheim, als könne sie es kaum ertragen, von ihr getrennt zu sein.

In seinen Momenten größter Schwermut glaubte Martin, dass seine Frau, obwohl sie dies niemals eingestehen würde, ihm die Schuld am Tod der anderen Kinder gab – der drei namenlosen Kleinen, die noch im Mutterleib gestorben waren, und des kleinen Charles, ihres zwei Monate alten Sohnes. Jede Fehlgeburt hatte Sara in tiefste Verzweiflung gestürzt – sie hatte wochenlang im Bett gelegen, geweint und kaum einen Bissen zu sich genommen. Und dann war Charles auf die Welt gekommen, gesund und kräftig, mit einem Schopf dunkler lockiger Haare und einem Gesicht so weise wie das eines hundertjährigen Greises. Eines Morgens fanden sie ihn tot und kalt in seiner Wiege. Sara nahm ihn in den Arm und hielt ihn den ganzen Tag bis in den nächsten Morgen. Als Martin versuchte, ihr den Säugling abzunehmen, beharrte sie darauf, dass er nicht tot sei.

»Er atmet noch«, behauptete sie. »Ich spüre sein kleines Herz schlagen.«

Martin wich angstvoll vor ihr zurück. »Bitte, Sara«, flehte er.

»Lass uns allein«, fauchte sie und drückte das tote Kind noch fester an ihre Brust. Ihre Augen waren kalt und voller Angst wie bei einem wahnsinnigen Tier.

Schließlich mussten Dr. Stewart und Lucius kommen und ihr etwas zur Beruhigung einflößen. Erst als sie schlief, gelang es ihnen, ihr den Säugling aus den Armen zu nehmen.

Martin war der Ansicht, dass der Hof schuld am Tod ihrer Kleinen war – die einhundertneunzig Morgen Land, die Sara geerbt hatte. Mit Ausnahme ihrer älteren Schwester Constance, die geheiratet hatte und nach Graniteville gezogen war, war Sara die einzige noch lebende Harrison. Er machte die felsige Erde und die unfruchtbaren Böden, auf denen einfach nichts gedeihen wollte, verantwortlich. Das nach Schwefel schmeckende Wasser. Es war, als wehre sich das Land gegen alles Lebendige.

Martin stapfte über den Acker in östlicher Richtung, der aufgehenden Sonne entgegen. Er hatte sich Schneeschuhe aus Bugholz und Rohleder untergeschnallt. Sein Atem stieg in kleinen Wolken in die Luft. Seine Füße waren klamm und kalt, die Schuhe bereits durchnässt. Die Fuchsspur führte in schnurgerader Linie durch den alten Obstgarten, den Saras Vater angelegt hatte. Die Bäume waren nicht beschnitten, und die wenigen Äpfel und Birnen, die an ihnen wuchsen, waren holzig, wurmstichig und von Mehltau befallen.

Mittlerweile wären Sara und Gertie gewiss aufgestanden und fragten sich, wo er blieb. Eine Kanne mit frisch gebrühtem Kaffee stünde bereit, das Brot wäre im Ofen. Doch zuvor musste er noch den Fuchs zur Strecke bringen. Er musste seiner Frau und seiner Tochter beweisen, dass er in der Lage war, sie zu beschützen – dass er jedes Geschöpf, das ihren Lebensunterhalt bedrohte, töten würde. Er malte sich aus, wie er Sara das Fell überreichte. Sie war geschickt im Umgang mit Tierhäuten, Nadel und Faden. Sie konnte der kleinen Gertie daraus eine warme Mütze nähen.

Martin lehnte sich gegen einen krumm gewachsenen Apfelbaum, um zu verschnaufen. Das Schneetreiben behinderte die Sicht, so dass er sich seltsam orientierungslos fühlte. In welcher Richtung lag das Haus?

Er hörte etwas hinter sich – das leise Knirschen rascher Schritte im Schnee.

Er fuhr herum. Da war niemand, nur der Wind. Er biss sich auf die Lippe und berührte den warmen Ring in seiner Tasche.

Nicht weit vor ihm bewegte sich einer der verkrüppelten alten Apfelbäume. Mit zusammengekniffenen Augen spähte er durch das Schneegestöber und erkannte, dass es gar kein Baum war, sondern eine gebeugte alte Frau. Sie war in Tierfelle gehüllt, ihr Haar war verfilzt und sah aus wie ein Nest voller Schlangen.

»Hallo?«, rief er.

Sie drehte sich um, sah Martin an und lächelte, wobei sie braune spitze Zähne entblößte. Martin blinzelte, und schon stand dort wieder nur ein Baum, der unter seiner schweren Schneelast sanft hin und her schwankte.

Hinter demselben Baum kam plötzlich der Fuchs hervorgesprungen, ein halb aufgefressenes Huhn im Maul. Er blieb wie angewurzelt stehen und beäugte Martin mit flackernden goldenen Augen. Martin hielt den Atem an, nahm die Flinte hoch und zielte auf den Fuchs, der ihn weiterhin beobachtete. Seine Augen waren wie kleine Ringe aus Feuer.

Ihre Blicke trafen sich, und in diesen zwei Sekunden waren es nicht die ausdruckslosen Augen eines Tieres, die ihn ansahen, sondern Saras Augen.

Martin Shea, du bist der, den ich einmal heiraten werde.

Eines Tages werden wir ein kleines Mädchen haben.

Martin blinzelte, um das Bild loszuwerden – er hatte es hier nicht mit einem Fuchs aus dem Märchen zu tun, einem gerissenen Übeltäter und Betrüger. Seine Phantasie ging mit ihm durch, die Folge einer mit Büchern verbrachten Kindheit.

Das Tier, nun wieder ein ganz gewöhnlicher Fuchs mit gewöhnlichen Augen, wandte sich um, ließ das Huhn fallen und sprang davon, gerade als Martin abdrückte.

»Verflucht!«, schimpfte Martin, als er merkte, dass er das Tier verfehlt hatte.

Er eilte dem Fuchs nach und entdeckte frisches Blut am Boden. Er musste das Tier also doch getroffen haben. Martin bückte sich und berührte mit den Fingerspitzen die Fährte im Schnee. Als er die Finger zurückzog, waren sie blutig. Er hob sie an die Lippen und kostete. Der strenge, salzige Geschmack ließ ihm das Wasser im Mund zusammenlaufen. Die Flinte im Anschlag, folgte er der Spur durch den Obstgarten, hinauf über den felsigen Kamm, an der Teufelshand vorbei und in die Tiefe des dahinterliegenden Waldes hinein. Er war nicht einmal mehr sicher, ob er sich noch auf dem Pfad befand. Die Buchen und Ahornbäume, allesamt kahl und schneebedeckt, kamen ihm unbekannt vor. Eine Stunde oder länger kämpfte er sich durchs dichte Unterholz, während die Himbeerranken vom letzten Jahr an ihm zerrten und er sich immer weiter von Heim und Hof entfernte. Der Wald wurde dunkler. Martin begann sich zu fragen, ob es die richtige Entscheidung gewesen war, sich während eines Schneesturms so weit hinauszuwagen.

»Zu spät zum Umkehren«, sagte er sich.

Er erlaubte sich fast nie, an den Unfall zu denken. Wenn es doch geschah, dann in Momenten wie diesem; wenn ihm alles besonders hoffnungslos erschien, so als wäre die Welt, in der er lebte, auf eine fundamentale Weise sein Feind.

Er war oben auf dem Hügel gewesen und hatte Feuerholz geschnitten. Es war ein milder Sommermorgen ein Jahr nach seiner Hochzeit mit Sara. Er hatte eine Lichtung voll mit bereits trockenem Windbruch entdeckt, und nun schnitt er das Holz zu ofengroßen Scheiten zurecht und lud es auf den Karren. Er arbeitete den ganzen Tag, ging zum Mittagessen nach Hause und machte sich danach, zufrieden mit dem, was er bislang geschafft hatte, wieder auf den Weg in den Wald. Er bat Sara, das Abendessen warm zu halten. Er werde arbeiten, bis der Karren voll sei oder es zu dunkel würde. Sie runzelte die Stirn. Es missfiel ihr, wenn er sich nach Einbruch der Dämmerung im Wald aufhielt.

»Komm nicht zu spät«, ermahnte sie ihn.

Doch die Arbeit ging ihm so gut von der Hand, der Karren war fast voll, die Abenddämmerung brach herein, und Martin sägte immer noch weiter. Schultern und Rücken schmerzten, doch es war ein guter Schmerz. Endlich passte kein Holz mehr auf den Karren. Er sammelte Säge und Axt ein, spannte das Pferd an und machte sich langsam und vorsichtig an den Abstieg. Es war nun schon fast dunkel, und er ging dicht neben der Stute, damit er sie an Felsen vorbei, über Wurzeln und Erdlöcher hinweg führen konnte. Sie hatten gerade die Teufelshand passiert, als die Stute plötzlich stehen blieb und nicht mehr weiterwollte.

»Komm schon, Mädchen«, ermunterte Martin sie und zog an

den Zügeln, ehe er ihr einen sanften Klaps gab. Sie rührte sich nicht von der Stelle, sondern blickte mit aufgestellten Ohren geradeaus. Dann machte sie ängstlich wiehernd einen Schritt rückwärts. Irgendwo weiter vorn hörte Martin einen Zweig knacken. Er tätschelte der Stute die Mähne.

»Ruhig, Mädchen«, sagte er, bevor er nach vorn in die Dunkelheit ging, um nachzusehen.

Er konnte nicht sagen, was dort an jenem Abend im Wald gewesen war. Als Lucius ihn hinterher danach fragte, behauptete Martin, nichts gesehen zu haben; die Stute müsse allein wegen eines Geräuschs durchgegangen sein.

»Ich kenne kein Pferd, das so ruhig ist wie eure alte Mähre«, hatte Lucius dagegengehalten. »Es muss ein Bär gewesen sein. Oder ein Puma. Irgendetwas muss ihr einen gehörigen Schrecken eingejagt haben.«

Martin nickte. Er verriet seinem Bruder nicht, ja nicht einmal Sara, was er tatsächlich gesehen hatte: etwas Weißes, wie eine Eule, nur viel, viel größer. Es hatte auf einem niedrigen Ast gehockt, war von dort hinunter auf den Waldboden geflogen und hatte dabei einen seltsamen, zischenden Laut ausgestoßen. Es hatte ... beinahe menschlich ausgesehen. Nur dass kein Mensch imstande war, sich so zu bewegen.

Das war zu viel für die Stute, die augenblicklich scheute und losgaloppierte, genau auf Martin zu. Er sah sie kommen, wusste, was er tun musste, doch vor Angst war sein Kopf wie betäubt, und er konnte seinen Körper nicht dazu zwingen, ihm zu gehorchen. Sein Blick war auf die Augen der verängstigten Stute geheftet, die fast aus ihren Höhlen traten, während sie auf ihn zupreschte. Endlich machte er einen Sprung zur Seite, doch nicht mehr rechtzeitig und nicht weit genug. Das Pferd warf ihn um, trampelte über seine Beine hinweg, und sein linker Oberschenkelknochen brach mit einem hörbaren Knacken. Im Fallen prallte er mit der Schläfe gegen die Ecke eines großen Steins, und die Welt um ihn herum wurde noch dunkler und verschwommener. Der Karren rollte über seinen linken Fuß und zerquetschte ihn vom Knöchel abwärts. Martin spürte förmlich, wie die Knochen unter dem Rad zermalmt wurden. Die Schmerzen waren unerträglich, doch zugleich auch weit weg – fast, als wäre gar nicht er derjenige, der sie empfand, sondern jemand ganz anderer. Hinter ihm brach ein Zweig. Er drehte sich um und sah eine bleiche Gestalt in den Wald eintauchen, unmittelbar bevor er das Bewusstsein verlor.

Auf halber Strecke den Abhang hinunter brach der Karren, und die Stute kehrte, die Überreste von Deichsel, Vorderachse und zerborstenen Rädern hinter sich herziehend, zur Scheune zurück. Hinterher erfuhr Martin, dass Sara, nachdem sie das Pferd gesehen hatte, eine Laterne genommen hatte und losgegangen war, um ihn zu suchen.

»Ich war mir so sicher, dass ich dich tot finden würde«, gestand sie ihm später. »Ich konnte mich fast nicht dazu überwinden, auf den Hügel zu steigen. Ich wollte es nicht sehen.«

Sie fand ihn lebend, jedoch bewusstlos, schwer verletzt und blutend. Es gelang ihr, aus zwei jungen Baumstämmen und Martins Mantel eine Trage zu bauen, auf der sie ihn eigenhändig den Hügel hinunter nach Hause zog.

In den langen Wochen seiner Genesung, nachdem Lucius die Brüche so gut es ging gerichtet und Sara sein Bein und seinen Fuß in Umschläge gewickelt hatte, um die Heilung zu beschleunigen, fragte Martin seine Frau immer wieder, wie sie, die doch so klein und zart war, es geschafft habe, ihn nach Hause zu bringen.

»Gott muss mir geholfen haben«, lautete ihre Antwort.

Immer weiter folgte er den zierlichen Pfotenabdrücken des Fuchses, bis er irgendwann nicht mehr wusste, wo er sich befand und wie viel Zeit vergangen war. Er hielt Ausschau nach der Sonne am Himmel, doch da war zu viel Schnee, zu viel Grau, man konnte sie nicht einmal sehen. Obschon er die Wälder um die Farm herum gut kannte, seit Jahren in ihnen jagte, Holz sammelte und Ahornsaft zapfte, erkannte er keinen einzigen Orientierungspunkt wieder. Die Bäume um ihn herum reckten sich dürr und gespenstergleich dem Licht entgegen. Das Schneetreiben war zu dicht, das Weiß wischte alle Unterschiede fort. Er folgte der Spur. Sie war das Einzige, was er klar erkennen konnte. Mit Erleichterung stellte er fest, dass sie in einem Bogen zurück zum Felskamm führte. Er war zu Tode erschöpft. Ausgehungert. Sein Fuß schmerzte, und sein Mund war trocken. Er lutschte Schneebrocken, doch das half nur wenig, seinen Durst zu stillen.

Er kreuzte das, was noch von seinen eigenen Fußspuren übrig war, und erklomm den Hügel. An den steilen Stellen glitt er aus, so dass er sich an Pappeln und Buchen festhalten musste. Schließlich hatte er die Teufelshand erreicht – die Formation großer Felsen, die aussah wie in den Himmel weisende Finger und die nun eine Decke aus Neuschnee trug. Doch im Schatten des mittleren Fingers, genau dort, wo die Spur des Fuchses hinführte, war der Schnee beiseitegescharrt worden, und Martin sah eine kleine Öffnung, die ihm zuvor noch nie aufgefallen war. Der schmale Eingang zu einer Art Höhle.

Martin pirschte darauf zu. Die Öffnung war sehr eng, kaum groß genug, dass ein Mann sich hindurchzwängen konnte, und schien nicht sehr tief zu gehen. Eine behagliche kleine Felsnische. Dort hinein hatte sich der Fuchs geflüchtet. Er drückte sich hechelnd an die Wand, vielleicht im Glauben, dass der Schatten ihn vor Martins Blicken verbarg. Martin lächelte. Es war eine Fähe, und er hatte sie in die linke Flanke getroffen. Unter einem Loch in ihrem Fell sah man das nackte Fleisch. Er roch den schweren Eisengeruch ihres Blutes. Sie zitterte am ganzen Leib, während sie ihn abwartend beobachtete.

Martin hob das Gewehr und richtete den Lauf in die Höhlung hinein.

Er zielte auf ihren Kopf, um den Pelz nicht zu verderben.

»Wo ist Gertie?« Sara kam auf die Scheune zugeeilt, gerade als Martin ins Freie trat. Er hatte die Fähe gehäutet und den Pelz zum Trocknen innen an die Nordwand der Scheune genagelt. Es war keine saubere Arbeit – nicht zu vergleichen mit dem, was Sara vermocht hätte, aber immerhin war er nun fertig. Er hatte sein Ziel erreicht.

Martin blinzelte. Nach der Düsternis der Scheune blendete ihn das fahle Sonnenlicht. »Hier nicht«, antwortete er. Er war müde. Durchgefroren. Ungehalten. Den Fuchs zur Strecke gebracht zu haben hätte ihm ein Gefühl der Genugtuung verschaffen sollen, doch stattdessen hatte es ihn verstört. Vielleicht lag es daran, dass es am Ende kein fairer Kampf gewesen war. Er hatte ein verängstigtes, in die Enge getriebenes Tier getötet.

Saras Blick war wild und panisch. Sie hatte sich keinen Mantel übergeworfen, sondern stand zitternd in Pullover und Hauskleid vor ihm. Dicke Schneeflocken lagen in ihrem Haar und auf ihren Schultern.

»Wo warst du?«, fragte sie, während sie Martins durchnässte, schlammige Hose und die frischen Blutflecken auf seiner Jacke betrachtete.

»Der Fuchs war wieder da. Eine Fähe. Sie hat drei Hühner geholt. Ich bin ihr nachgegangen und habe sie erschossen.« Er sagte dies mit hoch erhobenem Haupt. *Siehst du, wozu ich imstande bin? Ich kann beschützen, was uns gehört. Ich habe das Herz eines Helden.*

»Ich habe ihr das Fell abgezogen«, fuhr er fort. »Ich dachte, vielleicht möchtest du Gertie eine Mütze daraus machen.«

Sara lehnte sich ihm entgegen, auf den Ballen ihrer Füße, bis ihr Gesicht nur noch wenige Zoll von seinem entfernt war. »Gertie war nicht bei dir?«

»Natürlich nicht. Sie lag noch im Bett, als ich aufgebrochen bin.«

Martin wünschte sich nichts sehnlicher, als ins Haus zu gehen, sich trockene Kleider anzuziehen, sein Frühstück zu essen und eine Tasse heißen Kaffee zu trinken. Er hatte jetzt keine Zeit für Sara, die in jeder Sekunde wissen musste, wo Gertie sich aufhielt, und die sich ängstigte, sobald das Mädchen für länger als fünf Minuten aus ihrem Blickfeld verschwunden war.

»Sie ist dir hinterhergelaufen, Martin! Sie hat dich draußen auf dem Acker gesehen und sich den Mantel angezogen, um dir nachzugehen. Sie wollte dir beim Einsammeln der Eier helfen.«

Er schüttelte den Kopf. »Ich habe sie nicht gesehen.«

»Martin, das war vor mehreren Stunden.« Saras goldgesprenkelte Augen suchten den leeren Acker ab. Es hatte die ganze Zeit ohne Unterlass geschneit, und der Wind hatte den Schnee verweht. Alle Spuren vom Morgen waren ausgelöscht. Martins Blick glitt hilflos über den Hof. Angst stieg in ihm auf.

Es war unmöglich zu sagen, wohin die Kleine gelaufen war.

Martin

12. Januar 1908

Stundenlang durchkämmten sie Äcker und Wälder. Es schneite nun nicht mehr so heftig, dafür war es bitterkalt, und der scharfe Wind türmte den Schnee zu hohen Verwehungen auf, so dass Hof und Felder aussahen wie ein Meer puderweißer Wellen.

Wie lange konnte ein Kind bei solcher Witterung überleben? Martin versuchte sich diesen Gedanken zu verbieten. Er stapfte einfach weiter, Gerties Namen rufend. Er hatte den ganzen Tag noch keinen Bissen gegessen, nicht einmal ein Glas Wasser getrunken. In seinem Bauch wütete die Verzweiflung. Der Kopf tat ihm weh, und seine wachsende Angst machte es ihm immer schwerer, einen klaren Gedanken zu fassen. Am wichtigsten, so viel wusste er immerhin, war, dass er um Saras willen gefasst blieb. Er musste sie davon überzeugen, dass alles gut werden würde.

Sara war in der Nähe des Hauses geblieben, für den Fall, dass Gertie zurückkam. Trotzdem konnte Martin sie noch hören. Selbst von jenseits des Felskamms vernahm er, wie sie immer wieder mit verzweifelter Stimme »Gertie, wo bist du?« rief, ein sonderbarer Singsang über dem Heulen des Windes. Seine Ohren spielten ihm Streiche. Erst hörte er »Froh bist du«, dann »Tot bist du«.

Martins Schädel pochte. Sein verkrüppelter Fuß schmerzte nach den vielen Meilen, die er in den unförmigen Schneeschuhen zurückgelegt hatte. Anheben, gleiten, anheben, gleiten. Nirgendwo eine Spur von ihrem kleinen Mädchen.

Er geriet ins Straucheln, rappelte sich wieder auf.

Froh bist du.

Tot bist du.

Er dachte an die Fähe mit dem Huhn im Maul.

Tot bist du.

Dann an seine kleine Tochter, wie sie seiner Spur den Hügel hinauf gefolgt war.

Gertie, tot bist du.

Er presste sich die Fäustlinge auf die Ohren und brach im Schnee zusammen. Er schrie und heulte vor Angst und Wut. Es war seine Pflicht, die Familie zu beschützen, die Dinge zu richten, wenn es Probleme gab. Und hier lag er nun, bis auf die Haut durchnässt und halb erfroren, ein Mann, der so aussah, als müsse er selbst gerettet werden.

»Gertie!«, schrie er.

Nur der Wind antwortete ihm.

Irgendwann, die Sonne sank bereits tiefer, machte er kehrt und ging hügelabwärts zurück zum Haus. Er war am Ende seiner Kräfte und konnte seinen linken Fuß kaum noch belasten. Er würde ihn an diesem Tag nicht mehr weit tragen.

Als er in seinen Schneeschuhen über den Acker kam, erblickte er Sara, die gerade aus der Scheune trat.

Sie hatte sich ein dünnes Tuch umgelegt und zitterte vor Kälte. Wie von Sinnen begann sie auf dem Hof im Kreis herumzulaufen. Inzwischen war ihre Stimme nur noch ein heiseres Krächzen. »Gertie! Gertie! Gertie!« Sie trug keine Handschuhe, ihre Finger waren blaugefroren, die Fingerspitzen blutig – wenn sie nervös war, kratzte sie sich dort die Haut auf.

Er dachte an ihre Hände, die sich damals so verzweifelt an den kleinen Charles geklammert hatten, als seine Glieder schon kalt und seine Lippen blau waren.

Ich spüre sein kleines Herz schlagen.

Wenn sie Gertie verlören, würde das seine Frau in den Abgrund reißen, dessen war sich Martin gewiss.

Sie sah ihn und eilte zu ihm hin. Ihre Augen waren groß und voller Hoffnung. »Ein Lebenszeichen?«

Er schüttelte den Kopf. Einen Moment lang starrte sie ihn ungläubig an.

Er dachte an die Fähe mit ihren goldgeränderten Augen, wie sie ihn angeschaut hatte, oder fast durch ihn hindurch, bevor er sie erschossen hatte.

»Martin, es ist schon fast dunkel. Nimm das Pferd und reite in die Stadt. Berichte Lucius und Sheriff Daye, was geschehen ist. Trommle Leute zusammen, die uns bei der Suche helfen können. Sie sollen Laternen mitbringen. Und geh bei den Bemis' vorbei, vielleicht hat man Gertie dort gesehen. Sie war einmal bei ihnen, um mit ihrer Tochter Shirley zu spielen.«

»Ich mache mich sofort auf den Weg«, versprach er und legte ihr eine Hand auf die Schulter. »Geh du ins Haus. Wärm dich auf. Ich hole Hilfe.«

Er war so hungrig, hatte solch einen rasenden Durst. Aber es wäre nicht recht, jetzt ins Haus zu gehen und auch nur ein Glas Wasser zu trinken. Nicht, wenn sein kleines Mädchen noch irgendwo dort draußen war, mutterseelenallein im Schneesturm. Er würde auf dem Weg in die Stadt am Bach haltmachen. Er würde sich bücken und trinken wie ein Tier.

»Martin«, sagte Sara und nahm seine Hände. »Bete mit mir. Bitte.«

Martin hatte nie viel vom Beten gehalten. Sara und Gertie beteten jeden Abend vor dem Zubettgehen, doch er nahm nie daran teil. Er ging mit ihnen allwöchentlich am Sonntag zur Kirche und hörte sich an, was Reverend Ayers aus der Bibel vorlas. Es war nicht so, dass Martin nicht an Gott geglaubt hätte, er glaubte bloß nicht daran, dass Gott ihm Gehör schenkte. Millionen von Menschen beteten jeden Tag zu ihm, warum sollte er da ausgerechnet auf die Stimme von Martin Shea aus West Hall, Vermont, hören? Doch in seiner Verzweiflung und immer größer werdenden Hoffnungslosigkeit nahm er nun im Schnee vor der Scheune die Mütze ab und neigte den Kopf, während Sara mit ihren blutigen Fingern seine Hände fest umklammerte.

»Wir bitten dich, Gott«, begann sie mit heiserer Stimme. Martin warf ihr verstohlen einen Blick zu – sie hatte die Augen geschlossen, ihr Gesicht war rotfleckig, ihre Nase lief. »Behüte unsere Gertie. Bring sie wohlbehalten zu uns zurück. Sie ist ein gutes Mädchen. Sie ist alles, was wir haben. Gib auf sie acht. Bitte, bring sie zu uns zurück. Wenn sie nicht mehr ist, dann ...« Sara versagte die Stimme.

»Amen«, beendete Martin das Gebet.

Sara ließ seine Hände los und ging in Richtung Haus davon, den Kopf noch immer gesenkt. Ihre Lippen bewegten sich, als führe sie ihre Unterredung mit Gott weiter, feilschend, bettelnd.

Martin schob das Tor zur Scheune auf und hörte die Tiere, die ihm lautstark kundtaten, dass er sie heute noch nicht gefüttert hatte. Die Kuh war nicht gemolken worden. Sie muhte klagend, als er an ihrem Verschlag vorbeikam. Sie alle würden sich gedulden müssen. Er nahm den Sattel und schleppte ihn zur Pferdebox, als etwas seine Aufmerksamkeit erregte und er mitten in der Bewegung innehielt. Mit klopfendem Herzen stand er da. Der Sattel war schwer und unförmig in seinen plötzlich schweißfeuchten Händen.

Das Fuchsfell war nicht mehr da.

Vor Stunden hatte er es an die Nordwand der Scheune genagelt, damit es trocknen konnte. Dann war er ein Stück zurückgetreten und hatte sein Werk begutachtet. Hatte sich die Mütze vorgestellt, die Sara daraus vielleicht für Gertie nähen würde.

Nun starrte er mit zusammengekniffenen Augen auf die leere Wand.

Nur dass sie nicht leer war.

Etwas anderes hing jetzt dort. Etwas Kleines, das im spärlichen Licht, das zum Fenster hereinfiel, schimmerte. Ihm stockte der Atem, als er einen Schritt darauf zu machte. Der Sattel glitt ihm aus den Händen.

An einem Nagel im rauen Holz hing eine dicke Strähne blonder Haare.

Gerties Zopf.

Martins Magen krampfte sich zusammen, er krümmte sich vornüber und erbrach sich.

Sein Kopf fühlte sich an, als läge er zwischen Amboss und Hammer. Martin hielt ihn mit beiden Händen und bohrte die Fingerspitzen in die Schläfen.

Sein Blick glitt an sich herab, und er sah das Blut vom Häuten des Fuchses an seinen Kleidern.

»Martin?«

Er schluckte schwer und wandte sich um. Im Scheuneneingang stand Sara. Sie kam langsam auf ihn zu. Er fuhr hoch und verstellte ihr den Blick auf das Haar.

»Was machst du da?«

»Ich ... hole den Sattel.«

Zum zweiten Mal an diesem Nachmittag sprach er ein Gebet: *Bitte, Gott, mach, dass sie das Haar nicht sieht.*

Er durfte nicht zulassen, dass Sara den Zopf sah – es würde sie umbringen. Er musste ihn vor ihr verbergen. Ihn in den Bach werfen, damit das Wasser ihn forttrug.

»Beeil dich«, sagte Sara. »Es wird bald dunkel.« Zum Glück verließ sie daraufhin die Scheune.

Martin drehte sich um und griff mit zitternden Händen nach dem dicken blonden Zopf. Er zog ihn von dem rostigen Nagel und steckte ihn in die Tasche seiner Jacke.

Sobald er die Stute gesattelt hatte, führte er sie aus der Scheune nach draußen in den tiefen Schnee. Sie würden nur mühsam vorankommen, und er hoffte, dass die Hauptstraßen in der Zwischenzeit gewalzt worden waren.

Es war denkbar, sagte Martin sich, dass ein Tier in die Scheune eingedrungen war und den Fuchspelz von der Wand gerissen hatte. Ein Kojote oder ein streunender Hund. Doch dann langte er in seine Tasche und befühlte den dicken Zopf. Für die Haare am Nagel hatte er keine Erklärung.

»Martin?«

Schon wieder Sara, die vor dem Haus auf ihn wartete. Sie stand links neben der geöffneten Tür, wiegte den Oberkörper vor und zurück und riss an der Haut um ihre Fingernägel. Ihr Blick war wild und verzweifelt.

»Du musst wieder hineingehen, Sara. Du bist nicht für dieses Wetter angezogen.«

Sie nickte, wandte sich zum Haus, hielt dann jedoch inne.

»Martin?«

»Ja?« Ein Kloß formte sich in seiner Kehle. Hatte sie die Haare doch gesehen?

»Es ist wegen des Rings.«

»Was?«

Sie blickte nicht auf ihn, sondern auf den Schnee zu ihren Füßen. »Der Ring, den du auf dem Acker gefunden hast. Den du mir zu Weihnachten schenken wolltest. Ich weiß, dass du ihn noch hast.«

Sie hatte die ganze Zeit gewusst, dass er ihn behalten hatte. Dass er zu selbstsüchtig gewesen war, um ihre Bitte zu erfüllen und ihn wieder zu vergraben. Und nun war er bei seiner Lüge ertappt worden. Er brachte kein Wort heraus.

Saras Atem stand in weißen Dampfwolken in der Luft. Ihre Haut war bleich, ihre Lippen blau vor Kälte. »Es war nicht recht von dir, ihn mitzunehmen. Ich habe dich gewarnt, nie etwas von dem, was du dort ausgräbst, zu behalten. Du musst ihn wegbringen, Martin. Du musst ihn zurückgeben.«

»Zurückgeben?«

»Geh zum Acker und vergrab ihn. Nur so bekommen wir unsere Gertie wieder.«

Fassungslos schaute er sie an. Das konnte unmöglich ihr Ernst sein. Doch ihre Miene sagte ihm, dass es so war. Was den Acker und den Wald betraf, war Sara immer schon sonderbar gewesen. Sie hatte ihm eingeschärft, dort oben gut achtzugeben, nicht in der Nähe der Felsen zu pflügen, und niemals etwas, was er dort in der Erde fand, aufzuheben. Er hatte ihre Angst für einen Familien-Aberglauben gehalten. Die Vorstellung, dass Gertie verschwunden war, weil er einen Ring dort gefunden und behalten hatte – diese Vorstellung war lachhaft, geradezu irrsinnig.

»Geh und tu es jetzt sofort, noch ehe du in die Stadt reitest. Bitte, Martin.«

Er dachte an das, was Lucius ihm gesagt hatte, als Sara nach Charles' Tod eine schwere Zeit durchgemacht hatte.

»Einem Menschen, der an einem Anfall von Wahnsinn leidet, darf man niemals widersprechen. Dadurch macht man es nur noch schlimmer.«

Martin nickte Sara zu, schnalzte mit der Zunge und lenkte das Pferd in Richtung Acker.

Er ritt zu der Stelle, an der er den Ring gefunden hatte – ganz am Ende, dort, wo die Bäume begannen. Er saß ab, drehte sich um und blickte zum Haus zurück, wo Sara noch immer stand und ihn beobachtete. Sie war nur als winziger Schatten zu erkennen.

Er streifte sich die nassen Fäustlinge ab und griff in seine rechte Hosentasche, doch der Ring war nicht da. Seine Finger tasteten verzweifelt, dann klopfte er auf die linke Hosentasche. Nichts. In der linken Jackentasche steckten nur einige Schrotpatronen. In der rechten streiften seine Finger den zusammengerollten Zopf. Martin schauderte vor Ekel.

Der Ring musste da sein! Er hatte ihn am Morgen eingesteckt und erinnerte sich noch daran, wie er ihn berührt hatte, als er dem Fuchs auf den Fersen gewesen war. Zu jenem Zeitpunkt hatte der Ring noch in seiner Tasche gesteckt, das wusste er ganz genau.

Sara behielt ihn weiterhin im Auge, die Arme vor der Brust verschränkt. Sie schwankte leicht im Wind wie ein langer, trockener Grashalm.

Trotz der Kälte brach auf Martins Stirn der Schweiß aus.

Erneut langte er in die rechte Tasche seiner wollenen Jacke.

Darin lag der Pferdeschwanz, zusammengeringelt wie eine weiche Schlange.

Er ließ sich auf die Knie nieder und begann mit seinen bereits frosttauben Fingern ein Loch zu scharren. Er grub so tief er konnte, bis er auf eine Eiskruste stieß, die sich nicht durchbrechen ließ. Er trat sie mit der Stiefelspitze ein und grub weiter. Als er nicht mehr tiefer kam, legte er den Pferdeschwanz in das Loch und bedeckte ihn mit Schnee. Er wischte sich die steifgefrorenen Hände an der Hose ab und kehrte dann zum Pferd zurück, das nicht glücklich darüber war, im Tiefschnee im Freien sein zu müssen.

»Hast du es getan?«, fragte Sara, als er auf dem Weg in die Stadt an ihr vorbeiritt.

Er nickte, vermochte ihr jedoch nicht in die Augen zu sehen. »Geh ins Haus und wärm dich auf. Ich hole Hilfe.«

Besucher von der anderen Seite
Das geheime Tagebuch der Sara Harrison Shea

13. Januar 1908

Clarence Bemis war derjenige, der sie heute Morgen fand, annähernd vierundzwanzig Stunden, nachdem sie aus dem Bett geklettert war, um ihrem Papa zu folgen.

Als die drei Männer – Clarence Bemis, Martin und Lucius – heute früh um zehn nach acht mit Stiefeln voller Schnee ins Haus traten, sah ich es sofort in ihren Gesichtern. Ich wollte sie fortschicken. Die Tür verriegeln. Ihnen sagen, dass es sich um einen Irrtum handeln musste – dass sie weitersuchen sollten, nicht eher wiederkommen durften, als bis sie mir mein kleines Mädchen heil und gesund zurückbrachten.

In diesem Augenblick hasste ich sie alle drei: Clarence in seiner Latzhose, mit seinen zu langen, ungewaschenen Haaren und nach Whiskey stinkend; Lucius mit seiner ernsten Miene, den guten Schuhen und dem sorgsam gestutzten Schnurrbart; Martin, der mit gebeugten Schultern hereingehumpelt kam, ein jämmerlicher Anblick, am Boden zerstört.

Verschwindet, hätte ich am liebsten gesagt. *Verschwindet aus meinem Haus.*

Ich wollte die Zeit zurückdrehen, damit Gertie noch immer in meinen Armen lag, weich und warm unter der Bettdecke.

Martin nahm meine Hand und bat, ich solle mich setzen.

»Wir haben sie gefunden«, sagte er, und ich presste die Hand auf meinen Mund, weil ich dachte, ich würde schreien. Doch kein Laut kam über meine Lippen.

Die drei Männer standen reglos da, die Mützen in den Händen, und starrten mich an.

Weit hinten an der östlichen Grundstücksgrenze der Familie Bemis gibt es einen Brunnen, der schon seit Jahren ausgetrocknet ist. Ich weiß noch, wie Auntie und ich einmal dorthin gegangen sind. Ich war damals noch klein, nicht viel älter als Gertie. Wir warfen Steine hinein und lauschten auf das Geräusch, wenn sie unten aufkamen. Ich lehnte mich über die Einfassung aus rauen Steinen und versuchte bis nach unten zu schauen, doch es war zu finster. Aus dem Brunnenschacht stieg ein dumpfer, feuchtkalter Geruch zu mir empor, und ich glaubte einen kühlen Hauch zu spüren.

»Wie tief reicht er wohl hinab, was meinst du?«, fragte ich Auntie.

Auntie lächelte. »Vielleicht bis ans andere Ende der Erdkugel.«

»Das geht doch gar nicht«, beschied ich sie.

»Oder vielleicht«, sagte sie, während sie einen weiteren Kiesel in die Tiefe warf, »führt er in eine andere Welt.«

Ich beugte mich noch weiter vor, weil ich unbedingt etwas erkennen wollte, doch Auntie fasste mich am Kleid und zog mich zurück. »Sieh dich vor, Sara. Wo auch immer er hinführt, ich glaube nicht, dass du dort sein möchtest.«

Clarence sagte, Gertie habe so friedlich zusammengerollt dagelegen, als wäre sie eingeschlafen.

»Sie hat nicht gelitten«, erklärte Lucius mit leiser, ruhiger Stimme und legte eine Hand auf meine. Seine Hand fühlte sich weich an und wie gepudert, ohne eine einzige Schwiele oder Narbe. Er war Zeuge gewesen, wie man Gertie heraufgezogen hatte, und ich empfand es als schreckliches Unrecht, dass Lucius dabei gewesen war und nicht ich. Sie hatten Jeremiah Bemis an einem Seil in den Brunnen hinabgelassen, und er hatte das Seil dann um Gerties Taille geknotet. Ich schloss die Augen. Ich wollte mir nicht vorstellen, wie ihr kleiner Körper hin und her pendelte und gegen die Wände des Brunnenschachts stieß, während man sie aus der Finsternis ins Freie zog.

»Sie war sofort tot«, erklärte Lucius, als wäre das ein Trost.

Doch es ist kein Trost. Denn immer und immer wieder muss ich an die Steine denken, die ich einst in den Brunnen geworfen habe, und daran, wie lange es dauerte, bis sie unten ankamen.

Ich stelle mir vor, wie es gewesen sein muss, so tief zu fallen.

Wenn man, umgeben von einem Rund aus Stein, fällt und fällt, mitten in das Herz der Dunkelheit hinein.

2. Januar
Gegenwart

Ruthie

Die Schneeflocken wirbelten, tanzten und vollführten betrunkene Pirouetten im Licht der Frontscheinwerfer von Buzz' Pick-up. Die Spikereifen bissen sich in den Schnee, aber Buzz nahm die Kurven so schnell, dass das Heck ausschlug und sie fast gegen die hohen Schneewälle prallten, die die einspurigen, unbefestigten Straßen säumten.

»Mach die Scheinwerfer aus«, sagte Ruthie. Sie waren fast da, und ihre Mutter sollte nicht merken, dass sie schon wieder zu spät nach Hause kam. Sie war neunzehn, und für wen hielt sich ihre Mutter eigentlich, verdammt noch mal, dass sie glaubte, Ruthie vorschreiben zu können, wann sie zu Hause zu sein hatte?

Ruthie beugte sich nach links, nahm die Flasche Pfefferminzschnaps, die zwischen Buzz' Oberschenkeln klemmte, und trank einen großzügigen Schluck. Dann kramte sie in den Taschen ihres Parkas, holte das Fläschchen mit Augentropfen heraus, legte den Kopf in den Nacken und träufelte sich drei Tropfen in jedes Auge.

Sie hatten draußen in Tracers Scheune gefeiert und das Bierfass leer gemacht, das von der Silvesterparty noch übrig gewesen war. Emily hatte Gras mitgebracht, und sie hatten um den Kerosinofen gesessen und darüber geredet, wie beschissen doch der Winter war und dass im Frühling alles anders werden würde. Sie hatten letztes Jahr im Juni ihren Schulabschluss gemacht, und jetzt hockten sie immer noch hier im stinköden West Hall, Vermont, dem schwärzesten Loch in der Mitte des Universums. All ihre anderen Freunde waren aufs College gegangen oder in große Städte gezogen, wo es immer warm war: Miami, Santa Cruz. Nicht, dass Ruthie das nicht auch versucht hätte. Sie hatte sich an Unis in Kalifornien und New Mexico beworben, Unis mit renommierten betriebswirtschaftlichen Fakultäten, aber ihre Mom hatte gesagt, das ginge im Augenblick nicht, sie hätten für so etwas einfach kein Geld.

Sie waren immer knapp bei Kasse und kamen gerade so über die Runden, indem sie Gemüse und Eier auf dem Bauernmarkt verkauften. Zusätzlich dazu bot ihre Mom auf dem Markt, in Wollgeschäften und auf diversen Handarbeitsausstellungen auch noch selbstgestrickte Socken und Mützen an. Sie war eine große Verfechterin des Tauschhandels – sie tauschte Gemüse und Eier gegen Käse, Rohmilch und lokal gemahlenes Mehl ein. Sie kauften nie etwas Neues, und wenn etwas kaputtging, wurde es nicht weggeworfen, sondern repariert. Ruthie hatte schon früh gelernt, dass es sinnlos war, sich Dinge zu wünschen, die sie sich nicht leisten konnten. Wenn sie ein besonderes Paar Turnschuhe oder eine ganz bestimmte Jacke haben wollte, weil die anderen Kinder in ihrer Klasse sie auch hatten, brachte ihr das von ihren Eltern lediglich missbilligende, enttäuschte Blicke und die Bemerkung ein, dass sie genügend wunderschöne Sachen besitze (selbst wenn die aus dem Secondhandladen kamen und die Namen fremder Kinder auf den Etiketten standen).

Ihre Mom hatte beschlossen, dass es das Beste wäre, wenn Ruthie noch ein Jahr zu Hause blieb und solange aufs Community College ging; sie hatte sogar angeboten, Ruthie dafür zu bezahlen, dass sie beim Eierverkauf mithalf. (Mittlerweile führte Ruthie ganz allein die Bücher, fütterte jeden Tag die Hühner, sammelte die Eier ein und mistete den Stall aus.)

»Wenn du etwas über Betriebswirtschaft wissen willst, ist das nicht eine viel praktischere Art zu lernen?«, hatte ihre Mutter gefragt.

»Ein paar Dutzend Eier auf dem Bauernmarkt zu verkaufen ist nicht so ganz das, was ich mir vorgestellt hatte.«

»Aber es ist ein Anfang. Und jetzt, wo dein Vater nicht mehr da ist, kann ich jedes bisschen Hilfe brauchen«, hatte ihre Mutter erwidert. »Nächstes Jahr«, beteuerte sie, »kannst du dich bewerben, wo du willst. Ich helfe dir bei der Finanzierung.«

Ruthie ließ nicht locker: Schließlich gebe es doch Studentendarlehen und Stipendien, für die sie vielleicht infrage käme. Aber ihre Mutter weigerte sich, die nötigen Unterlagen auszufüllen, weil das dem Staat angeblich eine Möglichkeit bot, sie auszuspionieren. Man durfte den staatlichen Behörden nicht trauen, nicht einmal dann, wenn sie Geld an Studenten verliehen. Denn das führte nur dazu, dass man vom System vereinnahmt wurde – von demselben System, aus dem sich ihre Mutter und ihr Vater unter großen Anstrengungen befreit hatten.

»Wenn dein Vater noch da wäre, sähe die Sache anders aus«, sagte Mom. Ruthie wusste, dass das stimmte. Auch wenn sie es ein bisschen beunruhigend fand, dass ihre Mutter immer so von ihrem Dad sprach, als wäre er bloß verreist oder hätte sie sitzenlassen, obwohl er doch in Wahrheit vor zwei Jahren an einem Herzinfarkt gestorben war. Wäre er noch am Leben gewesen, hätte Ruthie garantiert aufs College gehen dürfen. Ihr Vater hatte sie besser verstanden als jeder andere Mensch, und er hatte gewusst, wie sehr sie sich danach sehnte, aus West Hall wegzukommen. Er hätte eine Möglichkeit gefunden.

»Ist es denn so schrecklich«, fragte ihre Mutter und versuchte Ruthies wirre dunkle Mähne glattzustreichen, »noch ein Jahr länger hierzubleiben?«

Ja, hätte Ruthie am liebsten erwidert. *Ja! Ja! Ja!*

Aber dann dachte sie an Buzz, der sich nicht mal fürs College beworben hatte und bei seinem Onkel auf dem Schrottplatz arbeitete. Es war eine elende Schufterei, aber dafür war Buzz nie pleite, und außerdem fand er lauter tolle Teile für seine Skulpturen – bizarre Monster, Aliens und Roboter, die er aus Autoteilen und kaputten Landwirtschaftsmaschinen zusammenschweißte. Der Hof des Schrottplatzes stand voll mit seinen Kunstwerken

– er hatte sogar schon ein paar an Touristen verkauft und sich damit ein bisschen Geld nebenbei verdient.

Sie und Buzz hatten sich in der Zwölften auf einer Party auf der Moosbeerenwiese kennengelernt. Es war Anfang Oktober gewesen. Der Vorschlag, auf die Party zu gehen, war von Emily gekommen – sie war total in einen Typen namens Adam verknallt, der ein Jahr zuvor seinen Abschluss gemacht hatte. Ihr war zu Ohren gekommen, dass er auch auf der Party sein würde. Wie sich herausstellte, hatte Adam seinen Cousin Buzz mitgebracht, und irgendwie kam es, dass die vier sich immer weiter vom Lagerfeuer am See entfernten und schließlich auf dem Friedhof landeten. Adam und Emily knutschten unter einem Granitkreuz, während Ruthie krampfhaft versuchte, eine Unterhaltung mit Buzz zu führen. Sie war sauer auf ihre Freundin, weil sie sich ihretwegen jetzt in dieser blöden Situation befand. Buzz erzählte gerade, dass sein Dad und sein Onkel in West Hall wohnten, er selbst aber bei seiner Mom in Barre lebte und da auch zur Schule ging. Auf die technische Berufsschule, um Automechaniker zu lernen.

»Autos sind schon in Ordnung«, sagte er mit einem Schulterzucken, während sie billiges Bier aus Plastikbechern tranken. »Sachen reparieren kann ich ganz gut. Ich bin in Adams Boxenmannschaft – er fährt Rennen draußen auf der Thunder Road. Warst du schon mal an der Thunder Road?«

Ruthie schüttelte den Kopf und wandte sich zum Gehen. Sollte Emily doch sehen, wo sie blieb. Sie für ihren Teil wollte zurück zum Lagerfeuer. Sie hatte null Interesse an irgendeinem Proleten, der an Autos rumschraubte, ganz egal, wie gut er aussah.

»Nee«, meinte Buzz, »bist wohl auch nicht so der Typ dafür. Was ist mit der Teufelshand? Warst du da schon mal?«

Das ließ sie innehalten.

»Ich wohne direkt nebenan«, sagte sie.

»Im Ernst? Total unheimlich da. Die Felsen sehen fast so aus, als hätte jemand sie absichtlich so hingestellt, findest du nicht?«

Buzz lehnte sich gegen einen mit Flechten bewachsenen Grabstein.

Ruthie zuckte mit den Schultern. Der Gedanke war ihr noch nie gekommen.

»Glaubst du an Außerirdische?«, fragte Buzz als Nächstes.

»Du meinst kleine grüne Männchen? Äh … nein.«

Buzz schaute in seinen Bierbecher. »Also, ich persönlich glaub, dass die Felsen von Außerirdischen da hingestellt wurden. Ich bin ziemlich oft da oben. Ich arbeite sogar an einer Skulptur der Teufelshand, draußen im Betrieb von meinem Onkel. Du solltest mal vorbeikommen und sie dir ansehen.«

»Eine Skulptur?«, fragte sie und kam wieder näher. Den Rest der Nacht redeten sie über Kunst, UFOs, das Für und Wider eines Abschlusses in Betriebswirtschaft, Filme, die sie gesehen hatten, und darüber, dass sie beide das Gefühl hatten, von ihren Familien komplett missverstanden zu werden. Sie schlenderten über den Friedhof, lasen die Namen und Jahreszahlen auf den Grabsteinen und versuchten sich vorzustellen, wie die Menschen gelebt hatten und woran sie gestorben waren.

»Guck mal, der hier«, sagte Buzz, während er mit den Fingern die Gravierung auf einem schlichten Granitstein nachfuhr. »Hester Jameson. Die war erst neun Jahre alt, als sie gestorben ist. Noch ein Kind. Ganz schön traurig, oder?«

Seit dem Abend waren sie zusammen. Noch ein Jahr mit Buzz zu verbringen wäre nicht das Schlechteste. Nein, ganz und gar nicht – vor allem in Augenblicken wie diesem, wenn sie nebeneinander in seinem warmen Pick-up saßen, high waren und durch die Dunkelheit rasten, als ob nichts sie aufhalten könnte.

»Du glaubst doch nicht, dass deine Mom noch wach ist, oder?«, fragte Buzz.

»Ich will's nicht hoffen«, gab Ruthie zurück.

»Mann, die würde echt Hörner kriegen.«

Ruthie lachte über seine Formulierung, auch wenn ihr klar war, dass er recht hatte.

Es war nicht bloß ihre Mutter – alle in der Stadt machten sich die ganze Zeit Sorgen, waren überhaupt nicht entspannt und bestanden darauf, dass ihre Kinder nachts nicht das Haus verließen. Seit Anfang Dezember wurde ein sechzehnjähriges Mädchen namens Willa Luce vermisst. Sie war auf dem Heimweg vom Haus einer Freundin gewesen, die nur eine halbe Meile entfernt wohnte. Erst wenige Tage davor hatte man zwei Schafe und eine Kuh mit aufgeschlitzten Kehlen gefunden. Und dann waren da natürlich noch die anderen, länger zurückliegenden Fälle: 1952 war ein Junge spurlos verschwunden, nachdem seine Freunde gesehen hatten, wie er in eine Höhle gekrochen war, die hinterher niemand mehr wiederfand. 1973 war es dann ein Jäger, der den Anschluss an seine Jagdgesellschaft verlor und nie wieder im Zeltlager auftauchte. Der berühmteste Fall war der einer Studentin aus dem Jahre 1982, die mit ihrem Freund wandern gewesen war. Irgendwann kam der Freund allein aus dem Wald zurück, blutüberströmt und völlig verstört. Er war nicht in der Lage zu erklären, was passiert war. Er wurde wegen Mordes angeklagt, allerdings fand man nie eine Leiche. Am Ende wurde er für verrückt erklärt und in eine psychiatrische Klinik eingewiesen.

Das West-Hall-Dreieck nannten die Leute die Gegend. Es gab Gerüchte über satanische Kulte, einen wahnsinnigen Killer, ein Tor zu einer anderen Dimension und natürlich über Außerirdische, an die auch Buzz und seine Freunde glaubten.

Ruthie hielt das alles für kompletten Schwachsinn. Sie wusste nicht genau, was es mit den getöteten Tieren auf sich hatte, aber wahrscheinlich gingen die auf das Konto irgendwelcher Teenager, die aus Langeweile Mist gebaut hatten. Der kleine Junge und der Jäger hatten sich vermutlich in dem riesigen Waldgebiet verirrt. Man verliert die Orientierung, beginnt zu frieren, sucht einen Ort, an dem man es halbwegs warm hat, und bevor man es sich versieht, schleifen Kojoten die Knochen weg. Der Student war ganz offensichtlich durchgedreht und hatte seine Freundin ermordet – tragisch, aber so was kam vor.

Und Willa Luce, na ja, die war an besagtem Abend wahrscheinlich einfach immer weiter gegangen, bis zum Highway, und da hatte sie sich von einem Trucker mitnehmen lassen, der nach Westen fuhr oder wohin auch immer, Hauptsache weg. Hatte Ruthie nicht selbst jahrelang davon geträumt, genau das zu tun? Welchem Teenager in West Hall ging es anders? Hier gab es einfach nichts, weswegen es sich zu bleiben gelohnt hätte – der kleinste Supermarkt der Welt, ein Postamt, ein Eisenwarenladen, ein Buchladen, ein überteuertes Café und ein heruntergekommener Tanzsaal, der meistens nur für die Bingo-Abende alter Damen oder hin und wieder mal für einen Hochzeitsempfang genutzt wurde. Das spektakulärste Ereignis der Woche war der Bauernmarkt am Samstag.

Sie nahm Buzz' Hand und verschränkte ihre Finger mit seinen. Sie waren rau und schwielig und immer schwarz von der Schmiere, ganz egal, wie oft er sie wusch. Sie musterte ihn im trüben Schein des Armaturenbretts – die tief in die Stirn gezogene Baseballkappe mit dem Aliengesicht vorne drauf, seine zusammengekniffenen Augen, die fest auf die verschneite Straße gerichtet waren, die zerschlissene Carhartt-Jacke mit den Taschen voller Buzz-Utensilien: Zigaretten, Feuerzeug, Leatherman, Stirnband, Mini-Feldstecher, Taschenlampe, Handy.

Diese Momente liebte sie am meisten, wenn sie zu zweit in seinem Pick-up unterwegs waren. Manchmal fuhr er mit ihr in die Berge, um nach UFOs Ausschau zu halten. Sie saßen dann stundenlang im Wagen, teilten sich eine Thermoskanne Kaffee mit Schuss oder ein Sixpack Long Trail, und er erzählte ihr, was sein bester Freund Tracer und er einmal weit draußen hinter der Bemis-Farm gesehen hatten. Ein seltsames pulsierendes Licht. Zuerst sei es oben bei den Felsen gewesen und dann runter zum Maisfeld gewandert. Und dann, behauptete Buzz, hätten sie eine kleine bleiche Gestalt durch die Maisstauden schweben sehen – mit Bewegungen, die viel zu flink und sprunghaft waren, als dass es ein Mensch hätte sein können.

»Ich weiß, was ich gesehen hab«, beteuerte Buzz. »Das war ein Außerirdischer. Ein Grauer. Tracer war dabei – er hat's auch gesehen. Er war ziemlich klein, eins zwanzig oder so, und er hatte ein langes Gewand an, das beim Gehen hinter ihm hergeflattert ist. Jede Wette, dass der die Schafe und die Kuh geholt hat. Sie benutzen die Tiere für ihre Experimente – sie lassen sie ausbluten und entfernen ihnen mit chirurgischer Präzision die Organe –, das kann kein Raubtier gewesen sein.«

Tracer war eigentlich ganz in Ordnung, auch wenn Ruthie nicht begriff, wie ein Mensch, der so viel Gras rauchte, im Alltag überhaupt funktionieren konnte. Es wunderte sie nicht, dass ihm und Buzz ein kleiner grauer Alien begegnet war, nachdem sie in Buzz' Pick-up eine Bong durchgezogen hatten.

Aber auch ohne Buzz' Gerede von Außerirdischen kursierten genügend unheimliche Geschichten über den Wald und die Teufelshand.

»Oh, oh«, sagte Buzz, als sie den Anfang von Ruthies Einfahrt erreicht hatten.

»Na toll«, brummelte Ruthie. Als sie den Kopf hob, sah sie durch die vorhanglosen Fenster von Küche und Wohnzimmer Licht nach draußen scheinen. Beide Zimmer waren hell erleuchtet. Ihre Mutter war also doch noch wach. Ruthie griff erneut in ihre Parka-Tasche, tastete nach der Rolle Pfefferminzbonbons und kaute drei Stück auf einmal. Dann schob sie ihren Ärmel hoch, drückte den Knopf an ihrer großen Digitaluhr und versuchte blinzelnd das Display zu lesen. 01:12, 2. JAN. Sie war so was von fällig.

Sie lehnte sich zu Buzz hinüber und gab ihm einen feuchten Kuss. Er schmeckte nach Gras und Schnaps. »Wünsch mir Glück«, sagte sie.

»Glück«, erwiderte er augenzwinkernd. »Ruf mich morgen an und erzähl mir, was für eine Strafe sie dir aufgebrummt hat.«

Ruthie öffnete die Tür und sprang aus dem Wagen. Ihre Stiefel versanken in zehn Zentimetern Neuschnee. Langsam und mit der erhöhten Vorsicht einer Betrunkenen, die sich krampfhaft bemüht, nicht zu torkeln, ging sie in Richtung Haus. Sie atmete tief die kalte, nach Holzrauch riechende Luft ein, damit sie wieder ein bisschen klarer im Kopf wurde. Sie hätte nach dem Bier nicht noch so viel Schnaps trinken sollen. Emilys Killer-Gras hatte ihr dann den Rest gegeben. Sie schlug sich mit den behandschuhten Händen ins Gesicht. *Werd nüchtern. Werd nüchtern. Werd nüchtern.*

Ihre Mutter würde sie in der Luft zerreißen. Sie würde Hausarrest bekommen. Buzz einen Monat lang nicht sehen dürfen.

Sie behielt die Fenster im Auge, während sie auf wackligen Beinen den Rest des Weges zur Haustür stapfte. Drinnen regte sich nichts. Es war absolut undenkbar, dass ihre Mutter ins Bett gegangen war, ohne das Licht auszuschalten – Stromverschwendung war in ihrem Haushalt ein schweres Vergehen.

Ruthie holte ein letztes Mal tief Luft, öffnete langsam die Haustür, trat in den Eingangsflur und schloss die Tür leise hinter sich. Dann machte sie sich auf den Anschlag gefasst. Doch es erschien keine Mutter, um ihr Vorhaltungen zu machen. So weit, so gut.

Sie stand ganz still da und lauschte.

Keine Schritte. Kein *Hast du eine Ahnung, wie spät es ist, Fräulein?* Nur das schlafende Haus.

Ruthie schlüpfte aus ihrem Parka, kickte sich die Stiefel von den Füßen und stellte sie neben die anderen auf die Schuhablage. Dann schleppte sie sich in die Küche, goss sich ein Glas Wasser ein und kippte es, an den Tresen gelehnt, in einem Zug hinunter. Sie blinzelte im grellen Licht.

Die Teller vom Abendbrot waren gespült und weggeräumt, aber auf dem Tisch stand eine volle Tasse Tee. Ruthie berührte sie mit den Fingerspitzen. Eiskalt. Daneben stand ein Teller mit einem Stück Apfelkuchen, von dem ein Bissen fehlte. Die Gabel lag daneben auf dem Teller. Ruthie war niemand, der ein Stück vom selbstgebackenen Kuchen ihrer Mutter verschmäht hätte. Sie schlang ihn hinunter und stellte danach den Teller in die Spüle.

Sie knipste das Licht in der Küche aus und ging weiter ins Wohnzimmer, um dort ebenfalls das Licht auszumachen. Sie warf einen Blick in den Ofen, in dem das Feuer bis auf die Kohlen heruntergebrannt war. Sie warf ein paar Scheite für die Nacht hinein, verteilte sie gleichmäßig und machte sich dann auf den Weg in ihr Bett.

So leise sie konnte, schlich sie die Treppe hoch. Ihr war schwindelig vom Alkohol, und sie musste sich am Geländer festhalten, um nicht das Gleichgewicht zu verlieren, aber ein wundervoller Gedanke ließ all das in den Hintergrund treten: Sie war noch mal davongekommen. Fast hätte sie in ihrem Triumph laut gelacht.

Auf halber Treppe trat sie in etwas Nasses und blieb stehen. Auf den hölzernen Stufen waren mehrere schmutzige Pfützen zu sehen, als wäre jemand nach oben gegangen, ohne sich vorher die Stiefel auszuziehen. Verärgert über ihre nassen Socken, stieg Ruthie die restlichen Stufen bis in den mit Teppichboden ausgelegten Flur hoch.

Die Tür zum Zimmer ihrer Mutter war geschlossen, durch den Spalt unter der Tür drang kein Licht. Fawns Tür jedoch stand offen, und Ruthie hörte ihre kleine Schwester im Schlaf seufzen. Roscoe kam aus Fawns Zimmer geschlichen und lief schnurrend auf Ruthie zu. Sein buschiger Schwanz wedelte in der Luft hin und her und signalisierte *Bitte lieb mich!*

Ruthie sah schmunzelnd auf den aschgrauen Kater hinunter. »Na komm, alter Knabe«, flüsterte sie und schlüpfte in ihr Zimmer. Roscoe folgte ihr. Ruthies Bett war nicht gemacht, der Schreibtisch ein Durcheinander aus Lehrbüchern und Mitschriften aus dem soeben zu Ende gegangenen Semester: Wissenschaftliches Schreiben, Einführung in die Soziologie, Analysis I, Grundlagen der Informatik. Obwohl die Noten noch nicht aushingen, wusste sie, dass sie in allen Kursen eine Eins hatte, auch wenn sie sterbenslangweilig gewesen waren.

»Der Stoff ist so simpel, da könnte eine dressierte Katze einen Einser-Schnitt schaffen. Das ist ein unterdurchschnittlicher Ausbildungsstandard«, hatte sie sich bei ihrer Mutter beschwert. »Willst du das etwa für mich?«

»Es ist doch nur ein Jahr«, hatte ihre Mutter erwidert – ein Satz, den Ruthie inzwischen auswendig konnte.

Ja, ja.

Ruthie machte ihre Tür zu, zog sich die Jeans und feuchten Socken aus und kroch ins Bett. Roscoe machte es sich neben ihr bequem. Er trat auf der Bettdecke herum und lief einmal, zweimal, dreimal im Kreis, bevor er sich schließlich hinlegte und die Augen schloss.

Sie träumte schon wieder von Fitzgeralds Bäckerei mit ihren von der Wärme beschlagenen Fenstern und dem Duft nach frischgebackenem Brot und Kaffee. Es gab dort eine lange gläserne Theke, vor der sie eine scheinbare Ewigkeit lang stand und die Reihen der Cupcakes, Apfeltaschen und mit buntem, wie Edelsteine funkelndem Zucker bestreuten Kekse betrachtete.

»Was hast du dir ausgesucht, mein Täubchen?«, fragte ihre Mutter, die Ruthies kleine Hand fest und sicher in ihrer hielt. Die Mutter trug weiche, glatte Handschuhe aus Kalbsleder. Mit der freien Hand deutete Ruthie auf etwas in der Auslage. Ihre pummeligen Kleinmädchenfinger hinterließen Flecken auf dem Glas.

Ein Cupcake mit einer Haube aus rosafarbener Zuckercreme.

Dann hob Ruthie den Kopf und sah, wie ihre Mutter auf sie herablächelte, nur dass der Traum an dieser Stelle immer ganz merkwürdig wurde, denn die Frau neben ihr war gar nicht ihre Mutter, sondern eine große, hagere Unbekannte mit einer dicken Hornbrille, deren Gläser wie Katzenaugen geformt waren.

»Eine gute Wahl, mein Täubchen«, sagte die Frau und strich Ruthie übers Haar.

Dann veränderte sich der Traum plötzlich wie so oft, und sie befand sich in einem winzigen dunklen Raum, in dem ein flackerndes Licht schien. Jemand war bei ihr – ein kleines Mädchen mit blonden Haaren und schmutzigem Gesicht. Der Raum schien immer kleiner und kleiner zu werden, und die Luft wurde knapp. Verzweifelt schluchzend rang Ruthie nach Atem.

Dann schlug sie die Augen auf. Roscoes warmer, schwerer Körper lag ihr quer über Mund und Nase.

»Geh runter von mir, du alter Klops«, brummte Ruthie mürrisch und gab ihm einen Stoß.

Aber es war gar nicht der Kater. Es war der Arm ihrer Schwester in weichem Fleece. Ruthie blinzelte. Das helle Licht, das zum Fenster hereinfiel, tat ihren Augen weh. Ihr brummte der Schädel, und sie hatte einen Geschmack wie von Katzenscheiße im Mund. Auf frühmorgendlichen Besuch hatte sie absolut keine Lust.

»Was willst du?«, knurrte sie. Ihr Bett war schmal genug, auch ohne ihre kleine Schwester, die im Schlaf Turnübungen machte und nicht selten mit dem Kopf am Fußende aufwachte. Fawn kroch nachts oft zu ihrer Mutter ins Bett, aber dass sie zu Ruthie kam, war schon seit Ewigkeiten nicht mehr vorgekommen.

Fawn antwortete nicht. Schwerfällig wälzte Ruthie sich herum. Die Matratze war warm und feucht.

»Ach, du Scheiße!«, kreischte sie. »Hast du in mein Bett gepinkelt?« Sie befühlte die Matratze. Sie war nass, genau wie der Fleece-Schlafanzug ihrer kleinen Schwester. Fawn hatte die Augen fest geschlossen und tat so, als schliefe sie. Ruthie knuffte sie in die Seite und versuchte sie aus dem Bett zu schieben.

»Geh und weck Mom!«, befahl sie.

Fawn drehte sich auf den Bauch, das Gesicht im Kissen vergraben. »Gehnnch«, murmelte sie.

»Was?«, fragte Ruthie und rollte ihre Schwester zu sich herum.

»Ich hab gesagt, das geht nicht.« Fawns Gesicht war rot und verschwitzt. Der Uringeruch stieg Ruthie scharf in die Nase, so dass ihr Magen einen unangenehmen Satz machte.

»Und wieso nicht?«

»Weil sie nicht da ist. Sie ist weg.«

Ruthie warf über Fawn hinweg einen Blick auf ihren Wecker.

Es war halb sieben. Ihre Mutter stand praktisch nie vor sieben Uhr auf, und das Haus verließ sie schon gar nicht so früh. An den meisten Tagen musste sie mindestens drei Tassen Kaffee intus haben, bevor sie auch nur ein Wort über die Lippen brachte.

»Was soll das heißen, *weg*?«

Fawn schwieg einen Moment lang, dann sah sie mit großen Augen zu Ruthie auf. »So was kann passieren«, sagte sie.

»Ich glaub's ja wohl nicht«, murmelte Ruthie und wälzte sich aus dem durchnässten Bett. Als ihre nackten Füße den Boden berührten, war dieser eiskalt. Das Feuer war über Nacht ausgegangen. Sie legte sich einen Pulli um die Schultern und stieg in eine Jogginghose.

Dann marschierte sie den Flur entlang zum Schlafzimmer ihrer Mutter. Ihr war übel, und als sie aufstoßen musste, schmeckte sie den Schnaps. Sie fragte sich kurz, ob sie vielleicht immer noch ein bisschen betrunken oder high war und deshalb das Gefühl hatte, dass das alles gerade nicht wirklich passierte. Sie legte die Hand an den Türknauf und drehte ihn langsam herum. Sie wollte nicht, dass ihre Mutter vom Quietschen der Angeln wach wurde. Doch als die Tür sich öffnete, sah Ruthie lediglich das leere, fein säuberlich gemachte Bett.

»Ich hab's dir doch gesagt«, wisperte Fawn. Sie war hinter Ruthie in den Flur getreten.

»Mach dich sauber und zieh dir was an«, forderte Ruthie sie auf, den Blick auf das unbenutzte Bett ihrer Mutter gerichtet. Sie stand eine Zeitlang leicht schwankend da, während ihre Schwester in ihr eigenes Zimmer huschte.

»Was soll der Mist?«, fragte sie. Es war sechs Uhr dreißig. Wo steckte ihre Mutter?

Sie ging die schmale Holztreppe nach unten und zählte dabei die Stufen, wie sie es schon als Kind immer getan hatte. Das brachte Glück. Es waren dreizehn, aber die unterste zählte sie nie mit. Sie übersprang sie einfach und tat so, als gäbe es sie gar nicht, damit am Ende eine schöne, gerade Zwölf herauskam.

»Mom?«, rief sie. Auf dem Küchentisch stand immer noch die volle Teetasse. Als Ruthie ins Wohnzimmer ging, stellte sie fest, dass die Scheite, die sie in der Nacht in den Ofen gelegt hatte, nicht gebrannt hatten. Es war ein großer Specksteinofen unmittelbar neben dem alten gemauerten Kamin. Der Ofen war ihre einzige Wärmequelle – ihre Eltern weigerten sich, Geld für fossile Brennstoffe auszugeben.

Sie bückte sich, was das Pochen in ihrem Kopf noch schlimmer machte, nahm die Scheite heraus und fegte die Asche in die Büchse neben dem Ofen. Dann fing sie noch mal ganz von vorn an: zerknüllte Zeitung, Pappe, Reisig. Sie riss ein Streichholz an, und die Flammen erwachten knisternd zum Leben. Sie legte einige kleinere Holzstücke obendrauf, dann ein trockenes Scheit. Sobald es brannte, schichtete sie das Holz von der letzten Nacht wieder darüber und schloss die gläserne Ofentür.

Fawn kam die Treppe heruntergetapst. Sie trug eine rote Cordlatzhose, einen roten Rollkragenpulli und an den Füßen dicke Wollsocken, die ihre Mutter gestrickt hatte. Selbstverständlich in Rot.

»Ganz schön monochrom«, meinte Ruthie.

»Hä?«, machte Fawn. Ihre Augen sahen ein bisschen merkwürdig aus – glasig und trübe, so wie wenn sie krank war.

»Vergiss es«, sagte Ruthie und starrte ihre seltsame kleine Schwester an.

Fawn war zu Hause auf die Welt gekommen, mit einer Hebamme, genau wie Ruthie.

Ruthie war bis zur dritten Klasse zu Hause unterrichtet worden. Erst dann hatten ihre Eltern, durch Ruthies ständige Bettelei mürbe geworden, eingelenkt und sie auf die West Hall Union School geschickt. Doch sosehr sich Ruthie dies auch gewünscht hatte, so schwierig und schmerzhaft wurde die Umstellung. Sie hinkte im Lernstoff hinterher, die anderen Kinder machten sich über ihre grellbunten, handgestrickten Kleider lustig und darüber, dass sie nicht multiplizieren konnte. Ruthie bemühte sich sehr, aufzuholen und sich den anderen anzupassen, und schon bald war aus ihr eine herausragende Schülerin geworden, die Jahr für Jahr die besten Noten der Klasse bekam.

Als Fawn im Jahr zuvor fünf geworden war, hatte Ruthie darauf bestanden, dass sie in der Vorschule angemeldet wurde.

»Ich lass nicht zu, dass aus Fawn eine totale Außenseiterin wird, Mom. Sie soll zur Schule gehen. Alles andere ist einfach nicht normal.«

Ihre Mom hatte sie lange angeschaut und dann gefragt: »Was, bitte schön, ist so großartig daran, normal zu sein?«

Doch am Ende hatte sie nachgegeben und Fawn einen Platz in der Vorschule besorgt. Das ganze Jahr hatte Ruthie ängstlich über Fawn gewacht und regelmäßig durchs Fenster ihres Klassenzimmers auf den Kindergarten-Spielplatz gespäht, wo Fawn immer allein saß, Bilder in den Sand malte und lebhafte Selbstgespräche führte. Sie schien keine Freunde zu haben. Als Ruthie Fawn darauf ansprach, antwortete ihre kleine Schwester, dass die anderen Kinder sie andauernd fragen würden, ob sie mit ihnen spielen wolle.

»Und warum spielst du dann nie mit ihnen?«, wollte Ruthie wissen.

»Weil ich beschäftigt bin.«

»Womit?«

»Ich muss doch mit den Freunden spielen, die ich schon hab«, erklärte Fawn und hopste davon, bevor Ruthie sie fragen konnte, was für Freunde sie meinte – Ameisen? Kieselsteine?

Jetzt vergrub Fawn die Hände tief in den Taschen ihrer roten Latzhose und starrte mit leerem Blick ins Feuer.

»Also, wann hast du Mom zum letzten Mal gesehen?«, wollte Ruthie wissen. Sie ließ sich auf die Couch fallen und rieb sich die Schläfen im vergeblichen Versuch, die bohrenden Kopfschmerzen etwas erträglicher zu machen.

»Wir haben zusammen zu Abend gegessen. Linsensuppe. Später ist Mom hochgekommen und hat mir gute Nacht gesagt. Und sie hat mir noch eine Geschichte vorgelesen.« Fawn klang wie ein Roboter, dessen Akku jeden Moment den Geist aufgeben würde. »Rotkäppchen.«

Ruthie nickte. Das erklärte wohl auch Fawns Kleiderwahl. Fawn nahm Geschichten sehr ernst. Sie hatte diese Phasen, in denen sie immer nur ein und dieselbe Geschichte hören wollte. Man musste sie ihr wieder und wieder vorlesen, bis sie jedes Wort auswendig konnte. Und selbst wenn man ihr dann gerade einmal nichts vorlas, schien ein Teil von ihr immer noch in der Geschichte festzustecken. Sie hinterließ eine Spur aus Brotkrumen im Haus; baute kleine Häuschen aus Lehm, Stöcken und Steinen; und sie unterhielt sich die ganze Zeit leise mit sich selbst oder mit ihrer Puppe Mimi und überlegte, wohin der Wolf gegangen sein könnte oder ob der Frosch wirklich ein schöner Prinz war.

»Und was machen wir jetzt?« Fawns Stimme klang matt.

»Ich sehe draußen nach, ob der Pick-up noch da ist. Dann nehme ich mir die Scheune vor.«

»Mimi hat gesagt, wir finden sie sowieso nicht.«

Ruthie holte tief Luft und stieß sie zischend wieder aus. »Im Moment ist es mir so was von egal, was deine Puppe denkt, okay, Fawn?«

Fawn ließ den Kopf hängen, und Ruthie wurde klar, dass dies nicht der richtige Zeitpunkt war, sich wie eine Zicke zu benehmen. Brummschädel und verschwundene Mutter hin oder her – Fawn war erst sechs. Sie hatte Besseres verdient.

»Hey«, sagte Ruthie, ging vor Fawn in die Hocke und hob ihr Kinn an. »Tut mir leid, Mäuschen. Ich bin einfach total müde und ein bisschen durcheinander. Warum gehst du nicht nach oben und holst Mimi. Bring sie runter, und wenn ich wieder reinkomme, mache ich uns ein schönes großes Frühstück. Schinken und Eier und heiße Schokolade. Na, wie klingt das?«

Fawn gab keine Antwort. Sie sah so klein und blass aus, und ihre Haut fühlte sich fiebrig an.

»Kopf hoch, mein kleines Reh.« Ruthie benutzte Moms Kosenamen für Fawn. »Alles wird gut. Wir finden sie schon. Versprochen.«

Fawn nickte, drehte sich um und ging die Treppe hinauf.

Dann musste Ruthie merkwürdigerweise an Willa Luce denken. Daran, wie Suchmannschaften die gesamte Stadt, ja den gesamten Staat Vermont durchkämmt und nicht die geringste Spur von ihr gefunden hatten.

Wie war es möglich, auf Nimmerwiedersehen zu verschwinden? Sich von einem auf den anderen Moment in Luft aufzulösen?

So was kann passieren, hatte Fawn gesagt.

Ruthie schüttelte den Kopf. Sie glaubte nicht an so was. Die Leute verschwanden nicht einfach so mir nichts, dir nichts von der Bildfläche. Nicht Willa Luce, und garantiert nicht die langweilige alte Alice Washburne, die zwei Töchter zu Hause hatte und Hühner, die gefüttert werden mussten, und die nur zweimal pro Woche in die Stadt ging: samstags morgens zum Bauernmarkt und mittwochs zum Einkaufen, weil dann die Rabattcoupons im Shop and Save doppelt zählten.

Eins war klar: Das alles konnte nur ein riesiges Missverständnis sein. Ihre Mutter würde jeden Moment wieder auftauchen, und dann würden sie sich bei dem bloßen Gedanken daran, dass jemand wie sie einfach so spurlos verschwunden sein könnte, vor Lachen die Bäuche halten.

Ruthie

Ruthie verbrachte fast eine Stunde damit, das Haus, den Hof und die Scheune abzusuchen, fand jedoch keinen Hinweis darauf, wo ihre Mutter hätte sein können. Ihre Stiefel und ihr Anorak waren weg, aber der Pick-up stand noch in der Scheune, die Schlüssel klemmten hinter der Sonnenblende. Es gab keine Fußspuren im Schnee. (Obwohl es durchaus denkbar war, dass es welche gegeben hatte, die nun unter dem Neuschnee begraben waren.)

Ruthie stand in der Scheune und blickte ratlos auf den kaputten Aufsitzrasenmäher, einen Stapel Sommerreifen, die Fliegentüren, Fensterrahmen, Säcke mit Hühnerfutter. Nichts war anders als sonst. Alles schien ganz normal.

Sie schloss die Augen und stellte sich vor, wie ihre Mutter in einem ihrer grobgestrickten Pullover, die grauen Haare zu einem Zopf geflochten, sie über den Rand ihrer in der Drogerie gekauften Fertigbrille hinweg musterte. »Der Trick, wenn man einen verlorenen Gegenstand wiederfinden will«, hatte sie Ruthie einmal anvertraut, »ist der, dass man zunächst einmal feststellt, wo er überall *nicht* ist.«

Die Erinnerung zauberte Ruthie ein kleines Lächeln ins Gesicht. »Also gut. Stellen wir fest, wo du nicht bist.«

Sie ging bis ans hintere Ende der Scheune, um nach den Hühnern zu sehen. Sie waren in einem großen hölzernen Hühnerhaus mit einem Auslauf aus Maschendraht untergebracht. Sie entriegelte die Tür, betrat den Auslauf und öffnete das Hühnerhaus.

»Na, Mädels«, sagte sie mit leiser, beruhigender Stimme. »Wie war eure Nacht?« Die Hühner gackerten nervös. Ruthie warf ihnen eine Handvoll Maisschrot aus dem Eimer vor dem Gehege hin und kontrollierte, ob die Futterschalen und beheizten Tränken noch gefüllt waren.

»Ihr habt nicht zufällig gesehen, wo Mom hingegangen ist, oder?« Mehr Gegacker.

»Dachte ich mir«, sagte Ruthie und ging rückwärts aus dem Stall.

Sie verließ die Scheune, stand auf dem Hof und blickte suchend zum Wald. In der Nacht hatte es noch mehr geschneit, und der unter dem Schnee begrabene Hof sah aus wie eine weiße Mondlandschaft.

Im Kopf hakte Ruthie all die Orte ab, an denen ihre Mutter nicht war: Haus, Hof, Scheune, Hühnerstall. Und mit dem Pick-up war sie auch nicht weggefahren.

»Mom!«, rief sie, so laut sie konnte. Albern. Die verschneite Landschaft schien jedes Geräusch zu schlucken; sie hatte das Gefühl, als würde sie in ein Wattepolster schreien.

Erneut blickte Ruthie dorthin, wo der Wald begann. Die Vorstellung, ihre Mutter könnte mitten im Winter nachts in den Wald gegangen sein, war völlig absurd – soweit Ruthie wusste, setzte ihre Mutter überhaupt nie einen Fuß dort hinein. Sie hatte für sämtliche Arbeiten auf dem Hof ihre festgelegte Route – einen Pfad zwischen Holzstoß, Scheune, Hühnerstall und dem Komposthaufen neben dem Gemüsegarten –, von der sie niemals abwich. Ihre Mutter legte viel Wert auf Effizienz. Von der Routine abzuweichen, einen Abstecher zu machen, ohne Grund spazieren zu gehen – all das hätte unnötig Zeit und Energie gekostet, die man besser darauf verwenden konnte, für ausreichend Nahrung und Wärme zu sorgen.

Trotzdem, es war besser, alle Möglichkeiten auszuschließen, wie unwahrscheinlich sie Ruthie auch vorkamen.

Sie ging zurück in die Scheune, schnappte sich ein Paar Schneeschuhe und schnallte sie sich an.

Langsam und widerstrebend überquerte sie den Hof und stapfte los in Richtung Wald. Ob es ihr gefiel oder nicht: Sie musste an dem Ort vorbei, an dem sie ihren Vater gefunden hatte.

Früher war die Gegend nordöstlich des Hauses und der Scheune offenes Ackerland gewesen, mittlerweile jedoch wuchsen hier Pappeln, Ahornbäume und ein kleiner Bestand von Zirbelkiefern. Im Laufe der Jahre war der Wald immer näher an den Hof herangerückt und drohte ihr kleines weißes Farmhaus zu umzingeln. Die Bäume standen dicht, und es war schwer, sich einen Weg zu bahnen. Der Pfad war ein Gewirr aus Wurzeln, Schösslingen und großen Steinen, die aus dem Schnee ragten und an denen Ruthie mit ihren Schneeschuhen hängen blieb. Das ganze Land war steinig. Ruthie staunte jedes Frühjahr, wie viele Steine auf dem Hof und im Garten auftauchten. Unzählige Schubkarrenladungen voll, die sie im Wald auskippten oder auf die Steinmauer schütteten, die sich am östlichen Rand des Hofs entlangzog.

Ruthie hatte den Wald immer gehasst und war selbst als Kind nur selten dort gewesen. Damals hatte sie fest daran geglaubt, dass Hexen und Ungeheuer darin hausten; dass es ein gruseliger, verzauberter Märchenwald war.

Ihre Eltern waren in der Sache nicht gerade hilfreich gewesen. Sie hatten die Ängste ihrer Tochter sogar noch weiter geschürt, indem sie Geschichten über Wölfe und Bären erzählten und über all die schrecklichen Dinge, die kleinen Mädchen zustoßen konnten, die sich im Wald verirrten.

»Könnte es auch sein, dass ich gefressen werde?«, hatte Ruthie wissen wollen.

»Oh ja«, hatte ihre Mutter geantwortet. »Im Wald gibt es Geschöpfe mit grässlichen Zähnen. Und weißt du, worauf die am meisten Appetit haben?«, fragte sie mit einem Lächeln und nahm Ruthies Hand. »Auf kleine Mädchen.« Dann biss sie sanft in Ruthies Finger.

Ruthie fing an zu weinen, und ihre Mutter nahm sie fest in den Arm.

»Bleib auf dem Hof, dann kann dir nichts passieren«, versprach sie, während sie Ruthie die Tränen wegwischte.

Und hatte sich Ruthie nicht wirklich einmal im Wald verirrt, als sie noch sehr klein gewesen war? Es fiel ihr schwer, sich die Einzelheiten ins Gedächtnis zu rufen. Sie wusste noch, dass sie an einem kalten dunklen Ort gewesen war und dort etwas so Entsetzliches gesehen hatte, dass sie es nicht über sich gebracht hatte, hinzuschauen. Hatte sie dort nicht auch etwas verloren? Oder war ihr etwas gestohlen worden? Das Einzige, woran sie sich noch mit einiger Gewissheit erinnerte, war, dass ihr Vater sie gefunden und nach Hause getragen hatte. Sie hatte in seinen Armen gelegen, das Kinn an der kratzigen Wolle seines Mantels gerieben und zum Hügel und den Felsen zurückgeschaut, während sie sich mit raschen Schritten entfernten.

»Das war nur ein schlimmer Traum«, hatte ihr Vater später gesagt, als sie wieder zu Hause waren. Er hatte ihr übers Haar gestrichen, und ihre Mutter hatte ihr eine Tasse Kräutertee gemacht, der blumig duftete, aber seltsam nach Arznei schmeckte. Sie hatten in seinem Arbeitszimmer gesessen, in dem es nach alten Büchern, Leder und nasser Wolle roch. »Nur ein schlimmer Traum. Jetzt bist du in Sicherheit.«

Die Schneeschuhe glitten über die Schneedecke dahin, als Ruthie den überwucherten Acker hinter der Scheune überquerte und den selten benutzten Trampelpfad fand, der den Hügel hinauf bis zur Teufelshand führte. Sie holte tief Luft und wagte sich zwischen die Bäume, wo sie dem schmalen Pfad weiter folgte. Sie war erstaunt, wie leicht dies war – aus unerfindlichen Gründen war er nicht zugewachsen. Sträucher und Äste waren erst kürzlich zurückgeschnitten worden. Aber wer sollte das gewesen sein? Garantiert nicht Ruthies Mutter.

Aufmerksam hielt sie rechts und links vom Pfad Ausschau

nach dem orangefarbenen Anorak ihrer Mutter, nach Fußspuren oder anderen Hinweisen. Sie fand nichts.

Ruthie stapfte weiter, setzte beharrlich einen Fuß vor den anderen. Sie glitt lautlos über den Schnee. Der Weg wurde steiler. Auf einem Ahornbaum in der Nähe schnatterte ein Eichhörnchen eine Warnung. Aus der Ferne war das Klopfen eines Spechts zu hören.

Es kam ihr verrückt vor, so früh am Morgen durch den Wald zu laufen, noch dazu mit einem Kater und nach nicht mal fünf Stunden Schlaf. Am liebsten wäre sie umgekehrt und malte sich aus, wie sie genau das tat: wie sie nach Hause kam und ihre Mutter wohlbehalten in der warmen Küche saß, wo sie mit einer Tasse Kaffee und Zimtschnecken im Ofen auf Ruthie wartete.

Doch ihre Mutter wartete nicht zu Hause auf sie. Ruthie dachte an Fawn, die ihre große Schwester fragen würde: »Hast du Mom gefunden?« Spätestens jetzt wurde ihr klar, dass sie weitersuchen musste. Sie konnte erst dann zu Fawn zurückkehren, wenn sie überall gesucht hatte, auch oben bei der Teufelshand.

Etwa zehn Minuten lang folgte Ruthie dem ansteigenden Pfad, bis sie zu der verlassenen Obstwiese kam. Reihe um Reihe Apfel- und Birnbäume standen hier. Sie waren schief und knorrig, mit verwachsenen Ästen und gebeugt wie Greise mit Umhängen aus Schnee. Wo einst schnurgerade Wege zwischen den Obstbaumreihen entlanggeführt hatten, wuchsen nun Dorngestrüpp und dünne Pappelschösslinge. Eine Zeitlang hatte Ruthies Vater versucht, die Obstwiese neu zu kultivieren. Er hatte sorgsam jeden Baum beschnitten und gegen Insekten und Mehltau gesprüht, doch die wenigen Früchte, die die Bäume trugen, waren verformt und so bitter, dass man sie unmöglich essen konnte. Sie fielen herunter und verfaulten am Boden, wo sie als Futter für die Rehe oder Bären dienten, die es hin und wieder in die Gegend verschlug.

Sie blieb stehen, um zu verschnaufen, und hatte plötzlich das Gefühl, nicht allein zu sein.

»Mom?«, rief sie erneut. Ihre Stimme klang schrill.

Sie ließ den Blick suchend durch die Baumreihen schweifen, um zu sehen, ob sich irgendwo etwas bewegte.

Als einem der Apfelbäume eine Ladung Schnee von den Zweigen rutschte, zuckte Ruthie zusammen. Hatte sich da nicht noch etwas anderes bewegt, irgendwo im Schatten? Sie wartete mit angehaltenem Atem. Die Stille klingelte ihr in den Ohren. Wo waren die Vögel und die Eichhörnchen?

Es gab weit und breit keine einzige Tierspur – nicht mal von einem Schneeschuhhasen, einer Meise oder einer Feldmaus. Es war, als wäre Ruthie mutterseelenallein auf der Welt.

Ruthie erlaubte sich nicht oft, an das zu denken, was mit ihrem Vater passiert war.

Etwa zwei Jahre zuvor war ihr Vater in den Wald gegangen, um Feuerholz zu schneiden. Er war nicht zum Abendessen zurückgekommen, und bei Einbruch der Dunkelheit hatte Ruthie sich auf den Weg gemacht, um ihn zu suchen.

»Euer zerstreuter alter Vater hat die Zeit vergessen«, hatte ihre Mutter gesagt. »Offenbar merkt er nicht einmal mehr, wenn sein Magen knurrt.«

Es war ein nasser Herbst, und der Boden war glitschig von Schlamm und verrottendem Laub. Auf ihrem Weg den Pfad hinauf rutschte Ruthie mehrmals aus, schlug sich das Knie an Steinen und riss sich die Haut an Dornenranken auf.

Sie fand den Vater wenige Minuten nördlich der Obstwiese. Drei Meter von ihm entfernt war der Haufen sauber aufgeschichteter Holzscheite, daneben seine Säge. Er selbst lag auf der Seite, die Axt noch fest in den Händen. Seine Augen waren geöffnet, aber seltsam trübe. Er hatte blaue Lippen.

Ruthie hatte in der Schule einen Erste-Hilfe-Kurs absolviert und versuchte ihn wiederzubeleben, während sie sich gleichzeitig die Lunge aus dem Leib schrie, in der Hoffnung, ihre Stimme möge den weiten Weg bis zum Haus hinuntertragen. Scheinbar stundenlang, auch wenn es in Wirklichkeit vielleicht nur Minuten waren, drückte sie auf seinen Brustkorb, die Ellbogen angewinkelt, halblaut mitzählend – eins-UND-zwei-UND-drei-UND-vier –, so wie sie es im Kurs bei der Plastikpuppe gemacht hatte. Endlich kam ihre Mutter, rannte jedoch gleich wieder davon, um den Notarzt zu alarmieren. Ruthie machte verbissen weiter mit der Herzmassage, bis der Krankenwagen der Freiwilligen Feuerwehr kam. Die Muskeln in ihren Armen und Schultern zitterten, sie hatte keine Kraft mehr, und trotzdem hörte sie nicht auf, bis ihre Mutter sie schließlich sanft von ihrem Vater wegzog.

Erst auf dem Weg von der Lichtung nach Hause fiel es ihr auf: die Stiefelabdrücke ihres Vaters im Schlamm. Neben ihnen verlief eine zweite Spur wesentlich kleinerer Abdrücke.

Später fragte sie Fawn: »Warst du heute bei Daddy oben im Wald?«

Fawn schüttelte heftig den Kopf. Sie hatte ihre Puppe an die Brust gepresst. »Mimi und ich gehen nicht in den Wald. Nie. Wir wollen nicht gefressen werden.«

Als Ruthie jetzt an die Worte ihrer kleinen Schwester und die Warnungen ihrer Mutter von früher dachte, lief ihr ein Schauer über den Rücken.

»Mom?« Ruthies Stimme klang hell wie die eines kleinen Kindes. Sie hatte es eilig, den Obstgarten zu durchqueren, und fiel trotz der Schneeschuhe in einen ungeschickten Trab. Als sie die Apfel- und Birnbäume hinter sich gelassen hatte, ging es weiter bergauf, in den dunklen Wald hinein. Ohne Laub und mit Neuschnee bedeckt, sahen die Buchen, Pappeln und Ahornbäume noch dürrer und knochiger aus als sonst. Sie hatte das untrügliche Gefühl, im Vorbeigehen Blicke aus starrenden Augen auf sich zu spüren.

Ihre Eltern hatten sie immer davor gewarnt, allein hierherzukommen. Zu leicht konnte man sich den Knöchel brechen. Einmal hatte ihr Vater draußen jenseits der Teufelshand einen alten Brunnen entdeckt – einen halb überwucherten runden Schacht aus Steinen, der so tief in die Erde hinabreichte, dass Dad behauptete, er habe nicht bis zum Grund sehen können. »Ich habe einen Stein reingeworfen, und ich schwöre, man konnte nicht hören, wie er unten aufkam.«

Manche sagten, in der Nähe gäbe es eine Höhle, in der eine alte Hexe hauste. In diese Höhle sei 1952 der Junge hineingekrochen und nicht wieder herausgekommen. Als seine Freunde endlich Hilfe geholt hatten und zurückkamen, fanden sie nicht einmal mehr den Eingang – nur glatten Fels, wo zuvor ein Loch gewesen war. Als Willa Luce letzten Monat verschwunden war, hatte ein Suchtrupp den ganzen Wald durchkämmt, jedoch nichts gefunden.

Jeder im Ort kannte irgendeine Geschichte über die Teufelshand, und obwohl sich diese Geschichten in gewissen Einzelheiten voneinander unterschieden, blieb doch eins in jeder Version gleich: Die Teufelshand war ein Ort des Bösen, und dorthin zu gehen brachte Unglück. Jugendliche machten hin und wieder eine Mutprobe daraus, manchmal übernachteten sie sogar dort, ausgerüstet mit ein paar Sixpacks Bier, um sich Mut anzutrinken. Für Buzz und seine Freunde war es ein beliebter Platz, um Gras zu rauchen und nach UFOs Ausschau zu halten.

Ruthies Haut prickelte. Schon wieder dieses Gefühl, als wäre sie nicht allein. Als würde jemand sie beobachten.

»Hallo?«

Es war albern, das wusste sie, aber sie ging trotzdem schneller. Sie wollte mit dem Suchen aufhören können. Bis zu den Felsen würde sie noch gehen und dann umkehren.

Als sie die Teufelshand erreicht hatte, war sie außer Atem, teils wegen des steilen Anstiegs, aber hauptsächlich weil sie sich so sehr beeilt hatte – sie wollte es endlich hinter sich haben.

Die großen dunklen Felsen ragten aus der Erde auf, als wären sie aus ihr emporgewachsen – wie gigantische gezackte Pilzmutationen. Es waren insgesamt fünf Felsen – beziehungsweise fünf Finger –, die leicht nach hinten geneigt waren wie eine geöffnete Hand, die etwas fangen wollte (*oder jemanden*, durchfuhr es Ruthie). Die Steine, die die Handfläche bildeten, waren flach und komplett mit Schnee bedeckt, die Finger jedoch schauten ein gutes Stück aus der Schneedecke hervor. Ruthie fand, dass sie weniger wie Finger, sondern eher wie schwarze spitze Zähne aussahen.

Was hast du für große Zähne?

Damit ich dich besser fressen kann.

Sie stand im Schatten des höchsten Steins, des Mittelfingers, und rief ein weiteres Mal nach ihrer Mutter: »Mom!«

Sie wartete und lauschte ihrem eigenen Atem, bis der ihr so laut vorkam, dass sie das Gefühl hatte, der ganze Wald würde mit ihr atmen.

Dann zog Ruthie die Gurte ihrer Schneeschuhe fester und machte sich schleunigst auf den Rückweg zum Haus. Sie stolperte, rutschte und fiel mehrmals in den Schnee; sie lief, so schnell sie konnte, und versuchte das unangenehme Gefühl abzuschütteln, dass ihr etwas auf den Fersen war.

»Ist sie mit dem Pick-up weggefahren?«, wollte Fawn wissen.

Ruthie schüttelte den Kopf. Nachdem sie die Schneeschuhe aufgehängt hatte, war sie ein zweites Mal zum Hühnerstall gegangen und hatte einige Eier aus den Gelegen geholt. Jetzt nahm sie sie vorsichtig aus ihren Taschen und legte sie auf den Küchentresen. Sie fror und war vollkommen geschlaucht. Ihre Beinmuskeln und ihre Lunge brannten wie Feuer nach dem Schneeschuh-Gewaltmarsch über den Hügel.

»Wo kann Mom denn bloß sein?«, fragte Fawn. Ihr Kinn zitterte. Ihre Augen waren wässrig und rund wie die eines Froschs.

»Ich hab keine Ahnung«, musste Ruthie eingestehen.

»Sollten wir nicht besser jemanden anrufen?«, meinte Fawn.

»Wen denn, die Polizei? Ich bin mir ziemlich sicher, dass man einen Erwachsenen erst dann als vermisst melden kann, wenn er seit mindestens vierundzwanzig Stunden verschwunden ist.

Mom ist noch nicht mal zwölf Stunden weg. Außerdem würde sie ausflippen, Fawn, das weißt du genau.«

»Aber ... es ist so kalt da draußen. Was, wenn sie verletzt ist?«

»Ich hab überall nachgeschaut. Mom ist nicht da draußen, das garantiere ich dir.«

»Und was machen wir dann?«

»Wir warten ab. Ich glaube, das würde sie auch so wollen. Wenn sie bis heute Abend noch nicht zurück ist, können wir immer noch überlegen, ob wir die Polizei rufen.« Sie strubbelte ihrer kleinen Schwester durch die Haare und schenkte ihr ein aufmunterndes Lächeln. »Wir kriegen das schon hin.«

Fawn kaute auf ihrer Lippe. Sie sah aus, als könnte sie jeden Augenblick in Tränen ausbrechen. »Sie würde uns doch nicht im Stich lassen.«

Ruthie legte den Arm um ihre Schwester und zog sie an sich. »Natürlich nicht. Wir finden schon raus, was passiert ist. Nach dem Frühstück machen wir uns auf die Suche nach Hinweisen. Niemand verschwindet einfach so, ohne irgendwelche Spuren zu hinterlassen. Das ist dann, als würden wir Nancy Drew spielen.«

»Wen?«

»Nicht so wichtig. Vertrau mir einfach, okay? Wir schaffen das. Wir finden sie. Versprochen.«

Katherine

Manchmal, wenn sie nachts aufwachte, spürte sie die beiden neben sich. Die andere Bettseite war warm, und im Kissen, wo die zwei Köpfe gelegen hatten, befand sich eine weiche Kuhle. Am darauffolgenden Morgen drehte sie sich dann um, vergrub ihr Gesicht im Kissen und versuchte ihren Duft zu erhaschen.

Es war nicht nur Shampoo, Rasiergel und Motorradschmiere – es waren all diese Düfte miteinander vermischt, und darunter lag noch etwas anderes, berauschend Würziges – die Essenz von Gary. Und Austin, er hatte nach warmer Milch und Honig gerochen; ein süßes Ambrosia, das sie am liebsten getrunken hätte. Bis in alle Ewigkeit hätte sie davon leben können. In den matten Stunden des frühen Morgens, ehe die Sonne aufging, glaubte sie, dass es tatsächlich möglich sein könnte, alles, was einen Menschen ausmachte, zu einem Duft zu destillieren.

Kaum war sie wach, so wie jetzt, und saß in einem von Garys alten T-Shirts in der Küche, die erste Tasse starken Kaffee in der Hand, wurde ihr bewusst, wie albern dieser Gedanke war. Sie begriff, dass sie die beiden neben sich im Bett nur geträumt hatte. Oder vielleicht war es auch eine Erinnerung ihres Körpers gewesen wie bei jemandem, der Phantomschmerzen in einem fehlenden Glied spürt.

Wie viele Morgen hatten sie auf diese Weise verbracht – mit Austin, der in seinem Flanellschlafanzug zwischen ihnen lag und ihnen phantastische Geschichten aus seinen Träumen erzählte: *»... und dann war da ein Mann, der einen Zauberhut hatte, und er konnte alles aus dem Zauberhut zaubern, was man wollte – Marshmallows,*

Schwimmbecken, sogar Sparky, Mama!« Sie hatte ihm die Haare gezaust und es süß gefunden, dass er in seinen Träumen ihren verstorbenen Hund wieder zum Leben erwecken konnte.

Der saure Kaffee kam mit Knurren und Beißen in ihrem Magen an. Sie klopfte mit dem kleinen Ring gegen die Tasse – es war der Ring, den Gary ihr zwei Wochen vor seinem Tod geschenkt hatte. Sie drehte ihn am Finger und sah die leichte Vertiefung, die er dort hinterlassen hatte, als dringe er langsam in ihre Haut ein, um mit ihr zu verschmelzen.

Sie musste etwas essen. Sie hatte am Tag zuvor kein richtiges Abendbrot gehabt, sondern sich lediglich mit einer Portion Oliven und einem Glas Shiraz an ihren Arbeitstisch gesetzt. Seit Garys Tod ernährte sie sich fast ausschließlich von Dosensuppe und Kräckern – der Gedanke, eine richtige Mahlzeit für eine einzige Person zu kochen, kam ihr aberwitzig vor. Falls sie Lust auf etwas Ausgefallenes hatte, konnte sie ja essen gehen. Außerdem hatte sie bereits einige ganz ausgezeichnete Dosensuppen-Variationen entdeckt: Hummercremesuppe, Butternusskürbissuppe, Tomatensuppe mit gegrillter Paprika.

Allerdings war sie noch nicht einkaufen gewesen, und der Schrank mit der Suppe und den Kräckern war leer. Sie würde heute auf den Markt gehen müssen. Tags zuvor hatte sie einige der haltbaren Lebensmittel ausgepackt – Haferflocken, Backpulver, Mehl –, aber die Töpfe und Pfannen lagen immer noch in den Kartons. Sie wohnte jetzt seit zwei Tagen in dieser Wohnung, und außer im Wohnzimmer ihre Atelierecke einzurichten und das Bett zu beziehen, hatte sie noch nicht viel unternommen, um sich häuslich niederzulassen.

In Wahrheit gefiel ihr der Anblick der leeren Arbeitsflächen und Regale; wie die nackten weißen Wände erschienen sie ihr als Zeichen eines Neuanfangs. Sie zögerte sogar, ihre Kleider in den Schrank zu hängen, und zog es vor, wie ein Vagabund aus dem Koffer zu leben. Was brauchte man wirklich? Die Frage erregte sie – ein Experiment in reduzierter Lebensführung.

Lustlos ließ Katherine den Blick über die Kartons schweifen, auf denen in sauberen Buchstaben KÜCHE geschrieben stand. Darunter war der jeweilige Inhalt verzeichnet. Rührschüsseln, Steakmesser, Eismaschine, Brotbackautomat. Sie betrachtete die Kartons voller Unglauben – wer um alles in der Welt brauchte eine Eismaschine oder einen Brotbackautomat? Diese beiden Geräte, beschloss sie, würde sie zusammen mit vielen, vielen anderen Dingen aus den Kartons irgendwann weggeben.

Im Wohnzimmer standen weitere Umzugskisten: CDs, Filme, Bücher, Fotoalben. Ein ganzes Dasein in Objekten. Doch jetzt, in Kisten verpackt, kamen sie ihr seltsam unwirklich vor. Überbleibsel aus dem Leben einer anderen Frau: der Katherine, die mit Gary verheiratet gewesen war und früher einmal einen Sohn gehabt hatte; die ein Hochzeitsservice besaß und Fotoalben und einen elektrischen Messerschärfer. All diese Dinge kamen ihr nun wie Spielzeug vor, als wäre sie ein Kind in einem Spielhaus, das sich vorzustellen versuchte, wie die Erwachsenen lebten.

Austin war vor zwei Jahren und vier Monaten gestorben – Leukämie. Er war sechs Jahre alt gewesen. Garys Tod lag jetzt zwei Monate zurück. Manchmal kam es ihr wie zwei Tage vor, manchmal wie zwanzig Jahre. Ihr Entschluss, von Boston nach West Hall, Vermont, zu ziehen (Einwohnerzahl 3163), war bei Familie und Freunden auf Unverständnis, ja Besorgnis gestoßen. Sie hatte behauptet, sie brauche einen Neuanfang. Sie hatte soeben ein Peckham-Stipendium zugesprochen bekommen: dreißigtausend Dollar für Lebenshaltungskosten und Arbeitsmittel, so dass sie sich ganz ihrer Kunst widmen und die Serie von Bilderkästen vollenden konnte, an der sie das ganze letzte Jahr hindurch gearbeitet hatte. Zum ersten Mal in ihrem Leben war sie Künstlerin und nur Künstlerin – nicht Ehefrau, nicht Mutter, nicht Leiterin einer Galerie. Sie gab ihr Loft in Boston auf, kündigte ihre Stelle in der Galerie und zog in eine kleine Wohnung im zweiten Stock eines alten viktorianischen Hauses in der Main Street von West Hall.

Die Wahrheit verriet sie niemandem.

Knapp einen Monat nach Garys Unfall war seine letzte American-Express-Rechnung mit der Post gekommen. Die letzte Abbuchung darauf stammte vom Tag seines Todes: einunddreißig Dollar und neununddreißig Cent für ein Essen in Lou Lous Café in West Hall, Vermont. Aus einem Katherine unbekannten Grund hatte Gary eine dreistündige Fahrt nach Vermont unternommen, dort gegessen und war dann zurückgefahren. Auf dem Rückweg hatte er die Panoramastrecke genommen, in südlicher Richtung auf der Route 5, die sich neben der Interstate I-91 entlangschlängelte. Es schneite, ein überraschender Wintereinbruch, und Gary nahm eine Kurve zu schnell, verlor die Kontrolle über den Wagen und prallte gegen einen Felsen. Die Polizei teilte ihr mit, dass er sofort tot gewesen sei.

Als sie zu der Werkstatt in White River Junction fuhr, um Garys persönliche Dinge aus dem Wagen zu holen, warf sie einen Blick auf die aufgeblasenen Airbags, die zerborstene Windschutzscheibe und die wie eine Ziehharmonika zusammengefaltete Motorhaube des Wagens und fiel in Ohnmacht. Am Ende gab es ohnehin nicht viel mitzunehmen – ein paar Unterlagen aus dem Handschuhfach, Garys Ersatzsonnenbrille, seinen Lieblings-Reisebecher. Das, was sie eigentlich zu finden gehofft hatte – den schwarzen Rucksack, in dem Gary seine Fotoausrüstung aufbewahrte –, befand sich nicht im Wagen. Sie versuchte, den Verbleib des Rucksacks zu klären, fragte die Mechaniker in der Werkstatt, den Schadensregulierer der Versicherung, die Polizei, die Mitarbeiter in der Notaufnahme – alle behaupteten, ihn nicht gesehen zu haben.

Gary war an jenem Morgen um zehn Uhr mit dem Rucksack aus dem Haus gegangen. Er hatte gesagt, er müsse eine Hochzeit in Cambridge fotografieren und sei zum Abendessen zurück.

Wieso hatte er gelogen?

Diese Frage beschäftigte sie, fraß sie regelrecht auf. Sie durchsuchte seinen Schreibtisch, seine Ordner, Unterlagen und den

Computer, fand jedoch nichts Ungewöhnliches. Sie rief seine Freunde an und fragte, ob sie von Bekannten in Vermont oder sonst einem Grund wüssten, weshalb Gary dorthin gefahren sein könnte.

Nein, beteuerten sie alle, ihnen falle niemand ein. Sie sagten ihr, er habe vermutlich von einem besonders schönen Antiquitätenladen gehört oder einfach nur eine Spritztour machen wollen. »Du kennst Gary doch«, hatte sein bester Freund Ray mit erstickter Stimme gesagt. »Immer spontan. Immer auf der Suche nach Abenteuern.«

Kaum hatte sie die Kreditkarten-Abrechnung mit der Abbuchung aus dem Café in West Hall geöffnet, war Katherine ins Auto gestiegen und Richtung Norden gefahren. Etwa fünfzig Meilen von Garys Unglücksstelle entfernt wurde sie fündig.

West Hall war das Paradebeispiel einer neuenglischen Kleinstadt: drei Kirchtürme, ein Stadtzentrum mit einem Bibliotheksgebäude aus Granit, ein Grün mit Pavillon in der Mitte. Hinter dem Grün lag die West Hall Union School, wo sich kleine Kinder in Winterjacken und Mützen auf dem Schulhof Bälle zuwarfen und auf einem aufwendig konstruierten knallbunten Klettergerüst herumturnten. Sie dachte an Austin – wie gern er geklettert war und dass er keine Furcht gekannt hatte. Er war auf jedem Gerüst bis ganz nach oben gestiegen und hatte gerufen: »Ich bin der König der Berge!« Eine halbe Sekunde lang hatte sie den Eindruck, ihn dort sehen zu können: ein drahtiger Junge mit lockigem Haar ganz oben auf dem Gerüst. Sie blinzelte kurz, und als sie die Augen wieder öffnete, war es ein fremdes Kind.

Sie folgte der Straße, die am Friedhof vorbeiführte. Er stand voller alter, windschiefer Grabsteine und war von einem rostigen schmiedeeisernen Zaun umgeben. Sie machte eine Schleife zurück in Richtung Stadtzentrum und entdeckte schließlich Lou Lous Café in der Main Street zwischen einem Buchladen und einer Bank, mit denen es sich ein großes Backsteingebäude teilte. Sie ging hinein, bestellte einen Kaffee und blickte durch das große Fenster auf die Straße hinaus. Dabei dachte sie: *Genau denselben Blick hatte Gary bei seiner letzten Mahlzeit.*

Sie hatte freie Sicht auf das Grün und den frisch gestrichenen weißen Pavillon mit seinem patinierten Kupferdach. Es war ein heller wolkenloser Novembertag. Die Bäume, die das Grün säumten, waren kahl, doch als Gary hier gewesen war, hatten sie vielleicht in Rot und Gold geleuchtet und gerade ihr Laub abgeworfen, während sich irgendwo Sturmwolken zusammenbrauten.

»Aber was wolltest du hier?«, fragte sie laut.

Sie überflog die Preise auf der Speisekarte und kam zu dem Schluss, dass er sich mit jemandem getroffen haben musste – keins der Hauptgerichte kostete mehr als acht Dollar, und selbst wenn er sich ein Bier dazu bestellt hätte, wäre er mit einer Mahlzeit für eine Person nie auf einunddreißig Dollar gekommen.

»Entschuldigen Sie«, sprach Katherine die Kellnerin an, als diese an ihr vorbeilief. »Ich wüsste gern, ob Sie mir vielleicht helfen können.« Sie holte das kleine Foto von Gary heraus, das sie in ihrem Portemonnaie aufbewahrte. »Erkennen Sie diesen Mann wieder? Er war letzten Monat hier.«

Die Kellnerin, eine junge Frau mit blaugefärbten Ponyfransen und einem Yin-Yang-Tattoo auf dem Handrücken, schüttelte den Kopf. »Da müssen Sie schon Lou Lou fragen«, erklärte sie und deutete mit einem Kopfnicken zu der Frau hinter dem Tresen. »Die erinnert sich immer ziemlich gut an unsere Gäste.«

Katherine bedankte sich, stand auf und trat auf die Cafébesitzerin Lou Lou zu, die üppig mit Schmuck aus Silber und Türkisen behängt war und kurze feuerrote Haare hatte.

Lou Lou erkannte Gary sofort. »Ja, der war hier. Weiß nicht mehr genau, wann, ist aber noch nicht lange her.«

»Hat er sich hier mit jemandem getroffen?«

Lou Lou maß sie mit einem fragenden Blick, und Katherine war kurz davor, zu kapitulieren und ihr alles zu erzählen: *Er war mein Mann, er ist bei einem Autounfall ums Leben gekommen, und wenige*

Stunden vor seinem Tod war er hier und hat ein Sandwich und eine Suppe gegessen oder was auch immer, ich habe noch nie zuvor in meinem Leben von diesem Ort gehört, warum war er hier, bitte, ich muss es wissen.

Stattdessen stellte sie sich kerzengerade hin und sagte nur: »Bitte. Es ist sehr wichtig.«

Lou Lou nickte. »Er war mit einer Frau hier. Ich kenne ihren Namen nicht, aber sie wohnt hier im Ort. Hab sie schon öfter gesehen. Mir fällt bloß nicht ein, wo.«

»Wie sah sie aus?«

War sie hübsch? Hübscher als ich?

Lou Lou überlegte einen Moment. »Schon älter. Lange graue Haare, zu einem Zopf geflochten. Wie gesagt, ich hab sie schon mal gesehen. Von irgendwoher kenne ich sie. Ich vergesse nie ein Gesicht.«

Katherine saß fast zwei Stunden lang bei Lou Lou. Sie trank Kaffee, aß eine Suppe und ein Sandwich und hinterher noch ein Stückchen Roten Samtkuchen. Die ganze Zeit über fragte sie sich, was Gary wohl gegessen, an welchem Tisch er gesessen hatte. Sie fühlte sich ihm nahe, als säße er neben ihr und ließe sie beim Kuchenessen an seinen Geheimnissen teilhaben. *Wer war sie, Gary? Wer war die Frau mit dem Zopf?*

Katherine beobachtete die Passanten auf dem Gehweg: Menschen in Fleecejacken und Wollpullovern; einige Männer in rotkarierten Steppjacken, offenbar auf dem Weg zur Jagd; zwei Jugendliche in Kapuzensweatshirts auf Skateboards. Sie sah keinen einzigen Anzug, nicht mal eine Krawatte oder hochhackige Schuhe. Ein völlig anderes Bild als in Boston. Viel entspannter und freundlicher. Die Menschen auf der Straße lächelten einander allen Ernstes zu und grüßten. Gary musste begeistert gewesen sein.

Sie hatten früher oft darüber nachgedacht, aus der Großstadt in einen kleinen Ort wie diesen zu ziehen. Wie viel schöner das für Austin wäre. Gary war in einem Dorf in Idaho groß geworden und meinte, für Kinder sei es dort das reinste Paradies gewesen –

man hatte Platz zum Atmen, zum Herumstreunen, man kannte seine Nachbarn, und die Eltern hatten keine Angst, wenn man abends länger wegblieb, weil nie etwas passierte. Man war sicher und geborgen.

Auf dem Weg nach draußen blieb Katherine vor einem Anschlagbrett stehen. Sie überflog die Aushänge: Trek-Mountainbike zu verkaufen, ein Bikram-Yoga-Kurs, die Bekanntmachung, dass der Bauernmarkt während der Wintermonate in der Sporthalle der Highschool stattfinden würde, ein Plakat, auf dem nach neuen Mitgliedern für eine Gruppe von UFO-Jägern gesucht wurde. Und mittendrin folgende nüchterne Anzeige: *Wohnung zu vermieten. Sanierter viktorianischer Altbau, zentral gelegen. Zwei Zimmer. Keine Haustiere. 700 $ warm.* Am unteren Rand des Blatts gab es mehrere kleine Abreißzettelchen mit einer Telefonnummer, unter der man sich melden konnte.

In diesem Moment spürte sie erneut Garys Nähe. Er stand neben ihr, legte den Arm um sie und raunte ihr zu: *Na los, reiß einen ab.* Ohne nachzudenken, nahm sie eins der Zettelchen und steckte es in die Tasche ihrer Jeans.

Braves Mädchen, wisperte Gary, ein sanftes Säuseln in ihrem rechten Ohr.

Wird es nicht langsam Zeit, mit der Arbeit anzufangen?, fragte Gary sie nun in neckendem, angenehm vertrautem Ton, als sie am Küchentisch ihrer neuen Wohnung saß. Katherine stand auf und ging zum Tresen, um sich Kaffee nachzuschenken. Dann machte sie sich auf den Weg in das Wohnzimmer voller Kartons und trat an ihren Arbeitstisch. Es war ein alter Bauerntisch, den sie nach dem College angeschafft hatte, neunzig Zentimeter tief und einen Meter fünfzig lang, aus dicken Kiefernbohlen gezimmert. Er war von Säge, Messer und Bohrer zerschrammt, hatte im Laufe der Jahre unzählige Farbspritzer und Schmierspuren abbekommen. An der rechten Tischkante war ein Schraubstock befestigt. Auf dieser Seite bewahrte sie auch ihre Werkzeuge auf:

Hammer, Säge, Dremel, Lötkolben, Blechschere, Bohrer mit Bit-Set und eine Werkzeugkiste aus Plastik, die eine Auswahl von Nägeln, Schrauben und Scharnieren enthielt. Am hinteren Rand des Tischs stand eine Kaffeedose voller Pinsel, Cutter, Stifte und Marker. In einem sorgfältig beschrifteten hölzernen Schränkchen auf der linken Seite bewahrte sie ihre Farben und Lacke auf.

Und in der Mitte des Tischs stand ihr neuestes Werk, an dem sie bis spät in die Nacht gearbeitet hatte. Es war ein zehn mal fünfzehn Zentimeter großer Holzkasten mit dem Titel *Ehegelübde*. Die Vorderseite bestand aus zwei Türen mit Mustern aus buntem Glas, die wie Kirchenfenster aussahen. Öffnete man sie, kam dahinter ein hölzerner Altar zum Vorschein, auf dem ein winziges Foto von Katherine und Gary an ihrem Hochzeitstag stand. Beide sahen unfassbar jung und glücklich aus und bemerkten die dunkle Krähe nicht, die sie von hinter einem Vorhang beobachtete. Über ihren Köpfen schwebte, einem Wölkchen gleich, ein Schild mit dem Versprechen *Bis dass der Tod uns scheidet* in säuberlicher Schönschrift. Doch unten im Schatten zu ihren Füßen war eine kleine gewundene Straße mit winzigen Reifenspuren zu sehen, und auf der vom Betrachter aus gesehen rechten Seite ragte die vordere Hälfte eines Matchbox-Autos mit demolierter Motorhaube ins Innere des Kastens. Ganz unten dann noch zwei lapidare Zeilen, in Anführungszeichen gesetzt: »Ich muss nach Cambridge, eine Hochzeit fotografieren. Zum Abendessen sollte ich zurück sein.«

Nun legte sie letzte Hand an den Kasten – ein silberner Rahmen für die Fenster, Goldfarbe für das Kruzifix. Zum Schluss überzog sie das Ganze mit einer Schicht mattem Lack. Gleich danach würde sie mit dem nächsten Kasten beginnen: *Seine letzte Mahlzeit*. Über Einzelheiten war sie sich noch nicht im Klaren, sie wusste nur, dass sich hinter den Türen diesmal der Blick auf eine Szene aus Lou Lous Café öffnen sollte: Gary und die geheimnisvolle Frau. Katherine vertraute darauf, dass Gary sie leiten und ihr zeigen würde, mit welchen Details sie die Szene ausgestalten sollte. Gary als Muse.

Manchmal, nur manchmal, wenn ihr die Arbeit leicht von der Hand ging, wenn sie ganz darin versunken war und die Augen schloss, stand Gary plötzlich neben ihr und flüsterte ihr Geheimnisse ins Ohr. Dann konnte sie ihn beinahe sehen: seine dunklen Haare mit den lustigen Wirbeln, Nase und Wangen übersät von Sommersprossen, die sich rasant vermehrten, sobald er sich zu lange in der Sonne aufhielt.

Gary, der gute Gespenstergeschichten liebte. Gary, der einmal im Scherz zu ihr gesagt hatte: »Du solltest wirklich hoffen, dass du von uns beiden als Erste stirbst, Babe. Wenn ich nämlich vor dir dran bin, komme ich als Geist zurück und spuke, was das Zeug hält.«

Als sie nun an seine Worte dachte, musste sie schmunzeln. Sie hob die blaue Schachtel American Spirits auf, die letzte, die von der Stange aus Garys Atelier übriggeblieben war. Katherine hatte seit dem College nicht mehr geraucht und auch Gary ständig damit in den Ohren gelegen, er solle aufhören. Sie hatte sich über den Gestank in seinen Kleidern und Haaren beschwert. Inzwischen empfand sie den Geruch von Zigarettenrauch als tröstend und gönnte sich eine Zigarette pro Tag. Manchmal auch zwei. Sie klopfte eine aus der Schachtel und zündete sie an. Sie wusste, es war noch ein wenig früh, aber wen kümmerte das schon?

»Was wolltest du da, Gary?«, fragte sie laut, während sie den aufsteigenden Rauch beobachtete; insgeheim hoffte sie, dass sich die Antworten von selbst einstellen würden, wenn sie erst einmal mit dem nächsten Kasten begonnen hätte und an den ersten Details arbeitete. »Wer ist die Frau mit dem Zopf? Und wo finde ich sie?«

Ruthie

»Achtzehn, neunzehn, zwanzig«, zählte Ruthie laut, während sie sich die Augen zuhielt. Dann nahm sie die Hände weg, stand vom Sofa auf und rief: »Ich komme!«

Verstecken war Fawns Lieblingsspiel, und sie spielten es nun schon seit fast einer Stunde. Gleich nach dem Frühstück, sobald das Geschirr abgewaschen und weggeräumt war, hatten sie angefangen. Ruthie hoffte, dass das Spiel Fawn vom Verschwinden ihrer Mutter ablenken würde. Außerdem fand sie, dass es eine wirkungsvolle, sogar lustige Art war, das Haus nach Hinweisen abzusuchen.

Wenn sie spielten, gab es zwei Regeln. Die erste lautete: Das Zimmer ihrer Mutter, der Keller sowie der Hof waren tabu. Die zweite Regel war, dass immer nur Fawn sich versteckte. Ruthie litt unter Klaustrophobie und hielt es in engen dunklen Räumen nicht aus. Fawn hingegen liebte nichts mehr, als sich zu verstecken, und sie war eine echte Meisterin – Ruthie hatte bereits mehrmals kapitulieren müssen, nur um gleich darauf zu sehen, wie Fawn aus irgendeinem völlig absurden Versteck hervorgesprungen kam – aus dem Wäschekorb oder dem Schrank unter der Küchenspüle.

»Wo kann sie nur stecken?«, grübelte Ruthie laut, während sie das Wohnzimmer durchsuchte. Sie schaute hinter dem Sofa nach, bevor sie in den Flur ging und einen Blick in den Garderobenschrank warf. Von dort aus ging sie weiter in die Küche, wo sie sorgfältig jeden Schrank überprüfte. Nichts. In eine der Schubladen würde sie ja wohl nicht reinpassen? Ruthie sah trotzdem nach. »Hast du dich in eine kleine Maus verwandelt und irgendwo verkrochen, wo ich dich niemals finden werde?«, rief sie.

Auch diese scherzhaften Bemerkungen gehörten zum Spiel. Manchmal brachten sie Fawn zum Lachen, und sie verriet sich.

Zwanzig Minuten lang suchte Ruthie im ganzen Haus. Sie sah in allen von Fawns Lieblingsverstecken nach, konnte ihre Schwester jedoch nirgends entdecken.

»Bist du etwa unter Daddys Schreibtisch? Nein. Hast du dich in ein Staubkorn verwandelt, und der Wind hat dich weggeweht?«

Fawn steckte in keinem der Wandschränke, unter keinem Bett oder Tisch, und sie lag auch nicht hinter dem vorgezogenen Duschvorhang in der alten Badewanne mit den Klauenfüßen. Ruthie sah sogar unter der Wanne nach, weil sie sich daran erinnern konnte, dass ihre kleine Schwester sich tatsächlich einmal bäuchlings daruntergezwängt hatte.

Heute war ihr Versteckspiel anders als sonst. Normalerweise wurde Ruthie irgendwann ärgerlich, wenn sie ihre Schwester nicht finden konnte, aber jetzt bekam sie Angst, und mit jedem leeren Versteck wurde diese Angst größer.

Was, wenn Fawn verschwunden war? Wenn ihr dasselbe passiert war wie ihrer Mom?

Hör auf mit dem Quatsch, ermahnte Ruthie sich. *Das ist bloß ein Spiel.*

»Fawn?«, rief sie. »Ich gebe auf! Das Spiel ist zu Ende! Komm raus!«

Doch Fawn blieb wie vom Erdboden verschluckt. Ruthie ging von einem Zimmer ins andere und rief nach ihrer Schwester, während sich zwischen ihren Schulterblättern der kalte Schweiß sammelte. Schließlich gelangte sie wieder im Wohnzimmer an, wo sie mit dem Suchen begonnen hatte, und spähte auf Knien hinter das Sofa.

»Buh!«

Ruthie schrie auf. Fawn stand direkt hinter ihr.

»Wo warst du?«, fragte Ruthie. Eine Woge der Erleichterung überschwemmte sie.

»Ich hab mich mit Mimi zusammen versteckt.« Die Puppe baumelte schlaff in Fawns Hand.

»Wo denn?«

»Das ist ein Geheimnis. Spielen wir jetzt nicht mehr weiter?«

»Ich weiß ein neues Spiel«, sagte Ruthie. »Komm mit.« Sie führte ihre Schwester die Treppe hinauf ins Schlafzimmer ihrer Mutter.

»Was machen wir hier drin?«, wollte Fawn wissen. Es war ihnen verboten, das Zimmer zu betreten. Ihre Mutter legte großen Wert darauf, dass jeder »die Privatsphäre des anderen respektierte«, und das bedeutete: Nicht reinkommen, ohne anzuklopfen, und nicht in anderer Leute Sachen herumschnüffeln, wenn der Betreffende nicht zu Hause war. Ruthie konnte sich nicht einmal mehr daran erinnern, wann sie zum letzten Mal einen Fuß ins Schlafzimmer ihrer Mutter gesetzt hatte – vielleicht als ihr Vater noch am Leben gewesen war.

Es war das größte Zimmer im Haus, und die spärliche Möblierung ließ es noch geräumiger erscheinen: weiße Wände mit uraltem, rissigem Putz, ein Bett, eine Kommode, ein Nachttisch. Keine Bilder an den Wänden, kein Krimskrams. Auf dem Kiefernboden lag nicht mal eine vergessene Socke, nur zwei handgewebte Läufer aus Wolle rechts und links vom Bett.

Ihre Mutter hatte auch die beste Aussicht im ganzen Haus. Das Fenster neben ihrem Bett ging nach Norden, mit Blick über den Hof und die bewaldeten Hügel. Im Herbst und Winter, wenn kein Laub an den Bäumen war, konnte man bis zur Teufelshand schauen. Als Ruthie jetzt in diese Richtung blickte, sah sie unter der dicken Schneedecke nur kleine Felsspitzen hervorlugen. Doch dann war dort ganz kurz eine Bewegung zu erkennen; ein Schatten, der zwischen den Felsen hervortrat und gleich darauf wieder verschwand. *Ich muss mich getäuscht haben*, dachte sie und wandte sich ab.

»Jetzt spielen wir ein neues Spiel«, erklärte sie ihrer kleinen Schwester. Fawn sah sie neugierig an.

»Was für eins denn?«

»Ein Suchspiel.«

»So wie Verstecken?«

»So ähnlich. Nur suchen wir nicht nach Leuten, wir suchen nach Hinweisen.«

»Aaah, Hinweise!«, rief Fawn mit heller Stimme. Dann wurde sie nachdenklich. »Was für Hinweise?«

»Wir suchen alles, was nicht ins Bild passt; was uns irgendwie komisch vorkommt; alles, was uns dabei helfen könnte, Mom zu finden.«

Fawn nickte eifrig. Sie hielt Mimi am Arm – ihre Puppe, die Mom für sie genäht hatte. Ihr Haar aus gelber Wolle war inzwischen verfilzt, der Stoff an Händen und Füßen zerschlissen und an mehreren Stellen geflickt. Mimi hatte einen fein säuberlich gestickten, lächelnden Mund, vor dem Ruthie immer ein bisschen gruselte, weil er sie an eine Narbe erinnerte. Als wären dem armen Ding die Lippen zugenäht worden, damit es still war und nichts mehr sagen konnte. Mimi tuschelte andauernd mit Fawn über irgendwelche geheimen Dinge. Als Fawn noch sehr klein gewesen war, hatte sie sich oft mit ihrer Puppe in den Wandschrank verkrochen. Wenn sie sie dann fanden, saß sie mit Mimi auf dem Schoß im Dunkeln und war in eine angeregte Unterhaltung vertieft.

Ruthie lächelte ihrer Schwester zu. »Seid ihr zwei bereit zum Spielen?«

»Ich frag Mimi mal«, antwortete Fawn, bevor sie das Gesicht der Puppe ans Ohr hob und lauschte. Sie hörte eine Weile zu, nickte schließlich und nahm die Puppe wieder herunter. »Mimi sagt ja, aber sie will wissen, ob wir danach wieder Verstecken spielen können.«

»Haben wir für einen Tag nicht genug Verstecken gespielt?«

»Findet Mimi nicht.«

»Also gut, wir spielen danach noch eine Runde«, versprach Ruthie. »Ach, ich hab ganz vergessen, dir zu sagen, was das Beste an unserem Suchspiel ist – es gibt was zu gewinnen. Ein Stück Schokolade für jeden gefundenen Hinweis.«

»Aus Moms geheimem Vorrat?«

Ruthie nickte. Mom bewahrte einen Beutel mit Hershey's-Kisses-Pralinen ganz hinten in der Tiefkühltruhe auf. Den Mädchen war strikt verboten, sie anzurühren, es sei denn, ihre Mutter gab ihnen welche, in der Regel als Bestechung. Mom wollte eigentlich nicht, dass sie Kristallzucker aßen, deswegen war Schokolade immer etwas ganz Besonderes, vor allem für Fawn.

»Auf die Plätze, fertig, los!«, rief Ruthie, doch Fawn blieb wie angewurzelt stehen.

»Ich weiß nicht, wo ich suchen soll«, sagte sie.

»Du bist ein Kind. Benutz deine Phantasie. Wenn du hier was verstecken wolltest, wo würdest du es hintun?«

Fawn schaute sich um. »Unters Bett?«, kam es leise und zaghaft zurück.

»Möglich«, erwiderte Ruthie. »Schauen wir mal nach.« Beide ließen sich auf die Knie nieder und spähten unters Bett. Dort war nichts außer einer Menge Staubflusen, die sich im Laufe der Zeit angesammelt hatten. Vielleicht war das der Grund, weshalb ihre Mutter wie eine Asketin in einem Zimmer ohne jegliche Dekorationsgegenstände lebte – man musste weniger Staub wischen.

Ruthie untersuchte den Fußboden unter dem Bett auf lose Dielen. Als Kind hatte sie in ihrem Zimmer einmal ein tolles kleines Versteck unter einem lockeren Dielenbrett entdeckt, mitten unter dem Bett. Über die Jahre hinweg hatten sie und Fawn zahlreiche ähnliche Verstecke ausfindig gemacht: eine kleine Geheimtür hinter dem Geschirrschrank in der Küche; eine herausnehmbare Ecke im Türrahmen zwischen Küche und Wohnzimmer, hinter der sich eine Nische verbarg, ideal für die Aufbewahrung kleiner Schätze. Diese Verstecke schienen übers ganze Haus verteilt zu sein, insofern war es mehr als wahrscheinlich, dass es auch in Moms Schlafzimmer welche gab.

»Bestimmt haben hier früher Kinder gewohnt«, hatte Ruthie zu Fawn gesagt. »So viele Geheimfächer – auf die Idee käme ein Erwachsener doch gar nicht.«

»Vielleicht finden wir was, was sie vergessen haben. Spielsachen oder eine Botschaft oder so«, hatte Fawn aufgeregt entgegnet. Doch bislang waren alle von ihnen entdeckten Verstecke leer gewesen.

Ruthie zog die Matratze weg und sah zwischen ihr und dem Bettgestell nach. Nichts. Sie öffnete die Schubladen des Nachttischs. Ein halb aufgegessener Schokoriegel mit Mandeln, eine Taschenlampe und ein Kugelschreiber. Oben auf dem Nachttisch lag ein Stapel Krimis – ihre Mom war ein großer Ruth-Rendell-Fan.

Auf der anderen Bettseite, wo ihr Vater geschlafen hatte, gab es keinen Nachttisch. Er hatte abends nie gelesen. Er war der Auffassung gewesen, dass Betten zum Schlafen da seien, also hatte er weder einen Tisch noch eine Lampe gehabt. Wenn er las (hauptsächlich Sachbücher über globale Erwärmung oder die finsteren Machenschaften der Pharmaindustrie; dicke Hochglanzbücher übers Gärtnern oder Landwirtschaft; antiquarische Bestimmungsbüchlein voll mit Zeichnungen der neuenglischen Flora und Fauna), saß er dabei in einem großen Ledersessel in seinem Arbeitszimmer. Ihr Vater hatte für sein Leben gern gelesen. Er hatte den Geruch und das Gefühl von Büchern in seinen Händen geliebt. Vor Ruthies Geburt, als sie noch nicht nach Vermont umgezogen waren, hatte er sogar sein eigenes Antiquariat gehabt.

Ruthie wusste kaum etwas über das frühere Leben ihrer Eltern. Sie hatten sich an der Columbia University kennengelernt, wo ihre Mutter Kunstgeschichte studiert hatte und ihr Vater Literaturwissenschaft. Für Ruthie war es unmöglich, sich ihre Eltern als Studenten vorzustellen; bei dem bloßen Gedanken, sie könnten einmal jung, draufgängerisch und idealistisch gewesen sein, schwirrte ihr der Kopf. Nach dem Abschluss hatten sie dann gemeinsam ein Antiquariat in Chicago eröffnet.

Nach Chicago hatten sie in Minnesota gelebt, dann in Wisconsin, und dann, nachdem sie Scott und Helen Nearings Buch *Ein gutes Leben leben* gelesen hatten, waren sie weiter gen Osten, nach Vermont gezogen. Ihr Ziel war es, so autark wie möglich zu leben. Sie kauften das Haus und den Hof für einen Spottpreis (*Der Besitzer hat es uns praktisch hinterhergeworfen*, pflegten ihre Eltern zu sagen), schafften sich Hühner und Schafe an und legten einen riesigen Gemüsegarten an. Ruthie war gut drei gewesen, als sie aufs Land gezogen waren. Neun Jahre später, als ihre Mutter dreiundvierzig und ihr Vater neunundvierzig war, kam dann Fawn zur Welt.

»Ist das euer Ernst?«, fragte Ruthie, als ihre Eltern ihr eröffneten, dass sie bald ein Geschwisterchen bekommen werde. Sie hatte gewusst, dass irgendwas im Busch war – ihre Eltern hatten seit Tagen heimlichtuerisch getan und miteinander getuschelt –, aber mit dieser Neuigkeit hatte sie nun wirklich nicht gerechnet. Als kleines Kind hatte sie sich immer einen Bruder oder eine Schwester gewünscht, aber war es jetzt dafür nicht zu spät?

»Freust du dich nicht?«, fragte ihre Mutter sie.

»Doch, sicher«, antwortete Ruthie. »Ich bin nur ein bisschen geschockt.«

Ruthies Mutter nickte. »Ich weiß, Schätzchen. Ehrlich gesagt, waren wir selbst ziemlich überrascht. Aber dein Vater und ich wissen, dass es so richtig ist. Dieses Baby gehört hierher, in unsere Familie. Du wirst eine wundervolle große Schwester sein, da bin ich mir ganz sicher.«

Bis zu ihrem Verschwinden war dies das einzig Interessante an ihrer Mutter gewesen: dass sie sich dazu entschlossen hatte, so spät noch einmal ein Kind zu bekommen. Und genau betrachtet, schien das ja eher ein Unfall gewesen zu sein als eine bewusste Entscheidung.

»Ich mag nicht hier drin sein, wenn Mom nicht da ist«, jammerte Fawn. Sie saß auf dem Bett und befühlte Decken und Kissen. Ruthie tastete derweil die rau verputzten Wände ab. Sie suchte nach verborgenen Öffnungen, fand aber keine.

Wenn sie ehrlich war, ging es ihr genauso wie Fawn. Sie hatte das Gefühl, etwas Verbotenes zu tun und die Privatsphäre zu verletzen, die ihrer Mutter so heilig war.

»Ist schon in Ordnung«, sagte sie. »Ich weiß, es kommt einem ein bisschen komisch vor, aber ich glaube, Mom würde schon verstehen, dass wir es nur machen, weil wir keine andere Wahl haben. Weil wir wissen wollen, wo sie geblieben ist.«

Ruthie ging zum Wandschrank. Fawn kletterte vom Bett herunter und sah ihr zu. Sie wippte leicht auf den Füßen und drehte Mimis Arm in ihren Händen. Ihre Augen waren groß und sorgenvoll.

Roscoe kam auf leisen Pfoten ins Zimmer getappt. Zögernd schlich er näher und wiegte den Kopf hin und her, als wisse er nicht, was er von der ganzen Sache halten solle. Selbst für den Kater war das Zimmer tabu. (Ihre Mutter behauptete, sie habe eine leichte Allergie und wolle nicht in einem Bett voller Katzenhautschuppen schlafen.) Nun erforschte er vorsichtig das unbekannte Terrain. Sein buschiger grauer Schwanz war aufgestellt und zuckte. Roscoe stakste zur Schranktür, machte einen Buckel, fauchte und rannte aus dem Zimmer.

»Du alte Dramaqueen!«, rief Ruthie ihm hinterher.

Sie trat zur Tür des Wandschranks, drehte am Knauf und zog. Nichts geschah. Sie zog noch einmal kräftiger, dann versuchte sie es mit Drücken. Die Tür bewegte sich kein Stück.

Komisch. Sie machte einen Schritt zurück, inspizierte die Tür genauer und stellte dabei fest, dass oben und unten jeweils eine Latte quer über das Türblatt geschraubt worden war, so dass sie sich nicht mehr öffnen ließ. Was um alles in der Welt war der Sinn dabei, einen Wandschrank auf diese Weise zu verrammeln?

Sie würde nach unten gehen und einen Schraubenzieher holen müssen – oder vielleicht eine Brechstange aus der Scheune.

»Ich glaube, ich hab was gefunden.« Fawns Stimme zitterte. Ruthie erschrak ein wenig. Sie drehte sich um und sah, dass ihre Schwester den wollenen Läufer rechts neben dem Bett beiseitegezogen und eine kleine Luke in den Kieferndielen geöffnet hatte. Sie war blass um die Nase.

»Was ist das?«, fragte Ruthie und war mit drei großen Schritten bei ihrer Schwester.

Statt zu antworten, starrte Fawn bloß mit ängstlichen Augen in das Loch.

Ruthie warf einen Blick in das Geheimfach, das Fawn entdeckt hatte. Es war etwa fünfzig mal fünfzig Zentimeter groß. Die hölzernen Dielen waren sorgsam ausgesägt und zu einer kleinen Tür mit Scharnieren aus Messing umgebaut worden. Das Fach war nur etwa fünfzehn Zentimeter tief. Darin lag ganz zuoberst, auf einem Schuhkarton, eine kleine Pistole mit hölzernem Griff. Ruthie blinzelte fassungslos. Ihre Eltern waren friedliebende, pazifistische Hippies. Sie hassten Waffen. Ihr Vater hatte einen mit seinen Schusswaffen-Statistiken zu Tode langweilen können – wie viel größer die Wahrscheinlichkeit war, dass durch eine Schusswaffe ein Familienmitglied statt eines Eindringlings getötet wurde, bei wie viel Prozent aller Gewaltverbrechen Schusswaffen im Spiel waren ... Jedes Mal, wenn sie ein Huhn oder einen Truthahn schlachteten, musste auf Verlangen ihrer Mutter ein kompliziertes Ritual vollzogen werden, in dem sie der Erde und dem Vogel dankten und seine Seele dazu ermunterten, in eine höhere Seinsebene aufzusteigen.

»Die kann nicht von Mom sein«, erklärte Ruthie laut. Sie war felsenfest davon überzeugt, dass es sich um ein Missverständnis handeln musste. Sie sah zu Fawn, die wie versteinert dastand. Sie hielt ihre Puppe noch immer an einem Arm fest, so dass sie wie ein Pendel über dem Loch hin und her baumelte.

»Wir sollten es lieber wieder zumachen«, sagte sie.

Ruthie fand den Vorschlag ihrer Schwester gar nicht so dumm. Andererseits: Sie mussten weitersuchen, oder nicht? Was, wenn ihnen der Inhalt des Schuhkartons einen Hinweis darauf lieferte, was mit ihrer Mutter geschehen war?

Ruthie kniete sich vor das Loch, als wolle sie beten. Sie wollte nach der Waffe greifen, hielt jedoch inne, als ihre Hand wenige Zentimeter von ihr entfernt war.

»Bitte nicht«, sagte Fawn mit Panik im Blick. »Die ist gefährlich.«

»Nur wenn man abdrückt. Und vielleicht ist sie ja auch gar nicht geladen.« Ruthie nahm die Pistole und staunte, wie schwer sie war. Sie hielt sie am metallenen Lauf fest, weil sie dem Abzug nicht zu nahe kommen wollte. Vorsichtig legte sie die Pistole neben sich auf den Fußboden, wobei sie darauf achtete, dass der Lauf von ihr und Fawn weg zeigte. Dann griff sie erneut in das Loch und holte den Schuhkarton heraus. *Nike* stand auf der Seite.

Ruthie hob den Deckel des Schuhkartons ab. Darin lag ein Zipbeutel aus Plastik. In dem Beutel steckten zwei Portemonnaies: ein schwarzes Herrenportemonnaie und eine große beigefarbene Damenbörse. Ruthie hielt den durchsichtigen Plastikbeutel in der Hand und hatte auf einmal Angst, ihn zu öffnen. Ein Kribbeln wanderte von ihren Händen die Arme und Schultern hinauf bis in ihre Brust.

So was Albernes. Das waren doch bloß Portemonnaies.

Ruthie öffnete den Beutel und nahm das kleinere der beiden Portemonnaies heraus. Darin fand sie einen in Connecticut ausgestellten Führerschein und Kreditkarten, die einem Mann namens Thomas O'Rourke gehörten. Er hatte braune Haare, haselnussbraune Augen, war eins zweiundachtzig groß, wog siebenundsiebzig Kilo und war Organspender. Er wohnte in der Kendall Lane Nummer 231 in Woodhaven, Connecticut. Die Damenbörse gehörte einer gewissen Bridget O'Rourke. Sie enthielt keinen Führerschein, dafür aber eine Kundenkarte von Sears, eine MasterCard und ein Terminkärtchen für Perrys Haarsalon.

In beiden Portemonnaies steckte etwas Bargeld. Bridget bewahrte die Münzen in einem Extrafach mit Reißverschluss auf, das außerdem noch ein kleines Goldarmband mit kaputtem Verschluss enthielt. Ruthie zog es heraus – es war zu klein, als dass es einer Erwachsenen hätte gehören können. Sie ließ es wieder zu den Münzen fallen.

»Wer sind diese Leute?«, wollte Fawn wissen.

»Keine Ahnung.«

»Aber wieso haben wir ihre Portemonnaies?«

»Ich weiß es nicht, Fawn. Sehe ich aus wie eine wandelnde Kristallkugel?«

Fawn biss sich auf die Lippe.

»Entschuldige«, bat Ruthie, die prompt ein schlechtes Gewissen bekam. Ihre Mom war verschwunden, und außer ihr hatte Fawn niemanden. Sie wusste, dass sie nicht gerade die beste große Schwester gewesen war, die Fawn sich hätte wünschen können. Schon von Anfang an. Ruthie hatte bei der Geburt dabei sein müssen. Die Hebamme hatte ihr eine Trommel in die Hand gedrückt – das rhythmische Schlagen sollte ihre Mutter bei der Wehenarbeit unterstützen. Als Fawn herauskam, war sie zerknautscht und schrie wie am Spieß – von wunderhübsch oder niedlich keine Spur. Sie erinnerte Ruthie an eine Larve.

Fawn wurde größer, und hin und wieder spielte Ruthie mit ihr – Puppen, Verkleiden oder Verstecken –, aber sie machte es nur, weil ihre Eltern es von ihr verlangten, nicht aus schwesterlicher Zuneigung. Natürlich liebte sie Fawn, aber aufgrund des Altersunterschieds schienen sie auf zwei völlig verschiedenen Planeten zu Hause zu sein.

»Ich bin einfach ziemlich durcheinander wegen all dem hier«, versuchte Ruthie zu erklären. Erneut warf sie einen Blick auf Thomas O'Rourkes Führerschein. »Der ist alt. Ist schon vor ... fünfzehn Jahren abgelaufen.« Sie steckte ihn zurück in das Portemonnaie, legte beide Portemonnaies in den Plastikbeutel und verstaute alles wieder fein säuberlich im Schuhkarton.

»Falls Mom zurückkommt, müssen wir so tun, als hätten wir das hier nie gefunden, okay? Das muss unser Geheimnis bleiben.«

Fawn machte ein Gesicht, als würde sie jeden Moment in Tränen ausbrechen.

»Na, komm schon«, sagte Ruthie und strahlte wie ein Cheerleader. »So schwer ist das nicht. Du kannst doch ein Geheimnis für dich behalten, oder? Ich weiß, dass du das kannst. Du sagst mir ja nicht mal, wo du dich eben mit Mimi versteckt hast.«

»Du hast gesagt, *falls*«, erwiderte Fawn.

»Hm?«

»Du hast gesagt, *falls* sie zurückkommt.« Ihr Kinn zitterte, und eine Träne lief ihr über die linke Wange.

Ruthie stand auf und nahm ihre kleine Schwester in den Arm. Sie wusste, dass ihre Mom es immer so machte, wenn sie sie trösten wollte. Fawn fühlte sich klein und hohl an. Und sie war heiß. Ruthie umarmte sie fester und beschloss, bei ihr Fieber zu messen und ihr ein bisschen Fiebersaft zu geben, falls ihre Temperatur wirklich so hoch war, wie sie sich anfühlte. Das arme Ding. Was für ein beschissener Zeitpunkt, um krank zu werden. Ruthie versuchte sich daran zu erinnern, was Mom machte, wenn Fawn krank war – sie gab ihr Fiebersaft und flößte ihr tassenweise selbstgemachten, fiebersenkenden Kräutertee ein, deckte Fawn mit mehreren Decken zu und las ihr Geschichten vor. Genau dasselbe hatte sie früher auch für Ruthie getan.

»Ich meine, *wenn*«, flüsterte Ruthie tröstend in Fawns Ohr. »*Wenn* sie zurückkommt. Weil sie nämlich ganz bestimmt zurückkommen wird.« Fawn erwiderte die Umarmung nicht, sondern stand schlaff und kraftlos da.

»Aber was, wenn nicht? Was, wenn sie nicht zurückkommen kann oder so?«

»Wir werden sie finden, Fawn. Ich schwöre es.«

Sie ließ Fawn los und sah ihr ins Gesicht. »Geht's dir gut? Hast du Halsschmerzen oder so was?«

Fawns glasige Augen waren auf das Geheimfach im Fußboden gerichtet.

»Ich glaube, da ist noch was drin«, sagte sie.

Ruthie ging erneut auf die Knie und griff in das Loch. Sie merkte, dass es tiefer war als ursprünglich vermutet. Im hintersten Winkel ertastete sie die Ecke eines Buchs. Sie zog es heraus.

Besucher von der anderen Seite. Das geheime Tagebuch der Sara Harrison Shea.

Es war ein altes gebundenes Buch mit vergilbtem Schutzumschlag.

»Komisch«, sagte Ruthie. »Wieso versteckt man ein Buch?« Sie nahm es hoch, betrachtete das Cover und blätterte einige Seiten um. Ihr Blick blieb an den Worten des ersten Tagebucheintrags hängen. *Als ich zum ersten Mal eine Schlafende sah, war ich neun Jahre alt.*

Ruthie überflog den Rest des Eintrags.

»Wovon handelt es?«, wollte Fawn wissen.

»Wie's aussieht, hat diese Frau geglaubt, es gäbe eine Möglichkeit, Tote wieder zum Leben zu erwecken«, antwortete sie.

Ziemlich gruselig, aber trotzdem – warum hatte ihre Mutter das Buch versteckt?

»Ruthie«, sagte Fawn plötzlich. »Schau dir mal das Bild auf der Rückseite an.«

Hinten auf dem Umschlag war ein verschwommenes Schwarzweißfoto abgedruckt. Die Bildunterschrift lautete: *Sara Harrison Shea vor ihrem Haus in West Hall, Vermont, 1907.*

Eine Frau mit wilden Haaren und eindringlichen Augen stand vor einem weißen Holzschindelhaus, das Ruthie sofort wiedererkannte.

»Das gibt's ja nicht. Das ist unser Haus!«, rief sie. »Diese Frau hat hier gelebt, in unserem Haus.«

Katherine

Katherine glaubte daran, dass sich, wenn die Arbeit gut lief, wie von selbst eins zum anderen fügte. Es war ihre Aufgabe als Künstlerin, sich zu öffnen; sich leiten zu lassen, wohin auch immer der Weg führen mochte.

Heute war nicht einer der Tage, an denen es gut lief.

Die Arbeit an ihrem neuen Kasten hatte alles andere als vielversprechend begonnen. Es fiel ihr schwer, Entscheidungen zu treffen: Sollte sie ein Foto von Gary nehmen oder lieber eine kleine Gary-Puppe basteln, die mit der grauhaarigen Unbekannten an einem Tisch sitzen konnte? Und was sollte auf dem Tisch stehen? Die Verantwortung, darüber zu bestimmen, worin seine letzte Mahlzeit bestanden hatte, kam ihr überwältigend groß vor. Von allen Szenen, die sie bislang in ihren Kästen dargestellt hatte, war sie bei dieser am meisten auf ihre Einbildungskraft angewiesen.

Den ganzen Vormittag hindurch hatte sie Garys Präsenz so deutlich gespürt, dass sie manchmal fast sicher war, er würde ihr über die Schulter schauen und sich über sie lustig machen. Sie konnte ihn riechen, ihn fast in der Luft schmecken.

Was soll das werden?, fragte er sie, als sie stumm auf den leeren Holzkasten starrte, der soeben fertig geworden war.

»Ich versuche zu verstehen, warum das Letzte, was du in deinem Leben zu mir gesagt hast, eine Lüge war«, erwiderte sie laut mit einer Stimme voller Bitterkeit.

Es war nicht nur diese letzte Lüge, die ihr zu schaffen machte, sondern alles, was in den Tagen davor passiert war. Sie hatte deutlich gespürt, dass Gary etwas vor ihr verheimlichte. Zwei

Wochen vor seinem Tod hatten sie einen Wochenend-Ausflug in die Adirondacks gemacht. Der Ausflug hatte sie mit solcher Hoffnung erfüllt. Es war Mitte Oktober, das Herbstlaub strahlte in den schönsten Farben, und Veränderung lag in der Luft. Sie hatten die Harley genommen und in einer rustikalen Hütte im Wald übernachtet. Es war die erste Reise seit Austins Tod, und sie hatten tatsächlich Spaß gehabt – es war das erste Mal, dass nicht jede Minute von Trauer und Wut überschattet wurde.

Sie tranken eine Flasche Wein am Feuer, scherzten und lachten. (Katherine sagte, der Mann, der die Hütten vermiete, habe eine Nase wie eine Steckrübe, woraufhin Gary sofort anfing, sämtliche ihrer Bekannten einer Gemüse- oder Obstsorte zuzuordnen – am besten war Katherines Schwester Hazel, die den Kopf einer Artischocke hatte, inklusive stachliger Haare.) Sie lachten, bis ihnen die Bäuche weh taten, und dann liebten sie sich auf dem Fußboden. Katherine hatte das Gefühl, dass endlich wieder Licht am Ende des Tunnels zu sehen war, dass sie es vielleicht doch irgendwie schaffen würden. Sie würden einen Weg finden, weiterzumachen; ihr neues Leben ohne Austin zu meistern. Vielleicht, nur vielleicht, würden sie eines Tages noch ein Kind bekommen. Gary hatte es, das Gesicht vom Wein gerötet, sogar selbst angesprochen. »Was meinst du?«, hatte er sie gefragt.

»Wer weiß«, hatte sie geantwortet und gleichzeitig geweint und gelacht. »Wer weiß.«

Sie hatte sich Gary näher gefühlt als jemals zuvor. Sie hatten einen langen, schweren Weg hinter sich, hatten einander von ihrer schlimmsten Seite kennengelernt, aber sie waren trotzdem noch zusammen, sie hatten trotzdem durchgehalten.

Auf der Heimfahrt hatten sie bei einem kleinen Antiquitätenladen haltgemacht. Gary hatte eine Aktenkiste aus Blech voll mit alten Fotos und Ferrotypien für seine Sammlung erstanden. Beim Öffnen eines der Umschläge daraus hatte er einen seltsamen kleinen Ring entdeckt, den er Katherine geschenkt hatte. Er hatte ihn ihr an den Finger gesteckt mit den Worten: »Auf einen Neuanfang.« Sie hatte ihn geküsst. Es war einer dieser hungrigen, schwindelig machenden Küsse gewesen, wie damals während ihrer Studentenzeit. Sie hatte den kleinen Ring an ihrem Finger hin und her gedreht und fest daran geglaubt, dass sie tatsächlich noch einmal ganz von vorn beginnen würden.

Doch schon bald nach ihrer Rückkehr spürte Katherine, dass irgendetwas nicht stimmte. Gary zog sich von ihr zurück, und zwar mehr denn je. Er kam abends spät nach Hause, ging morgens in aller Frühe fort und schloss sich stundenlang in seinem Studio ein, das sie am hinteren Ende ihres Lofts mit Trennwänden eingerichtet hatten. Als Katherine sich erkundigte, woran er gerade arbeite, schüttelte er bloß den Kopf und sagte: »An nichts.«

Sie versuchte auf jede erdenkliche Weise, an ihn heranzukommen – sie kochte seine Lieblingsgerichte zum Abendessen und schlug vor, noch einen weiteren Wochenend-Ausflug mit dem Motorrad zu unternehmen, bevor es dafür zu kalt wurde. Sie bat ihn sogar, ihr eine Geschichte über die Leute auf den Fotos zu erzählen, die er gerade restaurierte.

»Ich arbeite im Moment an keiner Restaurierung«, lautete seine Antwort.

Aber was trieb er dann Stunde um Stunde bei verschlossener Tür in seinem Studio, die Musik so laut aufgedreht, dass Katherine das Vibrieren in den Bodendielen spüren konnte?

Sie behielt den Ring, den er ihr geschenkt hatte, starrte ihn an, als könne sie ihn zwingen, mit ihr in der Zeit zurückzureisen, damit alles wieder so würde wie in der Hütte. Doch Gary blieb abweisend und verschlossen.

Sie hatte Angst, er könnte wieder in die Dunkelheit abgleiten, die ihn nach Austins Tod gefangen genommen hatte. Diese Dunkelheit hatte einen Mann aus ihm gemacht, den Katherine nicht nur nicht wiedererkannte, sondern vor dem sie sich sogar fürchtete. Einen unberechenbaren Mann, der zu viel trank und zu Gewaltausbrüchen neigte, während derer er Fotoausrüstung im Wert von Tausenden von Dollar zertrümmerte oder ihren großen Flachbildfernseher in Stücke schlug. Einmal hatte er sämtliche Weingläser zerbrochen und sich mit einer der Scherben einen tiefen Schnitt im Unterarm zugefügt. Das Blut war nur langsam aus der Wunde gelaufen, deshalb hatte Katherine gewusst, dass er keine Arterie verletzt hatte, doch was, wenn er es erneut versuchte? Dann hätte er vielleicht nicht mehr so viel Glück.

»Gary«, hatte sie ganz ruhig gesagt und sich ihm langsam genähert. »Leg das weg, Schatz. Leg die Scherbe weg.«

Er hatte sie angesehen, als kenne er sie gar nicht, und die Wahrheit war, dass auch sie ihn in diesem Moment nicht wiedererkannte. In seinen Augen fand sie keine Spur von dem alten Gary, in den sie sich verliebt und den sie geheiratet hatte.

Er hob die Glasscherbe und machte einen Schritt auf sie zu, woraufhin sie, außer sich vor Angst, aus dem Loft floh.

Sie hatte diesen Blick nie vergessen: schwarz und hohl, wie leere Augenhöhlen.

In der folgenden Woche begannen sie mit einer Trauerberatung. Es gab tränenreiche, verzweifelte Entschuldigungen, und die Ausbrüche wurden ganz allmählich seltener, kürzer, beherrschter. Irgendwann hörten sie ganz auf – die grenzenlose Wut war der Traurigkeit gewichen. Gary war wieder er selbst, eine trauernde Version seiner selbst, sicher, aber zumindest wiedererkennbar. Katherine glaubte, dass sie es schaffen konnten.

Und dann, im Oktober, nach der Rückkehr von ihrem Wochenendtrip, schienen alle Warnsignale wieder da zu sein. Gary ließ sich erneut vom Ungetüm seiner Trauer hinabziehen. Katherine wusste nicht, wie viel sie noch würde ertragen können.

Ein Neubeginn, in der Tat, dachte sie bei sich und starrte auf den Ring.

Dann verließ er eines Morgens das Haus, um zu einem Fototermin zu fahren, und am Abend desselben Tages lag sie bäuchlings auf der Couch, schrie in die Polsterkissen und krallte ihre

Finger in den Stoff, bis er zerriss, weil kurz zuvor zwei Polizisten an ihrer Tür geklingelt hatten.

Da sie unsicher war, wo sie mit der Gestaltung des Innenlebens von Garys *Letzter Mahlzeit* beginnen sollte, beschloss sie, sich zunächst der Außenseite zu widmen. Sie verpasste dem Kasten eine Backsteinfassade, so dass er wie Lou Lous Café aussah. Doch als sie das Schild über der Tür malen wollte, konnte sie keinen einzigen ihrer feinsten Pinsel finden. Sie mussten noch irgendwo in einem Karton stecken, aber sie hatte doch alle Kartons mit der Aufschrift KUNSTBEDARF geöffnet? Katherine seufzte frustriert.

Dann fiel ihr Blick auf Garys zerbeulten roten Angelkasten aus Blech – in ihm hatte er die Utensilien aufbewahrt, die er zum Säubern und Restaurieren der alten Fotos brauchte, die er sammelte. Sie wusste, dass sie darin einen feinen Pinsel finden würde – er hatte oft noch von Hand retuschiert. Die meisten Fotografen erledigten das mittlerweile am Computer, doch nicht so Gary.

Sie öffnete den Kasten und kramte darin herum: eine Dose Druckluftspray, weiße Baumwollhandschuhe, Wattebäusche, weiche Bürsten und Lappen zum Säubern, Alkohol, Farben und Toner. Ganz zuunterst lagen die Pinsel in ihrer eigenen Plastikdose, darunter auch einer, der für ihre Zwecke genau richtig war.

Als sie die Dose herausnahm, sah sie, dass darunter ein kleines Taschenbuch verborgen war. Wie seltsam.

Besucher von der anderen Seite. Das geheime Tagebuch der Sara Harrison Shea.

Es kam ihr wie ein Streich vor – als hätte Gary das Buch mit voller Absicht dort versteckt, damit sie es in diesem Moment fand: *Genau das bin ich jetzt. Ein Besucher.*

Sie griff nach dem Buch und schlug es auf Seite zwölf auf.

Danach war ich tief verzagt. Ich konnte das Bett nicht verlassen. Die Wahrheit ist, dass ich keinen Sinn darin sah, weiterzuleben. Hätte ich die Kraft gehabt, aus meinem Bett aufzustehen, wäre ich nach unten gegangen, hätte das Gewehr meines Mannes genommen, mir den Lauf in den Mund gesteckt und abgedrückt. Ich sah vor mir, wie ich es tat. Ich malte es mir aus. Träumte davon. Ich spürte, wie ich die Stufen hinabschwebte, nach der Flinte griff, das Schießpulver schmeckte.

In meinen Träumen tötete ich mich unzählige Male.

Hinterher wachte ich weinend auf, voller Gram, dass ich noch am Leben war, gefangen in meinem elenden Körper, meinem elenden Leben. Allein ...

Katherine ließ die Dose mit den Pinseln liegen und kehrte, das seltsame Buch in der Hand, ihrem Arbeitstisch den Rücken zu. Sie durchquerte das Wohnzimmer, nahm Zigaretten und Feuerzeug, machte es sich auf dem Sofa bequem, blätterte an den Anfang des Buches zurück und begann zu lesen.

Ruthie

»Die ist definitiv geladen«, verkündete Buzz. In der Hand hatte er die Pistole, die sie unter dem Fußboden gefunden hatten. Er hielt sie so, dass sein Zeigefinger nicht in der Nähe des Abzugs, sondern am Lauf lag. Er und Ruthie saßen nebeneinander auf dem Bett von Ruthies Mutter. Ruthie hatte eine Flasche Bier in der Hand. Buzz hatte seine auf dem Nachttisch abgestellt und vergessen, und Ruthie machte sich Sorgen, dass sie einen feuchten Ring auf dem Holz hinterlassen könnte – ein Beweis dafür, dass sie hier gewesen waren. Sie stellte die Flasche auf den Boden und wischte die Oberfläche des Nachttischs mit dem Ärmel trocken.

Es war zehn Uhr abends, und Fawn schlief tief und fest. Sie hatte knapp neununddreißig Grad Fieber. Ruthie hatte ihr alle vier Stunden Fiebersaft verabreicht, damit die Temperatur nicht noch weiter anstieg. Sie hatte sogar einen Aufguss vom Tee ihrer Mutter mit Fieberkraut und Weidenrinde zubereitet und ihn Fawn zu trinken gegeben. Sobald Fawn eingeschlafen war, hatte sie Buzz angerufen und ihn gebeten, herzukommen. Er hatte ein Sixpack Bier mitgebracht.

»Siehst du? Hier, die Trommel fasst sechs Patronen.« Buzz hielt ihr die Waffe hin, damit sie ihr Innenleben betrachten konnte. »Sechs Schuss. Das ist ein alter Revolver, ein echtes Schmuckstück, und er ist in gutem Zustand. Deine Mom muss ihn regelmäßig gesäubert und geölt haben.«

»Meinst du wirklich?«, fragte Ruthie, die immer noch nicht glauben konnte, dass ihre Mutter eine Schusswaffe auch nur anrühren würde.

»Irgendjemand muss es jedenfalls getan haben. Und er lag in ihrem Schlafzimmer. Eigentlich ist es doch gar nicht so ungewöhnlich, dass eine Frau, die allein mit zwei Kindern so weit draußen lebt, sich schützen will. Mein Dad verkauft mehr Schusswaffen an Frauen als an Männer.«

Ruthie lief es kalt über den Rücken, trotzdem rutschte sie näher, um sich die Waffe genauer anzusehen. »Und wie funktioniert das Ding?«

»Ganz einfach«, erklärte Buzz, und seine Augen begannen zu leuchten. Er freute sich über die Gelegenheit, zeigen zu können, dass er sich auf einem Gebiet auskannte. Sein Vater hatte draußen an der Route 6 einen Laden für Waffen, Munition und Bogenausrüstung. Seit er acht war, ging Buzz regelmäßig auf die Jagd. »Das ist ein Colt Single Action Revolver. Hier ist der Sicherungsmechanismus, den muss man nach hinten schieben. Dann drückt man mit dem Daumen den Hahn runter, bis es klick macht. Danach musst du einfach nur noch zielen und abdrücken. Wenn man den Abzug betätigt, trifft der Hahn auf den Schlagbolzen, und es wird ein Schuss abgefeuert.«

Buzz drehte die Waffe in seiner Hand. »Wenn du willst, können wir sie morgen mal ausprobieren. Ich kann dir zeigen, wie man damit schießt.«

Ruthie schüttelte den Kopf. »Meine Mom würde mich umbringen.«

Er nickte und legte den Revolver vorsichtig und respektvoll in den Schuhkarton zurück.

»Ich kann immer noch nicht glauben, dass sie einfach so weg ist«, sagte er, nahm seine Baseballkappe ab und fuhr sich durchs kurzgeschorene Haar.

»Ich kapier's auch nicht. Das passt überhaupt nicht zu ihr. Klar, sie ist ein bisschen schräg, aber sie ist immer so ... verlässlich. Eingefahren in ihren Gewohnheiten. Sie geht kaum mal in die Stadt, und jetzt soll sie auf einmal verschwunden sein? Das macht doch alles gar keinen Sinn.«

»Und was hast du jetzt vor? Ich meine, falls sie nicht wieder auftaucht?«

»Keine Ahnung.« Ruthie seufzte. »Eigentlich wollte ich die Polizei rufen, wenn sie bis heute Abend nicht zurück ist, aber dann haben wir das Zeug hier gefunden, und jetzt hab ich keinen blassen Schimmer mehr, was ich machen soll. Was, wenn sie in irgendwas ... Kriminelles verwickelt ist?«

Buzz nickte. »Es war auf jeden Fall schlau, dass ihr nicht die Bullen gerufen habt. Die fremden Portemonnaies und der Revolver – da kommt man schon ins Grübeln.«

»Ich weiß«, sagte Ruthie matt. Es schien ein Ding der Unmöglichkeit, dass ihre sanfte, Kräutertee trinkende, nicht mehr ganz junge Mutter bei etwas Kriminellem ihre Finger im Spiel haben könnte.

Gab es noch mehr, wovon Ruthie keine Ahnung hatte? Was würde noch alles ans Tageslicht kommen, wenn sie die Polizei alarmierte?

Buzz schwieg eine Minute. »Vielleicht waren es die Aliens.«

»Verdammt noch mal«, fauchte Ruthie. »Ich hab jetzt wirklich keinen Nerv für irgendwelche von deinen Alien-Geschichten.«

»Nein, nein, ich mein's ernst. Entführung durch Außerirdische. So was passiert andauernd. Sie saugen die Menschen mit Traktorstrahlen an und experimentieren dann an ihnen herum. Danach lassen sie sie wieder frei, manchmal meilenweit von der Stelle entfernt, an der sie entführt wurden. Und ihre Erinnerungen wurden gelöscht. Außerdem weißt du ja, was Tracer und ich draußen im Wald gesehen haben. Das war nicht mal eine Meile von eurem Haus entfernt. Ein echter, leibhaftiger Alien.«

Ruthie dachte an den dunklen Wald und die Felsen, die wie Zähne aus der Erde ragten und bei denen man das Gefühl hatte, als würden sie einen jeden Moment packen und verschlingen.

»Komm schon, Buzz. Ich hab dich angerufen, weil ich ein bisschen Unterstützung brauche. Ein paar vernünftige Ratschläge.«

»Okay. Aber darf ich was sehr Offensichtliches anmerken?«, fragte er.

Sie zuckte mit den Schultern, erhob aber keine Einwände.

»Hast du je drüber nachgedacht, wie ihr hier draußen lebt? Du weißt schon, ihr seid total von der Außenwelt abgeschnitten – dürft keinen Besuch kriegen, eure Nummer steht nicht im Telefonbuch, überall hängen ZUTRITT-VERBOTEN-Schilder. Ihr habt nicht mal einen Briefkasten.«

»Du kennst doch meine Mom. Sie ist eben ein alter Hippiefreak«, entgegnete Ruthie. »Mein Dad war genauso. Deswegen sind sie ja auch von Chicago hierhergezogen, als ich drei war. Sie wollten sich vom System lossagen. Zurück zu den Wurzeln. Ihren glücklichen, utopischen Hippietraum leben, mit Hühnern und Kräutergarten und Körnerbrot.«

»Und wenn was ganz anderes dahintersteckt?«, hakte Buzz nach.

»Was willst du damit sagen?«

»Dass es manchmal einen verdammt guten Grund dafür gibt, wenn die Leute nicht gefunden werden wollen.«

Sie schwiegen eine Weile.

»Ich sehe mal nach Fawn«, sagte Ruthie dann. »Wenn ich wiederkomme, können wir versuchen, den Wandschrank aufzukriegen.«

Sie tappte durch den Flur in Fawns Zimmer, wo ihre kleine Schwester im sanften Schein des Nachtlichts zusammengerollt unter ihrem Quilt lag. Kater Roscoe lag zufrieden schnurrend auf ihr. Mimi war aus dem Bett auf den Fußboden gefallen.

»Na, alter Knabe? Passt du auf Fawn auf?« Ruthie streichelte den Kater. »Brav.« Sie legte eine Hand an Fawns Stirn. Immer noch warm, aber das Fieber schien ein bisschen gesunken zu sein. Sie hob Mimi auf und legte sie neben Fawn, bevor sie den Quilt hochzog und beide damit zudeckte.

»Ich glaube, ihr Fieber ist runtergegangen«, meldete sie Buzz, als sie zurück ins Zimmer ihrer Mutter kam.

»Das ist gut.«

»Hm. Die Arme. So was Blödes, dass sie ausgerechnet jetzt krank wird, wo Mom nicht da ist.«

Buzz lächelte. »Sie hat ja dich.«

»Tja, na ja. Ich hoffe nur, dass Mom bald zurückkommt. Ich bin nicht in der Lage, mich um ein Kind zu kümmern. Ich hab keine Ahnung, was ich hier eigentlich mache! Du hättest mich mal sehen sollen, als ich versucht habe, rauszufinden, wie viel von diesem Saft ich ihr geben muss. Ich wusste nicht mal, wie viel sie wiegt, ich musste sie erst fragen.«

Buzz nahm ihre Hände. »Du machst das ganz toll. Und sei nicht so hart zu dir. Fawn kann froh sein, dass sie dich hat.«

»Wenn du meinst«, gab Ruthie zurück. »Komm, wir schauen uns mal den Wandschrank an.«

Buzz nahm die Brechstange, die Ruthie in der Scheune gefunden hatte, und machte sich an die Arbeit. Ruthie stand daneben und sah ihm zu. Mit einem Mal war sie nervös und fragte sich, was sie wohl im Schrank finden würden.

In weniger als fünf Minuten hatte Buzz die beiden Latten entfernt.

»Willst du?«, fragte er und trat von der geschlossenen Schranktür zurück.

Ruthie schüttelte den Kopf. »Mach du.«

»Also gut«, sagte Buzz. Die schwere eiserne Brechstange für alle Fälle in der rechten Hand haltend, drehte Buzz am Türknauf und zog langsam die Tür auf.

»Nichts«, verkündete er und steckte den Kopf in den Schrank, um sich darin umzusehen. »Nur Klamotten.« Er trat den Rückzug an und setzte sich, sichtlich enttäuscht, mit seinem Bier aufs Bett.

Ruthie näherte sich der Tür und lugte in den Schrank.

Buzz hatte recht, es war nichts Ungewöhnliches zu entdecken. Sie ging die Kleider auf den Bügeln durch: die alten Flanellhemden ihres Vaters, die Rollkragen- und Fleecepullover ihrer

Mutter. Auf dem Regal darüber lag ein Stapel Strickpullis. Holzpantinen und alte Laufschuhe standen in einer ordentlichen Reihe am Boden.

Ihre Mutter hatte den Großteil der Kleider ihres Vaters nach dessen Tod aufbewahrt, als rechne sie damit, dass er eines Tages zurückkommen würde. Nachdem Ruthie sich vergewissert hatte, dass Buzz nicht hinsah, vergrub sie das Gesicht in einem der alten Hemden ihres Vaters und versuchte, seinen Duft darin wiederzufinden. Sie roch nichts als Zedernholz und Staub.

Ihr war etwas mulmig zumute, selbst bei geöffneter Tür. In kleinen, engen Räumen geriet sie sofort in Panik. Ihre schlimmsten Alpträume waren solche, in denen sie in einem winzigen Raum eingesperrt war oder sich durch einen engen Tunnel zwängen musste. Früher oder später blieb sie immer stecken und wachte dann schreiend auf.

Ruthie achtete darauf, so weit wie möglich außerhalb des Schranks zu bleiben, während sie die Kleider gründlicher in Augenschein nahm. Wie seltsam, dass ihre Mutter die Sachen weggesperrt hatte. Hatte sie die grüne Strickjacke nicht letzte Woche noch getragen? Sie sah in sämtlichen Taschen nach, fasste sogar in die Schuhe hinein. Alles, was sie dabei zutage förderte, waren ein paar Streichholzheftchen und eine mit Fusseln übersäte Rolle Pfefferminzbonbons. Sie nahm die Schuhe aus dem Schrank, um den Boden freizuräumen, und betastete die Dielenbretter, um sich davon zu überzeugen, dass es im Boden nicht vielleicht noch ein weiteres Geheimfach gab.

»Ich find's nach wie vor ziemlich abgefahren«, bemerkte Buzz und betrachtete mit zusammengekniffenen Augen den Wandschrank.

»Ja, wieso will sie verhindern, dass jemand da reingeht? Da sind doch bloß alte Schuhe und ein paar ausgeleierte Rollkragenpullis drin.«

Buzz schüttelte den Kopf. »Das meine ich nicht. Für mich

sieht's eher so aus, als wollte sie verhindern, dass was aus dem Schrank *rauskommt.*«

Ruthie zwang sich zu einem heiseren Lachen und sah Buzz dabei zu, wie er das Etikett von seiner Bierflasche pulte.

Es war seltsam und irgendwie aufregend, dass er hier bei ihr war, im Haus ihrer Mutter, sogar in ihrem Schlafzimmer. Mom hielt nicht viel von ihrer Beziehung zu Buzz und hatte keinen Hehl daraus gemacht, dass Ruthie ihrer Ansicht nach etwas Besseres verdient hatte als einen UFO-besessenen Kiffer, der auf dem Schrottplatz seines Onkels arbeitete.

»Versteh mich nicht falsch«, hatte sie gesagt. »Er sieht gut aus, darin gebe ich dir recht, nur habe ich mir für dich immer jemand anderen vorgestellt.«

»Und wen hast du dir für mich vorgestellt?«, fragte Ruthie angriffslustig zurück.

Ihre Mutter dachte kurz nach. »Jemanden, der nicht seine ganze Freizeit damit verbringt, UFOs zu jagen. So lenkt Buzz viel zu viel Aufmerksamkeit auf sich. Ich habe auf dem Markt einen Flyer gesehen – er hat irgendeine UFO-Gruppe ins Leben gerufen. Sie wollen sich einmal im Monat treffen und nach fliegenden Untertassen Ausschau halten. Auf dem Flyer stand, dass er glaubt, die Teufelshand sei so eine Art UFO-Knotenpunkt.«

Ruthie zuckte mit den Schultern.

»Das hat uns gerade noch gefehlt«, setzte ihre Mutter nach. »Dass Buzz und seine bunte Truppe von Spinnern in unseren Wäldern herumtrampeln.«

»Das sind nicht *unsere* Wälder«, entgegnete Ruthie.

»Trotzdem«, beharrte ihre Mutter und schürzte die Lippen. »Jemand sollte diesen Jungen mal zur Vernunft bringen.«

»Du kennst ihn wirklich überhaupt nicht«, hatte Ruthie gesagt, und dann war sie aufgestanden und gegangen.

Buzz war der vernünftigste, zuverlässigste Mensch, den man sich vorstellen konnte. Also gut, er hatte ein paar merkwürdige

Ansichten – na und? Auf ihn war immer Verlass. Sie konnte ja verstehen, dass ihre Mutter Fremden gegenüber misstrauisch war, trotzdem machte es sie wütend, dass sie keinerlei Vertrauen in das Urteil ihrer Tochter zu haben schien.

Doch seit ihre Mutter verschwunden war, kam Ruthie die ganze Auseinandersetzung albern und kindisch vor. Sobald sie wieder auftauchte, würde Ruthie die Dinge anders angehen. Sie würde darauf bestehen, Buzz zum Abendessen einzuladen, damit ihre Mutter sich ein Bild davon machen konnte, was für ein wundervoller und einzigartiger Mensch er war, wenn man ihn nur richtig kennenlernte. Sie würde sich sogar mit ihrer Mutter zusammen seine Skulpturen anschauen. Mom hatte durch ihre Handarbeitsausstellungen so viele Kontakte, vielleicht hätte sie eine Idee, wie Buzz seine Kunst besser vermarkten konnte. Womöglich würde er eines Tages sogar davon leben können.

Sie setzte sich zu Buzz aufs Bett, nahm *Besucher von der anderen Seite* in die Hand, drehte es um und betrachtete das Foto ihres Hauses mit Sara Harrison Shea davor.

»Total bizarr, dass sie hier gewohnt hat«, meinte Buzz. »Ich wusste natürlich, dass sie aus West Hall stammt, aber ...«

»Warte mal. Du hast schon von ihr gehört?«

Buzz setzte sich aufrechter hin. »Klar. Sie ist so ziemlich die berühmteste Person, die je hier gelebt hat. Ich hab das Buch sogar gelesen, aber das war, bevor wir uns kannten, deswegen hab ich es nie mit eurem Haus in Verbindung gebracht. Abgefahren.«

Buzz war kein besonders guter Schüler gewesen – er war eher praktisch veranlagt und hatte auf der Highschool immer Probleme damit gehabt, Sachen auswendig zu lernen und sie dann pünktlich zur nächsten Klassenarbeit wieder auszuspucken. Was Autos, Motoren und alles Technische anging, hatte er ein gutes Händchen, aber setzte man ihm einen unangekündigten Test vor, war er aufgeschmissen. Er las sehr langsam, und Ruthie hatte den Verdacht, dass er an einer leichten Form von Legasthenie litt, allerdings hatte sie ihn nie darauf angesprochen, weil er so unsicher war und ständig befürchtete, die Leute könnten ihn für dumm halten.

»Ist sie wegen dem Buch hier berühmt?«

»Ja. In gewissen Kreisen ist ihr Name ziemlich bekannt.«

Ruthie nickte. Obwohl er nur langsam las, verschlang Buzz jedes noch so abstruse Buch und Magazin über UFOs, Bigfoot und andere unerklärliche Phänomene, das er in die Finger bekam. *Natürlich* wusste er über die Verrückte Bescheid, die mit den Toten kommuniziert hatte.

»Du meinst, bei Leuten, die an Geister und so einen Kram glauben? War sie ein Medium?«

»Sie war nicht bloß spiritualistisch – jedenfalls nicht im herkömmlichen Sinne. Sie hat behauptet, dass Menschen wirklich von den Toten auferstehen können. Nicht als Gespenster, sondern körperlich.«

Ruthie durchlief ein Schauer, und sie betrachtete erneut das Foto von Sara auf der Rückseite des Buches.

»Aber ich glaub, so richtig berühmt geworden ist sie in erster Linie durch ihren Tod«, fuhr Buzz fort. »Und wegen der Tagebücher, die ihre Nichte veröffentlicht hat. Die lesen sich wie ein Thriller, nur eben in echt.«

»In der Einleitung steht was von einem brutalen Mord«, sagte Ruthie.

»Kann man wohl sagen!«

»Was ist denn passiert?«, hakte Ruthie nach.

Buzz zog die Brauen zusammen. »Willst du das wirklich wissen?«

Ruthie nickte, zumal sie ihm ansah, dass er darauf brannte, es ihr zu erzählen. Außerdem – wie schlimm konnte es schon werden?

Er holte tief Luft. »Also. Sie wurde auf dem Acker hinter ihrem Haus gefunden – hinter *eurem* Haus, sollte ich wohl besser sagen.« Er hielt kurz inne und sah Ruthie prüfend an. Er wusste genau, dass sie sich gruselte, und genoss jede Sekunde.

»Jemand hatte ihr die Haut abgezogen«, erzählte er weiter und bemühte sich um eine gespenstische Vincent-Price-Stimme. »Sie geschält wie eine Weintraube. Und weißt du, was das Krasseste war? Die Haut wurde angeblich nie gefunden.«

Ruthie schüttelte sich und kämpfte gegen den Drang an, auf Buzz' Schilderung mit einem mädchenhaften »Iiiih!« zu reagieren. »Das glaub ich nicht«, sagte sie, setzte sich gerade hin und trank den letzten Schluck aus ihrer Bierflasche. »Das hast du dir bloß ausgedacht!«

»Nein«, beteuerte Buzz und hielt zwei Finger in die Höhe. »Pfadfinderehrenwort. Damals dachte man, ihr Ehemann Martin sei der Täter gewesen. Der Arzt des Ortes, der gleichzeitig der Bruder von Martin war, hat ihn neben der Leiche gefunden. Er hatte ein Gewehr in der Hand, war blutüberströmt und vollkommen wahnsinnig. Er hat sich vor den Augen seines Bruders erschossen.«

Buzz' Augen waren groß und glänzten. Er war genauso aufgeregt, wie wenn er eine seiner Außerirdischen-Geschichten zum Besten gab.

»Es kommt noch besser. Mein Opa hat gesagt, sein Vater hätte ihm erzählt, nach ihrem Tod hätten die Leute Sara noch manchmal spätnachts durch die Stadt laufen sehen.«

»Wie, als Geist?« Ruthie dachte über Gespenster genau dasselbe wie über UFOs: dass es sie nicht gab.

»Nein. Als echten Menschen, und sie hatte ihre eigene Haut an!«

»Okay, jetzt hast du es wirklich übertrieben. Das ist einfach nur eklig. Und totaler Schwachsinn.«

»Nein, es stimmt! Frag, wen du willst. Es gab einige rätselhafte Todesfälle, und die Leute haben Sara die Schuld dafür gegeben – oder wer auch immer da in ihrer Haut rumlief. Also haben alle in der Stadt angefangen, kleine Geschenke für sie vor die Tür zu stellen – Essen, Geldmünzen, Gläser mit Honig. Sie ging mitten in der Nacht durch den Ort und hat sie eingesammelt. Immer wenn Vollmond war, haben alle in der Stadt was für sie rausgestellt. Einige von den alten Leuten, Sally Jensen draußen in der Bullrush Road zum Beispiel, machen das sogar heute noch.«

Ruthie schüttelte ungläubig den Kopf. »So ein Quatsch!«

»Ich kann's dir beweisen. Beim nächsten Vollmond machen wir eine kleine Tour durch den Ort. Dann zeige ich dir die Sachen, die die Leute für sie nach draußen stellen.«

»Wie kommt es dann, dass ich noch nie was davon gehört habe?«

Buzz zuckte mit den Schultern, stellte seine leere Bierflasche ab und ließ sich mit hinter dem Kopf verschränkten Händen rücklings aufs Bett fallen. »Wahrscheinlich, weil die Leute nicht oft drüber reden. Mein Opa hat's nur einmal erwähnt, als er an Thanksgiving ziemlich einen im Tee hatte. Und ihm war richtig unheimlich dabei.«

Ruthie schüttelte den Kopf, legte sich neben Buzz aufs Bett und schloss die Augen. Es war ein langer, anstrengender Tag gewesen. Sie musste sich nur mal kurz eine Minute ausruhen.

Unversehens fand sie sich, an der Hand ihrer Mutter, in Fitzgeralds Bäckerei wieder. Über ihren Köpfen flackerten Leuchtröhren, deren Licht immer schwächer wurde.

»Was hast du dir ausgesucht, mein Täubchen?«, fragte ihre Mutter, die Ruthies Hand ein wenig zu fest umklammerte. Die Bäckerei schien zu schrumpfen. Die Wände rückten immer näher zusammen.

Ruthie betrachtete die aufgereihten Kuchen und Kekse und zeigte schließlich auf den Cupcake mit dem rosafarbenen Guss. Die Zimmerdecke hatte sich ein Stück gesenkt.

Als sie den Kopf hob, sah sie, wie ihre Mutter auf sie herablächelte. Auch diesmal war es wieder die Unbekannte – die große dünne Frau mit der Katzenaugen-Brille. Mittlerweile war die Bäckerei auf die Größe eines Wandschranks zusammengeschrumpft, und es war fast vollständig dunkel. Die einzige Lichtquelle war die Glasvitrine mit den Cupcakes, die zu funkeln und zu leuchten schien.

Ruthie spürte die altbekannte Panik in sich hochsteigen, weil sie sich in einem engen Raum befand. Ihr Atem ging zu schnell, sie hechelte mit geöffnetem Mund wie ein Hund.

»Eine gute Wahl, mein Täubchen«, sagte die Frau, bevor sie sich an den Hinterkopf fasste und dort einen Reißverschluss herunterzog. Die Haut fiel von ihr ab wie ein Kostüm, und übrig blieb eine unförmige Masse nässendes rotes Fleisch mit einem Loch als Mund.

Ruthie wollte schreien, aber es ging nicht. Keuchend und mit rasendem Herzen wachte sie auf.

Sie blinzelte heftig. Sie lagen im Bett ihrer Mutter auf der Bettdecke. Buzz schnarchte leise. Die Deckenlampe brannte und starrte wie ein funkelndes Auge auf sie herab. Rechts neben sich nahm sie eine Bewegung wahr – da war etwas im Wandschrank. Sie drehte sich um. Ein Schatten bewegte sich. Der Kater? Nein, für Roscoe war es zu groß. Sie fuhr hoch und schnappte laut nach Luft: Aus der hinteren Ecke des Schranks leuchteten ihr zwei Augen entgegen.

Buzz setzte sich kerzengerade im Bett auf, sein ganzer Körper in Alarmbereitschaft. »Wasislos?«

Mit zitternder Hand deutete Ruthie zum Schrank. »Da ist was drin«, sagte sie. Ihre Kehle war so trocken, dass sie kaum sprechen konnte. »Es beobachtet uns.«

Innerhalb von zwei Sekunden hatte Buzz die Füße auf dem Boden und die Brechstange in der Hand. Er sprang zum Schrank und riss die Kleiderbügel zur Seite.

»Da ist nichts«, erklärte er.

Ruthie schüttelte den Kopf, schwang sich aus dem Bett und kam zu ihm. Sie sah nichts außer den Schuhen und Bügeln mit den Kleidern ihrer Eltern. Aber etwas war anders. Die Luft im Schrank war irgendwie seltsam – knisternd und verbraucht. Und dieser merkwürdige Geruch – er kam ihr bekannt vor, aber sie konnte nicht sagen, wo sie ihn schon einmal gerochen hatte.

»Vielleicht hast du einfach nur schlecht geträumt«, meinte Buzz und strich ihr übers Haar.

»Hm, vielleicht«, erwiderte sie. Dann warf sie die Schranktür mit einem Knall zu und wünschte sich, sie könnte sie verriegeln.

1908

Besucher von der anderen Seite
Das geheime Tagebuch der Sara Harrison Shea

15. Januar 1908

Alles fühlt sich so seltsam an – mir ist, als schwebte ich außerhalb meines Körpers und beobachtete mich und die Menschen um mich herum voller Neugier, als wären sie Schauspieler auf einer Bühne. Auf dem Küchentisch türmt sich das Essen, das die Frauen uns bringen: dunkles Brot, gebackene Bohnen, Räucherschinken, Pasteten, Kartoffelsuppe, Pfefferkuchen, Apfelstreusel, in Rum getränktes Früchtebrot. Der Essensgeruch ekelt mich an. Alles, woran ich denken kann, ist, wie gerne Gertie all diese Dinge gegessen hätte – frische Pfefferkuchen mit Schlagsahne! Aber Gertie ist tot, und die Flut an Essen nimmt kein Ende.

Ich sehe mich nicken, den Leuten die Hand schütteln, ihre Umarmungen und ihre Gaben und ihre teilnahmsvollen Gesten annehmen. Claudia Bemis hat das Haus von oben bis unten geschrubbt und sorgt dafür, dass stets genügend Kaffee da ist. Die Männer haben Anmachholz geschnitten, bündelweise Scheite für den Kamin hereingetragen und halten den Hof frei von Schnee.

Lucius weicht die ganze Zeit über nicht von Martins Seite. Den Großteil des gestrigen Tages waren sie zusammen in der Scheune und haben Gerties Sarg gezimmert.

In den letzten zwei Tagen sind unzählige Menschen gekommen, um uns ihr Beileid auszudrücken und zu sagen, wie leid es ihnen tut. Ihre Worte sind hohl. Leer. Luftblasen im Wasser, die an die Oberfläche steigen.

Gertie wohnt jetzt bei den Engeln.

Wir beten für euch.

Auch Delilah Banks, die Lehrerin, stattete uns einen Besuch

ab. »Gertie hatte solch eine überbordende Phantasie«, sagte sie unter Tränen. »Ich kann gar nicht in Worte fassen, wie sehr sie mir fehlen wird.«

Ein weinendes Gesicht nach dem anderen, ein Chor gedämpfter, ernster Stimmen: *Es tut uns leid. Es tut uns so unendlich leid.*

Ich will ihr Mitgefühl nicht – ich will meine Gertie zurück, und wenn das nicht möglich ist, dann kann von mir aus die ganze Welt mitsamt ihren Tränen und Aufläufen und Pfefferkuchen zum Teufel gehen.

Der arme alte Shep hat sich neben Gerties Stuhl in der Küche niedergelassen. Dort liegt er den ganzen Tag und schaut hoffnungsvoll auf, wann immer er jemanden hereinkommen hört, nur um den Kopf dann wieder traurig auf die Vorderpfoten sinken zu lassen, sobald er sieht, dass es nicht Gertie ist.

»Der Arme«, sagt meine Nichte Amelia, kniet sich neben ihn, streichelt ihm den Kopf und füttert ihn mit Leckerbissen.

Sie ist sehr um mich bemüht. Sie hat darauf bestanden, einige Tage bei uns zu bleiben, um zu helfen. Sie ist einundzwanzig, von außergewöhnlicher Schönheit und durchsetzungsstark.

Gestern Abend vor dem Zubettgehen brachte sie mir warmen Branntwein aufs Zimmer und bestand darauf, dass ich den ganzen Becher austrank. »Onkel Lucius sagt, er wird dir guttun«, erklärte sie.

Dann nahm sie meine Bürste und begann meine Haare zu entwirren. Seit ich ein kleines Kind war, hat mir niemand mehr die Haare gebürstet.

»Darf ich dir ein Geheimnis verraten?«, fragte sie mich, während sie bürstete.

Ich nickte.

»Die Toten verlassen uns nie wirklich«, flüsterte sie, und ihre Lippen waren meinem Ohr so nahe, dass ich die Wärme ihres Atems spüren konnte. »In Montpelier gibt es einen Zirkel von Damen. Sie treffen sich einmal im Monat und nehmen Kontakt zu den Verstorbenen auf. Ich war schon mehrmals dort und habe selbst gehört, wie die Geister auf den Tisch geklopft haben. Du musst unbedingt einmal mitkommen, Tante Sara«, sagte sie, und ihr Tonfall wurde drängender. »Sobald es dir ein bisschen bessergeht, werden wir hinfahren.«

»Martin würde es nicht gutheißen«, wandte ich ein.

»Dann werden wir ihm nichts davon erzählen«, wisperte sie.

Martin ist mir kein Trost – er ist scheu, tollpatschig und unbeholfen. Früher einmal fand ich diese Eigenschaften an ihm jungenhaft und liebenswert, doch nun wünschte ich, er wäre ein anderer Mann – ein Mann mit mehr Selbstvertrauen. Mittlerweile verachte ich ihn dafür, dass er anderen Menschen niemals in die Augen sieht. Wie soll man einem solchen Mann trauen? Es ist noch gar nicht lange her, da liebte ich sogar sein Humpeln, weil es mich in gewisser Weise an all die Dinge erinnerte, die er für unsere Familie getan hat – an sein ständiges Bemühen, für Wärme und Nahrung zu sorgen und um jeden Preis die Farm am Leben zu erhalten. Nun macht mich das laute Scharren seines verkrüppelten Fußes auf den Dielen schier rasend; es ist das Geräusch von Schwäche und Versagen. Ich weiß, dass es unrecht ist, so zu empfinden, und ich schäme mich für die bittere Galle, die seit kurzem in mir brodelt, doch ich bin machtlos gegen sie.

Und tief im Herzen weiß ich, was der wahre Grund für diese Gefühle ist: Ich gebe Martin die Schuld an dem, was Gertie zugestoßen ist. Wäre sie ihm an jenem Morgen nicht in den Wald gefolgt, hätte ich sie jetzt noch hier an meiner Seite.

»Wir werden das durchstehen«, versichert er mir und nimmt meine Hand. Seine Haut ist kalt und feucht wie ein Fisch. Er schenkt mir ein warmes, liebevolles Lächeln, doch dahinter sehe ich deutlich seine Besorgnis.

Ich bleibe stumm. Ich sage ihm nicht, dass ich nicht länger den Wunsch habe, irgendetwas durchzustehen. Dass ich mir nichts sehnlicher wünsche, als mich davonzustehlen und auf den

Grund des Brunnens zu stürzen, damit ich wieder mit meiner Gertie vereint sein kann.

Nicht einmal Reverend Ayers vermag mich aufzurichten.

Er kam heute Nachmittag, um über die Vorbereitungen für Gerties Trauergottesdienst und die Beerdigung zu reden. Ich hatte das Gespräch lange vor mir hergeschoben, doch heute hatten Martin und Lucius verkündet, dass es an der Zeit sei. Wir hätten lange genug gewartet.

Wir saßen am Küchentisch – der Reverend, Martin, Lucius und ich. In unseren Bechern wurde der Kaffee kalt. Reverend Ayers hatte einen Korb voller Muffins mitgebracht, die seine Frau Mary gebacken hatte. Sie sprachen darüber, Gertie oben auf dem Friedhof bei der Moosbeerenwiese neben Martins Familie zu begraben, doch davon wollte ich nichts wissen.

»Sie gehört hierher«, beharrte ich. Martin nickte, Lucius öffnete den Mund, um etwas zu sagen, besann sich dann jedoch. So wurde beschlossen, dass wir sie in dem kleinen Familiengrab hinter dem Haus beisetzen würden, neben ihrem winzigen Bruder, meiner Mutter, meinem Vater und Jacob.

Als Reverend Ayers sich verabschiedete, ergriff er meine Hand. »Denk daran, Sara, Gertie ist jetzt an einem besseren Ort. Sie ist bei unserem Herrn.«

Ich spuckte ihm ins Gesicht.

Es geschah automatisch, ohne nachzudenken, als wäre es für mich ebenso natürlich wie einen Schluck Wasser zu trinken, wenn ich durstig war.

Ich hatte Reverend Ayers ins Gesicht gespuckt, man stelle sich das vor! Ich kenne den Mann schon mein ganzes Leben – er hat mich getauft, Martin und mich vermählt, unseren Sohn Charles beerdigt. Ich habe mich zeit meines Lebens bemüht, an seine Lehren zu glauben und nach dem Wort Gottes zu leben. Doch damit ist nun Schluss.

»Sara!«, sagte Lucius entsetzt und zückte ein sauberes weißes Taschentuch, das er dem Reverend reichte.

Reverend Ayers wischte sich das Gesicht ab und trat einen Schritt von mir zurück. Er wirkte ... nicht zornig oder besorgt, vielmehr schien er Angst zu haben, was ich als Nächstes tun könnte.

»Wenn der Gott, den wir verehren und zu dem wir beten, derselbe ist, der Gertie zu dem Brunnen geführt, der sie mir weggenommen hat, dann will ich mit ihm nichts mehr zu tun haben«, erklärte ich. »Bitte verlassen Sie mein Haus, und nehmen Sie Ihren bösartigen Gott mit.«

Der arme Martin war schockiert und stammelte Entschuldigungen.

»Es tut mir so leid«, sagte er, als er und Lucius Reverend Ayers hinausbegleiteten. »Sie ist krank vor Kummer. Sie ist nicht sie selbst.«

Nicht ich selbst.

Dabei bin ich noch genau dieselbe, die ich immer war. Nur, dass jetzt ein Stück von mir fehlt. Ein Stück, das dieselbe Form hat wie Gertie und das aus dem tiefsten Innern meines Wesens herausgeschnitten wurde.

Vielleicht erlaubt mir die Trauer zum allerersten Mal, die Dinge so zu sehen, wie sie sind.

Ich weiß nun, dass Martin mich nie wirklich gekannt hat. Es gibt nur einen Menschen, der das von sich behaupten kann – der mich ganz gesehen hat, das Schöne wie das Hässliche. Und nach diesem Menschen sehne ich mich.

Auntie.

So lange habe ich versucht, all meine Erinnerungen an sie zu verdrängen. Mein ganzes Erwachsenenleben habe ich damit zugebracht, mir einzureden, dass sie bekommen hat, was sie verdiente; dass ihr Tod, schrecklich wie er war, nur die Folge ihres eigenen Tuns war. Doch so ganz habe ich das nie geglaubt. Nun denke ich am meisten darüber nach, dass ich etwas hätte unternehmen sollen, um es zu verhindern. Hätte ich nur einen Weg gefunden, sie zu retten, sage ich mir, dann wäre mein Leben vielleicht anders verlaufen. Womöglich sind all die Trauer und der Schmerz, die ich erlitten habe, in irgendeiner Weise mit dem verknüpft, was ich an jenem Tag getan habe, als ich neun Jahre alt war.

Es ist seltsam, dass sie der Mensch ist, nach dem ich mich am stärksten sehne, wenn mein Herz zerrissen ist und ich nicht weiß, wie ich weiterleben soll.

Sie ist die Einzige, die vielleicht die richtigen Worte finden würde, die mir echten Trost spenden könnte. Und ich weiß, ich weiß ganz genau, dass sie lachen würde, wenn ich ihr erzählte, dass ich dem Reverend ins Gesicht gespuckt habe!

Sie würde den Kopf in den Nacken werfen und lachen.

»Reverend Ayers sagt, es gibt nur einen Gott«, meinte ich einmal zu ihr. Es war wenige Wochen nachdem ich Hester Jameson im Wald gesehen und Auntie über die Schlafenden ausgefragt hatte. »Und dass es falsch ist, jemand oder etwas anderes zu verehren.«

Auntie lachte und spie braunen Tabaksaft auf die Erde. Wir holperten in ihrem alten Wagen übers Land. Er war schwer beladen mit Tierfellen, denn wir waren unterwegs zum Pelzhändler in St. Johnsbury. Auntie unternahm diese Reise viermal im Jahr, und er gab ihr stets einen fairen Preis für ihre Felle. Dies war das erste Mal, dass Vater mir erlaubt hatte, mitzufahren und die Nacht außer Haus zu verbringen. Bevor wir aufgebrochen waren, hatte Auntie ein paar Krümel Tabak auf der Erde verstreut und bei den Geistern und den vier Himmelsrichtungen um eine sichere Reise gebeten.

»Der junge Reverend Ayers steht vor einem See und sieht darin nur sein eigenes Antlitz. Das ist für ihn Gott. Er sieht nicht die Geschöpfe, die tief unten am Grund leben, oder die Libellen, die übers Wasser schwirren, oder den Frosch auf dem Seerosenblatt.« Aunties Gesicht war voller Mitleid und Verachtung, als sie den Kopf schüttelte, um dann erneut Tabaksaft auszuspucken.

»Sein Geist und sein Herz verschließen sich der wahren Schönheit des Sees, dem Ort, an dem all seine Magie liegt.«

Auntie hielt die Zügel und lenkte das Pferd über den schmalen, von zahlreichen Fahrrillen zerfurchten Weg. Manchmal bezweifelte ich, dass Auntie die Zügel überhaupt brauchte; es schien, als könne sie das Pferd allein durch Reden dazu bewegen, ihrem Willen zu gehorchen. Sie hatte die wunderbare Gabe, mit fast jedem Tier sprechen zu können; sie konnte Vögel herbeirufen, die Fische näher an ihre Netze heranlocken. Einmal sah ich, wie sie einen Luchs aus seinem Versteck direkt in ihre Falle lockte.

Die Fahrt ging langsam voran. Die Luft war warm und süß und erfüllt von Vogelgezwitscher. Wir befanden uns inzwischen mehrere Meilen östlich der Stadt, umgeben von sanften Hügeln, auf denen hier und da Schafe standen und zufrieden blökten, während sie sich an den frischen Frühlingskräutern satt fraßen.

»Aber er ist doch ein kluger Mann«, wandte ich ein. »Er hat lange studiert. Und er liest jeden Tag in der Bibel.«

»Es gibt verschiedene Arten der Klugheit, Sara.«

Ich nickte, weil ich verstand, was sie meinte. Auntie war der klügste Mensch, den ich kannte – aus der ganzen Stadt kamen die Leute zu ihrer kleinen Hütte im Wald, um Arzneien, Zaubersprüche für die Liebe oder für eine gute Ernte bei ihr zu kaufen. Niemand sprach darüber oder gab offen zu, Auntie dafür bezahlt zu haben, dass sie einen Sirup braute, der ein Kind vom Husten heilte, oder einen Talisman, der dem Träger dabei helfen sollte, seinen sehnlichsten Wunsch in Erfüllung gehen zu lassen.

»Reverend Ayers sagt, wenn wir sterben, kommen unsere Seelen in den Himmel zu Gott.«

»Glaubst du das auch?«, fragte Auntie, den Blick auf die holprige Straße gerichtet.

»Du hast mir etwas anderes beigebracht«, antwortete ich.

»Und was habe ich dir beigebracht?« Mit hochgezogenen Brauen drehte sie sich zu mir um.

Auntie stellte mich oft auf die Probe, und ich wusste, dass

ich meine Antwort mit Sorgfalt wählen musste – antwortete ich falsch, konnte es passieren, dass sie mich stundenlang nicht beachtete und so tat, als sei ich gar nicht da; vielleicht ginge sie sogar so weit, mir meinen Anteil am Mittag- oder Abendessen vorzuenthalten. Ich hatte schon früh gelernt, dass man immer einen Preis dafür zahlen musste, wenn man Auntie enttäuschte, und es war etwas, was zu verhindern ich mich stets nach Kräften bemühte.

»Du sagst immer, dass der Tod kein Ende ist, sondern ein Anfang. Dass die Verstorbenen in die Geisterwelt hinübergehen und auch danach immer noch bei uns sind.«

Auntie nickte. Sie wartete darauf, dass ich noch mehr sagte.

»Die Vorstellung gefällt mir«, fügte ich hinzu. »Dass sie überall um uns sind und uns zuschauen.«

Auntie schenkte mir ein Lächeln.

Linker Hand plätscherte ein heller Bach, und weil es ein klarer Tag war, konnten wir den Kamelbuckel in der Ferne sehen. Rechts des Weges zog sich eine schnurgerade Reihe blühender Apfelbäume entlang, die schwer und süß dufteten. Bienen summten von Blüte zu Blüte und taumelten wie trunken durch die Luft, die winzigen Beinchen schwer unter der Last der Pollen.

Ich rückte näher an Auntie heran. Sie hatte die Hände locker an den Zügeln. Es waren die stärksten Hände, die ich je gesehen hatte. Ich fühlte mich geborgen und verspürte ein seltsames Glücksgefühl, als sei ich genau dort, wo ich hingehörte.

Später am Abend, nachdem wir die Felle an den Händler in St. Johnsbury verkauft hatten, schlugen wir unser Lager am Fluss auf einer kleinen grasbewachsenen Lichtung unter einer Weide auf. Auntie hatte uns hinten im Wagen ein kleines Bett aus Bärenfellen und Decken gerichtet. Sie hatte ein prasselndes Feuer entfacht, und als es niedergebrannt war, spießten wir die Forellen, die sie gefangen hatte, auf Stöcke und drehten sie vorsichtig über der Glut. Auntie holte einen Emailletopf hervor und brühte darin einen süß schmeckenden Tee aus Kräutern und Wurzeln auf, den wir aus Blechtassen tranken. Nach dem Abendessen, sobald sie das Feuer neu geschürt hatte, saugte Auntie an den Gräten und leckte jedes noch so winzige Stückchen Fleisch von ihnen ab. Sie aß fast alles vom Fisch, selbst die Augen. Die Innereien warf sie Buckshot hin, der sich vom Lager entfernt hatte und mit seinem eigenen Abendessen zurückgekommen war: einem Murmeltier, das nicht schnell genug in seinen Bau hatte flüchten können.

Der Mond stand am Himmel, die Nacht war schwarz wie Tinte. Außerhalb des Lichtkreises, den das Feuer warf, sah man nichts. Die Welt jenseits bestand nur noch aus Geräuschen: das Plätschern des Flusses, das am Tage beruhigend geklungen hatte, doch nun zu einem seltsam unheimlichen Murmeln geworden war; hin und wieder das Quaken eines Ochsenfroschs; der weit entfernte Ruf einer Eule.

»Sag mir die Zukunft voraus«, bat ich, während ich an den langen weichen Grashalmen zupfte, die um mich herum wuchsen.

Auntie lächelte und streckte sich wie eine Katze. »Heute Abend nicht. Der Mond steht nicht günstig.«

»Bitte«, flehte ich und zog an ihrem Mantel, so wie ich es als kleines Kind getan hatte. Ich liebte diesen Mantel: seine gemalten bunten Blumen am Saum, die Perlen und Stachelschweinstacheln, die in akkuraten Mustern an Schultern und Vorderpasse aufgenäht waren.

»Also schön«, sagte sie schließlich, warf die Fischgräten ins Feuer und wischte sich die fettigen Hände am Rock ab. Dann langte sie in den Beutel, den sie am Gürtel trug, und holte eine Prise fein gemahlenes Pulver heraus.

»Was ist das?«

»Schhh«, befahl Auntie, dann murmelte sie etwas, was ich nicht verstehen konnte. Ein Gebet, vermutete ich. Einen Wunsch. Eine Beschwörungsformel. Dann warf sie das Pulver ins Feuer. Es knisterte und zischte und ließ die Flammen in blauen und grünen Funken erglühen. Die hängenden Zweige der Weide über uns schienen das Licht einzufangen, und sie schwangen hin und her wie dünne Arme, die nach uns greifen wollten. Vom Wasser her kam das Platschen eines landenden Vogels, einer Ente oder eines Reihers.

Auntie blickte forschend in die Flammen.

Dann – oder bildete ich es mir nur ein? – schien sie zusammenzuzucken und wandte den Blick ab. Sie sog scharf die Luft ein, als hätte das Feuer ihr einen Schlag versetzt.

»Was ist?«, fragte ich und beugte mich zu ihr. »Was hast du gesehen?«

»Nichts«, sagte Auntie. Sie sah mich nicht an, doch ich kannte sie gut genug, um zu wissen, dass sie log. Auntie hatte etwas Schlimmes in meiner Zukunft gesehen, etwas so Schreckliches, dass sie sich davon hatte abwenden müssen.

»Erzähl es mir«, bat ich und legte ihr eine Hand auf den Arm. »Bitte.«

Sie schüttelte meine Hand ab, als wäre sie ein lästiges Insekt. »Da gibt es nichts zu erzählen«, antwortete sie barsch.

»Bitte«, wiederholte ich, erneut nach ihrem Arm greifend. Meine Hand berührte das weiche Rehfell ihres Mantels. »Ich weiß, dass du etwas gesehen hast.«

Ihre Augen verdunkelten sich, und sie kniff mich heftig in den Handrücken. Ich zog meine Hand zurück und rückte von ihr ab.

»Wie ich schon sagte, der Mond steht nicht günstig. Das nächste Mal hörst du vielleicht auf mich.«

Erneut richtete Auntie den Blick in die Flammen, die kurz davor waren, niederzubrennen. Die leuchtenden Farben waren aus ihnen verschwunden. Ich rückte noch ein kleines Stück zur Seite, schlang die Arme um meine Knie und rutschte näher ans Feuer heran.

Meine Hand brannte, wo Auntie mich gekniffen hatte, und ich fragte mich, ob ich vielleicht blutete. Doch ich war klug genug, nicht nachzusehen. Besser wäre es, die Schmerzen zu ignorieren, so zu tun, als sei es gar nicht passiert.

Nach einigen Momenten beklommenen Schweigens sah sie mich an.

»Was ich dir sagen kann, ist dies: Du bist etwas Besonderes, Sara Harrison, aber das weißt du bereits. Du hast etwas in dir, was dich von den anderen unterscheidet.« In ihren Augen lag ein solcher Ernst, dass mein Herz ganz schwer wurde. »Etwas, das hell strahlt und dir dieselben Gaben verleiht, wie ich sie habe. Die Gabe des zweiten Gesichts und die Gabe der Magie. Sie machen dich stärker, als du es ahnst. Und ach, kleine Sara, lass mich dir auch noch dies sagen.« Sie beugte sich lächelnd nach vorn und warf einen Stock in die Flammen, der mit einem Knacken Feuer fing. »Wenn du groß bist und jemals eine Tochter haben solltest, so werden in ihr diese Gaben doppelt so stark sein. Sie wird zwischen den Welten wandeln. Sie wird so mächtig sein wie ich, vielleicht sogar noch mächtiger. Das haben mir die Flammen gezeigt.«

Wie sehr wünschte ich, Auntie wäre jetzt bei mir – wie stark meine Sehnsucht nach ihr ist. Es gibt tausend Fragen, die ich ihr stellen möchte. Doch zuerst würde ich ihr sagen, dass sie mit dem, was sie in jener lange zurückliegenden Nacht im Feuer gesehen hatte, recht behalten hat – meine Gertie war wirklich etwas Besonderes. Sie sah Dinge, die niemand sonst sehen konnte. Dinge wie den blauen Hund und das Wintervolk. Sie war eine Wandlerin zwischen den Welten.

Ich liege im Bett. Vor einer Weile kam Lucius herauf, um mir meine allabendliche Tasse Rum zu geben. Er brachte mir auch eine Schachtel Zuckerschlangen mit.

»Die hier sind von Abe Cushing«, sagte er. Ich nickte und sah zu, wie er die Schachtel mit den Süßigkeiten auf meinem Nachttisch abstellte. Abe gehört der Gemischtwarenladen. Er ist ein Mann weniger Worte, doch er hatte Gertie sehr lieb – wenn wir in den Laden kamen, um Zucker und Mehl oder Stoff und Garn für ein neues Kleid zu kaufen, steckte er ihr immer heimlich Zitronenbonbons oder Karamellen zu.

Lucius blickte auf mich herab. Seine Augen waren hell und klar, sein Hemd faltenfrei und von makellosem Weiß. Wie brachte er es nur fertig, stets so sauber und adrett auszusehen?

»Wo ist Amelia?«, wollte ich wissen.

»Unten«, sagte er. »Ich dachte, heute Abend komme ich und sehe nach dir.« Er legte erst eine Hand auf meine Stirn, dann zwei Finger an mein Handgelenk, um meinen Puls zu messen. »Wie fühlst du dich?«, fragte er.

Ich gab keine Antwort. Was erwartete er von mir?

»Martin macht sich große Sorgen um dich«, setzte er hinzu. »Der ... Vorfall heute mit Reverend Ayers war unentschuldbar.«

Ich biss mir auf die Lippe und schwieg.

»Sara«, sagte er und bückte sich, so dass sein Gesicht dem meinen ganz nahe war. »Ich verstehe, dass du trauerst. Wir alle trauern. Aber ich bitte dich, dir ein bisschen mehr Mühe zu geben.«

»Mühe?«, fragte ich verwirrt.

»Gertie ist von uns gegangen«, sagte er. »Aber du und Martin, ihr müsst weiterleben.«

Dann ließ er mich allein mit meinem Rum, den ich in zwei großen Schlucken trank, ehe ich mich in die Kissen zurücksinken ließ. Der Quilt fühlte sich schrecklich schwer und drückend an.

Gertie ist von uns gegangen, hat Lucius zu mir gesagt.

Doch dann höre ich Amelias Stimme in meinem Kopf: *Die Toten verlassen uns niemals wirklich.*

Und ich denke an das, was Auntie mich vor langer Zeit gelehrt hat: dass der Tod kein Ende ist, sondern ein Anfang. Dass die Verstorbenen in die Welt der Geister hinübergehen und danach immer noch bei uns sind.

»Gertie«, sage ich laut. »Wenn du hier bist, bitte gib mir ein

Zeichen.« Dann warte ich. Ich liege unter der Decke und warte. Ich warte auf ein Flüstern, auf das Gefühl weicher Finger, die Buchstaben in meine Handfläche malen, oder auf ein Klopfen auf der Tischplatte, wie Amelia es mir beschrieben hat.

Doch nichts geschieht.

Ich bin allein.

Besucher von der anderen Seite
Das geheime Tagebuch der Sara Harrison Shea

23. Januar 1908

Vor sechs Tagen haben wir Gertie beerdigt. Tags zuvor war Martin von Sonnenaufgang bis zum Einbruch der Nacht auf den Beinen, um das große Feuer zu versorgen, das den Boden auftauen sollte, damit er ein Grab für ihren kleinen Sarg ausheben konnte. Ich beobachtete das Feuer durch das Küchenfenster. Martins Gesicht war vom Flammenschein hell erleuchtet, Asche bedeckte sein Haar und seine Kleider. Es war etwas Abscheuliches, dieses Feuer. Wie ein Leuchtfeuer, das mir zu verstehen gab, dass das Ende gekommen war und ich nichts tun konnte, um es aufzuhalten: Gertie war tot, und wir würden sie unter die Erde bringen. Mit seinem rot glühenden Gesicht sah Martin aus wie ein Teufel, als er dort stand und das Feuer nährte. Er hatte sich nicht rasiert, seine Züge waren kantig und eingefallen. Ich wollte wegschauen, doch ich konnte nicht. Den ganzen Tag stand ich am Fenster und sah das Feuer brennen.

Fast jeder aus der Stadt kam am nächsten Tag, um dabei zu sein, als wir unser kleines Mädchen zur Ruhe betteten. Um ihretwillen gab Reverend Ayers eine beeindruckende Vorstellung. Er sprach von Gottes kleinen Lämmern und der wunderbaren Herrlichkeit seines Reiches, doch ich hörte nur mit halbem Ohr zu. Ich sah ihm nicht einmal in die Augen, stattdessen starrte ich auf die schlichte Kiefernholzkiste, in die sie unsere Gertie gelegt hatten. Es war ein bitterkalter Nachmittag. Ich konnte nicht aufhören zu zittern. Martin legte den Arm um mich, doch ich schob ihn beiseite, dann zog ich meinen Mantel aus und breitete ihn über den Sarg. Die arme kleine Gertie musste darin schrecklich frieren.

Danach war ich tief verzagt. Ich konnte das Bett nicht mehr verlassen. Die Wahrheit war, dass ich keinen Sinn darin sah, weiterzuleben. Hätte ich die Kraft gehabt, aus dem Bett aufzustehen, wäre ich nach unten gegangen, hätte das Gewehr meines Mannes genommen, mir den Lauf in den Mund gesteckt und abgedrückt. Ich sah vor mir, wie ich es tat. Ich malte es mir aus. Träumte davon. Ich spürte, wie ich die Stufen hinunterschwebte, nach der Flinte griff, das Schießpulver schmeckte.

In meinen Träumen tötete ich mich unzählige Male.

Danach wachte ich weinend auf, verzweifelt, dass ich noch am Leben war, gefangen in meinem elenden Körper, meinem elenden Leben. Allein in diesem Schlafzimmer mit seinen weißen Wänden, auf denen Staub, Rauch und Schmutz gelbe Flecken hinterlassen hatten. Nur ich und das hölzerne Bett mit der Federmatratze, der Schrank, in dem unsere alten Kleider hängen, der Nachttisch, die Kommode mit unseren Unterkleidern und der Sessel, in den sich Martin jeden Abend setzt, wenn er die Stiefel auszieht. Als Gertie noch am Leben war, hat das Zimmer, ja das ganze Haus, geleuchtet. Überall war Wärme. Nun ist alles trübe, hässlich, kalt.

Ich war so voller Kummer, dass ich glaubte, ohne meine kleine Gertie, meine süße kleine Kaulquappe, hätte das Leben keinen Sinn mehr. Jedes Mal, wenn ich die Augen schloss, sah ich sie vor mir, wie sie in den Brunnenschacht stürzte, nur dass in meiner Vorstellung der Sturz kein Ende nahm – sie fiel und fiel immer tiefer in die Dunkelheit, bis sie nur noch ein winziges Pünktchen war und schließlich ganz verschwand. Wenn ich danach die Augen aufschlug, waren da nichts als das leere Zimmer, das leere Bett und mein leeres, krankes Herz.

Ich aß nicht mehr. Ich hatte nicht die Kraft, aus dem Bett aufzustehen. Ich lag einfach nur da, dämmerte vor mich hin und malte mir meinen eigenen Tod aus. Martin kam immer wieder zu mir herein. Er versuchte mich mit einem Löffel zu füttern und redete mir in sanftem Ton zu, als wäre ich ein verletztes Küken.

Als das nichts half, versuchte er, mich durch Schreien und Toben zur Vernunft zu bringen. »Verdammt, Frau! Gertie ist gestorben, nicht du! Wir beide müssen unser Leben weiterleben!«

Auch Lucius kam mehrmals, um nach mir zu sehen. Er untersuchte mich, flehte mich an, mir um Martins willen einen Ruck zu geben, und blickte mit großer Besorgnis auf mich herab.

»Gertie würde das nicht wollen«, sagte er kopfschüttelnd. Er schob seine Brille hoch, um sich die Nase zu reiben.

Ich lachte. »Wie kannst du dir anmaßen, mir zu sagen, was meine Kleine wollen würde?«

Er hat mir ein Tonikum gebracht, das meine Kräfte wiederherstellen soll. Es ist zähflüssig und bitter, und ich kann mich nur zwingen, es herunterzuschlucken, indem ich mir vorstelle, dass es in Wahrheit ein tödliches Gift ist.

Meine Nichte Amelia versuchte, mich aus meiner Schwermut zu reißen. Sie kam fröhlich zu mir ins Zimmer, in einem nagelneuen Kleid und mit adrett geflochtenem Haar. Sie brachte mir Tee und Kekse mit, die in einer Dose den weiten Weg aus England gekommen waren.

»Abe Cushing hat sie extra für mich bestellt«, erklärte sie, öffnete die Blechdose und bot mir einen der Kekse an. Ich nahm ihn und biss ein winziges Eckchen ab. Er schmeckte nach Sägemehl.

Solange Martin bei uns war, plauderte Amelia über Neuigkeiten aus der Stadt – im Haus der Wilsons hatte es gebrannt, Theodore Grant war aus dem Sägewerk entlassen worden, weil er betrunken zur Arbeit erschienen war, Minnie Abare war mit ihrem fünften Kind schwanger. (Natürlich wünschte sie sich ein Mädchen, sie hatte ja bereits vier Jungen.)

Kurze Zeit später ließ Martin uns allein.

»Die Toten verlassen uns niemals wirklich«, raunte Amelia mir zu, während sie mein Haar bürstete. »Ich war bei dem spiritualistischen Zirkel in Montpelier«, berichtete sie weiter. »Gertie hat mit uns Kontakt aufgenommen. Sie hat auf den Tisch geklopft und gesagt, dass es ihr gutgeht und sie dich sehr vermisst. Die

Damen aus dem Zirkel würden sich sehr wünschen, dass du einmal an einer Sitzung teilnimmst. Sie können auch hierher nach West Hall kommen. Wir treffen uns dann in meinem Haus, und du kannst es mit eigenen Augen erleben. Du kannst wieder mit Gertie sprechen.«

Lügnerin, wollte ich schreien. Doch alles, was ich fertigbrachte, war, die Augen zu schließen und wieder in Schlaf zu versinken.

Als ich erwachte, war ich ganz sicher, dass Gertie bei mir war. Ich konnte sie spüren, sie riechen. Doch dann schlug ich die Augen auf, und sie war nicht da.

Wie grausam das Leben geworden war. Wie kalt und leer und grausam.

Also betete ich. Ich betete zu dem Gott, von dem ich mich abgewandt hatte, er möge mich zu sich holen, damit ich wieder bei meiner Gertie sein konnte. Als das nichts half, betete ich zu Satan, er solle kommen und meine Seele erlösen.

Und dann, gestern Morgen, kam Martin zu mir herein und küsste mich sanft auf die Stirn.

»Ich gehe in den Wald jagen. Ich habe mich umgesehen und bin auf einige gute Fährten gestoßen. Ein großer Bock, so wie es aussieht. Amelia kommt heute Nachmittag, sie wird dir dein Mittagessen bereiten und bei dir sitzen, solange ich fort bin. Vor Einbruch der Dunkelheit bin ich zurück.«

Ich nickte, drehte mich um und schlief wieder ein.

Ich träumte, Martin stellte im Wald einem Reh nach, doch dann war das Reh plötzlich in unserem Haus und stand am Fuß meines Bettes. Ich hob den Kopf, um es genauer zu betrachten, und da erkannte ich, dass es gar kein Reh war, sondern Auntie.

Sie sah älter und weiser aus, trug aber noch immer ihren Mantel aus Rehfell mit den Stacheln, Perlen und aufgemalten Blumen. Sie roch nach Leder, Tabak und feuchtem, dichtem Wald. Augenblicklich war mir wohler zumute, und zum ersten Mal seit Tagen schöpfte ich Hoffnung, dass alles gut werden würde. Auntie war zurückgekehrt. Auntie konnte alles wieder in Ordnung bringen.

Sie sprach zu mir. Anfangs konnte ich sie nicht verstehen, und ich dachte schon, sie spräche in der Sprache der Rehe – ein törichter Gedanke, denn Rehe sind stumme Tiere. Im Schlafzimmer war es dunkel, um uns herum tanzten die Schatten. Mir war, als schwebte das Bett hoch oben über den breiten Kieferndielen, immer höher und höher, und Auntie saß am Fußende wie am Bugspriet eines Schiffes.

»Wo kommst du her?«, fragte ich sie.

»Aus dem Wandschrank«, antwortete sie wie selbstverständlich. Ich war erleichtert, dass ich sie jetzt verstehen konnte.

»Meine Gertie ist tot«, teilte ich ihr mit und begann zu weinen. »Mein kleines Mädchen.«

Sie nickte und musterte mich lange mit ihren kohlschwarzen Augen. »Würdest du sie gerne noch einmal wiedersehen?«, fragte sie. »Möchtest du Gelegenheit haben, ihr Lebewohl zu sagen?«

»Ja«, schluchzte ich. »Nur noch einen Augenblick mit ihr. Ich würde alles dafür geben.«

»Dann bist du bereit. Hörst du, was ich dir sage, Sara Harrison? Du bist bereit.«

Das Bett schwebte zurück zur Erde. Es wurde heller im Raum. Auntie wandte sich um, ging zurück in den Schrank und zog die Tür hinter sich zu. Ich schloss die Augen und öffnete sie dann wieder. Ich war wach. Im Zimmer roch es wie nach einem Gewitter. Dem Licht nach zu urteilen, war es Vormittag. Martin war noch nicht lange fort.

Ich lag eine Weile da und dachte über den Traum, das Reh und Auntie nach. Mir fiel ein, was sie mir an jenem lange zurückliegenden Nachmittag gesagt hatte, als ich sie zum ersten Mal über die Schlafenden gefragt hatte.

Ich werde alles niederschreiben, was ich über die Schlafenden weiß. Ich werde die Papiere zusammenfalten, sie in einen Umschlag stecken und ihn mit Wachs versiegeln. Du wirst ihn an einem sicheren Ort verwahren, und eines Tages, wenn du bereit bist, wirst du ihn öffnen.

Ich sprang aus dem Bett und eilte durch den Flur in Gerties Kammer, die früher als Kind mir gehört hatte. Ich war schwach. Mein Körper fühlte sich leicht und schwerelos an wie der Flugschirm eines Löwenzahnsamens, doch in meinem Innern vibrierte eine neue, ungekannte Energie, ein Drängen, wie ich es noch nie zuvor verspürt hatte.

Ich war seit Gerties Tod nicht mehr in ihrer Kammer gewesen, so zögerte ich eine Sekunde, bevor ich die Tür öffnete. Alles war noch genauso, wie sie es hinterlassen hatte: Das Bett war nicht gemacht, die Decken, unter denen wir an ihrem letzten Morgen gekuschelt hatten, waren zu einem unordentlichen Haufen aufgetürmt. Ihr Nachthemd lag auf dem Bett, die Schranktür stand offen, ein Bügel war leer. Auf ihm hatte das Kleid gehangen, das sie angezogen hatte, um ihrem Vater über den Hof in den Wald zu folgen.

Nimm dich in Acht, Papa, hier kommt die größte Katze des Dschungels.

Das Kleid, das sie an jenem Morgen ausgewählt hatte, war ihr Lieblingskleid gewesen, blau mit winzigen weißen Blumen. Wir hatten es gemeinsam genäht, kurz nach Schulbeginn, aus einem Stoff, den Gertie sich im Laden selbst ausgesucht hatte. Sie hatte mir geholfen, die einzelnen Stücke zuzuschneiden, und sogar ein wenig genäht. Sie hatte das Pedal der Maschine getreten und den Stoff unter der Nadel hindurchgeführt.

In diesem Kleid hatten wir sie zu Grabe getragen.

Auf der rechten Seite der Kammer gab es Regale, die ihre wenigen Spielsachen, Bücher und kleine, von ihr gesammelte Schätze enthielten: hübsche Steine, das wunderschöne Vergrößerungsglas, das Amelia ihr geschenkt hatte, drollige kleine Tierskulpturen, die sie aus Lehm vom Flussufer geformt hatte, und ein Ballspiel, das ich ihr im Gemischtwarenladen gekauft hatte. (Martin hatte mich gebeten, kein Geld für solche Dinge auszugeben, aber wie sollte ich mich zügeln?)

In ihrem Zimmer zu sein raubte mir beinahe den Atem. Ich roch sie, schmeckte sie in der Luft. Es war fast mehr, als ich ertragen konnte. Dann fiel mir wieder ein, weshalb ich gekommen war.

Ich schob das schwere hölzerne Bettgestell beiseite und fand dort, wo zuvor der linke hintere Fuß des Bettes gestanden hatte, die lose Diele. Ich zwängte die Finger in den Spalt und riss mir dabei einen Fingernagel ab, doch schon bald gelang es mir, das Brett herauszunehmen.

Darunter lag, an derselben Stelle, wo ich ihn im Alter von neun Jahren versteckt hatte, Aunties Umschlag. Das Wachssiegel war noch unversehrt.

Ich schob den Umschlag unter mein Nachthemd und rückte das Bett wieder an seinen Platz, bevor ich in das Schlafzimmer zurückkehrte. Ich baute mir ein Zelt aus den Bettdecken, so wie Gertie und ich es immer getan hatten, und öffnete den Umschlag. Ich musste eine Seite der Decke hochhalten, damit genügend Licht hereinfiel, so dass ich lesen konnte.

Ich sah Aunties vertraute, kaum leserliche Handschrift. Erinnerungen überfluteten mich: wie Auntie mir das Alphabet beibrachte, wie sie mir erklärte, wodurch sich ein Giftpilz von einem essbaren Pilz unterscheiden ließ. Ich spürte sie neben mir; roch ihren Duft nach Kiefern, Leder und Tabak; hörte die warme, wohlklingende Stimme, mit der sie mir die Lektionen des Lebens ins Ohr raunte.

Meine allerliebste Sara,
ich habe Dir versprochen, mein Wissen über die Schlafenden mit Dir zu teilen. Doch ehe Du weiterliest, musst Du begreifen, dass es sich um einen machtvollen Zauber handelt. Vollzieh ihn nur, wenn Du Dir ganz sicher bist. Einmal angefangen, gibt es kein Zurück.
Der Schlafende wird erwachen und zu Dir zurückkehren. Wie viel Zeit bis dahin vergeht, ist unterschiedlich. Manche erscheinen innerhalb weniger Stunden, andere erst nach Tagen.

Einmal erwacht, wird der Schlafende sieben Tage lang auf der Erde wandeln. Danach ist er für diese Welt auf immer verloren.

Sieben Tage, dachte ich, während in mir ein unheilvoller Plan heranreifte. Was würde ich nicht dafür geben, meine Gertie für sieben ganze Tage wieder bei mir zu haben!

Martin

25. Januar 1908

Das Geräusch weckte ihn irgendwann nach Mitternacht – ein Scharren und Kratzen. Er riss die Augen auf und lag horchend in der Dunkelheit.

Durch das zugefrorene Schlafzimmerfenster fiel fahles Mondlicht und ließ alles blau leuchten. Martin starrte zum blauweiß schimmernden Putz der Zimmerdecke empor und verhielt sich ganz still. Das Feuer war fast heruntergebrannt, es war kalt im Zimmer. Er atmete ein, dann aus, und hatte das Gefühl, als atme das Zimmer mit ihm.

Da war es wieder. Das Scharren. Nägel auf Holz. Er hielt den Atem an.

Mäuse? Nein. Etwas Größeres. Es klang, als versuche ein Tier sich durch die Wände zu graben. Über das Scharren und Kratzen hinweg hörte er ein Rascheln wie von schlagenden Flügeln.

Er dachte an das Huhn, das er am Morgen im Wald gefunden hatte – schon wieder war eins ihrer Tiere getötet worden. Nur dass es diesmal nicht nach einem Fuchs aussah. Er hatte den Kadaver oben unweit der Felsen gefunden. Das Genick der Henne war gebrochen, ihre Brust geöffnet worden. Das Herz fehlte. Ihm fiel kein Tier ein, das so etwas tat. Er hatte das tote Huhn unter einem Steinhaufen begraben und versucht, nicht mehr daran zu denken.

Mit klopfendem Herzen streckte er die Hand aus, in der Erwartung, Saras warmen Körper neben sich zu spüren, doch ihre Seite des Bettes war kalt. War sie schon wieder in Gerties Kammer?

Versteckten sich die beiden wie so oft kichernd unter der Bettdecke?

Nein. Gertie war tot. Gestorben und begraben.

Er erinnerte sich daran, wie sie ausgesehen hatte, als sie ihren Körper aus dem Brunnen gezogen hatten. Als schliefe sie.

Er wusste noch, wie sich ihr Zopf in seiner Tasche angefühlt hatte, seidig weich und eingerollt wie eine Schlange.

»Sara?«, rief er. Seine Stimme war das heisere Flüstern eines Verdurstenden in der Wüste.

Die letzten Tage über war er krank vor Sorge um seine Frau gewesen. Sie hatte aufgehört zu essen, weigerte sich, das Bett zu verlassen, wusch sich nicht mehr. Mit jedem Tag wurde sie schwächer und teilnahmsloser.

»Wirklich, wir können nichts tun, außer zu warten«, hatte Lucius ihm gesagt. Sie waren in der Küche gewesen und hatten sich mit gedämpften Stimmen unterhalten. »Versuch weiter, sie zum Essen und Trinken anzuhalten, gib ihr das Tonikum und biete ihr so viel Trost, wie du nur kannst.«

»Ich muss immer wieder daran denken, wie es war, als wir Charles verloren haben«, erwiderte Martin. »Wie krank die Trauer sie damals gemacht hat.« Er wollte nicht aussprechen, was er wirklich dachte, nicht einmal vor seinem eigenen Bruder: Diesmal war es noch schlimmer. Diesmal, fürchtete er, würde sie ihm für immer entgleiten.

Die arme Gertie zu verlieren war eine Sache, doch wenn er nun auch noch Sara verlöre, wäre sein Leben endgültig vorbei.

»Ich will dir keine Angst machen, Martin«, sagte Lucius. »Aber wenn sie nicht bald wieder zur Vernunft kommt, ist es vielleicht das Beste, wenn wir sie in die staatliche Anstalt für Geisteskranke in Waterbury einweisen lassen.«

Martin versteifte sich.

»So schlimm ist es dort nicht«, setzte Lucius hinzu. »Sie haben eine Farm, die Patienten gehen jeden Tag ins Freie. Dort wäre gut für sie gesorgt.«

Martin schüttelte den Kopf. »Sie wird darüber hinwegkommen«, schwor er. »Ich werde ihr dabei helfen. Ich bin ihr Ehemann. Ich kann selbst für meine Frau sorgen.«

Doch soweit er es beurteilen konnte, machte er keinerlei Fortschritte. Im Gegenteil, mit Sara ging es immer weiter bergab. Und jetzt war sie verschwunden, mitten in der Nacht.

»Sara?«, rief er abermals.

Da war es wieder – das Scharren, Klopfen, Flattern –, diesmal lauter und verzweifelter.

Er setzte sich auf und ließ den Blick durchs dunkle Zimmer wandern. Er konnte die Umrisse des Bettes erkennen, links stand die Kommode, und dort hinten, in der rechten Zimmerecke, kauerte vornübergebeugt eine Gestalt. Sie bewegte sich unmerklich, schien zu pulsieren.

Nein.

Die Gestalt atmete. Sie atmete.

Sein Schrei blieb ihm im Halse stecken und drang nur als kehliges Zischen über seine Lippen.

In fiebernder Hast sah er sich nach einer Waffe um, nach irgendeinem schweren Gegenstand, doch dann bewegte sich die Gestalt. Sie hob den Kopf, und im trüben Mondschein erkannte er das lange kastanienbraune Haar seiner Frau.

»Sara?«, stieß er keuchend hervor. »Was machst du da?«

Sie saß in ihrem dünnen Nachthemd vor dem Wandschrank am Boden. Ihre nackten Füße waren weiß wie Marmor auf dem dunklen Holz. Und sie zitterte am ganzen Leib.

Doch sie reagierte nicht, ja sie schien ihn nicht einmal zu hören. Sorge fraß an seinen Eingeweiden wie eine gemeine Ratte.

»Komm zurück ins Bett, Liebling. Ist dir denn nicht kalt?«

Dann vernahm er es wieder. Das Scharren. Krallen auf Holz.

Es kam aus dem Schrank.

»Sara«, wiederholte er. Auf wackligen Beinen stand er auf. Das Blut rauschte durch seinen Kopf und wurde zu einem Tosen in seinen Ohren. Das Zimmer um ihn herum schien zu schwanken und sich zu dehnen. Auf einmal kam ihm der Abstand zwischen sich und Sara unüberwindbar groß vor. Mondlicht fiel auf die Schranktür. Er konnte sehen, wie sie sich ein Stück bewegte und der Knauf langsam herumgedreht wurde.

»Komm fort von da!«, rief er.

Doch seine Frau saß reglos da, den Blick auf die Tür geheftet.

»Es ist unsere Gertie«, sagte sie. »Sie ist zurückgekommen.«

3. Januar
Gegenwart

Ruthie

Die Heizung in Buzz' Pick-up war bis zum Anschlag aufgedreht, trotzdem zitterten sie alle drei vor Kälte, während sie in Connecticut durch die Vororte fuhren. Der Boden des Wagens war übersät mit McDonald's-Tüten, Kaffeebechern und leeren Mountain-Dew-Flaschen (Buzz' Lieblingsgetränk, wann immer Bier nicht in Frage kam). Fawn saß zwischen ihnen in der Mitte. Ihr Fieber war gesunken, doch sie sah immer noch matt und blass aus. Bevor sie mehrere Stunden zuvor aufgebrochen waren, hatte Ruthie ihr den dicken Daunenparka angezogen und sie in eine Wolldecke gewickelt.

»Glaubst du wirklich, dass du so eine lange Fahrt durchstehst, kleines Reh?«, hatte sie ihre Schwester gefragt.

Fawn hatte heftig genickt, und Ruthie hatte nachgegeben, auch wenn ihre Mom es bestimmt nicht gut fände, dass sie Fawn mit nach draußen in die Kälte nahm, wenn sie krank war.

Es war erst der zweite Tag ohne ihre Mutter, trotzdem waren Ruthie bereits eine Million Kleinigkeiten aufgefallen, die Mom Tag für Tag erledigte, damit im Haus alles reibungslos lief – kochen, putzen, Wäsche waschen, Katze füttern, Schnee in der Einfahrt schippen, Holz reinholen, Anmachholz zurechtschneiden, Hühner versorgen, Fawn Medizin und Saft geben. Ruthie hatte keine Ahnung, wie ihre Mutter das alles schaffte – noch dazu scheinbar vollkommen mühelos. Vielleicht war ihre Mom doch nicht so chaotisch und zerstreut, wie sie immer gedacht hatte.

Buzz hatte sich das Navigationssystem seines Vaters geborgt, und das half ihnen nun, den Weg zur Kendall Lane Nummer 231 in Woodhaven, Connecticut, zu finden, wo Thomas und Bridget O'Rourke wohnten.

Buzz hatte versucht, ihr den Plan, nach Connecticut zu fahren, auszureden. Er meinte, sie sollten erst ein bisschen recherchieren.

»Das ist eine Million Jahre her, Ruthie«, sagte er. »Wie groß ist die Wahrscheinlichkeit, dass die überhaupt noch unter derselben Adresse wohnen? Ich habe meinen Laptop dabei – gib mir fünf Minuten und ein WLAN-Netz, und ich kann das überprüfen, bevor wir für nichts und wieder nichts da runterfahren.«

Aber Ruthie ließ sich nicht umstimmen. Sie bestand darauf, einfach in den Wagen zu steigen und loszufahren.

»Es sind *fünfzehn* Jahre. Vielleicht sind sie umgezogen, vielleicht aber auch nicht. Oder es gibt Nachbarn oder Verwandte, die uns weiterhelfen können.«

»Ziemlich weite Fahrt für eine Sackgasse«, meinte Buzz.

»Die Portemonnaies müssen irgendeine Bedeutung haben, warum hätte meine Mom sie sonst all die Zeit aufgehoben und versteckt? Der Führerschein ist der einzige Hinweis, den ich habe, und er führt nach Woodhaven, Connecticut. Ich muss da hin. Ich fahre auf jeden Fall.«

Also hatten sie sich auf den Weg gemacht. Ruthie schwieg die meiste Zeit über und hing ihren eigenen Gedanken nach. Sie wusste, dass Buzz ihr Verhalten unmöglich fand, aber sie wurde das Gefühl nicht los, dass nach Woodhaven zu fahren genau das Richtige war, und sie wollte nicht noch mehr Zeit vergeuden.

»Und wie sieht dein Plan aus, falls sie tatsächlich zu Hause sind?«, erkundigte sich Buzz.

»Ich frage sie, ob sie meine Eltern kennen. Je nachdem, was sie darauf antworten, zeige ich ihnen die Portemonnaies und frage sie, ob sie sich erklären können, weshalb meine Mom sie hatte.«

»Wie soll uns das denn dabei helfen, Mom zu finden?«, wollte Fawn wissen.

»Keine Ahnung«, gestand Ruthie, während sie an der kaputten

Verriegelung des Handschuhfachs herumfummelte. Vielleicht war ihr Plan nicht sonderlich ausgereift, aber im Moment fiel ihr kein besserer ein. »Das ist allemal sinnvoller, als einfach rumzusitzen und nichts zu tun.«

Ruthie war noch nie in Connecticut gewesen, sie war in ihrem Leben nur selten aus Vermont herausgekommen. Sie betrachtete ihre Umgebung – die Werbetafeln, Restaurantketten und riesigen Geschäfte, die Reihen identisch aussehender Häuser und Apartmentgebäude – in unbehaglichem Staunen. Ihr Kiefer schmerzte, weil sie so fest die Zähne aufeinanderbiss – eine lästige Angewohnheit, die immer dann zum Vorschein kam, wenn sie nervös war.

Die Straßen waren übersichtlich im Schachbrettmuster angeordnet und von kleinen anderthalbgeschossigen Häusern und Bungalows mit briefmarkengroßen Vorgärten gesäumt. Verkümmerte Hecken markierten die Grundstücksgrenzen. Der Schnee lag in schmutzigen Haufen auf dem Gehweg. Ruthie versuchte sich vorzustellen, wie es wäre, in so einer Gegend aufzuwachsen – wo man so dicht gedrängt wohnte, dass man beim Nachbarn ins Fenster schauen konnte. Vielleicht war es doch nicht so schrecklich gewesen, dass ihre Eltern sich mit ihr auf einen kleinen Hof in Vermont fernab der Außenwelt zurückgezogen hatten.

»Hier ist die Kendall Lane«, verkündete Buzz, als könne Ruthie keine Straßenschilder lesen. Er begleitete seinen Vater zu Waffen-Messen überall im Nordosten und hielt sich für einen welterfahrenen, weitgereisten Mann. »Irgendwo auf der linken Straßenseite muss es sein.« Er las die Hausnummern laut vor. »Hundertfünfundachtzig, zweihundertdrei. Schau, da ist zweihundertneunundzwanzig. Das nächste ist es.« Die heitere Frauenstimme des Navigationssystems bestätigte dies.

Buzz setzte den Blinker und bog in die Einfahrt des Hauses Nummer 231 ein – ein gedrungener Bungalow mit gelber, stellenweise rissiger Vinylverschalung. Im Vorgarten stand ein Kinderschwimmbecken, dessen Umriss unter dem Schnee vage zu erkennen war. Ein alter weißer Pontiac mit einer Delle in der hinteren Stoßstange parkte neben dem Haus. Wer auch immer die O'Rourkes waren, reich waren sie nicht. Aber Ruthie wusste, wie es war, finanziell gerade so über die Runden zu kommen – alles gebraucht zu kaufen, Kaputtgegangenes zu reparieren, statt etwas Neues anzuschaffen, auf einem Sofa sitzen zu müssen, dessen Flecken und Löcher unter hässlichen Überwürfen versteckt wurden, und mit der Gewissheit zu leben, dass nie genug Geld da sein würde, um einen Ausflug nach Disneyworld zu machen oder aufs College zu gehen.

»Ihr wartet hier«, befahl Ruthie und schnappte sich ihre Tasche mit den Portemonnaies.

»Ich pass auf«, versprach Buzz.

»Ich auch«, sagte Fawn, deren kleines Gesicht aus der Kapuze ihres rosafarbenen Daunenparkas hervorlugte.

Vorsichtig ging Ruthie den vereisten Gartenpfad entlang, erklomm die Stufen vor dem Eingang und drückte auf die Klingel. Das Klingelschild war unbeleuchtet, und sie hörte kein Läuten aus dem Innern des Hauses. Sie wartete eine Weile, nur für alle Fälle, bevor sie die Fliegentür aufzog und an die hölzerne Haustür klopfte. In der Mitte der Tür war mit einer Heftzwecke ein Osterkranz befestigt: ein Hase, umgeben von einem Ring aus verblichenen pastellfarbenen Eiern. Ruthie klopfte ein zweites Mal. Schließlich öffnete eine Frau mit unreiner Haut und vom häufigen Blondieren strohig gewordenen Haaren.

»Ja?« Der Flur, in dem die Frau stand, war schmal und düster. Es stank nach Zigarettenrauch. Ruthie hoffte, dass die Frau sie nicht ins Haus bitten würde. Sie hasste enge Räume. Bei dem bloßen Gedanken daran wurden ihre Handflächen schweißfeucht und ihr Mund trocken.

»Hi.« Ruthie schenkte der Frau ihr strahlendstes Lächeln. »Ich bin auf der Suche nach Thomas und Bridget O'Rourke.«

»Kenn ich nicht.«

»Die haben früher hier gewohnt.«

Die Frau starrte sie mit ausdrucksloser Miene an.

»Nie von denen gehört. Tut mir leid.« Damit schlug sie Ruthie die Tür vor der Nase zu.

Unverzagt probierte sie es bei den Nachbarn. Die meisten waren entweder nicht zu Hause oder gingen nicht an die Tür. Gegenüber von Nummer 231 teilte ein alter Mann im Bademantel Ruthie immerhin mit, dass er niemanden mit Namen O'Rourke kenne. Wenigstens war er höflich.

»Sackgasse«, verkündete Ruthie, als sie zurück in die Fahrerkabine des Pick-ups kletterte. »Die Frau hatte noch nie von ihnen gehört. Wie's aussieht, sind wir den ganzen weiten Weg umsonst gefahren.«

»Umsonst«, kam Fawns Stimme aus den Tiefen ihrer Kapuze.

Ruthie sah Buzz von der Seite an.

Er grinste sie an. »Sollen wir's mal auf meine Art versuchen?«

Ruthie zuckte mit den Schultern und sank in ihren Sitz.

Sie verließen das Labyrinth identisch aussehender Häuser und fuhren zurück zur Hauptstraße. Dabei kamen sie an einer Feuerwache, einer Bank, einem Pizzaimbiss und an einem Supermarkt vorbei. Bald war die Straße auf beiden Seiten von Einkaufszentren gesäumt. Ruthie staunte, wie viel Betrieb dort herrschte – in einem fort fuhren Autos auf die Parkplätze und wieder herunter. Mussten die Leute denn nicht zur Arbeit?

Buzz hielt vor einem Starbucks an und angelte sich seine Umhängetasche von hinten.

»Warum halten wir?«, fragte Fawn.

»Er will im Internet nach ihnen suchen. Was ich ihm wahrscheinlich heute Morgen schon hätte erlauben sollen.«

»Wahrscheinlich«, meinte Buzz gutmütig, »aber besser spät als nie. Kommt, wir holen uns einen Kaffee und eine heiße Schokolade.«

»Kann man das wirklich machen?«, fragte Fawn nach, als sie hinter Ruthie und Buzz aus dem Wagen stieg. »Jemanden im Internet finden, einfach so?«

»Sicher«, antwortete Ruthie. »Ich glaube, man kann da so ziemlich alles finden. Man muss nur wissen, wie.«

»Wow«, sagte Fawn mit kugelrunden Augen. »Ich wünschte, wir hätten auch einen Computer.«

Zum millionsten Mal verfluchte Ruthie ihre Eltern, weil sie zu Hause keinen Computer geduldet hatten. Sie behaupteten immer, Elektronik sei nicht sicher und die Regierung könne alles ausspähen, jede E-Mail, jede Suchanfrage nachverfolgen. Außerdem, sagte ihre Mom, brächten drahtloses Internet und Sendemasten das elektromagnetische Feld des Körpers durcheinander, und man könne davon Krebs bekommen. Wenn Ruthie ein Referat oder einen Aufsatz schreiben musste, blieb ihr nichts anderes übrig, als früher in die Schule zu fahren oder nach dem Unterricht länger zu bleiben und die schuleigenen Rechner zu nutzen.

Fawn war in der ersten Klasse und hatte deshalb noch keinen Unterricht im Computerraum gehabt. Für sie war er noch ein mystischer, geheimnisumwobener Ort.

Ruthie bestellte Kaffee für sich und Buzz und eine heiße Schokolade für Fawn.

»Warte, bis sie ein bisschen abgekühlt ist, bevor du einen Schluck trinkst, kleines Reh«, warnte sie ihre Schwester.

»Mom gießt immer Milch rein, damit sie nicht mehr so heiß ist«, erinnerte Fawn sie.

Ruthie nickte, goss Sahne in den Becher und prüfte die Temperatur, ehe sie ihn Fawn zurückgab.

Sie setzten sich an einen Tisch, und Buzz fuhr seinen mit Aufklebern von Aliens und UFO-Organisationen zugepflasterten Laptop hoch. Er tippte ein paar Sachen ein und starrte stirnrunzelnd auf den Monitor. Fawn rückte ihren Stuhl um den Tisch herum, damit sie besser sehen konnte.

»Hast du da auch Spiele drauf?«, wollte sie wissen.

»Tonnenweise«, sagte Buzz.

»Kannst du mir eins zeigen? Bitte!«

Buzz grinste. »Später. Versprochen. Ich hab ein richtig cooles Alien-Ballerspiel, das gefällt dir bestimmt.«

Fawn nickte aufgeregt und trank einen Schluck von ihrer Schokolade, ohne den Blick vom Bildschirm abzuwenden. Buzz' Finger klackerten auf der Tastatur.

»In Woodhaven gibt es keine Thomas und Bridget O'Rourke, aber aufs ganze Land verteilt, kriege ich ungefähr eine Trillion Treffer. O'Rourke ist ein ziemlich gängiger Nachname. Ärzte, Schauspieler, alles Mögliche. Rauszufinden, welche zwei von denen unsere O'Rourkes sind, ist, als würden wir nach der Nadel im Heuhaufen suchen.« Er trank einen Schluck von seinem Kaffee, bevor er weitertippte. »Aber wie es der Zufall will, gibt es einen Eintrag für zwei andere O'Rourkes hier in der Stadt, einen William und eine Candace. Keine Ahnung, ob die mit unseren O'Rourkes verwandt sind, aber jedenfalls stehen hier ihre Adressen und Telefonnummern. Im Moment, würde ich sagen, ist das unsere beste Spur.«

»Gehen wir«, verkündete Ruthie, die wieder neue Hoffnung geschöpft hatte.

»Ich dachte, ich darf das Alienspiel ausprobieren«, sagte Fawn mit ernster Miene.

»Wenn wir wieder in Vermont sind«, versprach Buzz. »Zuerst müssen wir die Adressen überprüfen.«

»Weil uns die Leute vielleicht helfen können, Mom zu finden?«, fragte Fawn.

»Das hoffen wir wenigstens«, antwortete Ruthie. »Zieh deine Jacke wieder an und nimm deine Schokolade mit.«

Buzz notierte sich die Adressen, klappte seinen Laptop zu, und sie gingen mit ihren Getränken zurück zum Wagen.

An der Hauptstraße bog Buzz links ab und hielt vor der nächsten roten Ampel an. Ruthie betrachtete die Läden und Häuser in der näheren Umgebung: Wilsons Spirituosen, Donnys New York Style Pizza, Pink Flamingo Geschenkartikel. Ganz am Ende der Ladenzeile befand sich ein leerstehendes Ladenlokal mit zugenagelten Fenstern und einem ZU-VERMIETEN-Schild vor der Tür.

Sie blinzelte und biss sich auf die Zunge, um ganz sicherzugehen, dass sie nicht träumte.

»Halt!«, rief sie plötzlich wild gestikulierend. »Fahr da rein, die nächste Einfahrt links.«

Buzz nahm die Kurve zu schnell. Ruthie kippte gegen Fawn, und Fawn kippte gegen Buzz. Und Ruthie schüttete sich ihren Kaffee über den Schoß.

»Was sollte das denn?«, fragte Buzz, sobald er angehalten hatte, doch Ruthie war bereits aus dem Auto gesprungen und rannte auf den geschlossenen Laden zu, dessen verblasstes rotes Schild sie magisch anzog: BÄCKEREI FITZGERALD.

Mit angehaltenem Atem trat sie näher. Sie wurde langsamer, weil sie nicht mehr wusste, ob sie überhaupt weitergehen wollte. Ihre Schritte waren schleppend wie die einer Schlafwandlerin. Mit einer Hälfte ihres Gehirns war sie in ihrem Traum, während die andere verzweifelt versuchte, sich einen Reim auf das zu machen, was sie vor sich sah: Wie konnte es sein, dass es diese Bäckerei wirklich gab? In der realen Welt?

Sie hörte das Pochen ihres Herzens in den Ohren. Die Fensterscheiben des Ladens waren mit Sperrholzplatten zugenagelt, die Innenseite der gläsernen Ladentür mit Zeitung beklebt. Aber ein Blatt Zeitungspapier war heruntergefallen, und Ruthie presste das Gesicht gegen die Scheibe, die Hände neben den Augen, damit die Sonne sie nicht blendete.

Da war sie: die lange gläserne Theke, in der die Cupcakes, Kekse und Kuchen gelegen hatten. Jetzt war sie leer bis auf eine kaputte Glühbirne und ein paar vergessene Tortenspitzen. Sogar das schwarzweiße Schachbrettmuster des Fußbodens war dasselbe. Sie roch den warmen Hefeduft von frisch gebackenem Brot, schmeckte den Zucker auf der Zunge, spürte die Hand ihrer Mutter um ihre Finger.

Was hast du dir ausgesucht, mein Täubchen?

»Wie abgefahren ist das denn?« Plötzlich tauchte Buzz hinter ihr auf, und sie machte vor Schreck regelrecht einen Luftsprung. »Ist das die Bäckerei, von der du immer träumst?«

Ruthie schüttelte den Kopf. »Nein. Das ist bloß Zufall.« Ihre Worte klangen hohl.

»Zufall, von wegen! Wie viele Bäckereien kann es denn geben, die Fitzgerald heißen? Sieht sie innen genauso aus?«

»Nein. Es ist nicht derselbe Laden«, wiederholte sie und wandte sich ab. Die Lüge schnürte ihr die Kehle zu, die Wahrheit machte sie benommen und orientierungslos. »Komm, lass uns jetzt die Adressen abklappern.«

Als sie vom Parkplatz fuhren, blieb Ruthies Blick an den zugenagelten Fenstern der Bäckerei hängen. Sie dachte an den Cupcake mit rosafarbenem Guss, an die Frau mit der Katzenaugen-Brille.

Ihr Herz hämmerte, und ihre Haut war schweißfeucht. Sie fröstelte.

Wie konnte man von einem Ort träumen, der tatsächlich existierte, an dem man aber noch nie gewesen war? Und wenn die Bäckerei echt war, war dann auch die Frau mit der Katzenaugen-Brille echt?

Katherine

Katherine eilte den matschigen Gehweg entlang. Sie merkte schnell, dass ihre ungefütterten, glatt besohlten Stadt-Stiefel hier völlig unbrauchbar waren. Sie hätte lieber das Auto nehmen sollen. Doch der Weg war ihr nicht weit erschienen, und sie hatte gedacht, dass ein bisschen Bewegung und frische Luft ihr guttun würden.

Sie war auf dem Weg zum Buchladen. Nachdem sie *Besucher von der anderen Seite* zu Ende gelesen hatte, hatte sie im Internet nach Sara Harrison Shea gesucht, allerdings kaum etwas über sie in Erfahrung gebracht. Nun hoffte sie, dass der örtliche Buchladen weitere Bücher von ihr oder über sie führte.

Es war gewiss kein Zufall, dass Gary eine Ausgabe dieses Buches unter seinen Sachen versteckt hatte oder dass Sara aus West Hall stammte – aus derselben Stadt, die Gary am Tag seines Todes besucht hatte.

Und dann war da noch der Ring: Aunties Ring. Als Katherine auf der Couch gesessen und Saras Beschreibung von Aunties beinernem Ring gelesen hatte, hatte ihr Herz angefangen wie verrückt zu schlagen. Ihr Blick war von dem Buch in ihren Händen zu dem Ring gewandert, den Gary ihr geschenkt hatte. Sie hatte ihn am Finger hin und her gedreht und die sonderbaren, fremdartigen Einritzungen berührt. Aunties Ring. War das überhaupt möglich?

Erst das versteckte Buch, dann der Ring – sie wusste nicht, was all das zu bedeuten hatte, hoffte jedoch, im Buchladen Antworten zu finden.

Das Haus, in dem Katherines Wohnung lag, befand sich am nördlichen Ende der Main Street, kurz bevor sie die Route 6 kreuzte. Die Nachbarschaft bestand aus alten, herrschaftlichen viktorianischen Häusern, die in Apartments oder Büros umgewandelt worden waren. Auf ihrem Weg kam Katherine an einem Zahnarzt vorbei, an mehreren Anwaltskanzleien, einer Umwelt-Beratungs-Agentur, einem Bed & Breakfast und einem Bestattungsinstitut. Die Häuser waren in frischen Farben gestrichen, hatten prächtige Veranden, Türmchen und Buntglasfenster. Mit ihren Hexenhäuschen-Verzierungen und verspielten gotischen Details wirkten sie wie aus dem Märchen – allen voran das Haus, in dem sie selbst wohnte. Es war in leuchtendem Rosa gestrichen, hatte ein altes Schieferdach und Schmuckelemente, die aussahen, als wären sie aus Zuckerguss.

Gehwege und Straßen waren geräumt worden. Neben Katherine türmten sich hohe Wälle aus Schnee, ihre Füße pflügten durch mit Salz vermischten bräunlichen Schneematsch. Sie wollte schneller gehen, stattdessen jedoch wurde sie immer langsamer. Ihre Muskeln waren steif vor Kälte, und sie schlitterte bei jedem Schritt. Der Wind peitschte ihr entgegen, er war wie eine unsichtbare Hand mit eisigen Fingern, die ihr in Ärmel und Mantelkragen fuhren. Fast kam es ihr so vor, als hätte die Natur aus unerfindlichen Gründen etwas gegen sie.

Sie kam an einem Sportgeschäft vorbei, das Schneeschuhe, Skier und Parkas im Schaufenster hatte. An der Seite des Gebäudes, unmittelbar über einem Fenster voller Fahrräder, hing ein verblichenes handgemaltes Schild: JAMESONS SATTELZEUG UND FUTTERMITTEL.

Als Nächstes passierte sie einen alten Trödelladen, von dem Gary begeistert gewesen wäre. Er hatte wie besessen alte Fotos gesammelt – er liebte die sepiafarbenen Porträts längst verstorbener Fremder. Es war eine Faszination, die sie nie so recht begriffen hatte.

»Jedes Foto ist wie ein Roman, den ich niemals aufschlagen

kann«, hatte er ihr zu erklären versucht. »Ich kann es nur in der Hand halten und mich fragen, was sich dahinter wohl verbirgt; ich kann mir das Leben ausmalen, das die Menschen darauf vielleicht einmal gelebt haben.«

Manchmal, wenn auf den Fotos kleine Hinweise zu finden waren – ein Name, Datum oder eine Ortsangabe –, versuchte er, mehr darüber herauszufinden, und wenn sie sich dann am Abend zum Essen an den Tisch setzten, erzählte er ihr und Austin voller Begeisterung von Zachary Turner, dem Böttcher aus Shrewsbury, Massachusetts, der im Bürgerkrieg gefallen war. Austin hörte aufmerksam zu und stellte seinem Vater Fragen, als hätte der diesen Menschen tatsächlich gekannt: *Hatte er auch einen Hund, Papa? Welche Farbe hatte sein Pferd?* Gary dachte sich dann Antworten zu den Fragen aus, und wenn das Abendessen vorbei war, hatten sie für diesen toten Fremden gemeinsam eine ganze Biographie entworfen: ein glückliches Leben mit Pferden und Hunden, einer Ehefrau und Kindern, die er über alles liebte.

Mittlerweile waren Katherines Füße vollständig durchnässt. Sie blieb stehen und spähte in das Schaufenster des Trödelladens: ein antikes Grammophon, ein Schlitten der Marke Flexible Flyer und eine silberne Trompete. Eine ramponierte Schaufensterpuppe trug eine Fuchsstola um den Hals. Der Fuchs hatte ein eingefallenes Gesicht, kleine spitze Zähne und zerkratzte Glasaugen, die Katherine anstarrten und sofort all ihre Geheimnisse zu kennen schienen.

Der Buchladen konnte nicht weiter als eine halbe Meile von ihrer Wohnung entfernt sein, doch Katherine kam der Weg endlos lang vor. Die Kälte biss ihr in Wangen und Finger, sie trug viel zu dünne Handschuhe. Ihre Augen begannen zu tränen, und nach einer Weile waren ihre Wimpern mit Eis überkrustet. Sie kam sich vor wie ein Polarforscher: Ernest Shackleton, der durch die trostlose, eisige Weite stapft.

Sie gelangte an die Brücke und blieb auf dem Gehweg stehen, um eine Pause einzulegen. Die Hände auf das Geländer gestützt, blickte sie ins braune Wasser des Flusses hinunter, das an den Rändern gefroren war. Am rechten Ufer, genau unterhalb der Brücke, bewegte sich etwas. Etwas Glattes, Dunkles schob sich durch den Schnee. Ein Biber oder vielleicht eine Bisamratte – Katherine kannte den Unterschied nicht genau. Es tapste schwerfällig übers Eis, tauchte dann ins Wasser und war verschwunden.

Katherine kehrte dem halb vereisten Fluss den Rücken zu und zwang sich zum Weitergehen. Schweren Schrittes überquerte sie die Brücke und lief weiter die Main Street entlang. Ihre Hände und Füße waren taub, ihr Körper fühlte sich an wie von innen ausgehöhlt. Sie dachte über das kleine braune Tier nach: mit welcher Sicherheit und Geschmeidigkeit es ins Wasser geglitten war, fast ohne Wellen zu schlagen. Es war hervorragend an seine Umwelt angepasst. Auch sie würde Wege finden müssen, sich anzupassen. Sich behände und sicher in ihrer neuen Umgebung zu bewegen. Anfangen, beschloss sie, würde sie mit einem Besuch im Sportgeschäft, wo sie sich anständige Stiefel, einen Anorak, eine Mütze und Handschuhe kaufen würde.

Sie kam an einem Yoga-Studio, einer Eisdiele und einem inzwischen geschlossenen Blumengeschäft vorbei. In sämtlichen Schaufenstern, an Laternenpfählen und Anschlagbrettern hingen Zettel, auf denen das Foto eines vermissten Mädchens aus dem Ort abgebildet war: Willa Luce. Sie war zuletzt am fünften Dezember gesehen worden, als sie, bekleidet mit einer lila-weißen Skijacke, das Haus einer Freundin verlassen und sich auf den kurzen Heimweg gemacht hatte. Seither fehlte von ihr jede Spur. Katherine betrachtete das lächelnde Mädchen – kurze braune Haare, ein paar Sommersprossen, eine blinkende Zahnspange. Vielleicht würde sie wieder auftauchen. Vielleicht auch nicht. Manchmal passierten schlimme, ja schreckliche Dinge.

Endlich hatte sie den Buchladen erreicht. Die Glocke über der Tür bimmelte fröhlich. Im Laden war es warm und anheimelnd, es roch nach altem Papier und Holz. Sofort ging es ihr ein wenig besser. Die ausgetretenen Dielen knarrten unter ihren Stiefeln.

Sie bewegte die Finger, damit das Gefühl in sie zurückkehrte. Ihre Nase begann zu laufen, und sie suchte in ihren Taschen nach einem Papiertaschentuch. Sie fand keins, gab es auf und benutzte stattdessen den Ärmel ihres Kaschmirmantels.

Sie ging an den im vorderen Bereich aufgestellten Tischen mit Mitarbeiterempfehlungen, Bestsellern und Neuerscheinungen vorbei in Richtung Kasse, wo ein Mann mit Bart und grünem Wollpullover etwas auf einem Laptop tippte. Kurz vor ihrem Ziel blieb sie stehen und wandte sich dem Regal mit Lyrik zu. Früher hatten Gary und sie einander an langen, trägen Vormittagen oft Gedichte vorgelesen: Rilke, Frank O'Hara, Baudelaire. *All die berühmten Toten*, hatte Gary sie genannt. Er liebte Lyrik und hatte sogar eigenhändig ein paar Verse für ihr Ehegelübde verfasst.

Früher hatte ich Angst, ich würde dich nur träumen.
Dann wachte ich auf, und du lagst neben mir.
Ich nahm deine Hand,
ein bleicher Seestern auf indigoblauen Laken,
und drückte meine Lippen darauf.
Ich schmeckte Salzwasser, kandierte Äpfel, reife Pflaumen.
Wenn du ein Traum bist, Liebste, will
ich nie aus dir erwachen.

Katherine. Schon wieder Gary. Seine Stimme war dicht hinter ihr, sein Atem ließ den Bücherstaub aufwirbeln. Sie fuhr herum, dachte, wenn sie nur schnell genug wäre, könnte sie vielleicht einen Blick auf ihn erhaschen, doch da war nichts. Nicht einmal ein Schatten.

An der Wand hing eine alte Schwarzweißfotografie. Katherine trat näher und sah, dass es ein Bild des West Hall Inn war. Am unteren Rand stand die Jahreszahl: 1889. Das große Backsteingebäude mit weißen Fensterläden und Markise kam ihr seltsam bekannt vor.

»Der ganze Block hier war früher mal das Gasthaus«, teilte ihr der rotwangige Buchhändler mit, als er merkte, dass Katherine das Bild betrachtete. »Hier, wo jetzt der Buchladen ist, waren der Speisesaal und die Bar. Die Fenster sind alle noch original erhalten«, fügte er hinzu und deutete zur Front des Ladens, »aber der Rest ist heute nicht mehr wiederzuerkennen, fürchte ich.«

Katherine blickte zu den großen Fenstern mit den rechteckigen Buntglaseinsätzen im oberen Teil und dann zurück zum Foto, auf dem dieselben Details zu erkennen waren.

»Wenn ich Ihnen irgendwie behilflich sein kann, melden Sie sich«, sagte der Mann.

»Ja, das können Sie vielleicht«, gab Katherine zurück. Sie zog ihre Ausgabe von *Besucher von der anderen Seite* aus der Tasche. »Haben Sie zufällig noch andere Bücher von ihr? Oder über sie?«

Er schüttelte den Kopf. »Das ist alles, bedauere. Obwohl es angeblich irgendwo noch ein verschollenes Tagebuch geben soll.« Seine Augen funkelten. »Sie ist eine Art lokale Legende, und wie bei jeder anständigen Legende darf man das meiste nicht glauben.«

»Dann hat sie hier in West Hall gelebt?«

»Ja.«

»Hat sie noch Verwandtschaft hier?«

Er kratzte sich am Kopf und wich einen Schritt zurück, als sei er von Katherines wachsender Eindringlichkeit ein bisschen beunruhigt. Sie trug ihren guten Mantel und elegante Stiefel, aber ihre Hände waren voller Farbflecken, und sie hatte vergessen, sich die Haare zu kämmen. Wenn sie nicht aufpasste, würde in der Stadt schon bald das Wort von der Verrückten aus der Großstadt die Runde machen.

»Keine Verwandtschaft. Alle Harrisons und Sheas sind schon vor Jahren gestorben oder weggezogen.«

»Es gibt also wirklich keine weiteren Bücher über sie?«

Der Mann schüttelte bedauernd den Kopf. »Eigentlich erstaunlich, wenn man bedenkt, dass ihre Geschichte der ideale Stoff für einen Hollywood-Film ist – Herzschmerz, dunkle Geheimnisse, Untote, blutige Mordtaten. Aber die Einzigen, die jemals zu mir kommen und sich nach ihr erkundigen, sind Studenten, Leute mit einem Faible fürs Okkulte oder hin und wieder mal ein komischer Vogel, der sich für die blutigen Einzelheiten interessiert.« Er taxierte sie, als versuche er zu entscheiden, welcher Kategorie sie angehörte.

»Was können Sie mir denn über sie so erzählen?«, fragte Katherine.

»Was möchten Sie denn gerne wissen?« Ein merkwürdiges Glitzern trat in seine Augen, als hätte er eine Fangfrage gestellt.

Sie überlegte kurz. Was *wollte* sie wissen? Warum hatte sie sich die Mühe gemacht, durch die Kälte zu laufen, um etwas über eine Frau zu erfahren, von der sie bis gestern noch nie gehört hatte?

Da war dieses Gefühl, das sich immer dann einstellte, wenn sie arbeitete und ihr plötzlich das fehlende Element einfiel, durch das sich alles zusammenfügte: ein Kribbeln im Nacken, eine Art verrückter Rausch, der sich in ihrem ganzen Körper ausbreitete. Sie hatte keine Ahnung, welche Rolle Sara Harrison Shea, der Ring oder das von Gary versteckte Buch spielen würden, aber sie wusste, dass dies hier wichtig war, dass sie sich ihm überlassen und abwarten musste, wohin es sie führte.

»In dem Buch steht, dass einige Tagebuchseiten verschollen sind – die, die sie unmittelbar vor ihrem Tod geschrieben hat. Wurden sie je gefunden?«

Der Mann schüttelte den Kopf. »Leider nicht. Man weiß nicht mal, ob sie wirklich existiert haben. Saras Nichte Amelia Larkin hat zwar behauptet, dass einige Seiten aus dem Tagebuch fehlten, allerdings ist es ihr nie gelungen, sie ausfindig zu machen. Sie hat auf der Suche nach ihnen Saras gesamtes Haus auf den Kopf gestellt, aber wahrscheinlich wurden sie entweder vernichtet, oder es hat sie von vorneherein gar nicht gegeben.«

Er nahm seine Brille ab und polierte sie flüchtig. »Natürlich kursieren jede Menge Gerüchte über die verschollenen Seiten und ihren Inhalt. Manche behaupten, dass sie die Seiten gesehen hätten oder dass sie schon vor Jahren für über eine Million Dollar auf einer geheimen Auktion versteigert worden seien.«

Katherine lachte. »Warum um alles in der Welt sollte jemand für ein paar Tagebuchseiten eine Million Dollar bezahlen?«

Der Buchhändler lächelte schlitzohrig. »Sie haben das Buch doch gelesen, oder nicht? All die Einträge über Schlafende? Man munkelt, Sara Harrison Shea habe sehr detaillierte Anweisungen hinterlassen, wie man Tote wieder zum Leben erwecken kann.«

»Oh.«

»Ich weiß. Absurd, nicht wahr? Aber die Menschen glauben eben, was sie glauben wollen. Hab ich recht? Wie auch immer, selbst wenn sie tatsächlich im Besitz dieses Wissens war, genutzt hat es ihr nichts. An sich selbst kann man den Zauber nämlich offenbar nicht vollziehen.«

»Und ihr Ehemann hat sie ermordet?«

»Nun, darüber lässt sich streiten«, gab er zurück.

»Lässt sich das?«, hakte Katherine nach und beugte sich dichter zum Ladentisch.

»Es gab nie einen Prozess oder auch nur eine richtige Ermittlung, dementsprechend haben wir nur wenige handfeste Fakten. Es gibt keinerlei Unterlagen – alles basiert auf mündlicher Überlieferung. Was wir wissen, ist, dass Martins Bruder Lucius Shea, der Arzt des Ortes, am besagten Abend wie vereinbart zum Haus der beiden kam. Sara war in schlechter Verfassung, und er sah regelmäßig nach ihr. Bei seiner Ankunft fand er die Haustür sperrangelweit offen vor, Martin und Sara allerdings waren nicht da. Er ging ums Haus herum und fand die beiden schließlich auf dem Acker. Sara war ...« Er hielt inne und senkte den Blick auf die lackierten Dielen.

Katherine sah ihn auffordernd an.

»Nur zu«, forderte sie ihn auf. »Ich bin nicht zimperlich.«

Er holte tief Luft. »Ihr war die Haut abgezogen worden. Martin kniete blutüberströmt neben ihr. Er hatte ein Gewehr in der Hand und stammelte zusammenhangloses Zeug. Wissen Sie, was seine letzten Worte waren? Er sagte seinem Bruder, dass nicht er es getan habe – sondern Gertie.«

Im ersten Moment bekam Katherine vor Erstaunen den Mund nicht mehr zu. »Die Tochter? Aber die war doch tot, oder?«

»Ja, natürlich. *Es sei denn …*« Der Buchhändler machte eine dramatische Pause. »… man glaubt der Version der Ereignisse in Saras Tagebuch, nämlich dass sie Gertie wieder zum Leben erweckt hatte.« Er beugte sich vor, und seine Augen leuchteten wie die eines Kindes, das eine Gespenstergeschichte erzählt. Er musterte Katherine und schien in ihrem Gesicht nach Hinweisen dafür zu forschen, ob sie solchen Geschichten tatsächlich Glauben schenken würde.

»Leider hat Martin sich erschossen, bevor irgendjemand weitere Fragen stellen konnte.«

Katherine atmete tief durch. In ihrem Kopf drehte sich alles. »Und was denken Sie darüber?«

Der Mann lachte. »Ich? Ich bin nur ein Buchhändler und inoffizieller Stadthistoriker. Ich glaube an die Fakten, und davon gibt es nicht allzu viele. Ich halte es für wahrscheinlich, dass Martin seine Frau getötet hat. Aber damals wie heute gibt es Leute, die etwas ganz anderes behaupten.«

»Nämlich?«

»Sie glauben, dass da draußen im Wald irgendetwas ist, etwas Böses, Übernatürliches. Im Laufe der Jahre sind immer wieder Leute spurlos verschwunden, es wurde von seltsamen Lichtern oder Schreien oder einer bleichen Gestalt berichtet, die durch die Wälder irrt. Als Kind habe ich selbst einmal gedacht, ich hätte da oben etwas gesehen; ein Gesicht, das mich aus einer Felsspalte anstarrt. Aber als ich näher herangegangen bin, war es auf einmal verschwunden.« Er riss dramatisch die Augen auf. »Habe ich Ihnen schon Angst gemacht?«

Katherine schüttelte den Kopf.

»Nun, dann lassen Sie mich Ihnen noch eine andere Geschichte erzählen. Kurz nach Saras Ermordung häuften sich in der Stadt seltsame Vorkommnisse.«

»Was für Vorkommnisse?«

»Clarence Bemis, der Nachbar der Sheas, hatte eine Herde Rinder, und jemand hat jedes einzelne seiner Tiere getötet. Eines Morgens ist er aufgewacht und fand sie mit aufgeschlitzten Hälsen. Der größte Stier war ausgeweidet worden, sein Herz fehlte. Dann hat sich Martins Bruder Lucius, der Arzt, eines Sonntags mit mehreren Litern Kerosin übergossen, ist bis zur Mitte der Main Street spaziert und hat sich angezündet.«

»Ich verstehe nicht ganz, was ...«

»Die Leute sagten, kurz bevor er auf die Straße trat und sich anzündete, sei eine Frau aus der Hintertür seines Hauses gekommen. Diejenigen, die diese Frau gesehen hatten, behaupteten, es sei Sara Harrison Shea gewesen.«

Katherine erschauerte unwillkürlich.

»In dem Jahr gab es viele Todesfälle. Merkwürdige Unfälle und Krankheiten. Kinder, die unter Wagenräder gerieten, ein Brand, der den Gemischtwarenladen zerstörte und in dem der Inhaber samt Familie umkam. Und immer wieder schworen die Leute, sie hätten Sara in der Nähe gesehen – oder jemanden, der ihr zum Verwechseln ähnlich sah.« Er schenkte Katherine ein Lächeln. »Das ist West Hall in aller Kürze – jede Menge Gespenstergeschichten und Legenden, sehr wenig harte Fakten.«

Katherine schwieg eine Zeitlang. Sie betrachtete einen Aufsteller mit großformatigen Taschenbüchern neben dem Ladentisch. *Damals und heute: West Hall in Bildern.*

»Ist das ein Buch zur Lokalgeschichte?«, fragte sie und nahm eins der Bücher in die Hand.

»Es wurde vom Historischen Verein herausgegeben, aber es ist hauptsächlich eine Sammlung von Fotos. Über Sara werden Sie darin nichts finden.«

»Ich nehme es trotzdem«, erklärte sie. Es wäre nur anständig, etwas zu kaufen, nachdem sie so lange die Zeit des Mannes in Anspruch genommen hatte. Er gab den Betrag in die Kasse ein, und sie zahlte.

»Danke«, sagte er und reichte ihr das Buch in einer Papiertüte.

»Ich habe zu danken. Sie haben mir wirklich sehr geholfen.«

»Jederzeit gern«, erwiderte er und wandte sich wieder seinem Laptop zu.

Bereits zum Gehen gewandt, hielt Katherine noch einmal inne. »Sie glauben doch nicht daran, oder? An das, was Sara in ihrem Tagebuch geschrieben hat?«

Er legte schmunzelnd die Hände zusammen. »Ich glaube, die Menschen sehen das, was sie sehen wollen. Saras Geschichte – alles, was ihr angeblich widerfahren ist – klingt haarsträubend. Aber überlegen Sie mal: Wenn Sie einen Menschen verloren hätten, den Sie lieben, würden Sie dann nicht auch alles für die Chance geben, diesen Menschen noch einmal wiederzusehen?«

Die Glocke über der Tür bimmelte, als Katherine aus dem Laden ins Freie trat und sich auf den Heimweg machte. Sie hatte den Mantel bis obenhin zugeknöpft und sich den Schal so fest um den Hals gewickelt, dass er sie fast strangulierte.

»Ich hatte gehofft, dass wir uns noch mal begegnen!«

Katherine schrak zusammen.

Es war die rothaarige Lou Lou – sie war aus ihrem Café geeilt und hatte sich Katherine auf dem Bürgersteig in den Weg gestellt. Ihr Türkis- und Silberschmuck glänzte. »Dann schaue ich zum Fenster raus, und wen sehe ich? Ich weiß es jetzt wieder!«, sagte sie und schlang sich die Arme um den Leib. Sie war ohne Jacke nach draußen gekommen.

»Was wissen Sie wieder?«

»Wo ich die Frau mit dem Zopf schon mal gesehen habe. Wie gesagt, ein Gesicht vergesse ich nie. Sie ist die Eierfrau!«

»Die ... Eierfrau?«, wiederholte Katherine.

»Ja. Ich weiß nicht, wie sie heißt, aber sie steht jede Woche auf dem Markt. Sie verkauft diese farbigen Eier – blaue und grüne.

Ostereierhennen nennt sie die Hühner. Sie verkauft auch noch andere Sachen – Selbstgestricktes. Babyschühchen, Socken, Mützen. Hab mal einen Schal bei ihr gekauft. Morgen ist Samstag – gehen Sie auf den Markt, da finden Sie sie garantiert. Man kann sie gar nicht übersehen. Sie trägt immer selbstgestrickte Pullover oder Schals in den wildesten Farben. Im Zweifelsfall fragen Sie einfach jemanden, jeder hier kennt die Eierfrau.«

Damit verschwand Lou Lou wieder in ihrem Café und ließ Katherine sprachlos zurück.

Die Eierfrau. Gary hatte sich mit der Eierfrau getroffen. Das war zwar kein Name, aber immerhin eine Art, sie zu identifizieren. In Katherines Vorstellung entstand bereits ein Bild der Frau. Sie drehte sich um und hastete, rutschend und schlitternd, den Gehweg entlang nach Hause.

Eine Puppe. Sie würde eine Puppe bauen, eine Miniatur-Eierfrau – eine ältere Frau mit einem grauen Zopf und bunten, handgestrickten Pullover. Katherine würde ihn mit dünner Wolle häkeln. Irgendwo hatte sie noch eine Schachtel Wolle und Häkelnadeln liegen.

Langsam nahm *Seine Letzte Mahlzeit* Gestalt an. Katherines Gehirn lief auf Hochtouren, es juckte ihr in den Fingern. Sie schloss die Tür zu ihrer Wohnung auf, warf ihre Handtasche und die Papiertüte aus dem Buchladen auf den Couchtisch, streifte Mantel und Handschuhe ab und ging schnurstracks zum Arbeitstisch, wo sie begann, kurze Drahtstücke zuzuschneiden, aus denen sie das Skelett für die winzige Pappmaché-Puppe formen würde. Sobald sie mit der Eierfrau fertig war, würde sie eine kleine Gary-Puppe bauen und sie in Lou Lous Café einander gegenüber an einen Tisch setzen.

Und wenn sie dann vor dem Kasten in die Knie ging, das Ohr dicht an die geöffnete Tür legte und horchte, würde sie mit ein bisschen Glück vielleicht hören können, was sie an jenem Tag miteinander geredet hatten – und endlich verstehen, weshalb Gary nach West Hall gekommen war.

Ruthie

Bei William O'Rourke war niemand zu Hause. Ruthie kritzelte eine Nachricht auf einen Zettel, dass sie auf der Suche nach Thomas und Bridget O'Rourke sei, und hinterließ ihre Handynummer. Sie steckte den Zettel in den Briefkasten und stieg wieder in den Pick-up.

Keiner sprach ein Wort, während sie den Anweisungen des Navigationssystems zu Candace O'Rourkes Haus folgten. Sie waren jetzt in einer besseren Wohngegend. Die Häuser waren größer und lagen weiter auseinander. Die Straßen hatten klangvolle Namen: Old Stagecoach Road, Westminster Avenue. Es gab Hinweisschilder der Nachbarschaftswache und solche, die Autofahrer ermahnten, langsam zu fahren und auf Kinder zu achten. Geschmackvolle Lichterketten schmückten noch viele Häuser, und in den riesigen Vorgärten standen lachende Schneemänner.

Candace O'Rourke wohnte in einem großen, im Kolonialstil erbauten weißen Haus mit schwarzen Fensterläden.

»Nette Bude«, meinte Buzz, als er in die lange Einfahrt einbog. Ruthie sprang aus dem Wagen und drückte auf die Klingel. Eine kleine Melodie ertönte. Im Haus blieb es still. Ruthie klingelte ein zweites Mal.

Gerade als sie aufgeben und zum Wagen zurückgehen wollte, wurde die schwere hölzerne Tür von einer zerzaust aussehenden Frau im pink-schwarzen Jogginganzug geöffnet. Ihre blonden Haare waren modisch geschnitten, jedoch an einer Seite des Kopfes plattgedrückt, was Ruthie vermuten ließ, dass sie die Frau beim Nachmittagsschlaf gestört hatte.

»Ja?«, sagte die Frau und blinzelte Ruthie verschlafen an.

Der Eingangsflur des Hauses war hell und luftig, hatte weiße Wände und einen mit Terrakottaplatten gefliesten Boden. Links an der Wand hing eine schnurgerade Reihe silberner Kleiderhaken mit einer Bank darunter.

»Tut mir leid, falls ich störe«, sagte Ruthie. »Aber sind Sie Candace O'Rourke?«

»Ja«, bestätigte die Frau argwöhnisch.

»Also, ich weiß, wahrscheinlich ist es ziemlich weit hergeholt, aber ich bin auf der Suche nach zwei anderen O'Rourkes – Thomas und Bridget? Sie haben früher in der Kendall Lane gewohnt.«

Die Augen der Frau wurden schmal. »Wer sind Sie?«, fragte sie und wich einen Schritt zurück.

»Mein Name ist Ruthie. Ruthie Washburne.«

Candace starrte Ruthie einen Moment lang an, doch dann kam urplötzlich Leben in sie, als sei sie auf einmal hellwach. »Natürlich!«, rief sie und strahlte, als hätte sie eine lange verlorene Freundin wiedergefunden. »Natürlich bist du das. Und ich wette, ich weiß auch, weshalb du gekommen bist.«

»Weshalb ich gekommen bin?«, echote Ruthie.

»Warum erzählst du es mir nicht selbst? In deinen eigenen Worten?«

Verwirrt stammelte Ruthie: »Meine Eltern waren, also, sie waren Freunde von Thomas und Bridget, und ich habe ein paar alte Sachen von ihnen im Zimmer meiner Eltern gefunden, und da dachte ich ...«

»Komm doch rein«, bat die Frau. »Bitte.«

Ruthie trat ein, und die Frau schloss die Tür. Im Haus war es warm. Es roch leicht nach Moder.

Die Frau führte Ruthie durch den Eingangsflur in ein großes, offenes Wohnzimmer mit Ledercouch und zwei dazu passenden Sesseln. In der Ecke stand ein Weihnachtsbaum, der bis unter die Decke reichte. Er war mit blauem und silbernem Schmuck behängt. Noch nie hatte Ruthie einen so schönen Weihnachtsbaum gesehen. Sie selbst hatten ihre Bäume immer im Wald geschlagen; dürre, krumme Dinger, die sie mit einem Mischmasch aus selbstgebastelten Anhängern, aufgefädeltem Popcorn und Papierketten dekorierten.

Candace O'Rourke nahm auf der Couch Platz und bedeutete Ruthie, sich neben sie zu setzen. Ruthie kam sich vor, als wäre sie zwischen die Seiten eines Hochglanz-Möbelkatalogs oder Einrichtungsmagazins geraten: Alles im Zimmer sah so perfekt aus. Hier wohnte auch ein Kind – das glücklichste und ordentlichste Kind der Welt. Fawn wäre ausgeflippt, hätte sie die vielen Spielsachen gesehen: ein altmodisches Schaukelpferd, eine Holzküche mit echten Töpfen aus Metall, in der Ecke stand sogar ein großes hölzernes Kasperletheater. Alles war elegant und sauber und geordnet. Fast schon unwirklich.

»Möchtest du gerne etwas trinken?«, fragte Candace. »Oder etwas essen?«

»Nein, danke.«

»Ich habe Kekse da.«

»Nein, danke.«

Candace erhob sich. »Ich hole uns rasch ein paar Kekse. Und vielleicht einen Schluck Tee. Möchtest du Tee?«

»Eigentlich nicht. Ist schon in Ordnung, ich möchte nichts.«

»Na dann. Bin gleich wieder da.«

Ruthie hockte auf der Sofakante und hörte Candaces Schritte im Flur leiser werden. Sie wartete eine Minute, dann stand sie auf und sah sich um. Als Erstes ging sie zum Weihnachtsbaum. Bei genauerem Hinsehen stellte sie fest, dass er doch gar nicht so perfekt war. Er nadelte stark und war knochentrocken. Viele der Anhänger waren kaputt und wurden von Tesafilm oder Gummibändern zusammengehalten. Der Stern, der oben auf der Spitze gesessen hatte, war ein Stück nach unten gerutscht und hing nun an einem tieferen Ast fest wie ein Vögelchen, das aus dem Nest gefallen war.

Während sie den Baum so betrachtete, bekam Ruthie ein mulmiges Gefühl. Als Nächstes wanderte ihr Blick zu der Spielzeugküche, und sie sah, dass in einem der kleinen Töpfe auf dem Herd eine echte Orange lag, verschrumpelt und mit Schimmel überzogen.

Sie ging zum Kasperletheater und schaute dahinter. Dort lag ein Haufen kaputter Handpuppen: ein König, dem die Krone fehlte, ein Frosch ohne Kopf und eine nackte Prinzessin, deren Gesicht mit blauem Filzstift bekritzelt war und der ein Buntstift im Bauch steckte wie ein gelber Speer.

Ruthie wandte sich ab, verließ das Wohnzimmer und ging durch den Flur in die Richtung, in der sie die Küche vermutete. Sie hörte, wie Schranktüren geöffnet und geschlossen wurden. Überall an den Wänden gab es Bilderhaken, aber keine Bilder.

Schließlich fand sie die Küche, wo Candace vor einem großen Gasherd stand. Die Arbeitsflächen waren aus Granit, die Schrankfronten aus glänzendem dunklem Holz. Trotzdem war irgendetwas verkehrt. Nirgendwo stand etwas herum – kein Laib Brot, keine Obstschale, keine Kaffeemaschine, kein Toaster. Die Schränke, die Candace offen gelassen hatte, waren nahezu leer – ein paar Kräcker, eine Büchse Thunfisch, eine Dose Crystal-Light-Brausepulver.

»Ich weiß, dass hier irgendwo noch Kekse sind. Fig Newtons. Das sind Lukes Lieblingskekse.«

»Luke?«

»Mein Sohn«, sagte Candace und fuhr sich mit der Hand durch die ungekämmten Haare.

Ruthie dachte an die Handpuppe mit dem Buntstift im Bauch und wusste nicht genau, ob sie das Kind, das dafür verantwortlich war, kennenlernen wollte.

»Er ist bei seinem Vater«, fuhr Candace fort. Sie war noch immer mit ihren Haaren beschäftigt, jetzt wickelte sie sich eine Strähne um den Zeigefinger und zog daran. »Wir sind geschieden, weißt du, und Randall hat das alleinige Sorgerecht.

Er ist … na ja, das spielt keine Rolle. Setzen wir uns doch, einverstanden?«

Sie setzten sich an den großen hölzernen Küchentisch. Er war mit einer Staubschicht überzogen.

»Du sagtest, deine Eltern seien Freunde von Tom und Bridget gewesen?«

»Richtig.« Ruthie fummelte an der Schnalle ihrer Tasche herum, langte hinein und berührte die Portemonnaies. »Dann kennen Sie sie also, ja?« Ihr Herz schlug schneller. »Vielleicht können Sie mir dann weiterhelfen. Ich weiß, es klingt verrückt, aber meine Mom, sie ist … also, verschwunden.«

»Verschwunden?«

Ruthie nickte eifrig. »Ja, ich weiß. Und als wir in ihren Sachen gesucht haben, um mehr darüber rauszufinden, da haben wir die hier gefunden.« Sie zog die Portemonnaies aus der Tasche und hielt sie Candace hin.

Candace nahm sie und öffnete sie mit zitternden Fingern. Ihre Augen füllten sich mit Tränen.

»Bitte entschuldige. Aber es ist so lange her. Tom war – oder vielmehr: *ist* – mein Bruder. Er und seine Frau sind vor sechzehn Jahren spurlos verschwunden. Zusammen mit ihrer Tochter.«

»Ihrer Tochter?« Ruthie wurde die Kehle eng.

»Warte hier. Nur eine Minute.«

Candace eilte aus dem Zimmer. Die Sohlen ihrer Sportschuhe quietschten auf dem gebohnerten Parkett.

Ruthie wurde immer unwohler zumute. Eine Stimme in ihrem Kopf zischte eine Warnung: *Sieh bloß zu, dass du hier wegkommst. Schnell.*

Sie stand unschlüssig da, als Candace mit einem Bild in einem goldenen Rahmen zurückkam. »Das sind sie«, sagte sie und hielt Ruthie das Bild hin.

Ruthie blickte in das mittlerweile vertraute Gesicht von Thomas O'Rourke. Er sah genauso aus wie auf seinem Führerschein-Foto. Auf einmal wurde die Luft im Raum dünn, die Atmosphäre veränderte sich. Die Küche war groß und hell, aber Ruthie kam sie plötzlich kleiner und dunkler vor. Sie atmete ganz tief ein, während sie das Foto betrachtete.

Neben Thomas stand eine Frau mit lockigem Haar und einer Hornbrille, deren Gläser wie Katzenaugen geformt waren.

Die Frau aus Fitzgeralds Bäckerei.

Was hast du dir ausgesucht, mein Täubchen?

Zwischen den beiden Erwachsenen stand ein kleines Mädchen mit dunklen Haaren und dunklen Augen. Sie hielt die Hand ihrer Mutter fest umklammert. An ihrem Handgelenk blinkte ein dünnes goldenes Armband. Sie trug ein bordeauxrotes Samtkleid mit passendem Haarreif. Ihre Haare waren säuberlich gekämmt, ihre Wangen gerötet, und ihr Strahlen signalisierte, dass sie das glücklichste Kind auf der Welt war.

Ruthie bekam keine Luft mehr.

»Ich muss jetzt gehen«, stieß sie hervor und eilte auf wackligen Beinen aus der Küche in den Eingangsflur mit seinen leeren Bilderhaken und zur riesigen hölzernen Haustür.

»Warte«, rief Candace ihr nach. »Du darfst noch nicht gehen!«

Aber Ruthie war bereits draußen und rannte auf den Pick-up zu. Sie sprang hinein und schloss die Tür mit einem Knall. »Gib Gas«, sagte sie atemlos.

»Was ist los? Wusste sie was?«, fragte Buzz.

»Die Frau ist völlig übergeschnappt. Sie kann uns nicht weiterhelfen.«

Sie beobachtete im Rückspiegel, wie Candace die Einfahrt entlangkam, hinter ihnen herrannte, wild mit den Armen ruderte und rief: »Da gibt es noch etwas, was du wissen musst!«

Ruthie

»Wonach suchst du eigentlich?«, wollte Buzz wissen.

»Weiß nicht genau«, lautete Ruthies Antwort.

Es war kurz nach acht Uhr abends, und sie waren wieder zu Hause in Vermont. Ruthie wühlte sich durch Bücherschränke, Schubladen und Regale, während Fawn und Buzz ihr vom Küchentisch aus zuschauten. Sie saßen vor Buzz' Laptop, und Buzz zeigte Fawn gerade, wie eins seiner Alien-Ballerspiele funktionierte. Fawn hatte die Regeln schnell begriffen. Sie steuerte ihr Raumschiff mit Hilfe der Pfeiltasten durch die Galaxis und feuerte mit der Shift-Taste Laserstrahlen ab.

»Ups, nein, Fawn, die grünen Aliens sind die Guten. Die sollst du nicht abschießen. Das sind unsere Verbündeten. Da ist ein Roter, schnapp ihn dir!«

Ruthie sah zu ihnen herüber und schenkte Buzz ein warmes Lächeln. Er kümmerte sich rührend um Fawn – und es schien ihm sogar Spaß zu machen. »Danke«, formte Ruthie lautlos mit den Lippen, und Buzz grinste. Aber sie meinte es ernst. Er hatte sich extra den Tag freigenommen, um mit ihr nach Connecticut zu fahren, und jetzt war er immer noch da und spielte mit Fawn Computerspiele.

Ruthie hatte das einzige Fotoalbum ihrer Familie sowie mehrere Schuhkartons voll mit alten Bildern gefunden und schleppte ihre Beute zum Tisch.

»Wenn du F6 drückst, kommst du in den Hyperraum«, erklärte Buzz gerade.

»Was ist Hyperraum?«, fragte Fawn.

»Da ist man superschnell. Du kannst so ziemlich alles und jeden abhängen.«

Ruthie nahm sich das Album vor, das mit Fawns Babyfotos begann und dann in ähnlicher Manier weiterging: Fawns erste Schritte, Fawns erstes Dreirad, Fawns erster ausgefallener Milchzahn. Auf vielen der Bilder waren auch die Eltern und Ruthie zu sehen, doch im Mittelpunkt stand eindeutig Fawn. Ruthie blätterte zur ersten Seite zurück, wo Mom und Dad die neugeborene Fawn im Arm hielten. Sie hatte ein rotes zerknautschtes Gesicht, und ihre großen weisen Eulenaugen schauten wachsam. Vorn in der Ecke stand Ruthie – eine mürrisch dreinblickende Zwölfjährige mit einem der schauderhaften Haarschnitte, die ihre Mutter ihr immer verpasst hatte.

Sie vier waren die einzigen Menschen auf den Fotos. Ihre Eltern hatten keine lebenden Verwandten, also gab es keine Großmutter, bei der man Thanksgiving verbringen, keine Cousins, mit denen man sich an Weihnachten zanken konnte.

Ruthie kippte die Schuhkartons aus.

»Suchst du nach Bildern von den O'Rourkes?«, fragte Buzz und sah von seinem Laptop auf. Fawns Augen klebten am Bildschirm, ihre Finger hackten auf die Tasten ein.

Ruthie gab keine Antwort. Ein Foto nach dem anderen schaute sie sich an: die beiden Schwestern vor verkrüppelten Weihnachtsbäumen, beim Spielen im Schnee, bei der Gartenarbeit, mit Hühnern auf dem Arm. Es gab auch noch einige ältere Fotos von Ruthie, die vor Fawns Geburt gemacht worden waren: Ruthie im Alter von zehn Jahren mit einer Baseballkappe auf dem Kopf beim ersten Campingausflug mit ihren Eltern. Mit vierzehn neben ihrer Mutter, beide in identischen Strickpullovern. Sie sahen so komisch zusammen aus – Ruthie groß und schlaksig, mit dunklen Haaren und dunklen Augen, ihre Mutter klein und rundlich mit hellblauen Augen und zerzauster grauer Mähne. Sie hätten unterschiedlicher nicht sein können.

Dann fand sie ein Foto von sich mit dem Chemiebaukasten,

den sie mit acht Jahren zu Weihnachten bekommen hatte. Auf dem Bild saß ihr Vater neben ihr, zeigte ihr ein Diagramm des Periodensystems und erklärte ihr, wie alles auf der Erde, sogar alles im Universum – Menschen, Seesterne, Zement, Fahrräder und weit entfernte Planeten – aus einer Kombination der verschiedenen Elemente zusammengesetzt war.

»Ist das nicht unglaublich, Ruthie?«, hatte er mit strahlenden Augen gefragt.

Ruthie hatte die Vorstellung ein bisschen beunruhigt – als wären die Menschen nichts weiter als komplizierte Puzzles. Selbst im zarten Alter von acht Jahren hatte sie gehofft, dass noch mehr dahintersteckte.

Ruthie suchte das älteste Foto heraus, das sie von sich finden konnte. Darauf stand sie, einen grünen Teddybär im Arm haltend, in der Einfahrt. Sie musste zu dem Zeitpunkt etwa drei Jahre alt gewesen sein. Das Bild war im Frühling auf ihrem Hof aufgenommen worden. Im Gras waren noch vereinzelt Schneeflecken zu sehen, aber hier und da reckten bereits Krokusse ihre Köpfchen aus der Erde. Ruthie trug ein steif aussehendes Kleid und eine kleine Cabanjacke. Ihre Haare waren zu zwei sauberen Rattenschwänzen gebunden.

Plötzlich erinnerte sie sich an den Teddybär. Piney Boy. Sie hatte ihn immer und überall mit sich herumgeschleppt. Was wohl aus ihm geworden war? Die meisten ihrer Kuscheltiere hatte sie an Fawn weitervererbt, aber Piney hatte sie seit Ewigkeiten nicht gesehen. Auf einmal fehlte ihr der blöde Bär so sehr, dass ihr Tränen in die Augen traten. Wie peinlich.

»Buzz.« Sie räusperte sich und wischte sich rasch über die Augen. »Was würdest du sagen, gibt es mehr Fotos von dir oder von deiner Schwester?«

Die Frage schien ihn zu verwirren. »Hmm, definitiv von Sophie. Sie war das erste Kind. Bei ihr haben meine Eltern noch alles fotografiert – und ich meine *alles*, sogar wie sie das erste Mal aufs Töpfchen gegangen ist. Als ich dann kam, waren solche Sachen nicht mehr so interessant. Natürlich gibt's auch Fotos von mir, aber nicht halb so viele wie von Sophie.«

Ruthie nickte. Genau dasselbe hatte sie auch gedacht.

»Wo sind deine Babyfotos?«, wollte Fawn wissen. Als sie ihre Schwester über den Computerbildschirm hinweg fragend ansah, hatte sie wieder diese Eulenaugen.

»Es gibt keine«, musste Ruthie gestehen.

Fawn biss sich auf die Lippe. »Och«, seufzte sie enttäuscht, dann wandte sie sich wieder dem Laptop zu. Allerdings schien sie nicht länger zu spielen.

»Vielleicht sind sie bloß woanders«, vermutete Buzz.

Ruthie schüttelte den Kopf. »Ich hab nie welche gesehen. Hin und wieder, vor allem, als ich noch kleiner war, hab ich nachgefragt, und Mom hat jedes Mal geantwortet: ›Ach, irgendwo müssen die rumfliegen‹, aber ich hab nie eins zu Gesicht bekommen. Das hier von mir auf dem Hof ist das älteste, das ich finden konnte. Ich würde sagen, da war ich so ungefähr drei.«

Ruthie schaute auf das Bild. Den Teddy fest im rechten Arm haltend, strahlte sie in die Kamera. Ihre Jacke und ihr Kleid sahen sauber und neu aus. Zu gern wäre sie in der Zeit zurückgereist, hätte sich neben das kleine Mädchen gesetzt und sich angehört, was es so zu erzählen hatte. »Woran erinnerst du dich noch?«, hätte sie gefragt. »Wo hast du bis jetzt gesteckt?«

Sie schloss die Augen und versuchte sich ihre frühsten Erinnerungen ins Gedächtnis zu rufen, doch da war nichts. Sie wusste nur noch, wie sie auf dem Hof Fahrrad gefahren war, wie einmal einer der Hähne Jagd auf sie gemacht hatte, wie sie samstagmorgens oft zusammen mit ihrem Dad im Pick-up zum Müllabladeplatz gefahren war. Wie ihre Eltern ihr einschärften, niemals in den Wald zu gehen, weil kleinen Mädchen, die sich dort verirrten, schreckliche Dinge passieren konnten.

Und dann war da noch die Erinnerung, wie ihr Vater sie irgendwo draußen im Wald gefunden und zurück nach Hause getragen hatte – wie er mit ihr im Arm den Hügel hinuntergerannt war und sie ihr tränennasses Gesicht an die kratzige Wolle seiner Jacke gedrückt hatte. »Das war nur ein Traum«, hatte er ihr hinterher gesagt. »Nur ein schlimmer Traum.«

Erneut glitt ihr Blick über die Fotos: sie mit ihrer Mutter im Partnerlook; vor ihrem Chemiebaukasten, während ihr Vater ihr gerade das Periodensystem erklärte.

Lügner.

»Hallo?«

»Hi, Ruthie. Hier ist Candace O'Rourke.«

Ruthie hatte Fawn ins Bett gebracht, und Buzz war Bier holen gefahren. Kaum war sein Auto außer Sicht gewesen, hatte das Telefon angefangen zu klingeln. Ruthie war sofort rangegangen, weil sie nicht wollte, dass Fawn wach wurde.

»Du warst heute bei mir«, fügte Candace hinzu, als Ruthie vor lauter Schreck nichts erwiderte. »Mit den Portemonnaies.«

Als müsste Ruthie daran erinnert werden. Sie schlüpfte nach draußen und zog leise die Haustür hinter sich zu. Das schnurlose Telefon in der Hand, ging sie die Eingangsstufen hinunter und ein paar Schritte die Hofeinfahrt entlang.

»Woher haben Sie diese Nummer?«, wollte sie wissen. Sie stand nicht im Telefonbuch, und es war so gut wie unmöglich, sie herauszufinden.

»Es tut mir leid, wenn ich dich verschreckt habe«, fuhr Candace unbekümmert fort. »Ich war einfach nur so geschockt, als ich die Portemonnaies gesehen und deine Geschichte gehört habe. Ich bin unheimlich froh, dass du ans Telefon gegangen bist. Es gibt noch so viel, was ich dich heute Nachmittag nicht fragen konnte.«

Der Abend war kalt und klar, die Sterne funkelten. Ruthie blickte nach oben, sah das Sternbild Orion über sich und musste daran denken, wie ihr Vater ihr beigebracht hatte, der Linie aus Sternen, die den Gürtel des Orion bildeten, bis zum Aldebaran zu folgen, der das Auge von Taurus, dem Stier, war. Stier war das

Sternzeichen ihres Vaters gewesen, und manchmal stellte sie sich vor, dass er von da oben auf sie herunterschaute.

Sie fand den Großen und den Kleinen Wagen und die Milchstraße, die sich als eisgraue Spur quer über den Himmel zog.

»Ist Alice immer noch verschwunden?«, fragte Candace.

»Alice?«, stammelte Ruthie. Ihre Gedanken wirbelten wild durcheinander.

»Deine Mutter, Schatz.« Candace sprach langsam, als wäre Ruthie ein kleines Kind. »Du hast doch gesagt, sie sei verschwunden.«

»Aber – ich hab Ihnen doch gar nicht gesagt, wie sie heißt.«

»Sie ist also noch nicht wieder aufgetaucht?« Candace klang beinahe hoffnungsvoll, als freue sie sich darüber.

»Ich lege jetzt auf«, sagte Ruthie in heller Panik. »Tut mir leid, dass ich Sie heute belästigt habe. Ich glaube, das war alles ein Missverständnis.«

»Oh nein, das war kein Missverständnis«, widersprach Candace. »Bitte leg nicht auf. Es gibt Dinge, die ich dir erzählen kann.«

»Was für Dinge?« Ruthie sah zu, wie ihr beim Sprechen der Atem in großen Dampfwolken aus dem Mund quoll.

»Über Hannah zum Beispiel«, sagte Candace. Ihr Tonfall war lockend. »Die süße Kleine. Es vergeht kein Tag, an dem ich nicht an sie denke. Ich weiß, es klingt vielleicht verrückt, aber ich habe immer geglaubt, dass ich sie irgendwann wiedersehen werde. Es gab Zeiten, da konnte ich sie fast spüren, irgendwo da draußen, als würde sie nur darauf warten, dass ich sie finde. Macht das überhaupt Sinn?«

»Ja«, hörte Ruthie sich sagen. Sie legte den Kopf in den Nacken und schaute erneut zu den Sternen hoch, wovon ihr mit einem Mal ganz schwindelig wurde. In ihrem Kopf drehte sich alles. Sie hielt das Telefon in der behandschuhten Hand und dachte an chemische Elemente, an Cupcakes mit rosafarbenem Guss und an grüne Teddybären. Daran, dass alles irgendwie zusammenhing. Vielleicht gab es ja doch so etwas wie einen Plan. »Ja.«

Dann legte sie auf.

1908

Besucher von der anderen Seite
Das geheime Tagebuch der Sara Harrison Shea

25. Januar 1908

Gertie hat den Wandschrank immer so geliebt. Wie hat sie es genossen, sich darin zu verstecken, um dann plötzlich herauszuspringen und mir einen Schrecken einzujagen! Einmal fand ich sie im hintersten Winkel, wo sie sich auf einem Berg Flickwäsche und löchriger Pullover zusammengerollt hatte und schlief.

»Was tust du denn da drinnen, Liebes?«, fragte ich sie.

»Ich bin ein Bär in einer warmen Höhle«, antwortete sie, »und mache einen kleinen Winterschlaf.«

»Gertie?«, rief ich heute Morgen. »Bist du da drin?«

Ich stand vor dem Wandschrank und klopfte leise gegen die Tür.

Ich war noch im Nachthemd, meine nackten Füße froren auf dem glatten Holzboden. Die Sonne war eben über dem Hügel aufgegangen und ließ das Schlafzimmer in sanftem Licht erstrahlen. Ich erhaschte einen Blick auf mich selbst im Spiegel über der Kommode. Ich sah aus wie eine Wahnsinnige: bleich, dünn, mit dunklen Schatten unter den Augen, die Haare verfilzt, das Nachthemd zerrissen und voller Flecken.

Ich wartete mit angehaltenem Atem.

Und Gertie antwortete auf mein Klopfen!

Ich griff nach dem Türknauf, drehte ihn und zog an der Tür, doch Gertie hielt sie von innen zu. Ihre Kraft überraschte mich.

»Willst du nicht bitte herauskommen, damit ich dich anschauen kann?«

Die Tür bewegte sich nicht. Ich hörte lediglich ein leises Geraschel aus dem Schrank.

»Es ist gut. Papa ist nicht hier. Er ist auf den Hügel gegangen, um zu jagen.«

Ich wusste, dass sie nicht herauskommen würde, solange Martin in der Nähe war. Vergangene Nacht hatte ich, wohl wissend, dass Gertie im Schrank saß, Martins Anweisungen Folge geleistet und war ins Bett zurückgekehrt. Doch schlafen konnte ich nicht. Ich lag auf der Seite, mit Blick zum Schrank. Ich sah, wie die Tür ein kleines Stückchen aufging, und dann blitzte ein Auge durch den Spalt. Ich winkte ihr im Dunkeln zu.

Hallo, wollte ich mit meinem Winken sagen. *Hallo, hallo! Willkommen daheim, mein Schatz, mein liebes, süßes Mädchen!*

Martin war in aller Frühe aufgestanden und hatte sich angezogen.

»Es ist noch nicht einmal hell«, sagte ich, als ich ihn sah.

»Ich will diesen Bock finden. Seine Spuren sind überall im Wald. Wenn ich ihn erwische, haben wir für den Rest des Winters Fleisch. Ich erledige die Arbeiten in Haus und Scheune, dann gehe ich in den Wald, und danach habe ich noch einige Dinge in der Stadt zu besorgen. Zum Abendessen bin ich wieder zurück.«

»Möchtest du Frühstück?«, fragte ich und machte Anstalten, aus dem Bett zu steigen. Ich dachte, es würde sein Wohlwollen erregen, wenn er sah, dass ich aufstand und ihm anbot, für ihn zu kochen.

Er schüttelte den Kopf. »Ich packe mir einige Scheiben Brot und Salzfleisch ein.« Er humpelte nach unten, machte dort Feuer, ließ den Hund hinaus, nahm etwas Proviant und sein Gewehr. Endlich öffnete sich die Haustür und fiel kurz darauf wieder ins Schloss.

Ich sah aus dem Fenster, als er den Hof überquerte. Kaum war er außer Sichtweite, lief ich zum Schrank.

Wie froh war mir ums Herz, als ich die Gewissheit hatte, es nicht geträumt zu haben!

Abermals zog ich an der Tür, doch Gertie hielt sie noch immer von innen fest.

»Also gut, Liebes«, sagte ich und trat einen Schritt zurück. »Dann machen wir es eben so.« Ich ließ mich auf dem Fußboden nieder. »Du klopfst einmal für ja und zweimal für nein.«

Doch was sollte ich sie fragen – es gab so vieles, was ich gern von ihr erfahren hätte: was sie noch wusste; ob sie sich an den Sturz erinnern konnte; ob es sehr weh getan hatte.

Ja- und Nein-Fragen, ermahnte ich mich.

»Geht es dir gut? Bist du ... verletzt?«

Keine Antwort.

Ich holte tief Luft und versuchte es aufs Neue. Den Unfall und ihren letzten Tag wollte ich lieber nicht mehr erwähnen. Dazu wäre später immer noch Zeit.

»Kann ich dir etwas bringen? Hast du ... hast du Hunger?«

Sie klopfte einmal, hart und schnell.

»Ja, natürlich, es tut mir so leid, mein Schatz – ich bringe dir etwas zu essen.«

Ich eilte die Stufen hinunter und suchte rasch ein Stück Brot, Marmelade und etwas Käse aus der Speisekammer zusammen. Dann wärmte ich Milch auf und gab einen Löffel Honig hinein, so wie sie es mochte. Mein Herz tanzte vor Freude, weil ich wieder Essen für sie zubereiten durfte. Ich eilte zurück nach oben, in schrecklicher Angst, ich könnte den Wandschrank verlassen vorfinden und mir alles nur eingebildet haben.

»Da bin ich wieder«, rief ich, vor dem Schrank angekommen. »Ich stelle dir das Essen vor die Tür. Soll ich hinausgehen, solange du isst?«

Ein Klopfen.

Aber ach, was für ein Glück ich bei diesem Klopfen empfand!

Erleichtert, dass sie noch da war, stellte ich den Teller vor den Schrank auf den Boden.

»Ich bin solange draußen im Flur«, teilte ich ihr mit und zog mich rückwärts aus dem Zimmer zurück.

Ich schlüpfte hinaus und schloss die Tür hinter mir. Dann wartete ich. Dabei riss ich an der Haut um meine Fingernägel und presste aus den Wunden winzige Blutstropfen hervor.

Ich dachte an die vielen Male, die Gertie und ich im Haus und auf dem Hof Verstecken gespielt hatten. Wie ich gewartet hatte, genau wie jetzt, die Augen fest geschlossen und laut bis zwanzig zählend, um schließlich »Ich komme!« zu rufen.

Und wenn sie gefunden war, hatte ich sie in meine Arme geschlossen, und sie hatte lachend gesagt: »Bin ich nicht die allerbeste Versteckerin der Welt, Mama?«

»Ja, mein Schatz. Die allerbeste.«

Manchmal begann das Spiel ohne Vorwarnung, sogar wenn wir in der Stadt unterwegs waren. Wir kauften im Gemischtwarenladen ein, und wenn ich mich nach ihr umwandte, war sie auf einmal fort. Ich streifte dann auf der Suche nach ihr durch die schmalen Gänge, während der Holzboden unter meinen Schuhen knarrte. Ich spähte zwischen die Regale mit Mehl, Salz, Maismehl und Backpulver. Manchmal versteckte sie sich auch zwischen den Stoffballen, hinter dem Fass mit Zuckerrübensirup oder in der Ecke beim Kohleofen, wo die alten Männer zusammenkamen, um sich die Hände zu wärmen und zu schwatzen. Ich suchte den ganzen Laden ab, rief Gerties Namen, und die anderen Kunden lachten leise. Die Farmer in ihren Latzhosen, die Frauen, die Knöpfe und Garn oder eine Schachtel Seifenpulver kaufen wollten – sie alle waren mit unserem Spiel vertraut. Manchmal halfen sie mir beim Suchen, ein andermal hielten sie Gerties Versteck vor mir geheim, indem sie sich genau davorstellten. Abe Cushing, dem der Laden gehörte, erlaubte ihr einmal sogar, sich hinter dem Tresen unter der Kasse zu verstecken. Er fütterte sie mit Süßigkeiten aus den Gläsern, die er auf dem Ladentisch stehen hatte – Lakritz, Karamellen, Lutschbonbons –, während sie darauf wartete, dass ich sie fand.

Dies hier jedoch war ein neues Spiel, dessen Regeln mir nicht vertraut waren.

Die Minuten verstrichen. Ich verhielt mich ganz still und lauschte.

Endlich hörte ich das Quietschen der Angeln, als sich die Schranktür öffnete, dann wurde der Teller in den Schrank gezogen. Es kostete mich all meine Willenskraft, nicht die Schlafzimmertür zu öffnen, um wenigstens einen kurzen Blick auf sie zu werfen. Wie sehr sehnte ich mich danach, sie noch einmal zu sehen, um mir selbst zu beweisen, dass sie wahrhaftig da war!

Einen Moment lang herrschte Stille, dann das Klirren von Glas. Ich stürzte ins Zimmer und sah gerade noch die Schranktür zuschlagen. Der Teller war fortgeschleudert worden, das Essen lag verstreut am Boden. Das Milchglas war zerbrochen.

»Es tut mir so leid, Gertie«, sagte ich, die Hand an die Schranktür gepresst. »Aber wir können es ja noch einmal versuchen. Wir finden schon etwas, was dir schmeckt. Ich backe Sirupkekse. Die magst du doch, nicht wahr?«

Ein schwaches Klopfen.

Ich setzte mich zwischen das verschmähte Essen auf den Boden. Vergossene Milch durchnässte mein Nachthemd.

»Ich freue mich so sehr, dass du hier bist. Du bist doch hier, nicht wahr?«

Ein Klopfen.

Erneut legte ich die Hand gegen die Schranktür und strich über das Holz.

»Und du wirst bleiben? Du bleibst, solange du kannst?«

Ein Klopfen.

Ich wusste, was Martin sagen würde, wenn ich ihm davon erzählte – dasselbe, was jeder Mensch gesagt hätte, der halbwegs bei klarem Verstand war. Doch das scherte mich nicht. Es scherte mich nicht, ob ich verrückt wurde oder ob all dies lediglich eine Ausgeburt meiner Phantasie war.

Ich hatte meine Gertie wieder. Alles andere war gleichgültig.

Martin

25. Januar 1908

Nachdem die Arbeiten in der Scheune getan waren, verbrachte Martin den Vormittag im Wald auf der Pirsch. Er folgte der gut sichtbaren Fährte, die im Kreis zu verlaufen schien, gerade so, als wolle sie ihn verhöhnen. Die Hufabdrücke maßen gut vier Zoll – es musste ein stattliches Tier sein. Zu Gesicht bekam er den Bock jedoch nie. Er konnte ihn beinahe riechen – eine satte Moschusnote, die der Wind ihm zutrug –, doch gelang es ihm nicht, auch nur einen Blick auf das Tier zu erhaschen. Während er durch den Wald streifte, plagte ihn die Sorge um Sara und ihre neueste Überzeugung, dass Gertie sich im Wandschrank verstecke. Gegen Mittag kehrte er zur Scheune zurück, um das Pferd zu satteln. Als er zum Haus hinüberschaute, blieb sein Blick am Schlafzimmerfenster hängen. Er überlegte, ob er nach Sara sehen sollte, aber nein, sie schlief gewiss. Er durfte sie nicht stören. Er stieg aufs Pferd und ritt in die Stadt, um Lucius einen Besuch abzustatten.

Bis in den Ort waren es annähernd drei Meilen, doch es war ein angenehmer Tag, und der Schnee auf den Straßen war gewalzt worden, so dass das Pferd ohne Mühe vorankam. Die Straße war schmal und auf beiden Seiten von Bäumen gesäumt. Die hohen Fichten waren schneebedeckt, Meisen und Eichhörnchen schnatterten von ihren Zweigen. Eine Kutsche fuhr vorbei, und der Fahrer winkte. Martin erwiderte den Gruß, unsicher, wer der Mann war – Mütze und Schal verbargen sein Gesicht, so dass Martin ihn nicht erkennen konnte. Er kam am Haus der Turners, dem der Flints, dann an Lester Jewetts Schmiede vorbei. Er gelangte zum Grün, wo sich auf dem Dach des Pavillons hoch der Schnee türmte. Er hielt sich links und ritt weiter die Main Street hinunter. Linker Hand, auf der anderen Seite des Grüns, befand sich das West Hall Inn, das Carl Gonyea und seiner Frau Sally gehörte. Im Erdgeschoss gab es eine Bar, die einige der Männer aus der Stadt allabendlich besuchten. Es war lange her, dass Martin Geld für solche Dinge übriggehabt hatte.

Hinter dem Gasthaus lag Jamesons Laden für Sattelzeug und Futtermittel, daneben Cora Jamesons Atelier mit einer alten Schneiderpuppe voller Stecknadeln im Fenster. ÄNDERUNGEN stand auf dem Schild. MASSANFERTIGUNGEN. Im Fenster hing auch ein Samtkleid mit Spitzenbesatz und winzigen Perlmuttknöpfen, dessen schlaffe Ärmel so aussahen, als wollten sie nach etwas Unerreichbarem greifen. Coras Atelier war nur noch selten geöffnet, da die alternde Frau an Gebrechen litt – wenngleich jeder wusste, dass ihr einziges Gebrechen ihre Vorliebe für Whiskey war.

Gegenüber von Jamesons Geschäft lag der Gemischtwarenladen. William Fleury trat gerade ins Freie, gefolgt von seinem Sohn Ryan. Beide Männer waren mit mehreren Rollen Teerpappe und Schachteln voller Nägel beladen.

»Guten Nachmittag, Martin«, rief William.

Martin saß ab.

»Hallo, William. Ryan. Baut ihr etwas?«

William nickte. »Der Sturm hat letzte Nacht eine der alten Eichen umgeworfen. Sie hat die Ecke der Scheune unter sich begraben.«

»So ein Unglück«, sagte Martin. »Ich komme später vorbei, vielleicht kann ich helfen.«

William schüttelte den Kopf. »Nicht nötig, Martin. Die Bemis-Jungs haben sich schon angeboten. Das haben wir schnell repariert. Wie geht es Sara?« Williams Augen waren voller Anteilnahme.

Was redeten die Leute in der Stadt? Martin konnte sich die

Kette der Ereignisse vorstellen: Reverend Ayers hatte seiner Frau Mary erzählt, wie Sara ihm ins Gesicht gespuckt hatte; Mary hatte es den Damen in ihrem Nähkränzchen erzählt; danach hatte sich die Nachricht verbreitet wie das Gezeter der Stärlinge.

»Es geht ihr gut, danke«, versicherte Martin. »Sehr gut.« Im Geiste sah er sie vor sich, wie sie vergangene Nacht auf dem Fußboden vor dem Wandschrank gesessen hatte.

Es ist unsere Gertie. Sie ist zurückgekommen.

Er biss sich auf die Innenseite der Wange und verbannte das Bild aus seinem Kopf.

William nickte. »Es ist schön, dich zu sehen, Martin«, sagte er. »Gib auf dich acht.« William und Ryan beluden ihren Wagen, und Martin ging zu Fuß weiter, das Pferd am Zügel.

»Martin!«, ertönte plötzlich eine Frauenstimme. Er wandte sich um und sah Amelia, die soeben aus dem Gasthaus kam. Sie trug einen Pelzmantel, ihre Wangen waren gerötet, ihre Augen glänzten.

»Onkel Martin«, sagte sie und küsste ihn leicht auf die Wange. »Ich esse mit einigen Damen im Gasthaus zu Mittag und habe dich vorbeireiten sehen. Wie geht es Tante Sara?«

»Besser«, antwortete er. »Heute Morgen hat sie angeboten, mir Frühstück zu machen.«

»Das ist ja wunderbar!«, sagte Amelia. »Ich werde sie bald wieder besuchen kommen. Heute oder morgen. Vielleicht gehe ich dann ein wenig mit ihr aus. Lade sie zu mir nach Hause zum Tee ein. Was meinst du?«

Martin nickte. »Ich denke, das würde ihr gefallen. Es täte ihr sicher gut, aus dem Haus zu kommen. Ich werde ihr sagen, dass du vorbeischauen willst.«

»Ja! Warum nicht morgen? Sag ihr, ich komme morgen. Und dann gehen wir zusammen zu mir und speisen zu Mittag.«

Martin nickte und zuckte, als er das Wort »speisen« hörte, ganz leicht zusammen. »Zu Mittag speisen« war etwas für die feinen Damen aus der Stadt. Damen mit ausgefallenen Hüten und

Spitzentaschentüchern, die keine Kühe melken oder Brot backen mussten.

»Dann erwarten wir dich also morgen«, sagte er und machte eine kleine Verbeugung. Sie wandte sich um und ging wieder ins Gasthaus, zurück zu ihren Freundinnen.

Lucius unterhielt seine Praxis in der Main Street, in seinem eigenen Haus – ein frisch gestrichenes weißes Gebäude mit schwarzen Fensterläden. Ein schneefreier Ziegelpfad führte zur Eingangstür, an der ein Schild mit der Aufschrift DR. MED. LUCIUS SHEA hing. Martin trat ein, hängte seinen Mantel an einen Haken und warf einen Blick in den vorderen Salon, den Lucius zu seiner Praxis umfunktioniert hatte – die Tür stand offen, Lucius saß an seinem Tisch und schrieb etwas. Kein Patient war bei ihm, und es wartete auch niemand auf einem der Stühle in der Halle.

»Grüß dich, Bruder«, rief Martin.

Lucius sah auf und lächelte. »Martin, komm herein!«

Es war ein schmuckloser Raum mit einem Glastürenschrank, in dem Lucius all das aufbewahrte, was er für seine Arbeit benötigte: Arzneien, Watte, Gläser und Flaschen, Zangen, Klemmen, hölzerne Zungenspatel. Eine Untersuchungsliege aus dunklem Holz nahm die Mitte des Raumes ein. Es gab Regale mit medizinischen Büchern sowie weiteren Gläsern und Flaschen, unter den Regalen befanden sich mehrere Reihen Schubfächer. Rechter Hand stand der große Schreibtisch aus Ahorn, an dem Lucius arbeitete. Seine Haare waren ungekämmt und seine Augen gerötet.

»Du siehst müde aus«, stellte Martin fest und setzte sich.

»Eine lange Nacht. Bessie Ellison hat endlich ihr Kind zur Welt gebracht. Steißgeburt. Verteufelt schwierig, aber jetzt sind beide wohlauf.«

»Du solltest dich ein wenig ausruhen.«

Lucius nickte. »Wie geht es Sara?«, erkundigte er sich.

Martin blickte auf seine Hände. Er hatte die Finger ineinander verkrampft. »Ich mache mir Sorgen, Lucius«, gab er zu. »Große Sorgen.«

»Erzähl mir davon«, bat Lucius, ehe er sich vorbeugte und die Ellbogen auf die Knie stützte.

»Gestern Nacht bin ich aufgewacht, und sie lag nicht im Bett. Sie saß auf dem Fußboden vor dem Wandschrank. Sie sagte ...« Er hielt inne und rieb sich mit den Handflächen über das Gesicht. »Sie sagte, Gertie wäre im Schrank.«

Lucius atmete tief ein und dann langsam wieder aus. »Und was hast du gemacht?«

»Ich habe ihr gesagt, sie solle zurück ins Bett kommen.«

Lucius schwieg einen Moment und strich sich den sauber gestutzten Schnurrbart. »Hast du noch einmal über die staatliche Anstalt nachgedacht?«

»Es war doch schon einmal so. Nachdem Charles gestorben war. Und sie ist wieder gesund geworden. Sie hat es überwunden.«

»Ich weiß«, sagte Lucius. »Und wir werden hoffen, dass sie es auch diesmal überwindet. Trotzdem denke ich, dass wir uns überlegen sollten, was zu tun ist, falls sie es nicht überwindet. Falls es schlimmer wird. Denn es ist durchaus möglich, dass es schlimmer wird, Martin. Und es ist möglich, dass sie, wenn sie ganz und gar die Verbindung zur Realität verliert, zu einer Gefahr werden könnte.« Lucius erhob sich, ging zu den hölzernen Schubfächern und zog eins von ihnen auf. »Ich gebe dir Tabletten mit. Ich möchte, dass du jeden Abend eine zerstößt und sie ihr in den Tee rührst. Das wird ihr helfen, die Nacht durchzuschlafen und nicht mehr so viel zu träumen. Ich werde bald kommen und nach ihr sehen. Falls es ihr bis dahin schlechter geht, hol mich.«

Martin nickte.

»Ich meine es ernst, Martin. Glaub nicht, dass du es alleine schaffen kannst. Glaub nicht, dass du es musst.«

Als Martin heimkam, traf er Sara bei der Küchenarbeit an. Ein Eintopf köchelte auf dem Herd, sie hatte Brot aus dem Ofen geholt, und es duftete nach etwas Süßem – Martin sah sich um und stellte fest, dass Sara Sirupkekse gebacken hatte.

»Wie schön, dass du auf bist«, sagte er und küsste ihre Wange, die heiß und feucht war. »Das Abendessen sieht köstlich aus.«

Dass sie aufgestanden war und kochte – die Wangen rosig, ein kleines Lächeln auf den Lippen –, kam ihm geradezu wie ein Wunder vor. Er wünschte, Lucius wäre da, um es zu sehen.

In der vergangenen Nacht, als er sie vor dem Wandschrank auf dem Boden hatte sitzen sehen und sie behauptet hatte, Gertie sei zurückgekommen, hatte er sich schreckliche Sorgen gemacht. In solchen dunklen Momenten war er sicher, seine Sara endgültig verloren zu haben.

Und doch war tatsächlich etwas im Schrank gewesen, nicht wahr?

Etwas, das scharrte und herauswollte.

Mäuse. Vielleicht ein Eichhörnchen.

Und hatte er nicht gesehen, wie sich der Türknauf bewegt hatte?

Eine Sinnestäuschung, sagte er sich.

Er schob all diese Gedanken beiseite. Sie zählten nicht. Er hatte seine Sara wieder. Sie war genesen. Nun würde alles gut werden.

»In der Stadt habe ich Amelia getroffen. Sie will morgen vorbeikommen und dich zum Mittagessen zu sich einladen.«

»Wie schön«, erwiderte Sara. »Das ist wirklich schön.«

Martin nahm am Tisch Platz, legte sich die Serviette auf den Schoß und sah zu, wie Sara den Eintopf in eine Schüssel schöpfte und Brot und Butter zum Tisch trug.

Etwas an Saras Bewegungen kam ihm eigenartig vor: Sie waren schnell und ruckartig, fast wie bei einer Marionette. Sie wirkte übererregt, wie manchmal an Feiertagen. Er sah, wie sie sich hinsetzte und ein Stück Brot zu zerpflücken begann. Sie brach Krumen davon ab und ließ sie auf ihrem Teller liegen.

»Erzähl mir, wie unsere Gertie ausgesehen hat«, bat Sara. Ihre Augen glänzten im Lampenschein.

»Du weißt selbst, wie sie ausgesehen hat«, gab er zurück. Seine Haut begann zu kribbeln.

»Ich meine nicht vorher. Ich meine, als ihr sie am Grunde des Brunnens gefunden habt.«

Sie hatten Sara nicht gestattet, die Leiche zu sehen, weil sie gewusst hatten, dass sie dafür nicht stark genug wäre. Sie wäre in tausend Stücke zerbrochen, und niemand hätte sie jemals wieder zusammenfügen können.

»Ich will meine Kleine sehen«, hatte sie verlangt, doch Martin hatte daran gedacht, wie sie sich seinerzeit an den toten Charles geklammert hatte, und den Kopf geschüttelt.

»Nein, Sara«, hatte er gesagt, so fest, wie es ihm nur möglich gewesen war.

»Aber ich muss sie noch ein letztes Mal sehen«, hatte Sara geschrien. »Um Gottes willen, Martin, das musst du doch verstehen!«

»Sara.« Lucius hatte ihre Hand fest in die seine genommen. »Wir möchten, dass du Gertie so in Erinnerung behältst, wie sie war. Nicht so, wie sie jetzt ist. Du musst uns vertrauen. Es ist das Beste so.«

Nun blickte Martin mit gesenktem Kopf in seine Suppenschüssel, als könne er darin Gerties Bild sehen. »Sie sah ganz friedlich aus. So wie Lucius gesagt hat.«

Er schob sich einen Löffel voll Eintopf in den Mund und schluckte ihn hinunter.

»Hatte sie ... irgendwelche Verletzungen?«

Martin hob den Kopf und blickte Sara in die Augen. »Natürlich hatte sie Verletzungen, Sara. Sie ist fünfzig Fuß tief in einen Brunnenschacht gestürzt.«

Er schloss die Augen und sah Gertie dort unten auf der Seite liegen, als wäre sie eingeschlafen.

Sara nickte. Zu hastig schnellte ihr Kopf dabei auf und ab. »Aber Lucius hat sie doch untersucht, nicht wahr? Hat er etwas ... Ungewöhnliches an ihr festgestellt? Verletzungen, die vielleicht nicht von dem Sturz herrührten?«

Martin sah sie lange an. »Was genau willst du wissen, Sara?«

Sie holte tief Luft, den Kopf hoch erhoben. »Ich halte es für möglich, dass Gertie nicht in den Brunnen gefallen ist.«

»Aber Sara, wie erklärst du dir dann …«

»Ich habe den Verdacht, dass sie ermordet wurde.«

Martin wurde starr. Der Löffel glitt ihm aus den Fingern und fiel scheppernd zu Boden.

Nun ging ihm auf, wie sehr er sich geirrt hatte – es würde nicht alles gut werden. Ganz und gar nicht.

»Das kann nicht dein Ernst sein«, sagte er, sobald er seine Fassung zurückerlangt hatte.

»Es ist mein voller Ernst.«

»Auf welcher Grundlage …«

»Gertie hat es mir gesagt«, antwortete Sara mit einem Lächeln.

Alle Luft wich aus Martins Lungen, und das Zimmer verdunkelte sich. Auf einmal kam Sara ihm ganz klein vor, als wäre die gegenüberliegende Seite des Kiefernholztisches, an dem sie vor ihrer Schüssel Eintopf saß, meilenweit entfernt. Die Öllampe zwischen ihnen flackerte, das Feuer im alten gusseisernen Ofen knackte. Das Fenster über der Spüle war mit Raureif bedeckt, die Nacht dahinter schwärzer als schwarz. Man konnte nicht einmal die Sterne sehen.

Saras Gesicht, bleich wie der Mond, schien immer weiter zu schrumpfen. Martin streckte die Hand nach ihr aus, doch seine Fingerspitzen streiften nur die Tischkante.

Und auf einmal war ihm, als fiele er selbst, als trudele und stürze er unaufhaltsam immer tiefer und tiefer hinab bis auf den Grund des Brunnens.

Besucher von der anderen Seite
Das geheime Tagebuch der Sara Harrison Shea

26. Januar 1908

Heute Morgen wartete ich, bis Martin das Haus verlassen hatte, dann eilte ich zum Wandschrank. Ich klopfte an die Tür, *tocktock-tock*, doch es kam keine Antwort.

»Gertie?«, rief ich. »Ich bin es, Mama.« Langsam drehte ich am Türknauf, der sich unter meinen Fingern kalt anfühlte. Die Tür öffnete sich mit einem Knarren. Im Dämmerlicht des Morgens sah ich, dass sie verschwunden war. Ich schob die Bügel mit meinen reizlosen Kleidern und Martins Hemden beiseite, konnte meine Kleine jedoch nirgends entdecken. Es gab keinen Hinweis darauf, dass sie jemals hier gewesen war.

Der Schrank sah so schrecklich leer aus.

»Gertie?«, rief ich erneut. »Wo bist du?«

Ich durchsuchte das Haus, die Scheune, die Felder und den Wald. Doch meine Gertie war eine Meisterin im Verstecken gewesen und hatte es vermocht, sich in die kleinsten, unmöglichsten Nischen zu zwängen. Sie hätte überall sein können. *Vielleicht will sie spielen*, dachte ich bei mir. Verstecken. Wieder und wieder steckte ich den Kopf um Ecken, öffnete Türen, spähte unter Möbel und wartete darauf, dass sie aus ihrem Versteck hervorspringen und mich erschrecken würde.

Buh.

Ich räumte gerade den Wandschrank im Eingangsflur aus, als Amelia am späten Vormittag eintraf.

»Tante Sara.« Sie begrüßte mich mit einem Kuss auf die Wange und betrachtete den Berg Mäntel und Schuhe, den ich aus dem

Schrank geholt hatte. »Wie wundervoll zu sehen, dass es dir wieder bessergeht. Räumst du auf?«

»Ich fürchte, ich habe etwas verloren«, teilte ich ihr mit.

»Manchmal tauchen die Dinge ja gerade dann wieder auf, wenn man aufgehört hat, nach ihnen zu suchen«, sagte Amelia, und ihre Augen blitzten dabei. »Ist dir das nicht auch schon aufgefallen?«

»Da hast du wohl recht.«

»Und jetzt musst du mit mir zum Mittagessen kommen! Ich habe eine Überraschung für dich – etwas Wundervolles! Ich helfe dir dabei, die Sachen fortzuräumen, danach machen wir uns sofort auf den Weg.«

»Ich weiß nicht recht«, erwiderte ich. Ich wollte das Haus nicht verlassen, für den Fall, dass meine Gertie zurückkehrte.

»Es dauert nur ein paar Stunden. Bestimmt wird es dir guttun. Onkel Martin denkt das auch. Obwohl du versprechen musst, ihm nichts von der Überraschung zu erzählen – ich glaube, er wäre sonst sehr böse mit mir!«

»Also schön«, gab ich nach. Ich wollte Gertie nicht allein lassen, war jedoch neugierig auf die Überraschung.

Die Fahrt in die Stadt war angenehm. Die Sonne schien, und Amelia hat eine wunderhübsche neue Kutsche mit roten Ledersitzen. Sie umsorgte mich, achtete darauf, dass mein Mantel bis obenhin zugeknöpft war, und breitete eine Decke über mich, als wäre ich eine Invalidin. Sie plauderte angeregt über dieses und jenes – mädchenhaftes Geplapper, das ungehört an mir vorüberzog. Mein Blick war auf den Waldsaum entlang der Straße gerichtet. Ich hielt nach Bewegungen in den Schatten Ausschau, nach einem Lebenszeichen meiner kleinen Gertie.

»Hörst du mir zu, Tanta Sara?«

»Aber ja«, log ich. »Das ist alles ganz wundervoll.«

Daraufhin sah sie mich sehr sonderbar an, und ich dachte bei mir, dass ich mir mehr Mühe geben musste.

Als wir vor Amelias Haus eintrafen, wurden wir dort von vier mir unbekannten Damen erwartet. Sie waren sehr freundlich und überschwänglich. Ich wusste gar nicht, wie mir geschah. Da waren eine Miss Knapp und eine Mrs Cobb aus Montpelier, eine Mrs Gillespie aus Barre und eine sehr alte Frau mit Vogelgesicht – Mrs Willard –, die nicht erwähnte, woher sie kam. Alle Frauen trugen wunderschöne Kleider und Hüte mit Spitzenbesatz und Federn.

»Amelia hat uns so viel von Ihnen erzählt«, flöteten sie, während sie mit mir ins Haus gingen und mich durch den Salon voller kunstvoll verzierter Möbel und Ölgemälde ins Speisezimmer führten. Dort war auf dem mit einem frisch geplätteten weißen Tuch gedeckten Esstisch eine schmackhafte Mittagsmahlzeit angerichtet: kleine, zu Dreiecken geschnittene Sandwichs, Kartoffelsalat, eingelegte Rote Bete. Die Teller waren aus feinem Knochenporzellan, die Kristallgläser mit sprudelnder Flüssigkeit gefüllt. Die Tapete im Speisezimmer war dunkelblau und mit Blumen verziert, die zu glitzern und zu funkeln schienen.

»Hat sie das?« Ich nahm Platz und begann mir etwas von dem Essen aufzutun, das man mir reichte. Währenddessen fragte ich mich, was Amelia sich nur dabei gedacht hatte. Wie war sie auf die Idee gekommen, mir könnte der Sinn nach so viel Geselligkeit stehen? Am liebsten hätte ich sie angefleht, mich nach Hause zurückzubringen, damit ich meine Suche nach Gertie fortsetzen konnte.

»In der Tat«, sagte die Jüngste, Miss Knapp, die nicht viel älter als achtzehn Jahre sein konnte.

Ich nahm mir ein Sandwich mit Geflügelsalat und biss eine winzige Ecke davon ab. Mein Mund war trocken, und das Kauen fiel mir schwer. Ich legte das Sandwich hin, nahm meine Gabel in die Hand und kostete ein Stück der Roten Bete. Es schmeckte scharf und metallisch wie Blut. Ich spürte die Blicke der anderen Frauen auf mir. Es war kaum auszuhalten.

»Aber sie ist nicht die Einzige, die uns von Ihnen berichtet hat«, warf die rotgesichtige Mrs Cobb ein, während sie Tee einschenkte. »Ist das nicht wahr, meine Damen?« Sie gluckste regelrecht bei diesen Worten, als hätte sie einen Scherz gemacht.

Die anderen nickten aufgeregt.

»Ich fürchte, ich verstehe nicht recht«, gestand ich und legte meine Gabel auf den Porzellanteller. Sie machte ein schrecklich klirrendes Geräusch. Meine Hände begannen zu zittern.

Es war die alte Frau, Mrs Willard, die als Nächste das Wort ergriff. Sie saß mir gegenüber und maß mich mit starrem Blick. »Wir haben eine Botschaft für Sie.«

»Eine Botschaft?«, fragte ich und betupfte mir die Lippen mit einer gestärkten Serviette. »Von wem?«

»Von Ihrem Kind«, antwortete Mrs Willard. Die Blicke aus ihren dunklen Augen bohrten sich in meine. »Gertie.«

»Sie ... Sie haben sie *gesehen*?«, fragte ich. War meine Gertie etwa hierhin gegangen? Zu diesen Damen? Warum?

Mrs Cobb lachte leise, und ihre Wangen röteten sich noch mehr. »Gütiger Himmel, nein«, entgegnete sie. »Die Geister manifestieren sich nicht auf solche Weise.«

»Auf welche Weise dann?«, erkundigte ich mich.

»Das ist unterschiedlich«, sagte Amelia. »Wir treffen uns einmal im Monat und bitten alle anwesenden Geister, sich uns zu offenbaren. Manchmal rufen wir auch einen ganz bestimmten Geist herbei.«

»Aber wie kommunizieren sie denn mit Ihnen?«, wollte ich wissen.

»Indem sie auf den Tisch klopfen. Auf diese Weise sind sie sogar in der Lage, Fragen zu beantworten – einmal Klopfen bedeutet ja, zweimal Klopfen nein.«

Mir wurde die Kehle eng, als ich daran dachte, dass ich mich erst gestern mit meiner Gertie auf genau dieselbe Weise unterhalten hatte.

»Manchmal sprechen sie auch durch Mrs Willard zu uns«, fuhr

Amelia in ihrer Erklärung fort. »Sie ist ein Medium, musst du wissen. Sie besitzt eine große Gabe.«

»Ein Medium?« Ich musterte die alte Frau, die die ganze Zeit den Blick nicht von mir abgewandt hatte.

»Die Toten sprechen zu mir. Schon als kleines Mädchen konnte ich ihre Stimmen hören«, erklärte sie. Ihre Augen waren so dunkel und beim längeren Hineinsehen so seltsam hypnotisch, dass mir davon schwindelte.

Ich war wie ausgedörrt, griff nach dem Kristallglas und trank einen Schluck von dem übermäßig süßen Wein.

»Die Botschaft Ihrer kleinen Gertie an Sie lautet wie folgt«, verkündete Mrs Willard, während sie mich unverändert mit ihren kühlen dunklen Augen musterte. »Sie sagt, der blaue Hund lässt Sie grüßen.«

Ich keuchte. Meine Hand flog an meinen Mund.

Mrs Willard nickte wissend und fuhr fort. »Außerdem sagt sie, dass das, was Sie tun, nicht recht ist. Es missfällt ihr sehr.« Ihr Blick wurde scharf, beinahe zornig.

Ich stellte mein Glas ab, ohne hinzusehen. Es fiel um. Als ich in die Höhe fuhr, um den verschütteten Wein mit meiner Serviette aufzuwischen, wurde mir schwarz vor Augen und ich schwankte, so dass ich mich an der Tischkante festhalten musste. Auf einmal empfand ich das Zimmer als düster und stickig.

»Tanta Sara, ist dir nicht wohl?«, erkundigte sich Amelia.

»Dürfte ich vielleicht ein Glas Wasser haben?«, bat ich.

»Ja, bitte, nimm wieder Platz. Oh, du bist ja aschfahl im Gesicht.« Amelia kam mit dem Wasser herbeigeeilt, befeuchtete eine Serviette und begann mir damit die Stirn abzutupfen.

»Ich fürchte, es geht mir nicht gut«, flüsterte ich ihr zu. »Könntest du mich bitte nach Hause bringen?«

»Aber gewiss doch«, versicherte Amelia, half mir beim Aufstehen und entschuldigte mich bei den Damen.

Kaum waren wir draußen, sog ich gierig die kalte Luft ein, bis mein Kopf ein wenig klarer wurde. Die Sonne stand direkt über uns, die ganze Welt schien unerträglich hell. Amelia half mir auf den Wagen und deckte mich wieder mit der Decke zu.

»Bitte verzeih«, sagte sie. »Vielleicht war das alles zu viel.«

»Vielleicht«, antwortete ich.

Die Damen hatten sich in der offenen Tür versammelt und winkten mit besorgten Mienen zum Abschied. Als wir uns auf den Weg machten und die Main Street entlangfuhren, sah ich weitere Gesichter, die mir hinterherblickten. Abe Cushing spähte durch das Fenster seines Ladens und hob die Hand zum Gruß. Sally Gonyea, die im Speisesaal des Gasthauses gerade die Tische sauber wischte, hielt inne, als sie uns vorbeifahren sah. Ihre Miene war ernst. Und auf der anderen Straßenseite beobachtete Erwin Jameson uns durch das Fenster seines Futtermittelgeschäfts. Als er sah, dass ich ihn bemerkt hatte, wandte er den Blick ab und tat so, als sei er mit etwas in der Nähe des Fensters beschäftigt.

Ich weiß, was sie dachten: Da fährt die arme Sara Shea. Sie ist nicht mehr bei Sinnen.

Zu Hause angekommen, bestand Amelia darauf, mich ins Bett zu bringen, und bot an, sich für mich auf die Suche nach Martin zu machen.

»Das ist nicht nötig«, wiegelte ich ab. »Ich werde mich nur ein bisschen ausruhen. Mir geht es schon viel besser.«

Kaum war sie fort, sprang ich aus dem Bett und durchsuchte erneut das Haus. Meine Verzweiflung war größer denn je.

Immer wieder hörte ich Mrs Willards Worte. *Das, was Sie tun, ist nicht recht. Es missfällt ihr sehr.*

Was hatte ich falsch gemacht? Wodurch hatte ich meine Gertie so vergrämt?

Unsicher, was ich als Nächstes tun sollte, zog ich mir den Mantel über und ging durch den Wald bis zu dem alten Brunnen. Auch dort fand ich keine Spur von ihr. Dennoch war es schrecklich, in die Finsternis dieses Steinrunds hinabzuschauen. Es war, als blicke man in den Schlund eines hungrigen Riesen.

Die ganze Zeit über, während ich oben auf dem Hügel war, vermochte ich das Gefühl nicht abzuschütteln, dass mich jemand beobachtete. Mir war, als hätten die Bäume und Felsen Augen. Als wären die Zweige dünne Finger, die mir über das Gesicht strichen und mich festhalten wollten.

»Gertie?«, rief ich von der Mitte einer kleinen Lichtung unmittelbar hinter der Teufelshand. »Wo bist du?«

Die großen Felsen, aus denen die Hand geformt war, warfen Schatten auf den Schnee; lange, dünne Schatten, die aus den Fingern Klauen machten. Und ich stand mitten zwischen ihnen, gefangen in ihrem Griff.

Ich hörte Zweige knacken. Schritte hinter mir. Mit angehaltenem Atem wandte ich mich um, die Arme weit ausgebreitet, um sie aufzufangen. Sie an mich zu drücken. »Gertie?«

Martin trat auf die Lichtung. Seine Miene war seltsam gequält. Er trug sein Gewehr bei sich. »Gertie ist tot, Sara. Du musst dich damit abfinden.« Er kam langsam auf mich zu, als wäre ich ein Tier, das er nicht verschrecken wollte.

»Bist du mir gefolgt?«, fragte ich und war machtlos gegen das Gift in meiner Stimme. Wie konnte er es wagen?

»Ich sorge mich um dich, Sara. Es geht dir nicht gut. Du bist nicht ... du selbst.«

Ich lachte. »Nicht ich selbst?« Ich versuchte mich an die Sara zu erinnern, die ich vor Wochen gewesen war, als Gertie noch gelebt hatte. Es stimmte, ich war zu einem anderen Menschen geworden. Die Welt war aus den Angeln geraten. Meine Augen waren nun geöffnet.

»Lass uns heimgehen, damit du dich hinlegen kannst. Ich bitte Lucius, heute Abend vorbeizukommen und nach dir zu sehen.«

Er legte den Arm um mich, und ich zuckte zurück. Ich scheute die Berührung meines eigenen Ehemannes. Doch er hielt mich fest und lenkte mich, als wäre ich ein widerspenstiges Pferd.

Wir sprachen nicht, als wir an der Teufelshand vorbeikamen, den Hügel hinabstiegen, an den Bäumen entlang, über die Obstwiese und den Acker zurück nach Hause gingen. Dort führte er mich nach oben zu unserem Schlafzimmer.

»Ich weiß, dass du nachts nicht gut schläfst. Ein wenig Ruhe wird dir guttun«, sagte er. Seine Hand lag schwer auf meinem Arm. »Vielleicht haben dich der Ausflug in die Stadt und das Mittagessen mit Amelia überanstrengt.«

Als wir das Schlafzimmer betraten, sahen wir es.

Martin erstarrte. Seine Finger gruben sich in meinen Arm. Ich schnappte vor Schreck nach Luft wie ein kleines Kind.

Die Schranktür stand weit offen. Überall am Boden lagen Kleidungsstücke, als wäre ein Wirbelsturm durchs Zimmer gefegt. Näheres Hinsehen offenbarte, dass es sich ausschließlich um Martins Kleider handelte. Sie waren zerrissen, jedes einzelne bestand nur noch aus Fetzen. Martins Augen wurden riesengroß, in ihnen spiegelten sich Wut und Fassungslosigkeit. Ich sah zu, wie er sich bückte, den Ärmel seines guten weißen Sonntagshemds aufhob und die Finger so fest darum schloss, dass seine Faust zitterte.

»Wie konntest du nur so etwas tun, Sara?«

Das also sah er mittlerweile in mir: eine Wahnsinnige, die zu einem solchen Akt sinnloser Zerstörung fähig war.

»Das war ich nicht!«, rief ich verzweifelt. Ich schaute in den Wandschrank, doch er war leer.

Als Nächstes wandte ich mich zum Bett, weil ich auch darunter nachschauen wollte. Und dort, zwischen den Überresten von Martins Latzhose, lag ein Stück Papier, auf dem in kindlicher Schrift etwas geschrieben stand.

Frag Ihn, was Er auf dem Aker vergraben hat.

Ich hob das Stück Papier auf und hielt es ganz vorsichtig zwischen den Fingern, als wäre es ein verletzter Schmetterling. Martin riss es mir aus der Hand und las es. Er war bleich wie der Tod.

Ich starrte ihn an und dachte an Gerties letzten Morgen; wie sie das Haus verlassen hatte, um nach ihrem Vater zu suchen; wie sie seinen Fußspuren gefolgt war; wie Martins Kleider, als ich ihm Stunden später begegnete, voller Blut gewesen waren.

Ein schrecklicher Gedanke nahm in meinem Kopf Gestalt an – er war so grauenhaft, so undenkbar, dass ich es nicht wage, ihn aufzuschreiben.

»Den Ring«, stammelte er und starrte mich über den Rand des Zettels hinweg an. »So wie du es mir gesagt hast.«

Doch da war dieses fast unmerkliche Zucken in den Muskeln um sein linkes Auge. Ich hatte es schon einmal an ihm bemerkt, kurz nach Weihnachten, als er beteuert hatte, den Ring auf dem Acker vergraben zu haben. Und nun sah ich es wieder, dieses kleine, unbewusste Zittern, und es verriet mir, dass er log.

4. Januar
Gegenwart

Katherine

Niemand wusste, wo die Eierfrau war.

Katherine lief die Sporthalle der Highschool mehrmals ab, entdeckte jedoch niemanden, der Eier verkaufte. Der Holzboden war mit Gummimatten ausgelegt, die ihn vor den nassen Stiefeln schützen sollten. Es war brechend voll, und die Stimmen der Menschen schwollen in Katherines Ohren zu einem ohrenbetäubenden Summen an. Leute in farbenfroher Winterkleidung rempelten gegen sie, riefen einander Begrüßungen zu, umarmten sich lachend. Eine verschworene Gemeinschaft, und sie war die Fremde im dunklen Kaschmirmantel, die wie ein Schatten zwischen ihnen umhergeisterte. Vor ihr ging eine Familie – Vater, Mutter und zwei Söhne. Einer der beiden schien etwa acht Jahre alt zu sein – genauso alt, wie Austin gewesen wäre, wenn er noch gelebt hätte. Der Junge bettelte seinen Vater an, ihm einen Cidre-Donut zu kaufen. Der Vater gab nach, brach den Donut in zwei Hälften und wies seinen Sohn an, ihn mit seinem jüngeren Bruder zu teilen. Der Junge zog einen hinreißenden Schmollmund, ehe er sich den halben Donut mit einem einzigen riesigen Bissen in den Mund schob. Hinterher war sein Kinn voller Krümel.

Katherines Blick schweifte zu einer Stellwand mit Bildern in der hinteren linken Ecke der Halle, unweit des Ausgangs. Sie waren in leuchtenden Farben gemalt und sehr verspielt, aber trotzdem faszinierend. Eins zeigte ein Paar, das auf dem Dachfirst einer Scheune tanzte, während ein wolfsgesichtiger Mond auf sie herabblickte. Ein anderes Bild stellte einen Mann mit Geweih in einem Ruderboot dar, der sehnsuchtsvoll gen Küste schaute. Katherine wandte sich ab und ging weiter.

Vor den Doppeltüren hatte sich eine kleine Gruppe Jugendlicher versammelt. Sie lachten und teilten sich eine Tüte Ahorn-Zuckerwatte. Mit ihren hohen Stiefeln und bunten Skijacken waren sie kaum voneinander zu unterscheiden.

Katherine kam an einem Stand für Holzspielzeug vorbei, am Tisch eines lokalen Imkers, der Honig und Met anbot, an Bergen von Wurzelgemüse und Kürbissen, an Kühlboxen voll mit selbstgemachten Würsten, an süßen Brötchen und Broten sowie einem Tisch der Unitarier, die eine Quilt-Tombola veranstalteten.

Keiner der Händler, die Katherine ansprach, schien etwas über die Frau mit dem Zopf zu wissen, außer dass sie die Eierfrau war und herrlich warme Socken strickte. Schließlich erkundigte sie sich bei einer Frau, die an einem Eckstand Schafwolle zu dickem braunem Garn spann.

»Ach, Sie meinen Alice? Ich habe keine Ahnung, wo sie stecken könnte. Sonst ist sie jede Woche hier. Versäumt nie einen Markttag.«

»Sie wissen nicht zufällig ihren Nachnamen?«, fragte Katherine.

Die Frau schüttelte den Kopf. »Tut mir leid, nein. Brenda Pierce von der Marktaufsicht müsste ihn wissen, aber die ist gerade in Florida, ihr Vater wird am Herzen operiert. Kommen Sie nächste Woche noch mal, dann ist Alice bestimmt wieder da. Ich habe noch nie erlebt, dass sie einen Markttag versäumt hat.«

»Alice«, sagte Katherine, als sie wieder in ihrer Wohnung war und die winzige Puppe in der Hand hielt, die sie tags zuvor aus Draht und Pappmaché angefertigt hatte.

»Ich habe dich zwar noch nicht gefunden, aber wenigstens weiß ich jetzt, wie du heißt.«

Sie hatte der zehn Zentimeter großen Puppe einen langen grauen Zopf aus Sticktwist verpasst und winzige Jeans angezogen. Dazu trug sie einen farbenfrohen Pullover, den Katherine aus türkisfarbenem und gelbem Garn gehäkelt hatte.

Sie setzte Alice in ihren Kasten und ging auf der Suche nach etwas Essbarem in die Küche.

Alice, Alice. Frag Alice. Alice im Kaninchenbau.

Wo bist du, Alice?

Sie würde sich gedulden müssen. In der nächsten Woche würde sie noch einmal auf den Markt gehen – bestimmt war die Eierfrau dann wieder da. Und falls nicht, würde sie mit der Frau von der Marktaufsicht sprechen und von ihr Alices Nachnamen, mit ein bisschen Glück vielleicht sogar ihre Telefonnummer erfahren.

Sie machte sich eine Suppe warm und setzte eine Tasse Kaffee auf. Draußen verdunkelte sich der Spätnachmittagshimmel, der Schnee fiel inzwischen dichter.

Nachdem sie ihre karge Mahlzeit verzehrt hatte, wühlte Katherine in ihrer Handtasche nach den Zigaretten, zog eine aus der Schachtel und zündete sie an. Dabei fiel ihr die Papiertüte unter der Handtasche ins Auge: das Buch, das sie tags zuvor gekauft hatte.

Sie nahm es aus der Tüte und schlug es auf. Auf der ersten Seite war eine Karte von West Hall im Jahre 1850 abgebildet, die Seite gegenüber zeigte eine Karte des gegenwärtigen Ortsbildes. Es gab ein paar mehr Straßen, neue Kirchen und Schulen waren hinzugekommen, doch insgesamt fand Katherine, dass sich erstaunlich wenig verändert hatte. Das Grün mit dem Pavillon in der Mitte befand sich noch genau dort, wo es immer gewesen war.

Gary wäre in seinem Element gewesen: lauter Karten und Bilder, die die Geschichte eines Ortes illustrierten.

Sie blätterte das Buch durch und fand Fotos von Jamesons Sattelzeug und Futtermittel, Cushings Gemischtwarenladen, dem West Hall Inn mit seinen Buntglasfenstern. Daneben waren jeweils Fotos derselben Gebäude in ihrem heutigen Zustand abgebildet: das Sportgeschäft, der Trödler, Lou Lous Café, der Buchladen. Es war seltsam, wie deutlich man die alten Gebäude in den neuen wiedererkannte, obwohl andere Schilder an den Fassaden hingen, die Straßen asphaltiert waren und sich dort, wo einst Stangen zum Anbinden der Pferde gestanden hatten, nun Gehwege mit Bänken befanden.

Katherine sog an ihrer Zigarette und blätterte weiter. Ein Pferdegespann, das eine große Walze zog, um den Schnee auf den Straßen zu walzen, daneben ein Bild des städtischen Betriebshofs mit zwei riesigen orangefarbenen Schneepflügen. Zwei Fotos von unterschiedlichen Generationen derselben Familie beim Zapfen von Ahornsaft – die einen mit Blecheimern, die anderen mit endlos langen Plastikschläuchen. Als Nächstes eine Gruppe verschmutzter Arbeiter vor einer Sägemühle, in der mittlerweile eine Galerie für Kunsthandwerk untergebracht war; dann ein braunstichiges Bild Dutzender Kinder, die mit ernsten Mienen aufgereiht vor einem Schulhaus standen. Daneben ein Foto der West Hall Union School, eines niedrigen Backsteinbaus von 1979.

Sie blätterte um und stieß auf das Foto einer Gruppe junger Männer und Frauen, die auf einer karierten Decke saßen. Hinter ihnen war eine große Felsformation zu sehen: fünf Felsen, die fast senkrecht in die Höhe ragten. *Picknick bei der Teufelshand, Juni 1898* lautete die handschriftliche Bildunterschrift. Daneben ein Foto derselben Felsen, wie sie in der Gegenwart aussahen. Der Wald war höher und dichter geworden, und es gab keine Picknicker. *Die Teufelshand heute.*

Sie blätterte die nächste Seite um. Ein weißes Farmhaus mit langgestreckter Hofeinfahrt, dahinter eine Scheune, linker Hand gepflügte Äcker. In der Ecke des Bildes stand, ebenfalls von Hand geschrieben: *Haus der Harrison Sheas, Beacon Hill Road, 1905.*

Katherine legte ihre Zigarette in den Aschenbecher und griff erneut in ihre Handtasche, um Garys *Besucher von der anderen Seite* hervorzuholen. Sie drehte das Buch um und verglich das Haus, vor dem Sara aufgenommen worden war, mit dem Foto in dem neu gekauften Bildband. Sie waren identisch.

Katherine warf einen Blick auf das gegenüberliegende Bild: *Das Haus der Harrison Sheas heute.* Es sah noch fast genauso aus wie früher: dieselben schwarzen Fensterläden, derselbe Ziegelschornstein, dieselben Stufen vor der Haustür. Die Scheune stand noch, doch die Felder waren überwuchert, der Wald näher ans Haus herangerückt. Links von der Einfahrt, auf dem Hof vor dem Haus, arbeiteten eine Frau und zwei Mädchen in einem Gemüsegarten. Das Foto war von der Straße aus aufgenommen worden, und es war schwer, Einzelheiten zu erkennen, doch die Frau trug einen langen grauen Zopf und ein bunt gemustertes Wolltuch.

Katherines Herz begann schneller zu schlagen. Spielte ihr Gehirn ihr etwa einen Streich? Sie blinzelte und sah zu ihrem Arbeitstisch, wo dic Alicc-Puppc in ihrer winzigen Kopie von Lou Lous Café am Tisch saß und wartete. Dann wandte Katherine sich erneut dem Foto im Buch zu. Sie kniff die Augen zusammen, halb damit rechnend, dass die Frau mit dem Zopf aus dem Bild verschwunden sein würde – dass es sich nur um eine Einbildung gehandelt hatte. Doch sie war immer noch da, vornübergebeugt neben einem kleinen Mädchen in Latzhosen und einem größeren Mädchen mit dunklen Haaren. Konnte dies tatsächlich Alice, die Eierfrau, sein?

»Beacon Hill Road«, sagte Katherine laut und blätterte zu den Karten am Anfang des Bildbandes zurück. Da war sie. Man musste lediglich der Main Street in westliche Richtung stadtauswärts folgen, dann in der Lower Road, die über den Fluss führte, rechts abbiegen, und die nächste rechts war die Beacon Hill Road. Auf der Karte von 1850 gab es dort nur ein einziges Farmhaus, etwa in der Mitte der Beacon Hill Road, bevor diese die Mountain Road kreuzte. Es war nicht beschriftet. Ein kleines Stück nördlich dieses einzelnen Hauses war ein Hügel eingezeichnet, und über dem Hügel stand das Wort *Teufelshand*.

Katherine sah auf der aktuellen Karte nach und fand die Beacon Hill Road an derselben Stelle, ebenso wie den Hügel und die Teufelshand. Die Mountain Road hieß jetzt Route 6.

Vielleicht war es weit hergeholt, aber besser als nichts. Und eine andere Idee, die Eierfrau aufzuspüren, hatte sie nicht – es sei denn, sie wollte eine ganze Woche bis zum nächsten Bauernmarkt warten.

Katherine warf einen Blick aus dem Wohnzimmerfenster. Wie sollte sie überhaupt erkennen, ob es das richtige Haus war? Wäre es nicht besser, bis zum Morgen zu warten und sich bei Tageslicht auf den Weg zu machen?

Nein, beschloss sie und griff nach Handtasche und Schlüsseln. Alles war perfekt. Sie würde hinausfahren, und wenn sie das richtige Haus fand, würde sie klingeln und behaupten, sie hätte sich wegen des schlechten Wetters verfahren oder ihr Wagen hätte eine Panne. Mal sehen, was sich auf diese Weise in Erfahrung bringen ließ. Vielleicht war es ja auch gar nicht Alices Haus, sondern das irgendeiner anderen Frau mit langem grauem Zopf.

Es gab nur einen Weg, das herauszufinden.

Sie stand auf und ging zur Garderobe, um ihren Mantel zu holen.

Ruthie

Es war ein ereignisloser Tag, und das machte Ruthie ganz nervös – alles war wie immer, bis auf die rätselhafte Abwesenheit ihrer Mutter, die wie ein Schleier über allem lag und dem Tag etwas Verschwommenes, Unwirkliches, einen süßlich-bitteren Beigeschmack verlieh.

Es war Samstag, und Ruthie überlegte, ob sie anstelle ihrer Mutter auf den Markt gehen und Eier verkaufen sollte. Doch dann entschied sie sich dagegen. Für die hundert Dollar, die sie vielleicht einnehmen würde, lohnte es sich nicht, sich mit all den Fragen herumzuschlagen, die man ihr garantiert stellen würde. Buzz arbeitete bei seinem Onkel und hatte erst später frei.

Die Mädchen hockten den Vormittag über zu Hause, schauten nervös aus dem Fenster, und Ruthie schielte andauernd zum Telefon. Sie spülte Geschirr. Wischte den Boden. Fütterte die Hühner und sammelte Eier ein. Sie sorgte dafür, dass das Feuer im Holzofen nicht ausging. Sie machte alles, was ihre Mom gemacht hätte, und zwar so Mom-mäßig, wie sie nur konnte. Fawn lief ihr von einem Zimmer ins nächste hinterher. Sie wich ihrer großen Schwester keinen Moment lang von der Seite. Sie wartete sogar vor der Badezimmertür, wenn Ruthie zur Toilette musste.

»Ich geh nirgendwohin, okay?«, versicherte Ruthie.

Fawn nickte, klebte aber weiterhin wie ein Schatten an ihr.

Mindestens ein Dutzend Mal beschloss Ruthie, die Polizei anzurufen, aber jedes Mal ließ sie es im letzten Moment bleiben. Was, wenn ihre Mutter und ihr Vater wirklich in irgendeiner Weise mit dem Verschwinden der O'Rourkes zu tun hatten?

Was, wenn die Verrückte in Connecticut der Polizei bereits gesagt hatte, dass Ruthie bei ihr gewesen war? Und dann würde Ruthie ihnen auch von dem Revolver erzählen müssen, oder nicht? Für den hatten ihre Eltern doch mit Sicherheit keinen Waffenschein. Und Fawn – bestimmt würden sie ihr Fawn wegnehmen. Auf keinen Fall würden sie sie in einem Haus wohnen lassen, in dem es illegale Waffen gab, noch dazu in Ruthies Obhut. Außerdem klammerte sich Ruthie nach wie vor an die Hoffnung, dass ihre Mutter irgendwann von selbst wieder auftauchen würde und eine völlig einleuchtende Erklärung für ihr Verschwinden hätte. »Tut mir leid, dass ihr euch meinetwegen Sorgen gemacht habt, aber …« Und, Gott, sie würde ausrasten, wenn sie erfuhr, dass Ruthie schwach geworden war und die Polizei eingeschaltet hatte.

Morgen früh, nahm Ruthie sich vor. Wenn ihre Mutter dann noch nicht zurück war, würde sie auf jeden Fall die Polizei alarmieren. Gleich als Erstes.

Ruthie kochte einen Eintopf mit Rindfleisch, das sie aus der Gefriertruhe im Keller geholt hatte – zu ihrer Erleichterung hatte sie festgestellt, dass das Fleisch in der Truhe noch mehrere Monate reichen würde. Außerdem lagerten im Wurzelkeller noch mehr als genug Kartoffeln, Karotten und Zwiebeln.

Aber sie konnten nicht *monatelang* so weitermachen, oder? Im Laufe des Tages begann Ruthie sich ernsthaft Gedanken darüber zu machen, was aus ihnen werden würde, sollte ihre Mutter nie wieder auftauchen. In der Kaffeebüchse im Keller waren mindestens zweihundert Dollar – nicht viel, aber sie kamen auch mit wenig aus. Es gab keine Hypothek auf das Haus, sie mussten also lediglich ausreichend Geld für Lebensmittel, Nebenkosten, Benzin und Hühnerfutter aufbringen. Ruthie war sicher, dass sie mit dem Eierverkauf auch allein zurechtkommen würde. Sie hatte es immer gehasst, in dem riesigen Gemüsegarten mithelfen zu müssen, allerdings würden sie dort viele Lebensmittel selbst anbauen können. Sie und Fawn wussten, wie man im Frühling die

Saat vorzog, wie man ein Rankgitter für Erbsen baute, wann man Knoblauch ernten musste. Ihre Mutter hatte ihnen beigebracht, wie man Brot backte und Tomaten oder Bohnen einkochte. Ruthie konnte sich einen Nebenjob in der Stadt besorgen. Irgendwie würden sie es schon schaffen. Wenn es hart auf hart kam, würden sie einen Weg finden.

Aber so weit würde es nicht kommen. Bestimmt war der ganze Spuk bald vorbei.

Der Eintopf köchelte auf der hinteren Herdplatte vor sich hin und erfüllte das Haus mit einem köstlichen, anheimelnden Duft, bei dem Ruthie ihre Mom gleich noch mehr vermisste.

Gegen Nachmittag kam bei Fawn das Fieber zurück. Ruthie gab ihr noch einmal Fiebersaft und richtete ihr auf der Couch zusammen mit ihren Puppen und einem Malbuch ein Bett ein.

»Wie fühlst du dich, kleines Reh?«

»Gut«, sagte Fawn, doch ihr Gesicht war gerötet, ihr Haar schweißfeucht. Ihre Augen waren seltsam glasig.

»Ruh dich schön aus, okay? Geh nicht nach draußen. Und versuch, so viel wie möglich zu trinken.«

»Mmm-hmm«, machte Fawn und gab Mimi, die ebenfalls Fieber hatte, einen Löffel voll unsichtbarer Medizin.

»Mimi muss sich auch ausruhen«, meinte Ruthie und machte der Puppe ein kleines Bett aus einem Kissen mit einem Geschirrtuch als Zudecke. Das gefiel Fawn, die darauf bestand, dass Mimi auch noch ein Kopfkissen brauchte, also bekam sie eins aus einem Knäuel der flauschigsten Wolle ihrer Mutter.

Draußen pfiff der Wind durch die Bäume und türmte den Schnee zu hohen Verwehungen auf. Ruthie rollte sich auf dem Sessel unter einer der bunten Decken ihrer Mutter zusammen und las *Besucher von der anderen Seite*. Dabei lief es ihr kalt den Rücken herunter. Immer wieder sah sie hoch, weil sie ganz sicher war, dass sich im Schatten irgendetwas bewegt hatte. Was sie am meisten gruselte, war die Vorstellung, dass die kleine Schlafende

Gertie einst in demselben Wandschrank gesessen hatte, der nun ihrer Mutter gehörte. Der Wandschrank, den ihre Mutter mit Brettern zugenagelt hatte.

Gegen Ende des Buches erklärte Sara auch den Ursprung der zahlreichen Geheimverstecke, die Ruthie und Fawn im Haus gefunden hatten.

Als Kind entdeckte und schuf ich Dutzende von Verstecken, indem ich Ziegel oder Dielen lockerte und an verborgenen Stellen die Wände aushöhlte. Einige dieser Verstecke, dessen bin ich mir gewiss, wird niemals jemand finden.

Ruthie sah zu ihrer Schwester. Die legte ihrer Puppe gerade einen Beinverband an. Arme Mimi: erst Fieber, jetzt auch noch ein gebrochenes Bein.

»Ich hab dir doch gesagt, du sollst nicht in den Wald gehen«, maßregelte Fawn ihre Puppe flüsternd. »Wenn kleine Mädchen in den Wald gehen, können ihnen schlimme Dinge passieren.«

Als Fawn den Kopf hob, bemerkte sie, wie Ruthie sie beobachtete. »Spielst du was mit mir?« Ihre Augen glänzten im Schein des Feuers, das durch die gläserne Ofentür sichtbar war.

»Klar«, sagte Ruthie und legte das Buch weg. »Was möchtest du denn spielen?«

»Verstecken.«

»Können wir nicht was anderes spielen? Puppen oder Karten oder so?«

Fawn schüttelte den Kopf und hob dann Mimi hoch, die ebenfalls den Kopf schüttelte. Ihre zerkratzten Knopfaugen schienen Ruthie direkt anzusehen.

»Mimi will nur Verstecken spielen. Sie hat ein neues Lieblingsversteck.«

»Aber letztes Mal hab ich dich nicht gefunden.«

»Dann streng dich eben mehr an«, sagte Fawn und grinste frech.

»Okay«, seufzte Ruthie, »aber wenn ich sage, dass ich aufgebe, musst du rauskommen. Abgemacht?«

»Abgemacht«, war Fawn einverstanden.

Ruthie hielt sich die Augen zu und begann laut zu zählen: »Eins, zwei, drei ...«, während sie gleichzeitig die Ohren spitzte, um zu hören, in welche Richtung sich die Schritte ihrer Schwester entfernten. Den Flur entlang.

Sie dachte daran, wie Sara und Gertie hier in diesem Haus Verstecken gespielt hatten. Wie geschickt die kleine Gertie darin gewesen war. Und auch Sara musste geschickt gewesen sein. Zumindest was das Verstecken von Aufzeichnungen anging.

»Zehn, elf, zwölf ...«

Sie hörte, wie die Tür zum Garderobenschrank auf- und wieder zuging. Aber manchmal machte Fawn so was mit Absicht, um Ruthie auszutricksen, sie auf die falsche Fährte zu locken. Sie war ein kluges Kind. Manchmal zu klug.

»Achtzehn, neunzehn, zwanzig. Ich komme!«

Sie stand vom Sofa auf und horchte angestrengt. Das Feuer knackte. Der Kater kam die Treppe heruntergesprungen, um nachzusehen, was es mit dem Lärm auf sich hatte.

»Wo ist sie hin, Roscoe? Hast du sie gesehen?«

Der Kater rieb sich an Ruthies Bein und machte *Mrrrl*.

Trick hin oder her, Ruthie ging trotzdem als Erstes zum Garderobenschrank im Flur. Sie zog die Tür auf und schob die Jacken und Mäntel beiseite. Dann untersuchte sie den Fußboden, auf dem sich ein unordentlicher Haufen Stiefel und Schuhe türmte.

»Hier ist sie nicht«, sagte sie. Sie drehte sich um und spähte durch die Scheibe der Haustür nach draußen. Es war dunkel geworden. Als sie das Licht anknipste, sah sie, dass es heftig schneite. Ruthie hatte die Wettervorhersage nicht gehört. Sich ums Wetter zu kümmern war immer die Aufgabe ihrer Mutter gewesen, und Ruthie hatte sich darauf verlassen, dass ihr jeden Morgen gesagt wurde, wie kalt es werden und ob es regnen oder schneien würde.

»Wo kann mein armes kleines Lämmchen nur sein?«, rief sie und ging ins Wohnzimmer, von dort aus ins Arbeitszimmer und dann in die Küche. Sie ging ins untere Bad und schaltete dort das Licht ein. Als sie den Duschvorhang beiseitezog, leuchteten ihr nur die rosafarbenen Fliesen entgegen. Die alte Wanne mit den Klauenfüßen war bis auf das Kamillenshampoo ihrer Mutter und eine einsame gelbe Gummiente leer.

»Hier ist sie auch nicht«, stellte sie fest und machte sich auf den Weg zur Treppe. Sie hatte schon jetzt keine Lust mehr. Sie würde kurz oben suchen und das Spiel dann beenden.

Halbherzig sah sie in ihrem Zimmer, in Fawns Zimmer und im oberen Bad nach, wobei sie jedes Mal gut hörbar verkündete, wo sie gerade war, und laut grübelte, wo Fawn wohl stecken könnte. Schließlich nahm sie sich das Zimmer ihrer Mutter vor, obwohl sie bezweifelte, dass Fawn sich dort versteckt hatte. Unter dem Bett lag sie nicht, und der einzige andere Ort, an dem sie sonst noch hätte sein können, war der Schrank. Ruthie blieb vor der Schranktür stehen und traute sich nicht recht, sie zu öffnen. Idiotischerweise klopfte sie an. Es kam kein Klopfen zurück. Als sie die Tür aufriss, war sie heilfroh, dass der Schrank leer war.

»Fawn?«, rief sie. »Ich geb auf!« Sie verhielt sich ganz still. Nichts. Erneut ging sie von Zimmer zu Zimmer und rief nach ihrer Schwester.

Und auf einmal war sie wieder da: die altbekannte Panik. Fawn war verschwunden. Diesmal war sie wirklich verschwunden. Ruthie hätte niemals zustimmen sollen, noch mal Verstecken zu spielen. Nicht in diesem Haus, wo Sara Harrison Shea ihre kleine tote Tochter ins Leben zurückgerufen hatte.

»Fawn!«, rief sie, inzwischen mit gepresster Stimme. »Wenn du nicht sofort rauskommst, spiele ich nie wieder Verstecken mit dir!«

Sie war unten im Arbeitszimmer angelangt. Ihr Vater hatte sehr viel Wert auf Ordnung gelegt. Der alte Mahagonischreibtisch war immer aufgeräumt gewesen, die Bücher hatten ordentlich in den Regalen gestanden, auf dem Fußboden hatte nichts gelegen außer einem gewebten Teppich. Seit ihre Mutter das Zimmer übernommen hatte, herrschte das reinste Chaos. Unterlagen, Bücher, Strickmuster, Geflügelkataloge und Post türmten sich in unordentlichen Haufen auf dem Schreibtisch und am Boden. Überall lagen Stoffbeutel mit Wollknäulen und Strickprojekten in verschiedenen Stadien der Vollendung. Ruthie setzte sich auf den Stuhl, griff in einen der Beutel und zog die Mütze heraus, an der ihre Mutter zuletzt gearbeitet hatte.

Es war am Neujahrstag gewesen. Mom hatte auf dem Sofa gesessen und auf einer Rundstricknadel eine Mütze aus dicker Wolle in leuchtenden Farben gestrickt: Fuchsia, Zitronengelb und Neonblau.

»Wo willst du hin?«, hatte sie gefragt, als Ruthie in den Flur ging und sich den Parka überzog. Sie hielt nicht im Stricken inne, sondern ließ die Nadeln unaufhörlich weiter klappern, während sie Ruthie forschend ansah.

»Buzz holt mich ab. Wir treffen uns mit ein paar Freunden.«

Die Nadeln bewegten sich weiter, Masche für Masche im Kreis herum.

»Aber sei rechtzeitig zu Hause«, mahnte ihre Mutter noch, bevor sie sich wieder ganz ihrem Strickstück zuwandte.

Ruthie hatte nichts geantwortet. Hatte sich nicht einmal verabschiedet. Sie hatte einfach die Haustür aufgemacht und war raus in die Kälte geflohen, um am Ende der Einfahrt am Straßenrand auf Buzz zu warten.

Eine Hand legte sich auf ihre Schulter. Sie sah sie aus dem Augenwinkel – eine winzige, schmutzige Flossenhand.

Sie erschrak und fuhr herum. Es war Mimi, die Puppe. Lachend drückte Fawn sie an ihre Brust.

»Mensch, Fawn! Nicht witzig. Du solltest doch rauskommen, wenn ich dich rufe«, schimpfte sie. »Das sind die Regeln. Wo warst du?«

»Ich hab mich versteckt«, antwortete Fawn.

»Zeig mir, wo«, befahl Ruthie. Das war jetzt das zweite Mal, dass Fawn so was gemacht hatte, und Ruthie würde nicht dulden, dass sie ihr neues Versteck noch länger geheim hielt.

»Auf keinen Fall«, erwiderte Fawn.

»Ich schwöre dir, Fawn, wenn du es mir nicht zeigst, werde ich nie wieder mit dir Verstecken spielen.«

Fawn starrte ihre Schwester einen Moment lang an, um abzuschätzen, wie ernst es ihr war. Dann flüsterte sie Mimi etwas zu, hielt sich den Mund der Puppe ans Ohr und nickte.

»In Ordnung«, sagte sie. »Wir zeigen's dir.«

Fawn ging Ruthie voran durchs Wohnzimmer in den Flur und öffnete schwungvoll die Tür zum Garderobenschrank.

»Aber da hab ich doch nachgesehen!«, sagte Ruthie.

Fawn schob die Mäntel beiseite und räumte die Winterstiefel nach draußen.

»Hier.« Sie zeigte auf die Holzverkleidung an der Rückwand des Schranks. Sie bestand aus insgesamt vier Paneelen, die allesamt massiv und stabil aussahen. »Das hier kann man rausnehmen«, erklärte sie, zwängte ihre kleinen Finger in die Ritze unterhalb eines Paneels und wackelte daran, bis es herausfiel.

»Ach du Scheiße«, sagte Ruthie. »Wie hast du das denn entdeckt?«

Sie öffnete diese Schranktür so ziemlich jeden Tag, um eine Jacke, Schuhe oder einen Regenschirm herauszuholen. An wie vielen anderen Geheimverstecken kam sie tagtäglich vorbei, ohne es zu wissen?

»Es geht richtig tief rein.« Fawn streckte den Kopf in das dunkle Loch hinter dem Paneel.

»Lass mich mal sehen.« Ruthie betrat den Schrank, und sofort meldete sich die Angst. Ihre Handflächen wurden feucht, und ihr Herz schlug schneller. Ihr Verstand schrie: *Raus da, aber schnell!*

Lächerlich, wies sie sich selbst zurecht. Das war doch bloß ein Schrank. Der Schrank, in dem sie jeden Tag ihre Jacke aufhängte.

»Komm, wir holen eine Taschenlampe«, schlug sie vor. Fawn nickte und rannte in die Küche, froh, dass sie mit einer wichtigen Aufgabe betraut worden war. Ruthie hörte, wie sie eine Schublade aufzog und darin herumkramte, bevor sie zurück durch den Flur gelaufen kam.

»Hier«, sagte sie und leuchtete Ruthie genau ins Gesicht.

»Lass das!« Ruthie kniff die Augen zusammen. »Gib her!« Sie nahm die Taschenlampe und richtete den Strahl in den Hohlraum.

»He, da ist was drin. Ganz hinten.«

In der Dunkelheit war es schwer zu erkennen, aber in der hinteren linken Ecke der geheimen Kammer lag irgendein Bündel.

»Hm«, machte Fawn. »Ist mir gar nicht aufgefallen, als ich mich da drin versteckt hab. Aber es war ja auch dunkel, und ich bin nicht bis ganz ans Ende gekrochen.«

»Kannst du mal nachschauen, was es ist?«

»Klar«, antwortete Fawn und krabbelte in das dunkle Loch, um das Bündel zu holen. Auf einmal bekam Ruthie es mit der Angst zu tun. Sie wollte Fawn sagen, es doch lieber sein zu lassen oder wenigstens noch einen Moment zu warten. Wer wusste schon, was das für ein Bündel war? Nachdem sie im ersten Stock den Revolver und die Portemonnaies entdeckt hatten, schien alles möglich.

»Ein Rucksack«, rief Fawn und schleifte ihn hinter sich her zu Ruthie.

Ruthie griff einen der Schultergurte und zog den Rucksack in den Flur, heilfroh, wieder im Freien zu sein. Der Rucksack war schwarz, schwerer als erwartet und hatte mehrere Taschen und Reißverschlüsse. Keinem der Mädchen kam er bekannt vor.

Fawn biss sich auf die Lippe. »Was da wohl drin ist?«

»Es gibt nur eine Möglichkeit, das rauszufinden«, erwiderte Ruthie. Sie trug den Rucksack ins Wohnzimmer, wo sie ihn auf den Couchtisch stellte und einen Moment lang, die Hand am Reißverschluss, unschlüssig anstarrte.

Als sie darüber nachdachte, was sich in dem Rucksack befinden könnte, kamen ihr jede Menge unangenehme Sachen in den Sinn: Kokain, noch mehr Waffen, Snuff-Filme, abgetrennte Gliedmaßen.

Sie schüttelte sich wie ein nasser Hund, um die Gedanken loszuwerden.

Es war nur ein Rucksack.

Sie holte tief Luft und zog beherzt am Reißverschluss. Fawn drehte sich weg.

»Fotoausrüstung«, verkündete Ruthie. Die Erleichterung war ihr deutlich anzuhören. Sie begann die einzelnen Sachen aus dem Rucksack zu nehmen: eine Nikon Digital SLR, drei Objektive, ein Belichtungsmesser, Blitzlichtaufsatz, ein Akku und ein ausklappbares Stativ. Sie hatte oft genug mit Buzz' Fotoapparat und Videokamera herumgespielt, um zu wissen, dass es sich um eine Profiausrüstung handelte, die richtig viel Geld kostete.

Die einzigen Kameras, die ihre Eltern jemals benutzt hatten, waren Wegwerfkameras gewesen, die man in der Drogerie entwickeln lassen konnte.

Fawn schlenderte, ihre Puppe am Arm hin- und herschlenkernd, davon.

»Ich glaube, die Sachen kommen aus dem Wald«, raunte sie Mimi zu.

»Was sagst du da, kleines Reh?«, fragte Ruthie.

»Nichts. Ich unterhalte mich nur mit Mimi.«

Ruthie nahm die Nikon in die Hand, schaltete sie ein und warf einen Blick auf das Display. Nichts tat sich. Sie drehte die Kamera um und suchte nach einem anderen Knopf. Vielleicht gab es einen Trick – sie würde Buzz fragen, ob er morgen vorbeikommen und sich den Fotoapparat mal ansehen konnte.

»Ruthie?«, sagte Fawn. Sie hatte die Nase ans Wohnzimmerfenster gepresst.

»Hm?«

»Da draußen ist jemand. Er will zu uns.«

Ruthie

»Er kommt näher.« Fawn schaute immer noch aus dem Fenster. Ihre Stimme war seltsam ruhig und beiläufig, als bekämen sie andauernd Besuch.

Ruthie wusste, dass es unsinnig war, trotzdem hoffte sie, es wäre ihre Mutter. Sie stellte sich vor, wie sie durch die Tür kommen, den Schnee abschütteln und die Mädchen in die Arme nehmen würde. »Ihr habt euch doch nicht etwa Sorgen um mich gemacht?« Fast konnte Ruthie die Umarmung ihrer Mutter spüren und die nasse Wolle ihres Schals riechen.

Ruthie zog Fawn an sich und spähte, durch die Spiegelung ihrer aneinandergekauerten Gestalten hindurch, nach draußen.

Es war dunkel geworden, doch der Mond tauchte Einfahrt und Hof in gespenstisches blaues Licht. Eine Gestalt stapfte, einen langen Schatten hinter sich herziehend, über den verschneiten Hof. Sie trug eine Wollmütze und einen dicken Parka und ging leicht nach vorn gebeugt, entweder wegen der Kälte oder weil es ihr Mühe machte, im hohen Schnee vorwärtszukommen. Sie hatte sich einen Schal um Mund und Nase gewickelt, wodurch sie gesichtslos wirkte; vollständig vermummt wie der *Unsichtbare*. Konnte es ihre Mutter sein? Nein. Die Mütze, die Jacke und der Schal kamen Ruthie kein bisschen bekannt vor, außerdem war sie sicher, dass sie den Gang ihrer Mutter erkannt hätte. Diese Person machte kleine, fast zaghafte Schritte, ihre Mutter hingegen erledigte alles, selbst das Gehen, mit einer geschäftigen Entschlossenheit, die Ruthie auf eine Meile Entfernung wiedererkannt hätte.

»Wer ist das?«, wollte Fawn wissen.

Ruthie schüttelte den Kopf, um zu signalisieren, dass sie es nicht wusste.

»Und wo ist er hergekommen?«, wunderte sich ihre kleine Schwester.

Weit und breit war kein Auto zu sehen. Und die Gestalt war auch nicht die Einfahrt entlanggekommen, sondern über die Hofseite. Die Spur aus Fußstapfen, die sie hinterlassen hatte, schien in den Wald zu führen.

»Ich hab keine Ahnung«, murmelte Ruthie und überlegte fieberhaft, was sie jetzt tun sollten.

Fawn sah blinzelnd zu ihrer Schwester auf und wartete darauf, dass diese ihr sagte, wie es weitergehen sollte. Ruthie spürte den überwältigenden Drang, ihre Schwester zu beschützen. Das Gefühl traf sie unvermittelt wie ein Schlag gegen das Brustbein: *Pass auf Fawn auf. Lass diesen Fremden nicht in ihre Nähe kommen.*

Inzwischen war der Fremde an der Haustür angelangt und klopfte. Es war ein lautes, nachdrückliches Klopfen. *Ich gehe hier nicht weg*, bedeutete es.

»Soll ich aufmachen?«, fragte Fawn. Sie stand der Tür am nächsten.

»Nein.« Ruthie biss sich auf die Lippe. *Denk nach.* Was sollte sie jetzt machen? Ihre Eltern hatten ihnen eingeschärft, niemals einem Fremden die Tür zu öffnen. Aber ihre Eltern waren nicht da – ihr Vater war tot und Mom spurlos verschwunden. Was, wenn dieser Fremde Informationen hatte? Hinweise zum Aufenthaltsort ihrer Mutter?

Aber warum war er aus dem Wald gekommen?

»Sollen wir ihn einfach ignorieren?«, fragte Fawn und duckte sich unter das Fenster, so wie ihre Eltern es ihnen beigebracht hatten. *Reagiert gar nicht. Bleibt in Deckung, damit man euch nicht sehen kann. Irgendwann wird er schon wieder verschwinden.*

Wieso hatten ihre Eltern ihnen befohlen, sich zu verstecken?

»Wenn ihr jemanden aus dem Wald kommen seht, den ihr nicht

kennt, geht ins Haus, verriegelt die Tür und versteckt euch«, hatte ihre Mutter sie wieder und wieder ermahnt. Sie hatten es sogar geübt, so wie manche Familien für einen Hausbrand übten.

Öffnet niemals die Tür. Auch nicht, wenn die Person ganz freundlich und harmlos aussieht. Haltet die Tür verschlossen und lasst euch nicht blicken.

Es war, als hätte ihre Mutter die ganze Zeit damit gerechnet, dass irgendwann einmal jemand kommen würde; jemand, der böse und gefährlich war.

Doch bislang hatte die Wahrheit anders ausgesehen: In den letzten Jahren hatten sie kaum Besucher gehabt – nur hin und wieder mal hatten sich Mormonen oder Zeugen Jehovas zu ihnen verirrt, Leute von der Volkszählung oder ein Mann, der Angaben für das Büro des örtlichen Steuer-Einschätzers überprüfen wollte.

Ruthie sah auf die Uhr. Es war kurz vor sieben an einem Samstagabend. Um diese Uhrzeit war niemand aus beruflichen Gründen unterwegs – nicht bei dem Wetter und nicht ohne Auto.

Sie dachte an *Besucher von der anderen Seite* – an die Vorstellung, dass Tote wieder zum Leben erweckt werden konnten. Das war doch Blödsinn, oder?

Vielleicht war der Mann, der jetzt gerade an ihre Tür klopfte, ein solcher Schlafender aus dem Wald. Vielleicht war es der Geist von Martin Shea, der nach seiner Frau und Tochter suchte.

Hör auf damit, ermahnte Ruthie sich. *Es gibt weder Geister noch Schlafende.*

»Vielleicht hat er sich verlaufen«, meinte Fawn.

Der Mann klopfte lauter. »Hallo da drinnen!«, rief er.

Nur, dass es gar kein Mann war, sondern eine Frau.

»Ruthie?«, rief sie. »Ich bin's, Candace O'Rourke.«

»Ach du *Scheiße*«, knurrte Ruthie leise.

»Soll ich jetzt aufmachen?«, fragte Fawn, ging zur Tür und legte die Hand an den Riegel.

»Nein«, flüsterte Ruthie rau. Wie hatte Candace sie gefunden?

»Ich glaube, ich weiß, was mit deiner Mutter passiert ist. Ich bin gekommen, weil ich dir helfen will, sie zu finden.«

Ehe Ruthie Fawn davon abhalten konnte, hatte diese bereits den Riegel zurückgeschoben und die Tür aufgerissen.

Ein eisiger Windstoß blies ihnen ins Gesicht.

»Hi, Ruthie«, sagte Candace und wickelte den Schal ab, der ihr Gesicht verdeckte. Ihre Wangen waren stark gerötet. »Wie schön, dich wiederzusehen. Darf ich reinkommen?« Nach dem kalten Wind wehte Ruthie der Geruch von teurem Parfüm, Zigarettenrauch und Alkohol entgegen.

Ohne auf eine Antwort zu warten, trat Candace über die Schwelle in den Flur.

Sie schaute auf Fawn herunter, die sich ein paar Schritte zurückgezogen hatte. »Hallo, du da«, sagte sie mit einem breiten Lächeln. »Wer bist du denn?«

Fawn gab keine Antwort. Sie presste Mimi an sich und huschte durch den Flur davon.

»Aha, sie ist *schüchtern!*«, stellte Candace belustigt fest.

Ruthie zuckte mit den Schultern. *Oder ihr ist klargeworden, dass sie gerade eine Verrückte ins Haus gelassen hat*, dachte sie.

»Da draußen ist es hundekalt«, sagte Candace und schüttelte sich, um ihren Worten Nachdruck zu verleihen. Sie ließ den Blick durch den Eingangsflur schweifen. »Immer noch kein Lebenszeichen von deiner Mutter?«

Ruthie schüttelte den Kopf.

»In der Scheune steht ein Pick-up, wie ich gesehen habe. Ist das der einzige Wagen deiner Familie?«

Ruthie war fest entschlossen, der Frau nichts zu verraten. Nicht, bis sie selber Antworten bekommen hatte.

»Wo sind Sie hergekommen?«, wollte sie wissen. »Wie haben Sie uns gefunden?«

Candace lächelte nur und öffnete den Reißverschluss ihrer Jacke.

Ruthie versuchte es erneut. »Sie haben gesagt, Sie wissen vielleicht, was mit meiner Mutter passiert ist?«

Candace lächelte, wie um zu sagen: *Alles zu seiner Zeit.* Dann ging sie an Ruthie vorbei.

»Wirklich hübsch hier«, meinte sie und steuerte auf den Holzofen im Wohnzimmer zu. Sie zog sich die Handschuhe aus, um ihre Hände zu wärmen. »Richtig gemütlich.« Sie sah sich im Zimmer um. Ruthie versuchte sich vorzustellen, wie es auf jemanden wie Candace wirken musste – die unbehandelten Dielen, die verblichenen Teppiche, das durchgesessene Sofa und der zerkratzte Couchtisch.

»Hören Sie, ganz egal, wie Sie uns gefunden haben, es passt gerade nicht so gut«, erklärte Ruthie und folgte ihr ins Wohnzimmer.

Candace hatte unter den Sohlen ihrer Stiefel Schnee ins Haus getragen, der auf dem alten Kiefernboden große Pfützen hinterließ. Eigentlich war es eine Hausregel, dass man im Flur die Schuhe ausziehen musste. Wäre ihre Mutter da gewesen, hätte sie einen hysterischen Anfall bekommen.

»Noch mal hallo«, sagte Candace, als Fawn den Kopf um die Ecke steckte. »Macht nichts, wenn du mir nicht verraten willst, wie du heißt. Aber deine Puppe hat doch bestimmt einen Namen, oder?«

Fawn starrte sie wortlos an. Ihre Wangen waren vom Fieber gerötet, sie trug seit Tagen dieselbe schmutzige rote Latzhose, und die ungekämmten Haare standen ihr vom Kopf ab. Sie sah halbwild aus, wie ein kleines Mädchen, das von Wölfen aufgezogen worden war.

»Ich habe einen Sohn ungefähr in deinem Alter«, sagte Candace. »Er heißt Luke. Lass mich raten. Du bist sechs, stimmt's?«

Fawn nickte zögerlich.

»Weißt du, was mein Luke auf der ganzen Welt am allerliebsten hat? Sein Schnabeltier aus Plüsch. Willst du raten, wie er es genannt hat?«

Fawn schüttelte den Kopf.

»Spike«, sagte Candace und lachte leise.

Jetzt musste Fawn auch lachen. Sie kam ins Wohnzimmer und gesellte sich zu Candace und Ruthie an den Ofen.

»Lustig, oder?«, fragte Candace. »Wer nennt schon ein Schnabeltier Spike?«

»Wo ist er jetzt?«, wollte Fawn wissen. »Luke?«

Candaces Lächeln verblasste. »Bei seinem Vater. Wir sind geschieden, weißt du, und Lukes Vater ist einer von den Männern, die immer ihren Willen kriegen. Luke lebt jetzt bei ihm.« Candace fuhr sich mit der Hand durchs Haar. »Aber mit ein bisschen Glück wird sich das bald ändern. Er hat nicht zum letzten Mal von mir gehört. Es geht doch nicht an, einem Jungen seine Mutter vorzuenthalten, stimmt's?«

Fawn nickte mitfühlend. »Das hier ist Mimi.« Sie hielt die Puppe hoch, damit Candace sie betrachten konnte. »Und ich heiße Fawn. Ich bin sechseinhalb.«

»Sechseinhalb ist aber schon ganz schön alt. Man sieht dir an, dass du ein großes Mädchen bist. Und sehr schlau. Also, mal sehen, ob du mir eine Frage beantworten kannst: Was glaubst du, wo ist eure Mutter hingegangen?«

Fawn dachte einen Moment nach. »Weg. Weit weg.«

»Fawn«, fuhr Ruthie dazwischen. »Warum gehst du nicht rauf in dein Zimmer?«

»Du Arme«, sagte Candace zu Fawn. Ruthie behandelte sie wie Luft. »Es muss hart für dich sein, dass deine Mutter einfach so verschwunden ist. Und du hast wirklich keine Ahnung, wo sie sein könnte?«

Fawn schüttelte den Kopf und blickte auf ihre Puppe.

»Ich weiß, dass ihr Toms und Bridgets Portemonnaies hier im Haus gefunden habt. Sag mir, Fawn, habt ihr bei der Gelegenheit auch noch etwas anderes gefunden?«

Fawns Blick glitt zu Ruthie. *Sollen wir es ihr verraten?*, fragte sie stumm.

Ruthie schüttelte unmerklich den Kopf und hoffte, dass Fawn es verstehen würde. Sie wusste nicht, was die Portemonnaies und der Revolver zu bedeuten hatten, aber sie wusste, dass Buzz recht hatte – die Sachen ließen ihre Mutter in keinem guten Licht erscheinen. Vielleicht war sie tatsächlich in etwas Dubioses, Kriminelles verwickelt, und davon sollte Candace O'Rourke auf keinen Fall erfahren.

»Da war nichts weiter«, erklärte Ruthie und machte einen Schritt nach vorn.

Doch Candace ignorierte sie und richtete ihre Aufmerksamkeit weiterhin auf Fawn.

»Manchmal sagen große Geschwister oder Erwachsene nicht die Wahrheit. Das heißt nicht, dass sie böse sind – sie machen eben das, was sie für richtig halten. Aber du, Fawn, du sagst immer die Wahrheit, das sehe ich dir an. War da sonst noch etwas bei den Portemonnaies? Unterlagen? Irgendetwas anderes?«

»Ich hab's Ihnen doch gesagt, da war nichts!« Ruthie reichte es allmählich. »Tut mir leid, aber Sie gehen jetzt besser.«

»Und mir tut es leid, dass ich dir nicht glauben kann, Ruthie«, sagte Candace. Sie hob den Kopf und sah Ruthie mit kalten Augen an.

»Muss ich erst die Polizei rufen?«, fragte Ruthie.

Candace schüttelte enttäuscht den Kopf. Ohne den Blick von Ruthie abzuwenden, öffnete sie ihre Jacke. Darunter kam ein Brusthalfter mit einer Pistole zum Vorschein. Langsam, fast unbeholfen, zog sie sie heraus. Die Pistole war kleiner und eckiger als die, die sie oben gefunden hatten. Der Lauf war silbern, der Griff schwarz. Candace war im Umgang mit Schusswaffen ganz offensichtlich ungeübt, sie wirkte wie eine Schauspielerin, die noch keine Zeit gehabt hatte, sich mit einer neuen Requisite vertraut zu machen.

»Ich hatte gehofft, dass es nicht dazu kommen würde«, sagte Candace mit einem Seufzer.

Verdammter Mist!

Wieder musste Ruthie an die Warnungen ihrer Mutter denken. *Öffnet niemals die Tür.* Sie dachte an Rotkäppchen, das vom bösen Wolf in den Kleidern der Großmutter überlistet worden war.

Fawns Augen wurden riesengroß. »Sind Sie von der Polizei?«, fragte sie.

Candace lachte. »Wohl kaum. Hört zu, ich hasse Waffen. Das ist mein voller Ernst. Und noch mehr würde ich es hassen, sie benutzen zu müssen«, warnte sie und sah dabei zuerst Ruthie, dann Fawn an. »Deshalb wird jetzt Folgendes passieren: Ihr zwei werdet mir alles sagen, was ihr über eure Eltern und über Tom und Bridget O'Rourke wisst. Ihr werdet mir zeigen, wo genau die Portemonnaies gelegen haben und was ihr sonst noch gefunden habt.«

Ruthie musterte Candace und die Waffe und versuchte, ihre aufsteigende Panik zu unterdrücken. Sie glaubte nicht ernsthaft, dass Candace auf sie schießen würde, zumindest nicht mit Absicht. Aber die Frau war definitiv nicht ganz richtig im Kopf – wer wusste, wozu sie fähig wäre?

»Wenn Sie Waffen hassen, warum haben Sie dann eine?«, wollte Fawn wissen.

»Weil ich nicht von hier weggehen werde, bis ich bekommen habe, was ich will. So einfach ist das. Darüber müsst ihr euch im Klaren sein.« Candace hielt die Waffe locker in der rechten Hand, der Lauf zeigte zu Boden. Mit der linken Hand raufte sie sich die Haare.

»Und was genau wollen Sie?«, fragte Ruthie.

Candace funkelte sie wütend an. »Etwas, was Tom und Bridget gehört hat und von dem ich mir sicher bin, dass eure Mutter es jetzt hat, wo auch immer sie grade steckt. Also werdet ihr jetzt meine Fragen beantworten, verstanden?«

Keine der beiden sagte ein Wort.

»Bitte zwingt mich nicht, die hier auf eine von euch beiden zu richten«, sagte Candace und nahm die Waffe hoch. »Das könnte gefährlich werden, aber wenn es nicht anders geht, schrecke ich auch davor nicht zurück. Also, kann ich damit rechnen, dass ihr kooperiert? Denn im Grunde genommen wollen wir doch alle das Gleiche, stimmt's? Wir wollen eure Mutter finden, hab ich recht?«

Fawn rückte näher an Ruthie heran und schmiegte sich eng an sie. Candace zielte zuerst auf Fawn, dann auf Ruthie. »Hab ich recht?«, wiederholte sie.

»Ja«, sagten die Mädchen im Chor. »Ja.«

»Na also.« Candace lächelte und ließ die Pistole sinken. Sie wirkte erleichtert. »Wie ich sehe, seid ihr zwei kluge Mädchen. Wenn wir alle am selben Strang ziehen, werden wir bestimmt auch etwas erreichen.«

Katherine

Wildes Schneegestöber hüllte den Jeep ein. Die Flocken bewegten sich in einer Art und Weise, wie Katherine es noch nie zuvor gesehen hatte. Sie fielen senkrecht vom Himmel und wurden dann vom Wind horizontal über die berghohen Verwehungen zu beiden Seiten der Straße getrieben. Es hatte den Eindruck, als wollte die Natur sie um jeden Preis daran hindern, zu Saras Haus zu gelangen.

Es war pure Dummheit, an einem Abend wie diesem im Auto herumzufahren, doch Katherine hatte es schon fast geschafft, sie befand sich bereits auf der Beacon Hill Road. Das Lenkrad fest umklammert, kroch sie im ersten Gang über die Straße. Endlich sah sie weiter unten auf der rechten Seite die Lichter eines Hauses aufscheinen. Im Dunkeln war es von der Straße aus nur schwer zu erkennen, erst recht im dichten Schneetreiben. War es überhaupt das richtige Haus? Schon möglich. Die Zufahrt war lang und seit einiger Zeit nicht geräumt worden, aber immerhin brannte Licht. Hinter dem Haus sah man den dunklen Umriss einer Scheune.

Um Gottes willen, kehr um und komm morgen zurück, wenn es hell ist, versuchte sie sich einzureden, damit sie zur Vernunft kam.

Katherine fuhr noch ein Stück und hielt Ausschau nach einer weiteren Einfahrt, für den Fall, dass es sich doch nicht um das von ihr gesuchte Haus handelte. Nach einer halben Meile gelangte sie rechter Hand an einen Abzweig. Ein Chevy Blazer mit Kennzeichen aus Connecticut parkte dort, und Fußspuren führten einen Pfad hinauf in den Wald. Der Weg zur Teufelshand.

Was für ein Abend, um wandern zu gehen. Aber vielleicht waren es nur Jugendliche, die ein bisschen feiern wollten. Sie malte sich aus, wie sie rücklings im Schnee lagen, einen Joint und eine Flasche herumgehen ließen, in den Himmel schauten und sich vorstellten, dass das Ende der Welt gekommen war. Ein nuklearer Winter. Oder dass sie im Weltraum waren und es um sie herum gefrorene Sterne regnete.

So etwas hätten sie und Gary auf dem College vielleicht auch gemacht – Hand in Hand im Schnee gelegen und so getan, als wären sie die einzigen Lebewesen im Universum; Astronauten, die außer einander nichts hatten, was sie festhielt.

Sie wendete ungeschickt, wobei sie fast in einer Schneeverwehung steckengeblieben wäre, und fuhr zurück Richtung Saras Haus. An der Einfahrt angekommen, beugte sie sich dicht an die Windschutzscheibe heran und spähte mit zusammengekniffenen Augen durch den Schnee, um mehr Einzelheiten am Haus auszumachen, doch es war vergeblich.

»Ich komme morgen wieder«, beschloss sie und fuhr weiter. Alles andere war blanker Unsinn.

Doch stattdessen hielt sie einhundertfünfzig Meter hinter der Einfahrt am Straßenrand an, schaltete die Scheinwerfer aus und zog den Schlüssel ab.

Spinnst du? Was soll das werden?

Sie knöpfte sich den Mantel zu und stieg aus dem Jeep. Ihre Füße versanken im Schnee. Falls man sie bemerkte, würde sie einfach sagen, dass ihr Wagen Probleme mache und sie telefonieren müsse. Sie würde behaupten, kein Handy dabeizuhaben. Um ihrer Geschichte mehr Glaubwürdigkeit zu verleihen, holte sie ihr Handy aus der Handtasche und legte es ins Handschuhfach. Dann verriegelte sie den Jeep mit einem mechanischen Zwitschern und ging an der Straße entlang zur Einfahrt zurück.

Keine Autos kamen vorbei, kein Geräusch drang an ihr Ohr. Die gedämpfte Stille der verschneiten Landschaft kam ihr unnatürlich vor, als wäre die Welt in Watte gehüllt. Das Einzige, was sie hörte, waren der Wind und das Knirschen ihrer Schritte im Pulverschnee.

Sie marschierte weiter. Sie wollte, *musste*, noch ein wenig näher heran. Sie musste das Haus sehen, in dem Sara Harrison Shea ihre kleine Tochter Gertie von den Toten auferweckt hatte.

Sie hielt sich in der Mitte der Einfahrt. Ihre Füße pflügten durch den Schnee wie schlingernde Kanus. Plötzlich tauchten die Einzelheiten des Hauses aus der Dunkelheit auf. Es war tatsächlich das richtige Haus! Sie erkannte es von den Fotos wieder – ein kleines weißes Farmhaus mit je drei Fenstern im Erdgeschoss und im ersten Stock. In der Mitte führten einige gemauerte Stufen zur Haustür hinauf. Aus dem Schornstein stieg Rauch.

Sie verließ die Einfahrt und überquerte den Rand des Hofs. Sie achtete darauf, im Schatten zu bleiben, und stakste nun wie ein Reh durch den Schnee. Adrenalin sorgte für einen herrlichen Rausch – sie tat etwas Verrücktes, ja beinahe Kriminelles. Sie trieb sich heimlich auf einem fremden Grundstück herum und spionierte anderen Menschen nach wie ein Voyeur.

Nur ein flüchtiger Blick, beteuerte sie sich im Stillen. Sie stellte sich vor, wie sie durchs Fenster lugen und gleich als Erstes die Frau mit dem Zopf sehen würde. Dann würde sie sofort zur Haustür gehen, ihre Geschichte von der Autopanne erzählen und herausfinden, ob die Frau tatsächlich Alice hieß.

Die letzten Meter lief sie geduckt unterhalb der Fenster entlang. Als sie das Fenster rechts neben der Haustür erreicht hatte, hielt sie an und verschnaufte.

Langsam und vorsichtig hob sie den Kopf. Fast rechnete sie damit, Sara mit Gertie auf dem Schoß in einem Schaukelstuhl sitzen zu sehen.

Doch stattdessen sah sie etwas ganz anderes – etwas, bei dessen Anblick sie vor Schreck die Hand vor den Mund schlug und in das dünne, salzig schmeckende Leder ihres Handschuhs biss.

Das Fenster gehörte zu einem großen Wohnzimmer mit breiten Holzdielen und Teppichen in gedämpften Erdtönen. Im

Raum standen ein Sofa, zwei Sessel und ein Couchtisch. An der Wand dem Fenster gegenüber befand sich eine große alte Herdstelle aus Backstein, daneben brannte ein Holzofen.

Vor diesem Ofen stand eine Frau. Sie hatte blonde Haare und trug einen elfenbeinfarbenen Pullover. In der rechten Hand hielt sie eine Pistole, mit der sie auf ein kleines Mädchen in einer roten Latzhose zielte, das eine Stoffpuppe an die Brust gedrückt hatte. Ein zweites, älteres Mädchen mit dunklem Haar stand neben der Frau. Sie nickte heftig und mit angstgeweiteten Augen, offenbar in Reaktion auf etwas, was die Frau kurz zuvor gesagt hatte. Es waren die Mädchen von dem Foto – die, die ihrer Mutter im Garten geholfen hatten.

Katherine ging wieder in Deckung und griff in die Handtasche, um ihr Handy herauszuholen und die Polizei zu alarmieren, doch dann fiel ihr ein, dass sie das Handy im Auto gelassen hatte.

»Mist!«, zischte sie leise.

Sie konnte diese zwei Mädchen auf keinen Fall ihrem Schicksal überlassen. Das kam gar nicht infrage. Sie musste etwas unternehmen. Sofort!

Auf einmal überkam sie das Gefühl, dass das Schicksal sie genau deswegen hierhergeführt hatte; dass dies der Grund war, weshalb sie Saras Buch in Garys Werkzeugkasten gefunden und die Fotos im Bildband aus dem Buchladen entdeckt hatte. Weshalb sie während eines Schneesturms im Dunkeln wider jede Vernunft aus dem Jeep gestiegen war. Irgendeine Kraft hatte sie in genau diesem Augenblick an diesen Ort gelenkt, damit sie, vielleicht zum ersten Mal in ihrem Leben, etwas wirklich Sinnvolles tun konnte. Etwas Heldenhaftes.

Sie dachte an die langen Wochen, die sie an Austins Bett gesessen hatte – sie hatte seine Hand gehalten, ihn mit Wackelpudding gefüttert, ihm lustige Geschichten erzählt. Wie ohnmächtig sie gewesen war. Sie hatte ihn nicht retten, das schreckliche Ende, das ihn erwartete, nicht aufhalten können. Und dann Gary. Zermalmt in einem Autowrack, und sie war nicht einmal dabei gewesen – hatte nicht einmal die Chance gehabt, zu versuchen, ihn zu retten. (*Fahr langsamer*, hätte sie vielleicht zu ihm gesagt. *Die Straßen sind vereist.*)

Es gibt Dinge, die man nicht beeinflussen kann. Manchmal geschieht Schreckliches, und man ist vollkommen machtlos dagegen.

Doch nun war sie hier und hatte die Möglichkeit, etwas zu ändern.

Sie würde diese Mädchen retten.

Ruthie

»Unsere Mom ist an Neujahr verschwunden. Sie hat Abendessen gemacht, meine Schwester ins Bett gebracht, sich eine Tasse Tee gekocht, und dann war sie weg«, erzählte Ruthie.

Candace nickte und steckte, da die Mädchen nun keinen Widerstand mehr leisteten, ihre Pistole weg.

»Wissen Sie, was mit ihr ist?«, fragte Fawn und schaute Candace mit ihren großen braunen Augen an. Ruthie hatte ihre Schwester noch nie mit einem so flehentlichen Gesichtsausdruck gesehen.

Candace fuhr sich durch die Haare. »Ich bin mir nicht ganz sicher, aber ich habe da so eine Ahnung.«

»Bitte«, sagte Ruthie. »Wenn Sie irgendwas wissen, müssen Sie es uns sagen.«

Candace lächelte. »Keine Sorge, Ruthie, wir werden eure Mutter schon finden. Eher werdet ihr mich nicht los. Wir fangen damit an, dass ihr mir alles erzählt, was ihr über Tom und Bridget wisst.«

Ruthie schüttelte den Kopf. »So gut wie nichts. Wir hatten noch nie von ihnen gehört, bis wir vorgestern ihre Portemonnaies gefunden haben.«

»Eure Mom hat sie also nie erwähnt?«

»Nie«, bekräftigte Ruthie.

»Und wie seid ihr auf die Portemonnaies gestoßen?«, fragte Candace weiter.

»Es war so, wie ich gesagt hab. Wir haben das Haus durchsucht, weil wir dachten, dass wir vielleicht einen Hinweis finden, was mit Mom passiert sein könnte.«

»Ihr habt nicht die Polizei verständigt?«

»Wir haben drüber nachgedacht, es aber nicht gemacht. Noch nicht. Weil wir wissen, dass Mom es nicht wollen würde. Sie hasst die Polizei.«

Candace lächelte. »Kluge Frau. Also, dann verratet mir jetzt mal, wo ihr die Portemonnaies gefunden habt.«

Ruthie zögerte kurz. Sie dachte nach. »Im Garderobenschrank. Hinter der Rückwand gibt es ein Geheimfach.« Sie warf Fawn einen eindringlichen Blick zu, um ihr zu signalisieren, dass sie nicht widersprechen solle.

»Zeigt es mir!«, befahl Candace.

Ruthie ging den anderen voran in den Eingangsflur und öffnete den Schrank. Das Paneel war herausgenommen und lehnte an der Seitenwand, so wie sie es zurückgelassen hatten.

»Schauen Sie rein«, sagte sie und reichte Candace die Taschenlampe, damit sie sich selbst ein Bild machen konnte. Candace ließ sich auf alle viere nieder und leuchtete mit der Lampe in die leere Höhlung. Ruthie sah sich nach etwas Schwerem um, mit dem sie Candace einen Schlag auf den Kopf geben konnte, während diese in einer so verwundbaren Position war. Alles, was sie sah, waren ein paar alte Regenschirme. Wie hart musste man eigentlich zuschlagen, damit jemand k. o. ging?

»Und sonst war da nichts?«, fragte Candace mit unverhohlenem Misstrauen in der Stimme.

»Nein, nichts«, antwortete Ruthie.

Candace tauchte aus dem Schrank auf und leuchtete Ruthie mit der Taschenlampe ins Gesicht. »Du würdest mich doch nicht anlügen, oder?«

»Ich schwöre es«, beteuerte Ruthie. »Alles, was wir gefunden haben, waren die beiden Portemonnaies in einem durchsichtigen Plastikbeutel.«

»He.« Candace sah sich um. »Wo ist deine Schwester?«

Fawn war ihnen nicht zum Garderobenschrank gefolgt.

Candace machte kehrt und ging, Ruthie auf den Fersen, durch

den Flur zurück ins Wohnzimmer. Aber da war Fawn auch nicht. Candace stieß einen halblauten Fluch aus.

»Fawn?«, rief Ruthie. Sie würde doch nicht etwa versuchen zu fliehen? Ruthie stellte sich vor, wie Fawn in Latzhose und Socken durch den Schnee rannte, um Hilfe zu holen. Die nächsten Nachbarn wohnten drei Meilen entfernt, und auf der Straße waren kaum Autos unterwegs – allenfalls Leute, die zur Teufelshand hochsteigen wollen, und an einem Abend wie diesem wäre das niemand. Fawn würde erfrieren, bevor sie einer Menschenseele begegnete.

Ruthie dachte an die kleine Gertie, die in den Wald gegangen und in den Brunnen gefallen war.

Würden sie Fawn auch dort finden?

Ruthie stieß einen Seufzer der Erleichterung aus, als sie das Tappen von Schritten auf der Treppe hörte. Sie hob den Kopf und sah Fawn, die mit Mimi im Arm die Stufen herunterkam.

»Bleib gefälligst da, wo ich dich sehen kann«, fuhr Candace sie an. Ihr Gesicht war mittlerweile dunkelrot und glänzte vor Schweiß. »Hast du mich verstanden?«

Ruthie umklammerte Fawns Hand, entschlossen, sie keine Sekunde mehr aus den Augen zu lassen.

Fawn nickte hastig. »Ich wollte bloß eine Decke für Mimi holen«, erklärte sie und zeigte ihre Puppe. Sie war in eine alte Babydecke gewickelt, die früher mal Fawn gehört hatte. »Sie ist nämlich krank. Sie hat Fieber. Ich musste ihr Medizin geben. Ich bin auch krank.«

Candace lächelte. »Tut mir leid, das zu hören, Kleine. Aber ab jetzt bleibst du in unserer Nähe, abgemacht?«

»Versprochen«, sagte Fawn mit einem zuckersüßen Lächeln. Fawns Lächeln konnte einen Eisberg zum Schmelzen bringen. Man konnte gar nicht anders, man musste einfach zurücklächeln, ganz egal, wie schlecht gelaunt oder wütend man war.

Candace rieb sich das Gesicht, und ihre Schultern sackten herab. »Habt ihr zufällig Kaffee da?«

»Kaffee?«, sagte Ruthie. Die Frau hatte sie als Geiseln genommen, und jetzt sollte man ihr Erfrischungen servieren? »Äh, klar, ich kann eine Kanne aufsetzen.« Vielleicht war das ihre Chance – wenn sie nur eine Minute allein in die Küche gehen könnte, hätte sie vielleicht Gelegenheit, jemanden anzurufen, sich ein Messer zu schnappen … irgendwas.

»Wir kommen mit«, sagte Candace und folgte ihr. »Ich will nicht, dass heute Abend noch jemand verschwindet.«

Candace setzte sich an den Küchentisch und sah zu, wie Ruthie Kaffeebohnen abmaß, mahlte und die Maschine anstellte. Fawn ließ sich an ihrem angestammten Platz gegenüber dem Fenster nieder. Mimi lag auf ihrem Schoß.

Ruthie gesellte sich an den Tisch und setzte sich neben Fawn. Diese ergriff ihre Hand und hielt sie ganz fest. Fawns Hand war heiß. Wahrscheinlich brauchte sie wieder ihre Medizin.

Candace sah Ruthie scharf an. »Wann hast du Geburtstag?«, wollte sie wissen.

»Am dreizehnten Oktober.«

Fawn zog sachte an Ruthies Hand und führte sie zu ihrer Puppe, die noch immer, in die dicke Decke eingewickelt, auf Fawns Oberschenkeln lag. Fawn drückte Ruthies Hand gegen die Puppe. Unter der Decke befand sich etwas Hartes.

»Und wie alt bist du?«, fragte Candace weiter.

»Neunzehn.« Ruthie schob die Decke ein Stückchen beiseite. Fast hätte sie einen überraschten Schrei ausgestoßen. Sie schluckte ihn im allerletzten Moment herunter und musste sich bemühen, ein neutrales Gesicht zu machen.

Der Revolver.

Fawn hatte den Revolver aus dem Versteck im Schlafzimmer ihrer Mutter geholt und in die Decke gewickelt. Kluges Kind. Vorsichtig zog Ruthie die Decke wieder darüber. Sie konnte den Revolver jetzt nicht nehmen. Vielleicht würde sie ihn auch gar nicht brauchen. Trotzdem war es gut zu wissen, dass die Waffe notfalls in Reichweite war.

»Du bist deiner Mutter wie aus dem Gesicht geschnitten, weißt du das?«, sagte Candace, an Ruthie gewandt.

Fawn lachte ihr glockenhelles Feenlachen. »Aber sie sieht doch kein bisschen wie Mom aus.«

»Weil Alice Washburne nicht ihre Mutter ist.« Candaces Worte schlugen ein wie eine Bombe, und nachdem sich der Staub gelegt hatte, beobachtete sie interessiert die Mienen der beiden Mädchen.

»Die O'Rourkes sind meine leiblichen Eltern«, stellte Ruthie fest. Ihre Hand lag noch immer auf dem Revolver unter der Decke.

Wenn sie ehrlich war, wusste sie es, seit sie zum ersten Mal das Foto gesehen hatte. Tief im Innern hatte sie die Wahrheit gespürt.

Trotzdem war es ein seltsames Gefühl. Als Kind hatte sie sich immer vorgestellt, dass Mom und Dad gar nicht ihre richtigen Eltern waren; sie hatte sich ein reiches Königspaar ausgemalt, in einem weit entfernten Land, von dem sie noch nie gehört hatte. Irgendwann würden sie kommen, ihre wahre Identität enthüllen und sie mitnehmen, damit sie endlich das Leben führen konnte, das ihr gebührte – ein Leben, in dem sie nicht den Hühnerstall ausmisten und die abgelegten Kleider anderer Leute tragen musste. Jetzt war ihr Wunsch endlich in Erfüllung gegangen, nur leider hatte es rein gar nichts von dem magischen Neuanfang, den sie sich erträumt hatte. Es war ein dumpfes, hartes Gefühl, wie ein Schlag in die Magengrube.

»Wie gesagt, du bist ein kluges Mädchen.«

Fawn machte große Augen. Ihr Mund war leicht geöffnet. Sie umklammerte Ruthies Hand noch fester.

»Dann sind Sie ... meine Tante, oder was?« Ruthie wusste nicht recht, was sie dazu sagen sollte. *Schön, dich kennenzulernen, tatsächliche Blutsverwandte* schien nicht ganz das Passende zu sein.

»Ich versteh das nicht«, murmelte Fawn und schaute zwischen Ruthie und Candace hin und her.

»Ziemlich verwirrend, oder?« Candace bedachte Fawn mit einem mitfühlenden Blick. »Um das zu erklären, müssten wir weit ausholen, bis zu der Zeit, als Tommy und ich noch Kinder waren. Wir haben hier in diesem Haus gewohnt. Nachdem Sara Harrison Shea gestorben war, hat ihre Nichte das Haus geerbt. Es blieb in der Familie. Tommy und ich sind die Ururenkel von Saras Nichte Amelia.«

Ruthie überlegte kurz und nickte, als ihr klar wurde, dass sie selbst damit ebenfalls eine Blutsverwandte von Sara Harrison Shea war. Ob Wahnsinnige oder Mystikerin, ein Teil von Sara lebte in Ruthie weiter.

»Als Kinder haben wir überall im Haus Verstecke gefunden – das im Garderobenschrank, eins unter dem Fußboden im Schlafzimmer unserer Eltern, in den Wänden, hinter einem der Küchenschränke da drüben.« Sie zeigte auf den Schrank, in dem die Tassen und Gläser aufbewahrt wurden. »Da haben wir auch die fehlenden Seiten aus Sara Harrison Sheas Tagebuch gefunden, einschließlich der Anleitung, wie man einen Schlafenden erschafft. Sie hatte den Brief abgeschrieben, den Auntie ihr hinterlassen hatte.«

»Was ist ein Schlafender?«, fragte Fawn.

Candaces Augen wurden wölfisch. »Ein Toter, der wieder zum Leben erweckt wurde.«

Fawn biss sich auf die Lippe. »Aber so was gibt's nicht in echt, oder?« Ihr Blick huschte zu Ruthie.

»Natürlich nicht«, sagte Ruthie, doch das schien Fawn nicht zu überzeugen. Sie wirkte nach wie vor verängstigt.

»So wie Außerirdische?«, hakte sie nach.

»Genau, so wie Außerirdische«, bestätigte Ruthie und schenkte Fawn ein, wie sie hoffte, aufmunterndes Lächeln. Dann wandte sie sich an Candace. »Das heißt also, Sie haben die fehlenden Seiten die ganze Zeit über gehabt?«

Candace hob eine Hand. »Nicht so hastig. Lass mich zu Ende erzählen. Wir hatten die Anleitung, aber ein Teil fehlte uns noch«, fuhr sie fort. »Es gab eine Karte, die Auntie gezeichnet hatte und auf der beschrieben war, wohin man gehen musste, um den Zauber auszuführen. Die haben wir nirgends gefunden. Unsere Eltern hatten das Haus fast komplett leer geräumt und kistenweise alte Sachen an Trödelläden verkauft. Sie wollten alles loswerden, was irgendwie mit der verrückten Sara zusammenhing. Tommy und ich waren also im Besitz der Anleitung, hatten aber keine Ahnung, wo man das Ritual vollziehen musste. In den Aufzeichnungen, die wir gefunden hatten, stand, dass es in der Nähe des Hauses, möglicherweise sogar im Haus selbst, eine magische Pforte gab, und dass man, damit der Zauber wirksam war, zu dieser Pforte gehen musste. Aber ohne die Karte oder eine Beschreibung des Ortes kamen wir nicht weiter.«

»Und was haben Sie mit den Seiten gemacht, die Sie gefunden haben?«, wollte Ruthie wissen.

»Wir haben sie versteckt. Als wir erwachsen waren, hat Tommy sie dann an sich genommen. Er meinte, sie wären eine Menge Geld wert, auch ohne die Karte, und sobald er einen Käufer gefunden hätte, würden wir sie verkaufen und uns das Geld teilen. Er hatte einen Freund vom College, der mit alten Büchern und Dokumenten handelte ...«

»Unser Vater!«, rief Ruthie.

»Genau. James Washburne. Eines Sonntags vor sechzehn Jahren trafen Tom und Bridget sich mit ihm und seiner Frau Alice hier in diesem Haus. Sie wollten ihnen die Seiten aus dem Tagebuch zeigen und ein letztes Mal versuchen, die Pforte zu finden. Danach wollten sie die Seiten zur Auktion freigeben. Tommy meinte, das würde uns alle reich machen.«

»Und was ist passiert?«, fragte Ruthie.

Candace schüttelte den Kopf und presste die Lippen aufeinander. »Tommy und Bridget wurden getötet.«

»Getötet?«, keuchte Ruthie. Innerhalb von wenigen Minuten hatte sie neue Eltern bekommen und gleich wieder verloren. Das war nicht fair. »Wie?«

»Alice und James haben behauptet, *etwas* im Wald hätte sie geholt – irgendein Monster hätte sie mit sich fortgeschleift.« Sie hielt die Blicke der beiden Mädchen fest und machte eine hochdramatische Pause.

Fawn wurde stocksteif.

»Es gibt keine Monster«, erklärte Ruthie, bevor sie die Hand ihrer kleinen Schwester nahm und sie beruhigend streichelte.

»In dem Punkt sind wir uns vollkommen einig«, sagte Candace. »Anfangs war ich in einem solchen Schockzustand, dass ich ihnen die Geschichte einfach abgekauft habe. Ich war nicht wirklich davon überzeugt, dass es da draußen ein Monster gab, aber vielleicht war ja irgendein schrecklicher Unfall passiert. Im Laufe der Jahre allerdings habe ich die Wahrheit erkannt. Ich kann gar nicht glauben, wie dumm und naiv ich damals gewesen bin.«

»Die Wahrheit?«, fragte Ruthie.

Candace nickte. »Liegt es nicht auf der Hand? James und Alice haben meinen Bruder und seine Frau ermordet, um an die Tagebuchseiten zu kommen. Sie wussten, was sie wert waren, und wollten sie für sich selbst behalten.«

Ruthie schüttelte nachdrücklich den Kopf. »Meine Eltern sind doch keine Mörder!« Der Gedanke war noch lächerlicher als die Vorstellung, dass im Wald ein Monster hauste.

»Überleg mal, Ruthie. Könnte nicht jeder zum Mörder werden, wenn genug auf dem Spiel steht?« Candace schwieg mehrere Sekunden lang. »Wenn ihr einen Beweis dafür wollt, müsst ihr nicht lange suchen. Hier stehe ich und bedrohe zwei junge Mädchen, von denen eins meine lang verschollene *Nichte* ist, mit einer *Waffe*, weil ich die verschollenen Seiten wiederhaben will.«

»Warum sind Sie denn so scharf darauf?«, hakte Ruthie nach. »Sie glauben doch nicht im Ernst, dass dieser Zauber funktioniert?«

Candace lachte. »Nein. Aber es gibt jede Menge andere Leute, die es glauben. Leute, die viel Geld dafür bezahlen würden. Geld, von dem ich mir wiederum den besten Anwalt leisten könnte, den es gibt, damit er mir meinen Sohn zurückholt.«

Ruthie nickte. Jetzt ergab alles einen Sinn – und genau das beunruhigte sie. Candace war eine völlig unberechenbare Frau, die nichts zu verlieren, aber viel zu gewinnen hatte. »Sie glauben also wirklich, dass meine Mutter die fehlenden Tagebuchseiten hat?«

»Ja. Davon bin ich überzeugt. Obwohl eure Eltern immer behauptet haben, die Seiten wären an besagtem Wochenende, als Tommy und Bridget getötet wurden, verloren gegangen. Ich habe all die Jahre geduldig gewartet, weil ich mir ganz sicher war, dass sie eines Tages wieder auftauchen würden – dass eure Eltern versuchen würden, sie zu Geld zu machen. Und ich glaube, genau das passiert jetzt gerade. Vielleicht hat eure Mutter aus irgendeinem Grund entschieden, dass die Zeit reif ist. Vielleicht hat sie sie sogar schon verkauft. Durchaus möglich, dass sie das Geld kassiert und sich damit abgesetzt hat.«

Fawn schüttelte den Kopf. »Sie würde uns nicht im Stich lassen.«

»Fawn hat recht«, bekräftigte Ruthie. »Das würde sie nicht machen. Ich kann mir vorstellen, dass sie versucht, die Seiten zu verkaufen – falls sie sie überhaupt hat –, aber wenn, dann würde sie es für *uns* tun, das weiß ich ganz genau.«

Ruthie fiel das Versprechen ihrer Mutter ein, im nächsten Jahr bei der Finanzierung des Studiums zu helfen. War das etwa ihr großer Plan gewesen: die eine wertvolle Sache, die sie besaß, zu verkaufen, damit Ruthie auf das College ihrer Wahl gehen konnte?

»Mag sein.« Candace zuckte mit den Schultern. »Vielleicht hat eure Mutter ja versucht, die Seiten zu verkaufen, und irgendwas ist schiefgegangen. Ich muss zugeben, dass ich ... überrascht war, als du bei mir vor der Tür standst und mir gesagt hast, dass sie verschwunden ist«, fügte Candace hinzu und zog erneut an einer Haarsträhne. »Alice wollte damals unbedingt hierbleiben und dich als ihr eigenes Kind aufziehen. James genauso. Ich hatte ihnen mein Wort gegeben, mich nicht einzumischen. Sie sollten für dich sorgen und dir niemals die Wahrheit über deine leiblichen Eltern sagen. Wir hatten uns darauf geeinigt, dass es so das Beste wäre. Mein Mann – inzwischen mein Exmann – wollte noch keine Kinder. Er wollte die ganze Sache einfach nur vergessen. Es war ihm von Anfang an ein Dorn im Auge gewesen, dass Tommy und ich uns so nahe standen. Außerdem wollten James und Alice hier draußen über den Hügel wachen. Sie wollten dafür sorgen, dass das Monster, von dem sie glaubten, dass es da oben irgendwo sein Unwesen trieb, nie wieder jemandem etwas zuleide tat. Sie waren ... fasziniert von den Legenden. Von Sara und den Schlafenden. Sie waren felsenfest davon überzeugt, dass das Schicksal sie hierhergeführt hatte, dass sie Teil eines größeren Plans waren.«

Wieder musste Ruthie daran denken, wie oft ihre Eltern sie gewarnt hatten: *Geh nicht in den Wald. Das ist zu gefährlich.*

Hauste da oben wirklich etwas?

Sie erinnerte sich daran, wie sie ihren Vater gefunden hatte, die Axt noch in der Hand. Wie er mit ihr auf dem Arm den Hügel heruntergerannt war und ihr später gesagt hatte, es sei alles nur ein böser Traum gewesen.

Ein lautes Klirren riss sie aus ihren Gedanken. Es kam irgendwo aus dem hinteren Teil des Hauses. Candace zog die Pistole und sprang so schnell auf, dass sie fast den Tisch umgestoßen hätte.

»Woher kam das?«, fragte sie mit vor Angst weit aufgerissenen Augen. Sie hielt die Waffe mit beiden Händen fest und zielte in Richtung Zimmerdecke.

»Aus dem Bad, glaub ich«, antwortete Ruthie.

Candace machte Anstalten, aus der Küche zu stürzen, dann drehte sie sich um und sah zu den Mädchen hinüber, die noch auf ihren Stühlen saßen. »Kommt«, befahl sie. »Wir bleiben zusammen.«

Sie liefen zum Badezimmer und sahen, dass die Fensterscheibe eingeschlagen war. Die Fliesen waren voller Glasscherben und kleiner Pfützen aus geschmolzenem Schnee. Dazwischen waren ein paar Blutstropfen zu sehen. Fawn griff Ruthies Hand mit einer Kraft, die ihr fast die Knochen zermalmte. Ihre kleinen Finger waren heiß und erstaunlich stark. Im anderen Arm hielt sie Mimi – die Puppe war noch immer mit dem Revolver in die Decke eingewickelt.

»Bleibt hinter mir!«, zischte Candace und folgte langsam der Spur aus Schmelzwasser und Blutstropfen, die den Flur entlang ins Wohnzimmer führte. Ruthie achtete darauf, dass Fawn hinter ihr blieb, und lauschte angestrengt auf Geräusche. Sie hörte nichts außer dem Schlag ihres eigenen Herzens. Natürlich war es vollkommen irrsinnig, aber aus dem Durcheinander in ihrem Kopf stach ein einziger Gedanke ganz klar heraus. *Das Monster. Es gibt das Monster wirklich, und es ist hier im Haus.*

»Keine Bewegung«, sagte Candace plötzlich und riss die Waffe hoch.

Über den Couchtisch gebeugt stand eine Frau und hielt den Nikon-Fotoapparat in der Hand. Sie war groß, dünn und sehr blass. Sie trug Jeans voller Farbkleckse, aber ihr Mantel sah teuer aus. Aus dem dünnen schwarzen Handschuh an ihrer rechten Hand lief Blut.

»Wo haben Sie das her?«, fragte sie und streckte ihnen die Kamera entgegen. Ihre Stimme war heiser und brüchig, in ihren Augen standen Tränen. *»Wo haben Sie das her?«*

Katherine

»Legen Sie die Kamera weg!«, befahl die blonde Frau und richtete die Pistole auf Katherine. Hinter ihr standen die beiden Mädchen. Sie schienen sich noch genauso sehr vor ihr zu fürchten wie kurz zuvor, als Katherine die drei durchs Fenster beobachtet hatte.

So viel zu ihrer Rettungsaktion. Kaum hatte sie den vertrauten Rucksack samt Inhalt auf dem Couchtisch erspäht, war ihr alles andere gleichgültig geworden – die Pistole und die Mädchen, denen sie doch eigentlich hatte helfen wollen.

»Kennt ihr die Frau?«, wandte sich die Blonde an die Mädchen.

»Nein!«, erwiderte die Ältere, sichtlich verwirrt durch Katherines Anwesenheit. »Ich hab sie noch nie in meinem Leben gesehen.«

»Vielleicht ist sie eine Schlafende«, sagte die Kleine, die eine abgewetzte Puppe an sich drückte.

Was sollte Katherine sagen? Wie um alles in der Welt sollte sie ihr Hiersein erklären?

Aber nein. Die anderen waren diejenigen, die etwas zu erklären hatten. Sie hatten Garys Fotorucksack.

Frag sie, hauchte er ihr ins Ohr. *Frag sie, wo sie ihn herhaben.*

Sie fasste die Nikon fester und hielt sie den dreien entgegen. »Die hat meinem Mann gehört. Das alles hier sind seine Sachen.«

»Legen Sie die Kamera hin und treten Sie vom Rucksack weg«, befahl die blonde Frau erneut und fuchtelte mit ihrer Waffe herum. »Ich sage es nicht noch einmal.«

»Mein Mann hieß Gary«, wandte Katherine sich an die Mädchen, während sie den Fotoapparat zurück auf den Couchtisch legte. Ihre Stimme war heiser, sie klang verzweifelt. »Kanntet ihr ihn? War er vielleicht mal bei euch zu Besuch?«

Die Mädchen schüttelten den Kopf.

»Er ist tot«, erklärte Katherine mit zitternder Stimme. »Er war hier, in West Hall. Dann hatte er auf der Heimfahrt einen Unfall, die Straßen waren glatt und …« Sie konnte nicht weitersprechen. Ihre Gedanken wirbelten wild durcheinander, und beim Anblick von Garys Ausrüstung kamen der ganze Schmerz, die ganze Trauer wieder in ihr hoch.

»Das tut mir leid«, sagte das ältere Mädchen.

Die Blonde sah sie an. »Was hat es mit diesen Fotosachen auf sich?«

»Ehrlich, ich hab keine Ahnung«, antwortete das Mädchen. »Wir haben sie heute erst gefunden.«

»Gefunden?«, fragte Katherine.

Die Frau mit der Pistole schnalzte zweimal mit der Zunge und schüttelte den Kopf. »Die beiden scheinen ein Talent dafür zu haben, Sachen zu finden, die toten oder vermissten Personen gehört haben«, sagte sie. »Also, wo habt ihr den Rucksack gefunden, Mädchen – etwa auch im Garderobenschrank? Obwohl ihr eben noch behauptet habt, dort sei nichts gewesen außer den Portemonnaies?«

Die Ältere schüttelte den Kopf. »Er war im Kleiderschrank von unserer Mutter. Oben. Wir haben ihn heute Abend entdeckt. Keine Ahnung, wieso meine Mom ihn hatte. Ich hab versucht, die Kamera einzuschalten, aber es ging nicht.«

Katherine nickte. »Wahrscheinlich ist der Akku leer.«

»Sind noch Fotos auf der Kamera?«, wollte die Blonde wissen. »Können wir einen neuen Akku einlegen?«

»Wir können den Akku aufladen, die Kamera einschalten und nachsehen«, schlug Katherine vor. »Wenn keiner sie gelöscht hat, müssten die letzten Bilder, die Gary gemacht hat, noch gespeichert sein.«

Die letzten Bilder, die Gary gemacht hatte. Katherines Hände zitterten.

Die Blonde nickte. »So machen wir's. Ich denke, wir sind alle ein bisschen neugierig. Und während wir warten, setzen wir uns in die Küche und lernen uns besser kennen. Bei der Gelegenheit können Sie uns auch erklären, woher Sie wussten, dass die Fotoausrüstung Ihres verstorbenen Mannes sich hier in diesem Haus befindet.«

»Ich weiß gar nicht, wo ich anfangen soll«, gestand Katherine, sobald sie alle am Tisch saßen. Die Blonde hatte dem älteren Mädchen befohlen, ihnen Kaffee einzuschenken, und saß nun, die Waffe auf Katherine gerichtet, am Küchentisch. Es war eine sehr bizarre Situation: mit der Waffe bedroht zu werden und gleichzeitig Kaffee zu trinken. »Milch und Zucker?«, fragte das Mädchen höflich. Katherine hatte das Gefühl, in eine Szene aus einem Arthouse-Film gestolpert zu sein – die Art Film, die sie sich während ihrer Studienzeit vielleicht zusammen mit Gary im Kino angeschaut hätte.

»Am Anfang«, befahl die Blonde.

»Also gut«, sagte Katherine, holte tief Luft und versuchte nicht an die Waffe zu denken, die auf ihre Brust gerichtet war. Sie begann mit Garys Unfall. Dann berichtete sie, wie sie seine letzte Kreditkartenabrechnung erhalten hatte und der Spur nach West Hall gefolgt war.

»Sie sind allen Ernstes nach West Hall gezogen, nur weil das der letzte Ort war, an dem Ihr Mann vor seinem Tod gewesen ist?«, fragte Ruthie, das ältere Mädchen, entgeistert. »Kein Mensch zieht nach West Hall – jedenfalls nicht freiwillig.«

»Unterbrich sie nicht«, fuhr die Blonde dazwischen, dann machte sie eine auffordernde Bewegung mit der Pistole in Katherines Richtung. »Weiter«, befahl sie. »Und lassen Sie nichts aus. Man kann nie wissen, was vielleicht noch mal wichtig wird.«

Katherine erzählte ihnen, wie sie *Besucher von der anderen Seite* in Garys Angelkasten gefunden und durch Lou Lou von Garys Treffen mit der Eierfrau erfahren hatte.

»Die Eierfrau?« Diesmal war es die Jüngere der beiden Mädchen, die sich zu Wort meldete. Sie hieß Fawn. Ihre braunen Augen waren so groß wie Untertassen. »Sie meinen unsere Mom?«

Also hatte sie recht gehabt! Die beiden waren die Töchter der Eierfrau. Aber wo war sie? Und welche Verbindung hatte sie zu Gary?

»Ich vermute, ja. Lou Lou wusste nicht viel über sie – nur dass sie jeden Samstag auf dem Bauernmarkt Eier verkauft. Ich bin heute hingegangen und habe nach ihr gesucht, aber sie war nicht da. Dann habe ich Fotos von eurem Haus in einem Bildband gesehen, den ich mir im Buchladen gekauft hatte.«

»Dieses Buch vom Historischen Verein? Oh Mann, Mom war stinksauer, als sie unser Bild darin gesehen hat«, sagte Ruthie. »Sie wollte, dass es rausgenommen wird, aber es waren schon mehrere hundert Exemplare gedruckt.«

Katherine nahm den Faden wieder auf. »Als ich das Foto von euch dreien in eurem Garten gesehen habe, dachte ich, dass die grauhaarige Frau darauf möglicherweise die Eierfrau sein könnte, nach der ich schon die ganze Zeit suche, also bin ich kurzerhand hergefahren. Ich habe draußen an der Straße geparkt und bin den Rest zu Fuß gegangen. Dann habe ich durchs Fenster gesehen, wie Sie die beiden mit einer Waffe bedroht haben«, fügte sie mit einem Blick zu der Blonden hinzu. »Und mir war klar, dass ich was unternehmen muss.«

Die Blonde lachte. »Na, da haben Sie sich ja wirklich überaus geschickt angestellt.«

Die Mädchen sahen sie mit großen Augen an. Katherine war sicher, einen Hauch Enttäuschung in ihren Blicken lesen zu können. *Sie? Sie waren unsere letzte Chance, und jetzt haben Sie es vermasselt.*

»Aber wieso sollte sich Ihr Mann mit Mom bei Lou Lou treffen?«, erkundigte sich Ruthie. Sie rieb sich die Augen, unter denen dunkle Schatten zu sehen waren. »Und warum hat Mom seinen Rucksack? Das macht doch alles keinen Sinn.«

»Er hatte ihn dabei, als er am Tag seines Todes aus dem Haus gegangen ist«, erklärte Katherine. »Und der Rucksack war nach dem Unfall nicht mehr im Wagen. Ich habe die Polizei und die Rettungssanitäter gefragt, aber keiner konnte sich daran erinnern, ihn gesehen zu haben.«

Eine Zeitlang herrschte Schweigen, während alle in ihre noch vollen Kaffeetassen starrten. Fawn hatte ihre Puppe fest an die Brust gedrückt.

»Das heißt, auf der Kamera befinden sich die letzten Bilder, die er gemacht hat?«, fragte die Blonde.

»Ja«, sagte Katherine. »Sie müssten noch im Speicher sein, es sei denn, jemand hat sie gelöscht.«

»Na, dann schauen wir doch mal nach«, beschloss die Blonde.

»Was glauben Sie denn, was Sie finden werden?«, wollte Katherine wissen.

»Ich weiß nicht. Vielleicht einen Hinweis darauf, wo Alice Washburne steckt und was sie mit den Tagebuchseiten gemacht hat.«

»Tagebuchseiten?«

»Candace glaubt, meine Mutter hätte einige der verloren gegangenen Seiten aus dem Tagebuch von Sara Harrison Shea«, klärte Ruthie sie auf. »Eine Anleitung, wie man Tote wieder zum Leben erweckt.«

Katherine legte den aufgeladenen Akku in die Kamera und schaltete sie ein. Die anderen scharten sich um sie, während sie das Menü bediente und die gespeicherten Bilder aufrief.

»Wir haben Glück«, verkündete sie. »Sie wurden nicht gelöscht.«

Rasch klickte sie sich durch die gespeicherten Fotos. Als Erstes kamen einige Aufnahmen von ihr auf Garys Motorrad. Er hatte sie während ihres Wochenendausflugs in die Adirondacks zwei Wochen vor seinem Tod gemacht. Sie trug Jeans und Lederjacke, hatte sich die Haare zu einem lockeren Pferdeschwanz gebunden und posierte lächelnd für Garys Kamera. Sie sah glücklich aus. Sie hielt sich am Lenker fest, als würde sie fahren, den Wind im Haar und »Born to be wild« auf den Lippen. Gary hatte gelacht. »Vorsicht«, hatte er sie gewarnt. »Du weißt, ich habe eine Schwäche für Bikerbräute.«

Als Nächstes kam ein Foto von ihr vor der Hütte, in der sie übernachtet hatten, dann vor dem kleinen Laden am Straßenrand, bei dem sie auf der Rückfahrt haltgemacht hatten. ANTIQUITÄTEN UND KURIOSITÄTEN hatte auf dem Ladenschild gestanden. Gary hatte für sieben Dollar eine kleine Metallkiste mit alten Schwarzweißfotos, Briefen und Dokumenten erstanden. Er war vor Begeisterung ganz aus dem Häuschen gewesen, als er darunter zwei sehr alte Ferrotypien entdeckt hatte. Und ein Kuvert mit dem kleinen Ring aus Bein, den er ihr geschenkt hatte.

Auf den Neubeginn.

Katherine klickte sich durch die nächsten Bilder: Sie waren allesamt schlecht belichtet und zeigten verschiedene, in einer kleinen, sauberen Handschrift eng beschriebene Seiten.

»Was soll das denn sein?«, wunderte sie sich laut.

Ruthie kniff die Augen zusammen. »Das ist ein Tagebucheintrag. Sehen Sie, da steht ein Datum: 1. Februar 1908.«

Katherine gelang es, die ersten Zeilen zu entziffern.

Es gibt Pforten, Übergänge zwischen unserer Welt und der Welt der Geister. Eine dieser Pforten befindet sich hier in West Hall.

»O mein Gott«, rief Ruthie und beugte sich vor, um besser sehen zu können. »Ich glaube, das ist eine der verschollenen Tagebuchseiten!«

Katherine wechselte zum nächsten Bild. »Eine Art Karte«, sagte sie. Die grobe Skizze zeigte ein Haus, Felder und einen Pfad durch den Wald, der sich den Hügel hinauf zur Teufelshand schlängelte. Um die Teufelshand herum stand etwas in winzigen, unleserlichen Buchstaben geschrieben. Auf der unteren Hälfte der Seite befand sich eine zweite Zeichnung: ein Netzwerk aus Linien und Kreisen, das alles Mögliche hätte darstellen können – Wasserwege oder Pfade vielleicht? Auch diese Karte war mit winzigen, nicht zu entziffernden Hinweisen beschriftet.

»Lasst mich sehen«, sagte Candace und nahm ihr die Kamera aus der Hand. »Das ist die Karte, die den Weg zur Pforte beschreibt! Sie muss es sein. Können Sie sie vergrößern?«

Katherine schüttelte den Kopf. »Größer lässt es sich auf der Kamera nicht darstellen. Wenn Sie einen Computer haben, dann könnten wir sie vergrößern, sogar ausdrucken.«

»Wir haben keinen Computer«, warf Fawn ein. »Mom hält nichts von Computern.«

»Mein Gott. Natürlich nicht«, knurrte Candace. Sie starrte angestrengt auf das Display der Kamera. »Die Schrift kann ich nicht lesen, aber es sieht so aus, als läge die Pforte oben bei der Teufelshand. Aber was soll das da unten auf der Seite sein?«

»Vielleicht ein Ausschnitt, der die genaue Lage der Pforte darstellen soll?«, mutmaßte Ruthie.

»Was für Bilder sind sonst noch drauf?«

Katherine zeigte Candace den Knopf für den Bildvorlauf.

»Noch mehr Tagebuchseiten, wie es scheint«, sagte Candace. »Seht euch das an! Da ist sogar ein Foto des Originalbriefs von Auntie an Sara, in dem die Schlafenden beschrieben werden. Wie um alles in der Welt hat Ihr Mann den in die Finger bekommen?«

»Darf ich?«, fragte Katherine, nahm die Kamera von Candace und klickte sich erneut durch die letzten Aufnahmen. Im Hintergrund einiger Fotos waren die kleine Metallkiste und die Ferrotypien zu erkennen. »Zwei Wochen vor seinem Unfall hat Gary in einem Antiquitätenladen in den Adirondacks eine Kiste mit alten Unterlagen und Fotos gekauft. Er hat alte Fotos gesammelt, das war seine große Leidenschaft. Unter den Sachen in der Kiste müssen wohl auch einige der Tagebuchseiten gewesen sein.«

»Und Sie haben sie nie zu Gesicht bekommen? Er hat sie Ihnen gegenüber nicht erwähnt?«, fragte Candace nach.

»Nein«, sagte Katherine, während sie fieberhaft überlegte. »Aber danach war er auf einmal so seltsam. Als hätte er Geheimnisse vor mir. Er blieb oft lange weg und kam hinterher mit irgendwelchen faulen Ausreden, wo er angeblich gewesen sei. Ich glaube ...« Ihre Stimme brach. »Wir hatten einen Sohn. Austin. Er ist vor zwei Jahren gestorben. Er war sechs.«

Ihre Hände zitterten. Ihre Finger umkrallten die Kamera. Garys Kamera.

Sie erinnerte sich, wie Gary eines Abends, während er sie weinend im Arm gehalten hatte, zu ihr gesagt hatte: »Ich würde alles tun, um ihn zurückzubekommen. Meine Seele verkaufen, einen Pakt mit dem Teufel schließen ... Aber solche Möglichkeiten bekommt man im echten Leben nie, Katherine. So funktioniert die Welt nun mal nicht.«

Was, wenn er sich getäuscht hatte?

Katherine versuchte es sich vorzustellen: Gary war auf die Seiten gestoßen und hatte den Inhalt anfangs wahrscheinlich für blanken Unsinn gehalten. Doch je mehr er gelesen, je mehr er über Sara Harrison Shea herausgefunden hatte, desto öfter war ihm eine Frage in den Sinn gekommen: *Was wäre wenn ...?* Dies war der Grund, weshalb er nach Vermont gekommen war. Die Idee, die vage Hoffnung, dass sie vielleicht ihren Austin wiederhaben könnten.

Und tatsächlich, die nächsten Fotos zeigten das Farmhaus, die Scheune und die Felder ringsum. Dann den Wald. Nahaufnahmen von einem Pfad, von verkrüppelten Apfelbäumen und in den Himmel ragenden Felsen.

»Er war hier«, sagte Ruthie. »Das ist die Teufelshand. Sie steht oben auf dem Hügel hinter unserem Haus.«

Gary war hier gewesen. Er hatte diesen Ort an seinem letzten Tag besucht. Rasch klickte Katherine sich durch die Fotos der Felsen.

»Warten Sie!«, rief Candace barsch. »Zurück.«

Katherine gehorchte.

»Da«, sagte Candace und stach mit dem Finger auf das Display ein. »Wonach sieht das Ihrer Meinung nach aus?«

Katherine starrte angestrengt auf das Bild. Es war eine Nahaufnahme von einem der Felsfinger. Gary hatte sie bei schlechten Lichtverhältnissen gemacht, deshalb war es schwer zu sagen, was genau Candace darauf zu sehen glaubte.

»Da ist was«, meldete sich nun Ruthie zu Wort und zeigte auf etwas am linken unteren Rand des Felsfingers, das wie ein annähernd quadratisches Loch aussah.

»Eine Art Öffnung«, pflichtete Candace ihr bei. »Eine Höhle vielleicht?«

»Da oben gibt es keine Höhle«, widersprach Ruthie und beugte sich noch dichter über das Display. »Jedenfalls nicht, dass ich wüsste.«

Die nächsten Bilder waren allesamt dunkel und verschwommen.

»Du liebe Zeit, ist er etwa da hineingekrochen?«, sagte Candace. »Sind die Fotos deshalb so dunkel?«

»Schwer zu sagen. Wie gesagt, wenn ich einen Computer hätte, könnte ich ein paar Sachen ausprobieren und die Bilder vergrößern. Dann würde man vielleicht mehr erkennen.«

»Wir brauchen keinen Computer«, verkündete Candace. »Es ist auch so klar, was wir jetzt tun müssen, nicht wahr?«

Die anderen sahen sie abwartend an. Sie hatte nach wie vor die Waffe in der Hand, allerdings ließ sie den Arm locker herunterhängen.

»Wir müssen in den Wald gehen. Wenn es da oben irgendeine geheime Tür oder Höhle oder sonst etwas gibt, müssen wir sie untersuchen. Wer weiß, womöglich ist eure Mutter ja dort, und wenn nicht, dann gibt es vielleicht wenigstens einen Hinweis darauf, wo sie sein könnte. Und falls wir sie doch finden, dann hat sie vielleicht die fehlenden Tagebuchseiten bei sich – und zwar nicht nur die, die Tom und ich damals gefunden haben, sondern möglicherweise auch die von Gary. Dann bekommt jeder, was er will: Ich bekomme die Seiten, ihr zwei habt eure Mutter wieder, und Katherine wird erfahren, was ihr Mann hier in West Hall wollte.«

»Ich finde nicht ...«, setzte Ruthie an.

Candace unterbrach sie. »Dich fragt hier keiner. Wir gehen alle.«

»Aber meine Schwester ist krank«, protestierte Ruthie. »Sie hat Fieber.«

Candace musterte Fawn prüfend. »Ich finde, sie sieht gesund aus. Dir geht es gut genug, oder, Fawn? Willst du nicht auch in den Wald gehen und nach deiner Mom suchen?«

Fawn nickte energisch.

»Niemand bleibt hier«, beschloss Candace und fixierte Ruthie mit einem scharfen Blick.

Katherine wusste, dass Candaces Vorschlag durchaus vernünftig war – es war gut möglich, dass sie die Antworten auf ihre Fragen dort oben unter der Teufelshand finden würde.

Katherine sah sich auch noch die letzten unscharfen Fotos auf Garys Kamera an.

»Also, worauf warten wir noch?«, sagte Candace, deren Stimme vor Erregung fast überzuschnappen drohte. »Jacken und Stiefel anziehen – und los geht's! Wir brauchen Taschenlampen, Stirnlampen, was immer ihr im Haus habt. Vielleicht auch ein Seil. Und ich habe in der Scheune einige Schneeschuhe und Skier gesehen – der Schnee da draußen ist ziemlich tief. Beeilung. Und denkt dran, jeder bleibt da, wo ich ihn sehen kann. Keine Überraschungen, sonst schieße ich.«

Katherine war beim letzten Foto angelangt. Ruthie beugte sich über das Display und deutete darauf. »Da ist irgendwas.«

Das Bild war unterbelichtet und verwackelt, aber eindeutig im Freien aufgenommen worden, und zwar mit direktem Blick auf die kleine Öffnung im Schatten unterhalb des Felsfingers.

Allerdings war diesmal noch etwas anderes auf dem Foto zu sehen. Etwas, was in der Öffnung kauerte.

»Was zum Teufel ist das?«, fragte Candace stirnrunzelnd.

Die Gestalt war klein und verschwommen.

»Nanu«, sagte Katherine. »Das sieht aus wie ein kleines Mädchen.«

1908

Besucher von der anderen Seite
Das geheime Tagebuch der Sara Harrison Shea

27. Januar 1908

»Wo willst du hin?«, fragte Martin, als er mich heute Morgen dabei erwischte, wie ich mir Mantel und Stiefel überzog.

»Einen Spaziergang machen. Ich dachte, die frische Luft wird mir vielleicht guttun.«

Er antwortete mit einem seltsam halbherzigen Nicken. Fast hatte es den Eindruck, als fürchte er sich vor mir.

Vielleicht sollte ich mich stattdessen vor ihm fürchten.

Immer wieder muss ich an den Zettel denken, den wir auf dem Bett gefunden haben:

Frag Ihn, was Er auf dem Aker vergraben hat.

Seitdem verhält Martin sich sehr merkwürdig – er sieht mir nicht in die Augen und scheint bei jedem Geräusch zusammenzufahren. Letzte Nacht hat er sich lange im Bett gewälzt, bis er irgendwann aufgab und sich Stunden vor Morgengrauen unten ans Feuer setzte. Ich hörte ihn, wie er von Zeit zu Zeit aufstand, um ein weiteres Scheit aufzulegen oder im Zimmer umherzugehen. Endlich, als die Sonne aufging, hörte ich, wie er Shep fütterte und den alten Hund nach draußen lockte, damit er mit in die Scheune kam, wo Martin seine Arbeiten verrichten musste.

Ich war tausendmal durchs Haus gegangen und hatte keine Spur von Gertie gefunden, daher hielt ich es für das Beste, meine Suche draußen fortzusetzen. Ich wusste sofort, wohin ich gehen musste – an einen Ort, an dem ich zuletzt als kleines Mädchen gewesen war. Trotzdem kannte ich den Weg dorthin noch ganz genau.

Der Morgen war klar und kalt. Die Sonne beschien Felder und Wälder, und die Schneedecke glitzerte, als wäre die Welt über Nacht mit Diamanten zugedeckt worden. Ich stellte mir Gertie vor, die irgendwo hier draußen war – auch sie ein funkelnder Edelstein, der darauf wartete, gefunden zu werden.

Ich zog meinen alten Wollmantel fester um mich und stapfte auf Schneeschuhen über den Acker in den Wald hinein. Höher und höher stieg ich, über die Obstwiese mit ihren windschiefen Baumkrüppeln, über Felsen und umgestürzte Baumstämme hinweg, vorbei an der Teufelshand und weiter durch die Wälder Richtung Norden. Ich folgte einem kleinen Trampelpfad, der fast vollständig mit Dornengestrüpp und Schösslingen überwachsen war, die ihre Köpfe durch die schwere Schneedecke reckten. Es war ein Pfad, der nur dem auffiel, der ihn schon einmal gegangen war, so wie ich es früher viele Male in der Woche getan hatte. Einer Schlange gleich wand er sich durchs dichte Gehölz. Der Tag erwärmte sich. Ich öffnete den obersten Knopf meines Mantels und blieb stehen, um ein wenig auszuruhen. Ich sah zu, wie sich unweit von mir ein kleiner Schwarm Fichtenkreuzschnäbel in den Zweigen einer Hemlocktanne niederließ. Die Tiere zwitscherten, während sie mit ihren drolligen, an den Spitzen gekreuzten Schnäbeln die Samen aus den Zapfen pickten.

Ich setzte meinen Weg fort und gelangte endlich auf die Lichtung, die nun noch kleiner war als in meiner Erinnerung. Trotz der dicken Schneedecke und all der Jahre, in denen Bäume, Gestrüpp und Unkraut sich ungehindert hatten ausbreiten können, war noch immer der Umriss auszumachen, wo sich die verkohlten Überreste eines kleinen Hauses aus der Erde erhoben.

Aunties Hütte.

Einmal, kurz nach unserer Hochzeit, hatte Martin mir eine Frage zu Auntie gestellt. »Hat nicht eine Frau bei euch gelebt, als du noch jünger warst? Und ist ihr nicht irgendein Unglück zugestoßen – ist sie nicht ertrunken?«

»Wo hast du denn das gehört?«, wollte ich von ihm wissen.

»Von den Leuten im Ort. Mein Vater hat sie auch einmal erwähnt. Er sagte, sie habe draußen im Wald hinter eurem Haus gelebt. Die Frauen seien oft zu ihr gekommen, um Arzneien zu kaufen.«

»Du warst selbst dort draußen im Wald, Martin. Es gibt dort keine Hütte«, beschied ich ihn und lächelte nachsichtig, als erheitere mich seine Leichtgläubigkeit. »Die Geschichten, die du gehört hast, sind bloß Geschichten. Die Leute in der Stadt lieben ihr Garn, das weißt du so gut wie ich. Es gab nur Vater, Constance, Jacob und mich. Es gab keine Frau im Wald.«

Die Lüge blieb mir in der Kehle stecken und zappelte dort eine Weile, ehe ich sie herunterwürgen konnte.

Es gab keine Frau im Wald.

Als wäre es so einfach, Auntie aus meinem Leben zu tilgen.

Martin hatte meine Antwort ohne weiteres Nachfragen akzeptiert und nie wieder etwas über Auntie wissen wollen.

Mit dem Fuß grub ich im Schnee, von dem ich wusste, dass er die Asche ihres alten Zuhauses bedeckte. Ich erinnerte mich daran, dass sie ihre Haustür grün angestrichen hatte. Sie hatte erklärt, dass durch eine grüne Tür nur die guten Geister eintreten konnten. Als ließe sich das Böse so leicht in Schach halten.

Es waren nicht nur die verbrannten Überreste von Holz und Nägeln, Kleidern, Töpfen und einem Bett, auf denen ich jetzt stand. Irgendwo unter den Trümmern lag Auntie. Wenn nach all den Jahren überhaupt noch etwas von ihr übrig war, nach den Tieren, den Krähen, dem endlosen Wechsel von Winter und Sommer. Gab es noch einen Schädel, eine Handvoll Zähne? Und was hoffte ich hier zu finden?

Die Wahrheit war, dass ich den Hügel heraufgekommen war, weil ich hoffte, gar nichts zu finden. Denn ein Teil von mir fürchtete, dass Martin, als er Aunties alten Ring ausgrub, womöglich ihren Geist heraufbeschworen hatte. Und ich vermochte allenfalls zu ahnen, wie zornig, wie rachsüchtig ihr Geist sein konnte.

Vielleicht sogar rachsüchtig genug, um ein kleines Mädchen in den Wald zu locken und es in einen Brunnen zu stoßen.

Meine Mutter war wenige Stunden nach meiner Geburt gestorben. Auntie hatte mir als Hebamme auf die Welt geholfen, und kurz darauf half sie meiner Mutter, die Welt zu verlassen.

Meine Schwester Constance war damals zwölf, mein Bruder Jacob acht. Später erzählten sie mir, dass unsere Mutter Auntie nicht gemocht habe, aber Vater darauf bestanden habe, ihre Hilfe anzunehmen.

»Ich traue ihr nicht«, hatte Mutter Constance und Jacob gegenüber zugegeben.

Vater hatte meinen älteren Geschwistern damals gesagt, dass Mutters Misstrauen unbegründet sei.

»Eure Mutter«, erklärte er ihnen, »hat eine schwache Konstitution. Auntie hat schon vielen Frauen geholfen, gesunde Kinder auf die Welt zu bringen, und eurer Mutter wird sie auch helfen.« Vater fand, dass Mutter jede Hilfe brauchen konnte, nicht zuletzt, weil sie in relativ hohem Alter noch einmal schwanger geworden war – meine Mutter war bereits an die vierzig. Auntie braute ihr Tränke und Tees, die ihr Schwangerschaft und Wehen erleichtern sollten. Meine Mutter, vertraute mein Bruder Jacob mir einmal an, glaubte, Auntie wolle sie vergiften.

»Bitte«, wandte sie sich an ihre Kinder. »Ihr müsst mir helfen. Diese Frau trachtet mir nach dem Leben.«

»Aber warum sollte sie das tun, Mutter?«, fragte Constance. Sie teilte die Ansicht meines Vaters, dass die Schwangerschaft meine Mutter auf tiefgreifende Weise verändert und sie misstrauisch, ja sogar ein wenig wahnhaft gemacht hatte.

»Sie hat ihre Gründe«, sagte Mutter nur.

Meine Mutter, die fließend Französisch sprach, hatte ihren eigenen Namen für Auntie: *la sorcière* – die Hexe. Auch Auntie sprach

Französisch, und Vater hatte gedacht, dass es meiner Mutter ein Trost wäre, wenn sie jemanden um sich hatte, mit dem sie sich in ihrer Muttersprache unterhalten konnte. Doch Constance und Jacob berichteten, dass es nicht viele Unterhaltungen zwischen den beiden gab, und weder sie noch mein Vater, der kein Wort Französisch verstand, wussten, worum es ging, wenn Mutter und Auntie in gedämpftem, manchmal unheilverkündendem Ton miteinander sprachen.

Hin und wieder stellte ich Auntie Fragen über meine Mutter – Fragen, die Vater zu stellen ich nicht übers Herz brachte. Welche Farbe hatten ihre Augen gehabt? Wie hatte ihre Stimme geklungen? (Braun mit einem Goldstich, sagte Auntie. Und sie sang wie eine Lerche.) Das war das Wunderbare an Auntie: Sie sagte einem alles, was man wissen wollte. Sie war nicht der Ansicht, dass man Kindern bestimmte Dinge vorenthalten sollte. Sie sah in mir ihre Schülerin, ja sogar ihren Schützling, und versuchte mich so gut es ging zu unterweisen – sie zeigte mir, wie man Pilze suchte, nach dem Mondzyklus pflanzte und mit Hilfe von Blumen oder Rinde Fieber stillte.

»Wie ist meine Mutter gestorben?«, fragte ich sie einmal, als ich sieben oder acht Jahre alt war. Wir saßen gemeinsam in ihrer Hütte, und sie brachte mir gerade das Sticken bei. Ich stickte ein kleines Kissen mit einem Gänseblümchen in der Mitte. In Aunties kleinem Kanonenofen brannte ein Feuer, ein Topf mit Hühnersuppe köchelte darauf und erfüllte die Hütte mit wunderbar heimeligem Duft.

»Sie ist verblutet«, sagte Auntie. »Nach einer schwierigen Geburt ist es manchmal nicht möglich, den Blutfluss zu stillen.«

Mitunter träumte ich von meiner eigenen Geburt: davon, wie ich schreiend und strampelnd in einem See aus Blut auf die Welt kam und Aunties starke Hände mich nahmen und in die Höhe hoben.

Constance hatte sich mit neunzehn Jahren verlobt und die Hand eines Verehrers angenommen, den sie nur einigermaßen gut leiden konnte, weil sie es so eilig hatte, aus dem Haus zu kommen. Sie wagte nie, es laut auszusprechen, doch mit der Zeit hatte sie Auntie zu hassen gelernt. Ich sah ihren starren Blick und ihr aufgesetztes Lächeln, wann immer Vater zugegen war. Manchmal hörte ich, wie sie den Namen gebrauchte, den meine Mutter Auntie gegeben hatte: *la sorcière*.

Jacob hingegen vergötterte Auntie. Er tat alles, um ihr zu gefallen, und verbrachte so viel Zeit mit ihr, wie sich nur irgend bewerkstelligen ließ. Auntie brachte uns beiden das Jagen und Fallenstellen bei und lehrte uns, jedes beliebige Tier zu häuten und die Haut zu gerben. Jacob folgte ihren Lektionen voller Eifer, er baute seine eigenen Schlingen und Fallgruben, schnitzte sich sogar einen Jagdbogen mit Pfeilen. Er lechzte förmlich nach Aunties Anerkennung.

»Ist es so richtig, Auntie?«, fragte er und steckte die aus Stein zurechtgehauene Pfeilspitze in den geraden Schaft, den er aus einem Buchenast geschnitten hatte.

»Perfekt«, lobte sie und klopfte ihm auf die Schulter. »Dieser Pfeil wird schnurstracks ins Herz eines Bocks fliegen.«

Jacob glühte vor Stolz.

Sie liebte uns beide so sehr, wie man seine eigenen Kinder lieben würde.

Prudence, die Schwester meiner Mutter, lebte damals noch und kam uns regelmäßig besuchen, wobei sie stets Geschenke mitbrachte: neue Kleider für Constance und mich, Hosen und eine feine Jacke für Jacob. Sie war die Erste, die an Auntie Anstoß nahm. Sie und Vater saßen zusammen in der Küche, tranken Kaffee und unterhielten sich. Ich hockte mich in den Flur und lauschte heimlich, konnte jedoch nur Fetzen von dem aufschnappen, was Tante Prudence zu meinem Vater sagte. »Es schickt sich nicht.« »Darf keinesfalls so weitergehen.« »Dreckige heidnische Hexe.«

Prudence war es auch, die Reverend Ayers und einige Männer aus der Stadt zu meinem Vater schickte.

»Reverend«, sagte Vater, als er die Tür öffnete. »Was führt Sie hierher?« Hinter Reverend Ayers sah er die anderen Männer: Abe Cushing, den Inhaber des Gemischtwarenladens, Carl Gonyea, dem das Gasthaus gehörte, Ben Dimock, Vorarbeiter in der Sägemühle, und den alten Thaddeus Bemis, den Patriarchen der riesigen Bemis-Sippe.

»Wir sind gekommen, um mit dir zu sprechen«, verkündete Reverend Ayers.

Mein Vater nickte und hielt ihnen die Tür auf. »Kommt in die Stube. Sara? Geh in die Küche und hol den Branntwein und ein paar Gläser, sei so gut.«

Sie setzten sich in der Wohnstube in einem Kreis ums Feuer. Einige der Männer holten Pfeifen aus den Taschen und rauchten. Ich brachte ihnen den Branntwein. Niemand sprach ein Wort.

»Danke, Sara«, sagte mein Vater. »Und jetzt lass uns allein. Geh mit Jacob in die Scheune und erledigt eure Arbeit. Wenn ihr fertig seid, gibt es noch Holz aufzuschichten.«

»Ja, Sir«, sagte ich.

Mein Bruder und ich machten uns auf den Weg zur Scheune, um unsere Arbeiten zu verrichten. Jacob lief in der Scheune unruhig auf und ab und rang die Hände.

»Was meinst du, worum geht es?«, fragte ich ihn.

»Um Auntie. Sie werden versuchen, ihn zu zwingen, sie fortzuschicken«, erklärte er mir.

»Aber das können sie doch nicht tun!«, rief ich. »Welches Recht haben sie dazu?«

»Vater ist von den Leuten in der Stadt abhängig. Sie kaufen unser Gemüse, unsere Milch und unsere Eier. Diese Männer haben viel Macht.«

Ich lachte spöttisch. »Aunties Macht ist größer.«

Als die Männer endlich das Haus verließen, war mein Vater bleich und aufgewühlt. Er sprach wenig. Er schenkte sich ein Glas Branntwein ein, das er in zwei großen Schlucken leerte. Dann trank er noch einen zweiten.

Als Auntie später mit frisch gehäuteten Kaninchen kam, um daraus einen Eintopf für unser Abendessen zu kochen, wartete Vater vor dem Haus auf sie. Sie sprachen flüsternd miteinander, kamen jedoch nicht herein. Schon bald wurden ihre Stimmen lauter.

»Wie kannst du es wagen?«, rief Auntie.

Vater kam ins Haus zurück. »Es tut mir leid«, sagte er noch zu ihr, bevor er die Tür schloss und den Riegel vorschob. Wir drei setzten uns in die Wohnstube und hörten Auntie von draußen rufen.

»Es tut dir leid? Es tut dir *leid*? Öffne die Tür! Wir sind noch nicht fertig miteinander!«

Ich erhob mich von meinem Platz, um die Tür zu entriegeln, doch Vater zog mich zurück auf den Stuhl und hielt mich fest. Seine Finger gruben sich in meinen Arm.

Jacob biss sich auf die Lippe und starrte mit Tränen in den Augen zu Boden.

»Wie kannst du es wagen?«, schrie Auntie erneut, als sie uns durchs Fenster neben der Tür beobachtete. Ihre Miene war dunkler und zorniger, als ich sie je gesehen hatte. »Wie kannst du es wagen, mich zu verstoßen? Dafür wirst du bezahlen, Joseph Harrison«, fauchte sie. »Ich schwöre es dir, du wirst dafür bezahlen.«

Später am Abend, nachdem Vater mit der leeren Branntweinflasche eingeschlafen war, schlüpfte Jacob zu mir in die Kammer. »Ich werde mit ihr reden«, sagte er. »Ich werde schon einen Weg finden, dass sie zu uns zurückkommt.« In seinem Blick lag tiefe Verzweiflung, und ich begriff, wie groß seine Liebe zu ihr war; wie sehr er sie brauchte. Wir alle brauchten Auntie. Ohne sie, davon war ich überzeugt, würde unsere Familie nicht zurechtkommen.

Noch spätnachts saß ich in meinem Bett und wartete darauf, dass Jacob zurückkehrte. Irgendwann fielen mir die Augen zu.

Ich erwachte davon, dass Vater mich rüttelte. Morgenlicht

strömte zum Fenster herein. Vater stank nach Branntwein. Tränen liefen ihm über die Wangen. »Es ist Jacob«, sagte er.

»Was?«, fragte ich, sprang aus dem Bett und zog einen Pullover über mein Nachthemd. Vater antwortete nicht, doch ich folgte ihm aus meiner Kammer und die Treppe hinunter nach draußen. Auf nackten Füßen lief ich durchs taufeuchte Gras. Den ganzen Weg zur Scheune hielt ich mich in Vaters Schatten.

Jacob hing, ein Strick aus grobem Hanf um den Hals, von einem der Balken.

Vater schnitt ihn herunter und hielt ihn schluchzend im Arm. Und dann tat ich etwas, wovon ich mich hinterher stets fragte, ob ich es hätte tun sollen: Ich sagte ihm die Wahrheit.

»Er wollte gestern Nacht zu Auntie«, verriet ich ihm.

Vaters Augen umwölkten sich, ein Sturm des Zorns braute sich in ihm zusammen. Er trug Jacob ins Haus und legte ihn in sein Bett, als wäre er ein kleiner Junge, den er zur Nacht bettete.

Dann holte Vater sein Gewehr und einen Kanister mit Kerosin.

Ich lief hinter ihm her über den Hof und den Acker in den Wald hinein.

»Geh heim!«, befahl er mir. Doch ich gehorchte ihm nicht. Ich ließ mich nur ein wenig zurückfallen und vergrößerte den Abstand zwischen uns. Wir durchquerten die Obstwiese, wo die Bäume voller unreifer Äpfel und Birnen hingen, verformt und von Mehltau befallen. Einige der Früchte waren heruntergefallen und lagen nun faulend am Boden, wo ihre Süße die Hornissen anlockte. Die Kriebelmücken fanden uns, als wir die Teufelshand passiert hatten, und umschwärmten uns in kleinen schwarzen Wolken. Hier und da wuchsen Pilze, tintenschwarz und giftig. Der Pfad führte in zahlreichen Windungen hügelabwärts.

Vater hatte Aunties Hütte vor mir erreicht. Es war ein windschiefes kleines Häuschen, das sie selbst aus von Hand behauenen Balken errichtet hatte. Rauch quoll aus ihrem eisernen Schornstein. Vater klopfte nicht und rief auch nicht, er stieß einfach die Tür auf, trat in die Hütte und schlug die Tür wieder zu. Ich kauerte mich hinter einen Baum und wartete. Mein Herz schlug so schnell wie das eines Kolibris.

Ich hörte laute Stimmen und das Geräusch, wie etwas geworfen wurde. Eine Scheibe klirrte. Dann – ein einzelner Gewehrschuss.

Vater tauchte in Aunties grüner Tür auf, in der Hand den leeren Kanister. Er wandte sich um, riss ein Streichholz an und warf es über die Schwelle ins Haus.

»Nein!«, rief ich und sprang aus meinem Versteck.

Die Flammen tosten und brüllten. Die Hitze war so stark, dass ich zurückweichen musste.

»Auntie!«, schrie ich und starrte in die züngelnden Flammen, um zu schauen, ob sich dort etwas regte. Nichts. Doch dann, durch das Tosen des Feuers, hörte ich eine Stimme. Es war Auntie, die meinen Namen rief.

»Sara«, schrie sie. »Sara!« Ich machte einen Satz auf die Hütte zu, doch Vater schlang mir die Arme um den Leib und hielt mich fest. Mein Kopf lag an seiner Brust, und ich hörte sein Herz hämmern.

Schwarze Ascheflocken wirbelten durch die Luft und schneiten auf uns herab. Sie bedeckten meine Haare, mein Nachtkleid, Vaters Flanellhemd. Erst als ohne jeden Zweifel feststand, dass niemand mehr zu retten war, ließ er mich los, und ich sank zu Boden. Vater machte ein paar Schritte nach vorn. Er stand so dicht an den Flammen, dass er bald Brandblasen an Gesicht und Armen hatte. Er versengte sich die Augenbrauen, die danach nie mehr richtig nachwuchsen. Er stand da, starrte ins Feuer und schluchzte und heulte wie ein Mann, der alles verloren hatte.

Hinter uns hörte ich das Knacken von Zweigen. Ich hob den Kopf, wandte mich um und erblickte Buckshot, über und über mit Asche bedeckt. Er sah mich an. Sein milchig weißes Geisterauge rollte blicklos in seiner Höhle.

»Buckshot«, rief ich. »Komm her, Junge.« Doch der Hund schnaubte nur einmal höhnisch und verschwand im Wald.

Martin

28. Januar 1908

Martin zögerte lange mit dem Aufstehen. Ihm graute vor dem Tag. Sara hatte die vergangenen zwei Tage damit verbracht, das Haus und den Wald abzusuchen. Sie hatte kaum geschlafen, wirkte seltsam fahrig und verzweifelt.

»Hast du etwas verloren?«, hatte Martin sie tags zuvor gefragt, als sie zum mindestens zwanzigsten Mal in den Wandschrank im Flur geschaut hatte.

»Schon möglich«, hatte sie geantwortet.

Martin war erneut in den Ort geritten, um sich mit Lucius zu beraten. Lucius hatte darauf bestanden, Martin zu einem Getränk ins Gasthaus einzuladen.

Sie setzten sich an die Bar, und Carl Gonyea brachte ihnen ein Bier.

»Gut, dich zu sehen, Martin.« Lucius schüttelte ihm brüderlich die Hand. »Wie geht es Sara?«

»Nun ja«, sagte Martin mit einem angespannten Lächeln. »Es geht ihr recht gut, danke.«

»Sie macht Schreckliches durch. Ein Kind auf diese Art zu verlieren. Meine Gedanken sind bei euch.«

»Danke.« Martin blickte in sein Glas. Carl nickte ihm zu und ging, um etwas im Hinterzimmer zu besorgen.

Martin nippte an seinem Glas und schaute sich im Raum um. Speisesaal und Bar waren sehr herrschaftlich in dunklem Holz gehalten. Martin sah sein Spiegelbild in der polierten Oberfläche der Theke. Die Fenster zur Main Street hatten im oberen Bereich Einsätze aus Buntglas, das farbige Lichtflecken auf den glatten Holzboden malte. Es gab ein halbes Dutzend mit weißen Tüchern und Besteck gedeckte Tische, allerdings war es die Zeit zwischen Mittag und Abend, daher aß gerade niemand. Martin und Lucius waren die einzigen Gäste an der Bar. Hinter der Theke standen auf Regalen Flaschen mit Schnaps und Likör und warteten auf das Ende des Tages, wenn Männer mit mehr Geld als Martin kommen und davon trinken würden.

Er nahm einen tiefen Schluck von seinem Bier.

»Sprich, Bruder«, begann Lucius. »Sag mir die Wahrheit über Sara.«

Martin beugte sich zu ihm und berichtete von Saras Zustand. Er sprach leise und hatte dabei ein wachsames Auge auf Carl.

Er wusste nicht, was er ohne Lucius angefangen hätte. Neben Sara war Lucius der einzige Mensch, dem Martin sich je anvertraute, und nun, da er Angst haben musste, Sara zu verlieren, war Lucius alles, was er hatte. Außerdem war Lucius so geduldig, so weise. Er gab Martin Kraft, und oft schon hatte er ihm, wenngleich ohne Saras Wissen, auch Geld gegeben. Nur kleine Summen hier und dort, die ihnen über die schwersten Zeiten hinweghelfen sollten. Martin wusste, dass Lucius ihnen mehr geben würde, er hatte es angeboten, doch Martin fand es nicht richtig, Geld von seinem Bruder zu nehmen.

Zwar räumte Lucius ein, dass es ein gutes Zeichen sei, dass Sara aus dem Bett aufgestanden war und wieder Nahrung zu sich nahm, dennoch bereitete es ihm Sorgen, dass sie nach wie vor unter Wahnvorstellungen zu leiden schien.

»Ich habe sie im Wald gefunden«, erzählte Martin. »Sie hat nach Gertie gerufen, als dächte sie, die Kleine lebe noch und hätte sich dort draußen irgendwo verlaufen.«

Lucius nickte. »Behalt sie gut im Auge, Martin. Menschen mit Saras Krankengeschichte ... die bereits in der Vergangenheit Anzeichen von Wahnsinn gezeigt haben ... bei solchen Menschen kann er jederzeit wieder ausbrechen. Womöglich wird sie sogar zur Gefahr. Wenn sich die Lage weiter verschlimmert, werden wir sie vielleicht wirklich in die staatliche Anstalt einweisen müssen.«

Martin erschauerte bei der Vorstellung, Sara könnte gefährlich werden.

Nachdem Martin endlich aufgestanden war und sich angekleidet hatte, humpelte er die Treppe hinunter. Er traf Sara in der Küche mit einer frischen Kanne Kaffee an. Sie war abgemagert und hatte dunkle Ringe unter den Augen. War sie vergangenen Abend überhaupt ins Bett gekommen? Martin hatte das Gefühl, als sei sie die ganze Nacht hier unten gewesen und habe auf ihn gewartet.

»Morgen«, murmelte er und wappnete sich für das, was kommen würde – was auch immer es war.

»Weißt du, wo die Schaufel ist?«, fragte Sara. »In der Scheune konnte ich sie nicht finden.«

»Sie ist aber dort, bei den anderen Werkzeugen«, antwortete Martin, schenkte sich einen Becher Kaffee ein und beobachtete seine Frau durch den Dampf. »Aber es liegt nicht genügend Neuschnee, als dass man ihn wegschaufeln müsste.«

Im Übrigen war das seine Aufgabe. Machte sie sich etwa über ihn lustig? Verspottete sie ihn?

»Oh, ich will auch keinen Schnee schaufeln.« Sara hatte einen eigenartigen Ausdruck im Gesicht, wie ein Kind, das etwas im Schilde führt.

Martin trank einen Schluck bitteren Kaffee.

»Wozu brauchst du dann die Schaufel?«

»Zum Graben.« Mehr sagte sie nicht, sondern wartete Martins Reaktion ab.

Er wollte nicht nachfragen, wollte es gar nicht wissen, doch die Worte sprudelten aus ihm hervor. »Was willst du denn graben?«

»Ich werde Gerties Leiche ausgraben.«

Er schüttete sich Kaffee übers Hemd und verbrühte sich die Brust.

»Du willst …« Seine Stimme klang zittrig und fremd in seinen Ohren.

Sie lächelte listig. »Sie hat mir eine weitere Botschaft hinterlassen.« Sie zog ein gefaltetes Stück Papier aus der Schürzentasche und reichte es ihm. Er öffnete es, und darauf stand in wackliger Kinderschrift:

Sieh in der Tasche von dem Kleit nach, das ich anhatte. Darinn findest du was von dem, der mich ermordet hat.

Er schluckte schwer, doch der Kloß in seinem Hals wollte nicht verschwinden.

Er sah Gertie vor sich, am Grunde des Brunnens, in ihrem wollenen Mantel und dem blauen Kleid. Die dicken Wollstrümpfe waren ihr die Beine heruntergerutscht.

Und als sie sie heraufgezogen hatten, war ihm aufgefallen, dass jemand ihr die Haare abgeschnitten hatte. Niemand außer Martin hatte es bemerkt. Martin, der ihren Zopf in der Manteltasche mit sich herumgetragen und ihn unter dem Schnee verscharrt hatte.

»Aber Gertie wurde nicht ermordet, Sara. Sie ist gestürzt.« Er bemühte sich um einen ruhigen, vernünftigen Tonfall und klang dabei wie ein Vater, der ein kleines Kind zurechtweist.

Eins plus eins macht nicht drei. Das hat es nie, und das wird es auch nie.

Doch hatte er sich nicht insgeheim die ganze Zeit über gefragt, ob es wirklich ein Unfall gewesen war? Wer hatte Gertie den Zopf abgeschnitten? Und ihn in der Scheune aufgehängt?

Sara lächelte bloß. »Wir haben Gertie in dem Kleid begraben, das sie trug, als ihr sie im Brunnen gefunden habt. Ich muss es tun, Martin. Ich muss Bescheid wissen. Ich muss wissen, ob sie es war.«

»Sie? Wer?«

»Auntie. Aber Auntie ist schon lange tot … ihr Geist. Ich muss wissen, ob er unsere Kleine getötet hat.«

»Du glaubst, Gertie wurde von einem *Geist* getötet?«

»Ich weiß es nicht!«, rief sie ungehalten. »Eben deshalb müssen wir sie ausgraben, begreifst du nicht?«

Sie sah ihn lange und eindringlich an und wartete auf eine Reaktion. »Willst du es denn nicht wissen, Martin? Willst du es nicht wissen?«

Er schwieg.

Gertie war auf dem kleinen Familienfriedhof hinter dem Haus zur letzten Ruhe gebettet worden. Neben ihr lagen die Gräber von Saras Eltern und ihrem Bruder Jacob.

»Sara, Gertie ist seit zwei Wochen unter der Erde. Hast du daran gedacht, wie sie jetzt aussehen wird?« Es war eine unschöne Vorstellung, und er kam sich ein wenig grausam vor, es zu erwähnen, doch er musste einen Weg finden, sie von ihrem Plan abzubringen.

Sie nickte. »Es ist nur ein Körper. Eine leere Hülle. Das kleine Mädchen, das ich liebe, ist immer noch dort draußen, im Jenseits.«

Martin holte tief Atem.

Ruhig. Bleib ruhig.

Er spürte sein Gesicht und seine Ohren brennen. Das Herz hämmerte in seiner Brust.

Mit einem Mal erinnerte er sich, wie er am Tag von Gerties Verschwinden Sara aus der Scheune hatte kommen sehen. Wie er unmittelbar danach hineingegangen war und anstelle des Fuchspelzes den Zopf vorgefunden hatte.

Ein neuer, grauenerregender Gedanke nahm in seinem Kopf Gestalt an.

Konnte Sara Gertie getötet haben?

Sie könnte sogar zur Gefahr werden.

Er blickte auf die in kindlicher Handschrift verfasste Botschaft. Er versuchte sich an die Handschrift seiner Tochter zu erinnern, hatte jedoch kein rechtes Bild vor Augen. Dennoch, fand er, sah die Botschaft, die Sara ihm gezeigt hatte, eher nach einem Erwachsenen aus, der die Handschrift eines Kindes nachzuahmen versucht hatte.

War dies Saras Art zu gestehen? Wusste sie, dass in der Tasche von Gerties Kleid etwas steckte, was ihr gehörte?

Das Zimmer begann sich zu drehen, und Martin hielt sich am Tisch fest, um nicht das Gleichgewicht zu verlieren.

Er musterte Sara, seine wunderschöne Sara, und wollte weinen und schreien und sie anflehen, ihn nicht zu verlassen; wollte sie bitten, sie möge gegen den Wahnsinn ankämpfen, der in ihr wucherte.

Er erinnerte sich daran, wie er ihr als Kind die kurz zuvor von Lucius gewonnene Jupitermurmel überreicht hatte – Sara war so strahlend schön gewesen, dass er sie ohne einen weiteren Gedanken hergeschenkt hatte; er hätte ihr alles gegeben, damals wie heute.

Sie war sein großes Abenteuer; seine Liebe zu ihr hatte ihn an Orte geführt, die er sich niemals erträumt hatte.

»Wenn du mir nicht helfen willst, mache ich es allein«, teilte Sara ihm nun mit. Ihr Körper war angespannt, als sei sie auf eine Auseinandersetzung vorbereitet.

»Also gut«, seufzte er. Er wusste, dass er verloren hatte. Es war vorbei. »Aber wir machen es ordentlich. Ich werde in die Stadt gehen und Lucius holen. Er sollte dabei sein, meinst du nicht?«

Sara nickte. »Und der Sheriff. Bring auch den Sheriff mit.«

»Ganz bestimmt«, versprach er und erhob sich, um Mantel und Mütze zu holen. »Bleib du nur hier sitzen und warte. Eine solche Arbeit ist nichts für eine Mutter. Sobald wir zurück sind, kümmern wir uns darum. Wir kümmern uns um alles.«

Er beugte sich zu ihr und küsste sie auf die Wange, die heiß und trocken war und sich gar nicht wie Haut anfühlte, sondern wie Papier, kein bisschen vertraut.

Besucher von der anderen Seite
Das geheime Tagebuch der Sara Harrison Shea

31. Januar 1908

Seit nunmehr drei Tagen bin ich eine Gefangene in meinem eigenen Heim.

Es war ein schönes Spektakel, als Martin und Lucius aus der Stadt zurückkamen und mich mit der Schaufel an Gerties Grab stehen sahen. Es war bitterkalt. Meine Finger und Zehen waren taub, weil ich die ganze Zeit draußen gewartet hatte. Dennoch hielt ich die Schaufel mit festem Griff, als die Männer aus Lucius' Kutsche stiegen und auf mich zukamen. Ich stand genau über der Stelle, an der wir sie beerdigt hatten. Das hölzerne Kreuz mit Gerties Namen war mir wie ein dreister Spott.

»Sara, was tust du da?«, fragte Lucius. Sein Tonfall war leise und besänftigend, als spräche er zu einem kleinen Kind.

»Wir müssen sie ausgraben. Sie hat mir eine Nachricht hinterlassen. Darin stand, wenn wir in ihre Tasche schauen, finden wir dort etwas, was ihrem Mörder gehört.«

»Leg die Schaufel weg, Sara«, verlangte Lucius und kam auf mich zu.

»Wir müssen sie ausgraben.«

»Das werden wir nicht tun, Sara.« Er war fast bei mir. Ich wusste, dass er die Absicht hatte, mich an meinem Vorhaben zu hindern. Also tat ich das Einzige, was mir einfiel – ich nahm die Schaufel hoch und holte aus.

Lucius machte einen Sprung rückwärts, und die Schaufel streifte nur seinen Mantel. Sofort war Martin bei mir und riss sie mir aus den Händen.

Es waren beide Männer nötig, um mich ins Haus zu schaffen.

»Wir müssen nachsehen, was in ihrer Tasche ist!«, schrie ich. »Schert es euch denn gar nicht, dass unser Kind ermordet wurde?«

Lucius zerriss ein Laken und band meine Hände und Füße an die Bettpfosten. Er fesselte mich wie eine Geisteskranke. Und Martin ließ es zu. Er half ihm noch dabei.

Lucius sagte, ich litte an akuter Melancholie. Er erklärte, dass ich Gerties Tod nicht verwunden und deshalb jegliche Verbindung zur Realität verloren hätte. Er sagte auch, dass ich in diesem Zustand eine Gefahr für mich selbst und andere sei. Ich biss mir auf die Zunge, bis sie blutete. Ich wusste, wenn ich ihm widerspräche, wäre das für ihn nur ein weiteres Anzeichen meiner angeblichen Verrücktheit.

»Und was ist mit ihrer Behauptung, dass Gertie bei ihr war und Botschaften für sie hinterlassen hat?«, fragte Martin.

»Wahnvorstellungen. Der kranke Teil ihres Geistes hat sie gezwungen, diese Botschaften zu verfassen, um sich selbst von ihrem Wahn zu überzeugen. Was sie jetzt braucht, ist Ruhe. Viel Ruhe. Und man darf sie in ihren Ideen auf keinen Fall bestätigen. Ganz ehrlich, Martin, ich bin der Ansicht, dass sie im Augenblick in der Anstalt am besten aufgehoben wäre.«

Martin zog Lucius in den Flur und redete dort verzweifelt auf ihn ein. »Bitte«, hörte ich ihn sagen. »Noch ein bisschen mehr Zeit. Vielleicht wird es besser. Vielleicht wird sie doch noch gesund.«

Lucius lenkte ein, jedoch nur unter der Bedingung, dass er persönlich ein wachsames Auge auf mich haben würde.

Lucius sieht oft nach mir und gibt mir Spritzen, die bewirken, dass ich den ganzen Tag nur schlafen möchte. Martin kommt und füttert mich mit Suppe und Apfelmus.

»Du wirst wieder gesund, Sara. Du musst wieder gesund werden. Ruh dich jetzt aus.«

Es kostet mich enorme Anstrengung, wach zu bleiben. Doch

ich weiß, dass ich es tun muss. Ich weiß, wenn ich schlafe, versäume ich es womöglich, sollte Gertie doch noch einmal zurückkommen.

Heute ist der fünfte Tag ihres Erwachens. Nur noch zwei Tage, dann wird sie für immer fort sein. *Bitte, bitte*, wünsche und flehe ich. *Mach, dass sie zu mir zurückkehrt!*

»Wie fühlst du dich?«, fragt Lucius, als er hochkommt, um nach mir zu sehen.

»Besser«, behaupte ich. »Viel besser.« Dann schließe ich die Augen und schlafe ein.

Heute Nachmittag hat er meine Fesseln entfernt.

»Sei artig«, sagte er, »dann werden wir sie nicht wieder brauchen.«

Von mir wird erwartet, dass ich in meinem Zimmer bleibe. Ich darf keinen Besuch empfangen. Meine Nichte Amelia ist gekommen, doch Martin lässt sie nicht zu mir. Lucius meint, es würde mich zu sehr aufregen. Martin hat mich gewarnt: Sollte keine Besserung eintreten, sollte ich weiterhin darauf beharren, dass Gerties Besuche real sind, wird man mich ins staatliche Hospital für Geisteskranke schicken.

»Kein Wort mehr über Botschaften von den Toten. Oder darüber, dass Gertie ermordet wurde«, ermahnte er mich.

Ich nickte wie eine brave, gehorsame Ehefrau. Eine Marionette am Faden.

»Und du wirst auch nicht mehr in dein Tagebuch schreiben«, sagte er. »Gib es mir.«

Also händigte ich ihm mein Buch und den Bleistift aus. Zum Glück hatte ich die Situation vorausgesehen und hielt ein altes Tagebuch griffbereit, das voll war mit den trivialen Einzelheiten meines bisherigen Lebens: ein Kuchen, den ich gebacken, ein Abendessen der Gemeinde, an dem ich teilgenommen hatte. Martin dachte nicht einmal daran, hineinzuschauen, sondern warf es vor meinen Augen ins Feuer. Ich gab mir den Anschein, untröstlich zu sein. Martin wirkte geradezu stolz auf sich und seine Heldentat, mit der er seine wahnsinnige Ehefrau zu retten gedachte. Doch gleichzeitig war ihm seine Verzweiflung deutlich anzumerken. Schon seit einigen Tagen fällt mir etwas an ihm auf, was ich von ihm sonst nicht kenne: eine Verzagtheit. Eine hilflose Angst. Ich habe das Gefühl, dass er sich verzweifelt um etwas bemüht – jedoch nicht darum, meine Genesung voranzutreiben, sondern darum, eine Wahrheit vor mir zu verbergen.

Was ist es, von dem er nicht will, dass ich es erfahre?

Ist dies auch nur wieder eines meiner Hirngespinste, wie Martin und Lucius mir glauben machen wollen, oder bin ich im Gegenteil die Einzige, die die Dinge klar sieht?

Die Tagebücher, die mit meinen Aufzeichnungen kurz vor Gerties Tod beginnen, habe ich sicher verwahrt. Gegenüber Martin habe ich einen entscheidenden Vorteil: Ich bin in diesem Haus aufgewachsen. Als Kind entdeckte und schuf ich Dutzende von Verstecken, indem ich Ziegel oder Dielen lockerte und an verborgenen Stellen die Wände aushöhlte. Einige dieser Verstecke, dessen bin ich mir gewiss, wird niemand jemals finden.

Ich war so klug, meine Aufzeichnungen auf mehrere Verstecke zu verteilen – sollte er also eines entdecken, würde ihm nur ein Teil in die Hände fallen. Inzwischen schreibe ich nur noch, wenn er draußen auf dem Feld ist. Mit einem Auge beobachte ich ihn durchs Fenster, mit dem anderen bin ich bei meinen Aufzeichnungen.

Etwas Unglaubliches ist geschehen! Heute Abend, gerade eben, streckte Martin den Kopf zur Tür herein, während ich so tat, als schliefe ich. Danach hörte ich, wie er die Treppe herunterschlurfte, seinen Mantel nahm und aus der Haustür trat. Es dämmerte bereits, und lange Schatten erfüllten das Schlafzimmer, so dass Bett, Kommode und Tisch kaum noch auszumachen waren. Ich nahm an, dass er hinausgegangen war, um die Tiere zu füttern und sie für die Nacht in den Stall zu bringen.

Da vernahm ich ein Kratzen und Rascheln aus dem Wandschrank. Ich fuhr herum und wartete mit angehaltenem Atem.

Konnte es wahr sein? War mein über alles geliebtes Mädchen zu mir zurückgekehrt?

»Gertie?«, rief ich und setzte mich im Bett auf.

Langsam und knarrend öffnete sich die Tür des Schranks, und ich konnte erkennen, wie sich etwas in der Finsternis bewegte. Ich sah ein bleiches Gesicht und bleiche Hände aufscheinen, die sich jedoch gleich darauf wieder tiefer in den Schatten zurückzogen.

»Hab keine Angst, Liebes«, sagte ich zu ihr. »Bitte, komm heraus.«

Mehr Rascheln, dann das Geräusch leiser Schritte – nackte Füße auf dem Holzboden –, als sie aus dem Schrank ins Zimmer trat.

Sie bewegte sich langsam, beinahe mechanisch und ruckend wie ein alter Dampfmotor. Das Gold in ihren Haaren schimmerte im Dunkeln. Ihr Atem ging schnell und rau. Und da war auch der Geruch, den ich all die Jahre zuvor im Wald an Hester Jameson bemerkt hatte: talgig und versengt.

Ich wäre vor Freude beinahe ohnmächtig geworden, als Gertie sich neben mich auf das Bett setzte! Im Zimmer brannte keine Lampe, und draußen herrschte tiefe Dunkelheit, doch ich hätte ihre Gestalt überall wiedererkannt.

»Bin ich wahnsinnig geworden?«, fragte ich und beugte mich dichter zu ihr, um sie betrachten zu können. Ich sah nur ihr Profil, sie hatte das Gesicht leicht abgewandt. »Bist du eine Einbildung?«

Sie schüttelte den Kopf.

»Sag mir die Wahrheit«, flehte ich sie an. »Sag mir, was wirklich geschehen ist. Wie bist du in den Brunnen gekommen?« Meine Finger schmerzten vor Sehnsucht, sie zu berühren, sich in ihrem goldenen Haar zu vergraben. Doch irgendwie wusste ich, dass ich es nicht tun durfte. Und vielleicht (jetzt, da ich wieder allein bin, gebe ich es zu) fürchtete ich mich auch ein wenig.

Sie wandte sich zu mir um, und in der Finsternis sah ich ihre Zähne aufscheinen, als sie lächelte.

Dann erhob sie sich, trat ans Fenster und legte ihre bleichen Hände an das mit Reif überzogene Glas.

Ich stand auf, kam neben sie und spähte mit zusammengekniffenen Augen in die Schwärze hinaus. Eine Mondsichel ging eben auf. Martin trat, die Schaufel in der Hand, aus der Scheune. Er sah zum Haus hoch, und ich duckte mich wie ein Kind, das Verstecken spielt. Er hatte mich wohl nicht gesehen, denn er ging weiter über den Hof.

Ich wusste genau, wohin.

Ich wollte Gertie fragen, was ich als Nächstes tun sollte, doch sie war fort. Als ich den Blick wieder aufs Fenster richtete, sah ich die geisterhaften Abdrücke ihrer Hände auf dem Glas.

Martin

31. Januar 1908

Schweiß sammelte sich zwischen seinen Schulterblättern, als die Schaufel die Harschdecke durchstieß. Er musste fast achtzehn Zoll durch Schnee und Eis in die Tiefe graben, bevor er den Erdboden erreichte. Der Schnee war nass und schwer. Er arbeitete zügig, stach die Schaufel in den Schnee, lud sie voll, warf den Schnee beiseite.

Sein verkrüppelter Fuß schmerzte in der Kälte. Sein Atem dampfte. Das fahle Mondlicht ließ den verschneiten Hof blau erscheinen.

Beeil dich, Martin. Du musst es schnell erledigen. Du darfst nicht zögern. Du darfst kein Feigling sein.

»Ich weiß«, sagte er laut.

Das Haus in seinem Rücken schien ihn zu beobachten. Sara schlief und träumte ihre verrückten Träume. Linker Hand, jenseits der Scheune, konnte man den Umriss des Hügels ausmachen. Die Spitzen der Finger der Teufelshand waren dunkle Flecken im Schnee.

Er sah auf das hölzerne Kreuz herab, das er eigenhändig gezimmert hatte. Er hatte ihren Namen sorgfältig oben hineingeschnitten:

Gertrude Shea

1900–1908

Geliebte Tochter

Seine Hände zitterten. Der Angstschweiß hatte sie ölig gemacht, so dass die Schaufel ihm fast entglitt.

Schneller.

Die schräg stehenden Schatten der Schiefergrabsteine schienen ihm zuzuschauen und sich im Mondlicht ungeduldig zu bewegen: Gerties Großvater, ihre Großmutter (von der sie ihren Namen hatte) und ihr Onkel beäugten sein Tun und fragten: *Was machst du mit unserer kleinen Gertie? Sie ist jetzt eine von uns. Sie gehört nicht länger zu dir.*

Seit zwei Tagen starrte Martin unentwegt auf das Grab seiner kleinen Tochter und wusste, was er zu tun hatte.

Er musste herausfinden, was in ihrer Tasche war.

Sara hatte im Beisein von Lucius wirres Zeug geredet und darauf gepocht, dass Gertie ermordet worden sei und etwas in der Tasche ihres Kleides bei sich trage, was ihrem Mörder gehört habe. Wem würde sie sonst noch davon erzählen, wenn sie Gelegenheit dazu bekam? Wie lange noch, bis jemand ihr Gehör schenkte? Bis man Sara des Mordes bezichtigte? Er musste sich vergewissern, was in der Tasche ihrer kleinen Gertie steckte – falls überhaupt etwas darin war.

Martin packte die Schaufel fester. Die Erde unter der Schneedecke war ungewöhnlich locker und weich. Das Blatt der Schaufel glitt hinein wie ein warmes Messer in Butter. Es hätte ihn mehr Kraft kosten müssen, doch es ging ganz leicht.

Zwei Wochen zuvor hatte er ein Feuer machen müssen, um den Boden so weit aufzutauen, dass er ein Loch graben konnte. Er – ein trauernder Vater – hatte die ganze Nacht dagestanden und das Feuer mit zerschnittenem Windbruch von der Obstwiese am Leben erhalten. In jener Nacht waren ihm aus den Flammen Gestalten entgegengesprungen, wie um ihn zu quälen: der Brunnen, der Fuchs, Gerties Zopf am Nagel in der Scheune. Einen Ast nach dem anderen hatte er in die hungrigen Flammen geworfen, um sie zu nähren und die Bilder, die er in ihnen sah, fortzubrennen.

Der Boden über dem Grab war noch immer dunkel von Asche und Kohleresten.

Wie tief lag sie? Sechs Fuß? Sieben?

Ein Fuß für jedes Jahr ihres Lebens.

Er dachte an die Warnung, die er vor Tagen gegenüber Sara ausgesprochen hatte: *Hast du darüber nachgedacht, wie ihr Körper jetzt aussieht?*

Oh ja. Martin hatte darüber nachgedacht. Er hatte davon geträumt. Wie Gertie, der das faulende Fleisch von den Knochen fiel, zu ihm aufschaute. Ihre kleinen Zähne waren noch perlweiß, als sie den Mund öffnete, um zu hauchen: *Warum? Warum, Papa? Warum?*

»Keine andere Wahl«, sagte Martin laut. Er verstärkte seine Anstrengungen, grub schneller, tiefer. Der Erdhaufen neben dem Grab begann zu wachsen.

Doch was erhoffte er sich eigentlich davon? Wenn er Gertie ausgrub und etwas in ihrer Tasche fand, was würde er dann tun? Es verstecken? Seine Frau schützen?

Oder würde er es dem Sheriff zeigen, damit Sara für immer weggesperrt wurde?

Wahnsinnig oder nicht, Sara war alles, was er noch im Leben hatte.

Seit Wochen sann er über jenen Tag nach. Er hatte versucht, sich jede Einzelheit ins Gedächtnis zu rufen: der Fuchs, die blutige Spur im Schnee. Hatte er Gertie rufen hören? Hatte er überhaupt irgendetwas gehört? War jemand anderer dort draußen im Wald gewesen? Die alte Frau – aber nein, das war bloß ein Baum gewesen.

Ein Teil von ihm weigerte sich zu glauben, dass Sara dazu fähig wäre, Gertie ein Leid anzutun, nicht einmal in einem Anfall von Wahnsinn. Gertie bedeutete Sara alles.

Nichts ergab einen Sinn.

Und hier stand er nun und tat das Sinnloseste von allem – er grub die Leiche seiner eigenen Tochter aus.

Es gab ein dumpfes Geräusch, als die Schaufel auf Holz traf – der Deckel von Gerties Sarg. Der Sarg, den er und Lucius aus den Kiefernbrettern gezimmert hatten, die er in der Scheune aufbewahrt hatte, um im Frühjahr den neuen Hühnerstall daraus zu bauen.

»Martin, was tust du da?«

Martin fuhr herum. Hinter ihm stand Sara. Sie hatte seine Winchester in den Händen und zielte auf seine Brust.

Sie schüttelte den Kopf und schnalzte mit der Zunge. Sie war im Nachthemd, hatte sich aber Mantel und Stiefel übergezogen.

Er erstarrte, die Schaufel in der Hand. »Sara«, stammelte er. »Ich dachte ... Du solltest dich doch ausruhen.«

»Oh ja. Die arme, kranke Sara mit ihrem kranken Geist braucht Ruhe, nicht wahr? Wenn nicht, dann fesseln wir sie wieder ans Bett.« Sie schnitt eine Grimasse.

»Ich ...«, begann er, unfähig, die Worte auszusprechen. *Es tut mir leid. All das tut mir so leid.*

»Wonach suchst du, Martin? Was glaubst du, befindet sich in Gerties Tasche?«

Er blickte auf das raue Holz hinunter. »Ich weiß es nicht.«

Sie lächelte, hatte aber das Gewehr weiterhin auf ihn gerichtet. »Nun, dann sollten wir nachschauen, meinst du nicht? Grab weiter, Martin. Lass uns den Sarg öffnen und nachsehen, was wir darin finden.«

Vorsichtig entfernte er die restliche Erde vom Sargdeckel, stellte die Laterne dicht an den Rand der Grube und sprang hinein. Er stellte sich breitbeinig über den kleinen Sarg, nahm seinen Hammer und begann den Deckel aufzustemmen. Doch er saß bereits locker, die Nägel lösten sich ohne Widerstand aus ihren Löchern. Martins Hände zitterten so stark, dass er den Hammer fallen ließ. Er packte die Kanten des Deckels und zog.

Was er sah, entlockte ihm einen Schrei, der wie der eines kleinen Jungen klang. Sein Inneres wurde kalt.

Leer. Der Sarg war leer.

Was hatte Sara getan?

Sara blickte lächelnd auf ihn herab und wiegte den Kopf von

links nach rechts wie eine Schlange. Ihre Haut leuchtete im Mondlicht wie Alabaster.

»Siehst du, genau das ist das Problem, Martin. Wenn du in Gerties Tasche nachschauen willst, suchst du am falschen Ort.« Sie nahm das Gewehr in die rechte Hand und hob die linke in die Höhe. Über ihrem Ehering steckte der kleine beinerne Ring. Mit dem Daumen drehte sie ihn an ihrem Finger, diesen sonderbaren kleinen Ring, vor dem sie sich einst so gefürchtet hatte.

»Wo hast du den her?«, fragte Martin.

»Er steckte in Gerties Tasche.«

»Unmöglich«, stieß Martin hervor und erinnerte sich daran, wie der Ring an jenem Tag, als er in den Wald gegangen war, in seiner Manteltasche gewesen und dann auf einmal verschwunden war.

»Bleib, wo du bist«, warnte sie, das Gewehr im Anschlag. »Ich war mir so sicher, dass Aunties Geist es war, der diese schändliche Tat begangen hat, aber vielleicht ist die Wahrheit ja auch viel einfacher; vielleicht stand sie die ganze Zeit vor mir, und ich konnte es nur nicht ertragen, ihr ins Auge zu sehen.«

Sara machte einen Schritt zurück. Sie nahm das Gewehr jetzt wieder in beide Hände, hob es an die Schulter und nahm Martin ins Visier.

»Warst du es, Martin?«, fragte sie leise. »Hast du unserer Gertie das angetan?«

Martin taumelte zurück und sackte gegen die Wand der Grube. Es war, als hätte sie bereits abgedrückt.

Er dachte daran, wie er Gertie als winzigen Säugling im Arm gehalten hatte, ihr kleines Wunder; wie er mit ihr vergangenen Dezember Hand in Hand in den Wald gegangen war, um einen Baum auszusuchen, den sie für das Weihnachtsfest schlagen wollten – sie hatte eine Fichte mit einem Vogelnest darin entdeckt und darauf bestanden, dass er genau diesen Baum schlug.

»Haben wir nicht unheimliches Glück, Papa?«, hatte sie ihn

gefragt. »Einen Weihnachtsbaum mit einem Vogelnest zu haben?«

»Ich ...«, stotterte er und starrte Sara an. »Aber ich habe es nicht getan. Gott ist mein Zeuge, ich schwöre, ich würde unserem Kind nie etwas zuleide tun.«

Sara hielt seinen Blick fest, ihr Finger zuckte am Abzug. »Aber der Ring war in deiner Tasche, als du an jenem Morgen das Haus verlassen hast, nicht wahr?«

»Sara, bitte. Du bist nicht bei Sinnen.«

Sie schwieg einen Augenblick, wie um nachzudenken.

»Aber der Ring gehörte nicht *dir*, habe ich recht? Sondern ihr. Was bedeutet, dass sie es trotz allem gewesen sein kann.«

»Sara, dein Verstand ist getrübt. Du siehst Dinge, die gar nicht da sind.«

»Ist das so?«, sagte Sara. Sie ließ das Gewehr sinken, wandte sich um und blickte in die das Haus umgebenden Schatten. »Gertie?«, rief sie. »Dein Vater denkt, mein Verstand wäre getrübt. Komm und zeig es ihm, Liebling. Zeig ihm die Wahrheit.«

Martin stand auf dem leeren Sarg und spähte über den Rand der Grube ins Dunkel. Irgendwo dort hinten bewegte sich schleppend ein Schatten durch den Schnee auf sie zu.

Oh gütiger Jesus Christus, nein. Bitte nicht. Martin schloss die Augen ganz fest und zählte bis zehn, in der Hoffnung, dass dann alles verschwunden wäre.

Er schlug die Augen wieder auf und krallte die Finger in die Erde, um aus dem Loch zu klettern. Er sah nicht auf das, was ihnen aus der Dunkelheit entgegenkam.

»Sara«, sagte er, griff nach der Waffe und schloss die Finger um den Lauf. Die Bewegung ließ Sara zusammenschrecken, und ein Schuss löste sich.

Er hörte den Knall, sah den Blitz, spürte die Kugel in der Brust, als sie ihn an der linken Seite dicht unter den Rippen traf. Trotz der brennenden Schmerzen in seiner Brust stürzte er los, die Hand auf die blutende Wunde gepresst.

»Martin?«, rief Sara. »Komm zurück! Du bist verletzt!«

Doch er hörte nicht auf sie. Er rannte immer weiter, über den Hof auf den Wald zu, die Hand über der blutenden Wunde. Er wagte nicht, sich umzudrehen und zurückzuschauen.

Besucher von der anderen Seite
Das geheime Tagebuch der Sara Harrison Shea

(Anmerkung der Herausgeberin: Dies ist der letzte Eintrag, den ich finden konnte, obgleich die Verfasserin, wie der Leser feststellen wird, weitere Seiten erwähnt, an denen sie zu jenem Zeitpunkt schrieb. Mit Schaudern erkennt man, dass nur wenige Stunden nachdem Sara diese Worte zu Papier gebracht hatte, ihre Leiche gefunden wurde.)

31. Januar 1908

Die Toten können zu uns zurückkehren. Nicht nur als Geister, sondern als lebende, atmende Wesen. Ich habe den Beweis mit eigenen Augen gesehen: meine geliebte Gertie, aus dem Totenschlaf erwacht. Und ich bin zu einem Entschluss gelangt: Unsere Geschichte muss erzählt werden. Die letzten Stunden habe ich über meinen Aufzeichnungen verbracht. Die Öllampe brannte hell, während ich die genauen Anweisungen zum Wiedererwecken eines Schlafenden zu Papier brachte. Ich habe Aunties Aufzeichnungen kopiert und meine eigenen Erfahrungen, die ich vor sechs Tagen im Wald gemacht habe, in allen Einzelheiten hinzugefügt. Nun bin ich endlich fertig und habe die Aufzeichnungen nicht in einem, sondern gleich in drei verschiedenen Verstecken verborgen.

Wir sind im Haus, die Türen sind verschlossen, die Vorhänge zugezogen. Das Gewehr liegt neben mir. Ich will nicht glauben, dass Martin es war. Dass dieser Mann, den ich zu kennen glaubte – der Mann, für den ich gekocht, neben dem ich Nacht für Nacht gelegen, dem ich meine Geheimnisse anvertraut habe –, ein solches Ungeheuer sein könnte.

Der Gewehrschuss hat ihn schwer verletzt. Er wird dort draußen in der Kälte mit einer Brustwunde nicht lange überleben. Meine Angst ist natürlich, dass es ihm gelingen könnte, sich bis zu den Bemis' durchzuschlagen, und dass dann alle kommen und an meine Tür trommeln werden, um nach der Wahnsinnigen mit dem Gewehr zu suchen.

Ich bin froh, dass ich Gelegenheit hatte, alles niederzuschreiben, solange es mir noch frisch im Gedächtnis war. Noch froher bin ich, dass ich meine Aufzeichnungen, sollten sie mich tatsächlich in die Anstalt sperren, in Sicherheit gebracht habe.

Eines Tages wird man die Aufzeichnungen finden. Die Welt wird die Wahrheit über Schlafende erfahren.

Der siebte Tag von Gerties Erwachen neigt sich dem Ende zu. Noch immer verbirgt sich meine Kleine im Schatten, nur selten erhasche ich einen Blick auf sie. Wenn es mir gelingt, ist sie bleich und schemenhaft. Sie trägt die Sachen, in denen sie an ihrem letzten Morgen das Haus verließ: ihr blaues Kleid, die wollenen Strümpfe, ihren kleinen schwarzen Mantel. Ihre Haare sind jetzt verfilzt, ihre Wangen von Schmutz verkrustet. Sie verströmt den Geruch von brennendem Fett, wie eine Talgkerze kurz vor dem Verlöschen.

Shep macht ihre Anwesenheit nervös; er knurrt mit gesträubtem Fell und gebleckten Zähnen in die Dunkelheit hinein.

Nun, da ich mit dem Niederschreiben unserer Geschichte fertig bin, spreche ich mit ihr, singe ihr Lieder vor und versuche, sie ins Licht zu locken. »Weißt du noch?«, sage ich. »Weißt du noch?«

»Weißt du noch, wie wir beide uns den ganzen Morgen unter der Bettdecke versteckt und uns gegenseitig unsere Träume erzählt haben?«

»Weißt du noch, die Weihnachtsfeste? Oder damals, als du Mumps hattest und ich nicht von deiner Seite gewichen bin? Deine Geschichten über den blauen Hund? Wie du jedes Mal schnurstracks in die Küche gelaufen bist, wenn du von der Schule heimkamst und Sirupkekse gerochen hast?«

Weißt du noch? Weißt du noch?

Doch Gertie ist schon wieder fort. (War sie jemals wirklich da?)

»Bitte, mein Liebling«, sage ich. »Wir haben so wenig Zeit zusammen. Willst du dich mir nicht zeigen?«

Ich wende mich um und halte auf der anderen Seite des Zimmers nach ihr Ausschau.

Und dort, auf der gemauerten Einfassung über dem Kamin, steht etwas in schwarzen Buchstaben, mit einem verkohlten Stock geschrieben:

Nicht Papa

Im selben Augenblick, während ich noch die Worte anstarre, ertönt von der Tür her ein Klopfen.

Es ist unmöglich, doch eine vertraute Stimme ruft meinen Namen.

1886

2. Mai 1886

Meine allerliebste Sara,
ich habe Dir versprochen, mein Wissen über die Schlafenden mit Dir zu teilen. Doch ehe Du weiterliest, musst Du begreifen, dass es sich um einen machtvollen Zauber handelt. Vollzieh ihn nur, wenn Du Dir ganz sicher bist. Einmal angefangen, gibt es kein Zurück.
Der Schlafende wird erwachen und zu Dir zurückkehren. Wie viel Zeit bis dahin vergeht, ist unterschiedlich. Manche erscheinen innerhalb weniger Stunden, andere erst nach Tagen.
Einmal erwacht, wird der Schlafende sieben Tage lang auf der Erde wandeln. Danach ist er für diese Welt auf immer verloren. Man kann keinen Schlafenden mehrmals erwecken. Es ist verboten und auch unmöglich.
Wenn Du bereit bist, halt Dich genau an die folgenden Anweisungen.
Dies sind die Dinge, die Du brauchst:
eine Schaufel
eine Kerze
das Herz eines lebendigen Tieres (Du darfst es höchstens zwölf Stunden zuvor entnommen haben)
einen Gegenstand, der demjenigen gehört hat, den Du erwecken willst (ein Kleidungsstück, Schmuck oder Werkzeug)

Mit diesen Dingen musst Du Dich zu einer der Pforten begeben. Sie sind Übergänge zwischen dieser Welt und der Welt der Geister. Eine dieser Pforten liegt hier in West Hall. Ich habe eine Karte gezeichnet, damit Du sie finden kannst. Schütze diese Karte mit Deinem Leben.

Betritt die Pforte.
Entzünde die Kerze.
Halte den Gegenstand, der dem Schlafenden gehörte, in Deinen Händen und sprich siebenmal folgende Worte: »… (Name des Schlafenden), ich rufe dich zurück zu mir. Schlafender erwache!«
Vergrab das Herz und sag dabei: »Damit dein Herz wieder schlägt.«
Daneben vergrab den Gegenstand und sag: »Etwas von dir, damit du den Weg zu mir findest.«
Dann verlass die Pforte und warte. Manchmal wird der Schlafende noch an Ort und Stelle erscheinen. Mitunter kann es, wie ich schrieb, mehrere Tage dauern.
Es gibt noch zwei Dinge, vor denen ich Dich warnen muss: Ist ein Schlafender einmal erwacht, kann man ihn nicht töten. Er wird sieben Tage lang auf der Erde wandeln, gleich, was ihm angetan wird. Das Letzte, was ich Dir sagen muss, ist nur ein Gerücht, das ich gehört habe: Man sagt, wenn ein Schlafender innerhalb dieser sieben Tage einen Menschen tötet und sein Blut vergießt, so wird er für alle Zeit wach bleiben.
Bitte nutze dieses Wissen mit Umsicht und erst dann, wenn die Zeit dazu reif ist.
Ich liebe Dich von ganzem Herzen, Sara Harrison.
In Ewigkeit,
Auntie

4. Januar
Gegenwart

Katherine

Der Schnee reichte ihnen bis zu den Knien, doch sie waren vorher in die Scheune gegangen und hatten sich Schneeschuhe untergeschnallt – altmodische Modelle aus Bugholz und Schnüren aus Rohleder. Die Prozession bewegte sich langsam den Hof entlang, über den Acker und auf den bewaldeten Hang des Hügels zu. Candace mit ihrer Stirnlampe ging vorweg, Ruthie und Fawn in der Mitte (Fawn hielt noch immer ihre in Decken gewickelte, schmutzige Stoffpuppe im Arm und unterhielt sich fortwährend leise flüsternd mit ihr), und Katherine bildete die Nachhut.

»Katherine! Nicht trödeln«, rief Candace barsch. Sie wandte sich nach hinten, so dass ihre Stirnlampe Katherine genau ins Gesicht schien. »Sie wollen doch nicht im Wald den Anschluss verlieren.«

Nein. Das wollte sie weiß Gott nicht.

Katherine blickte von Garys Kameradisplay auf. Er hatte jede einzelne von Saras verschollenen Tagebuchseiten fotografiert, und Katherine hatte Aunties Anweisungen für das Erwecken eines Schlafenden aufmerksam studiert. Es war schwierig, den genauen Wortlaut zu entziffern, selbst wenn sie den Zoom zu Hilfe nahm, doch das Wesentliche verstand sie.

»Worauf starren Sie da die ganze Zeit?«, wollte Candace wissen. Sie sah aus wie ein Zyklop mit einem furchterregenden gleißenden Auge: das dritte Auge, das mystische, allsehende Auge.

»Ich versuche bloß herauszufinden, ob sich genauer feststellen lässt, wo diese Öffnung ist, nach der wir suchen«, antwortete sie, bevor sie die Kamera ausschaltete und in Garys

Rucksack verstaute. Alle bis auf Fawn trugen Rucksäcke, die sie vor dem Aufbruch rasch mit allem Nötigen beladen hatten: mit Taschenlampen und Batterien, Kerzen, Streichhölzern, einem Seil, Wasserflaschen, Müsliriegeln und ein paar Äpfeln. Candace hatte sich die Stirnlampe aufgesetzt, die sie bei der Haustür gefunden hatten und die Ruthie und ihre Mutter benutzten, wenn sie nach Einbruch der Dunkelheit noch Feuerholz holen wollten. Katherine trug die Fotoausrüstung, eine Taschenlampe, Kerzen und Streichhölzer, einen Teil des Wasservorrats sowie Garys altes Schweizer Taschenmesser in ihrem Rucksack.

»Gut«, sagte Candace. »Ich bin froh, dass Sie die Kamera mitgenommen haben.«

Und ich erst, dachte Katherine.

War es wirklich möglich, die Toten wieder zum Leben zu erwecken?

Sie konzentrierte sich darauf, in den Schneeschuhen vorwärtszukommen. Es war ein ungewohnter, schwerfälliger Watschelgang durch tiefen Pulverschnee. Es schneite noch immer ohne Unterlass. Alles, was Katherine hörte, war das Geräusch ihres Atems und das Keuchen, als sie die Steigung erklommen. Kein Autolärm, keine weit entfernten Sirenen oder Zugpfeifen. Es herrschte eine geradezu gespenstische Stille, alles war gedämpft wie unter einer Decke.

Auf einmal kam ihr der Pfad entsetzlich steil vor. Sie hatten den Acker hinter sich gelassen und gingen hügelaufwärts in den Wald hinein, über eine alte, aufgelassene Obstwiese. Die Bäume waren knorrig und verwachsen, ihre Äste bogen sich unter der Last des Schnees. Katherine war, als würden die Bäume sie beobachten – eine unheimliche, in Reih und Glied stehende Armee, die ihre verkrüppelten Finger nach ihr ausstreckte.

Du hast es fast geschafft, flüsterte Gary ihr ins Ohr.

Er schien ihr ganz nah zu sein. Fast konnte sie ihn riechen, ihn auf der Zunge spüren. Wenige Monate zuvor, an seinem letzten Lebenstag, war er denselben Pfad hinaufgestiegen. Er war hier entlanggelaufen und hatte denselben Rucksack auf dem Rücken getragen wie sie.

Ist es wirklich möglich, Gary? Können wir die Toten ins Leben zurückrufen?

Seine Antwort war ein sanftes Lachen. *Bist du nicht deswegen hier?*, fragte er zurück.

Und da begriff sie. Sie wusste, weshalb sie hergekommen war, weshalb das Schicksal sie an diesen Ort geführt hatte. Sie spürte, wie er sie bei der Hand nahm. Er war genau neben ihr.

Schh, hauchte er. *Hörst du das?*

Sie schloss die Augen, und in einem verborgenen Winkel ihres Geistes hörte sie die Musik, eine alte Jazz-Nummer, zu der sie einmal getanzt hatten. Sie fühlte Garys Lippen auf ihrer Wange. Sie wiegten sich gemeinsam im Takt und machten ein paar unbeholfene Tanzschritte im Schnee.

Wir können wieder zusammen sein, sagte er. *Wir können Austin zurückhaben.*

Dieser Gedanke traf sie mit der Wucht einer Kanonenkugel mitten in die Brust, so heftig und überwältigend, dass sie das Gleichgewicht verlor und in den Schnee fiel. Verzweifelt blickte sie sich nach Gary um, doch er war verschwunden.

Sie lag auf dem Rücken und schaute in den dunklen Himmel. Die Schneeflocken wirbelten auf sie herab wie ein Regen aus Millionen von Sternen.

Sie ließ dem Gedanken freien Lauf: wie es wäre, Gary und Austin wieder bei sich zu haben, auch wenn es nur für sieben Tage wäre. Wie sie sich zu dritt unter die Bettdecke kuscheln würden.

»Hast du geträumt, während du weg warst?«, würde sie Austin fragen.

»Oh ja, und ob«, würde er antworten. »Es war ein einziger langer Traum.«

»Alles in Ordnung dahinten?«, rief Candace.

»Ja«, antwortete sie und rappelte sich wieder auf, was mit den sperrigen Schneeschuhen sehr schwierig war. Ruthie drehte sich um, kam zu ihr zurück und streckte ihr die behandschuhte Hand hin, um ihr aufzuhelfen.

»Danke«, sagte Katherine und klopfte sich den Schnee von den durchnässten Jeans.

»Es dauert ein bisschen, bis man sich an die Dinger gewöhnt hat«, meinte Ruthie.

»Einen Marathon werde ich darin jedenfalls nicht so bald laufen«, gab Katherine zurück. Ruthie schenkte ihr ein angespanntes Lächeln, dann ging sie wieder nach vorn zu ihrer Schwester. Sie bückte sich und raunte Fawn etwas zu, woraufhin diese den Kopf schüttelte und ihre Puppe noch fester an sich drückte.

Sie durchquerten die Obstwiese, und der Anstieg wurde steiler, die Bäume wurden größer und furchteinflößender.

Sie hatte die Anleitung. Sie waren auf dem Weg zur Pforte. Sie hatte eine Kerze, Garys Kamera, all seine Sachen. Alles, was jetzt noch fehlte, war ...

»Mein Gott!«, kam plötzlich Candaces erschrockener Ausruf von vorn. Ein Stück neben dem Pfad fiel der Lichtkegel ihrer Stirnlampe auf eine schaurige Szene: Ein Fuchs hatte einen Schneeschuhhasen gefangen und ihn an der Kehle gepackt. Der Hase zappelte noch einen kurzen Moment, dann hing das weiße Tier still und schlaff in seinem Maul.

Candace zog ihre Pistole und zielte auf den Fuchs.

»Nicht!«, rief Katherine. Das Tier war so schön – sein rotes Fell glänzte, und seine Augen schienen sie direkt anzusehen, als wollten sie sagen: *Wir kennen uns, du und ich. Wir zwei wissen, was Hunger ist. Verzweiflung.*

Candace feuerte, und Katherine zuckte zusammen. Der Fuchs erschrak, ließ den Hasen fallen und floh zwischen die Bäume – Candace hatte danebengeschossen. Die Anmut und flinke Geschmeidigkeit seiner Bewegungen waren so schön, dass es Katherine schier den Atem raubte. Und sie war sich sicher, dass der Fuchs im Fliehen eine Sekunde lang seinen eleganten Kopf zu ihr umgedreht und sie angeschaut hatte.

Sieh nur, was ich dir dagelassen habe.

Alles fügte sich auf geradezu unfassbare Weise zusammen.

»Können wir das Kaninchen retten?«, fragte Fawn und trat zu dem kleinen weißen Tier, das reglos im Schnee lag.

»Nein«, erwiderte Ruthie. »Es ist tot. Fass es nicht an, okay?«

»Los, weiter, ich glaube, wir haben die Hälfte schon geschafft«, spornte Candace sie an. Sie steckte die Pistole ein und richtete die Stirnlampe wieder auf den Pfad, auf dem noch ihre eigenen, fast unter Neuschnee begrabenen Fußstapfen sichtbar waren, die sie hinterlassen hatte, als sie einige Zeit zuvor hier heruntergekommen war. Der Hang war inzwischen noch steiler geworden, so dass sie eher kletterten als gingen. Die Schneeschuhe machten jede Bewegung behäbig und mühsam. Vom Himmel schneite es dicke Flocken.

Katherine dachte an die Fotos von Bergsteigern auf dem Mount Everest, die sie einmal gesehen hatte. Sie waren mit einem Seil aneinandergebunden, damit keiner verloren ging, abstürzte oder zurückblieb. Immer weiter stapften sie. Candace hatte das Tempo angezogen, und die Mädchen bemühten sich, mit ihr Schritt zu halten. Katherine hingegen wurde langsamer und blieb an der Stelle stehen, wo sie den Fuchs gesehen hatten. Was für ein Glück, dass sie nicht mit einem Seil an die anderen gebunden war. Sie schienen gar nicht zu merken, dass sie sich hatte zurückfallen lassen. Sie bückte sich, zog den Handschuh aus und berührte den weißen Hasen. Er war noch warm, sein Fell seidenweich.

Rasch hob sie ihn auf, erstaunt darüber, wie leicht er war. Sie nahm Garys Rucksack von den Schultern, legte das Tier vorsichtig hinein und zog den Reißverschluss zu. Dann eilte sie den anderen nach. Ihr Herz hämmerte, das Blut rauschte in ihren Ohren.

Der Hase war klein, doch es konnte nicht allzu schwierig sein, seine Rippen zu ertasten, ihn aufzuschneiden und ihm das Herz herauszunehmen.

Ruthie

»Irgendwo hier muss es sein«, sagte Candace, während sie zwischen den Felsen am Fuße der Teufelshand herumkletterte.

»Ich kann nicht glauben, wie groß die Felsen sind«, bemerkte Katherine und blickte an ihnen empor. »Der höchste muss ja mindestens sieben Meter hoch sein. Auf den Fotos sehen sie viel kleiner aus.«

»Vielleicht ist der Teufel ein Riese«, warf Fawn ein, die immer noch die in Decken eingehüllte Mimi mit dem Revolver umklammert hielt.

Sie hatten für den Aufstieg fast eine Dreiviertelstunde gebraucht. Die letzten zehn Minuten hatte Candace damit zugebracht, wahllos an verschiedenen Stellen mit fast krampfartigen Bewegungen zu graben. »Die Öffnung könnte unter jedem der fünf Felsen sein«, meinte sie. »Sie sehen alle gleich aus. Na los, worauf wartet ihr noch? Fangt an zu graben!«

Der Schnee fiel stetig, und die Felsfinger trugen einen dicken weißen Handschuh. Candace scharrte am Fuße des größten Felsfingers mit den Händen den Schnee beiseite und räumte kleinere Steine weg.

»Lassen Sie mich mal.« Ruthie steckte ihre Taschenlampe in die Tasche ihres Parkas und griff nach der Kamera, deren Display Katherine angestrengt betrachtete. Ruthie sah, dass Katherine eins der Fotos von der Anleitung zum Erschaffen Schlafender studiert hatte. Sie klickte sich bis zu der Aufnahme von der Öffnung am Fuße des Felsens vor. Das Bild war im Oktober bei Tageslicht aufgenommen worden, aber jetzt war es stockfinster, und noch dazu lag alles unter einer Schneedecke begraben. Schwer zu sagen, welcher der fünf Finger auf dem Bild zu sehen war. Ruthie betrachtete die Maserung, die Form und den Schattenwurf des Steins auf dem Foto, bevor sie mit der Taschenlampe die Felsen ableuchtete.

Candace hatte unrecht. Sie sahen nicht alle gleich aus.

»Ich glaube, es ist der größte«, sagte sie schließlich. »Der Mittelfinger. Sehen Sie, wie er im Vergleich zum Felsen direkt daneben ein bisschen nach links geneigt ist? Und sehen Sie hier, aus welchem Winkel das Foto gemacht wurde. Er muss da drüben gestanden haben, links von uns. Im Hintergrund sieht man den großen Ahorn.« Sie wies auf den nun schneeverhüllten Baum.

Sie gab Katherine die Kamera zurück und löste die Bindung ihrer Schneeschuhe. Kurz darauf hatte sie an der Basis des mittleren Felsens einen Stein von etwa sechzig Zentimetern Durchmesser sowie mehrere kleinere Steine freigelegt. Sie versuchte den großen Stein beiseitezuschieben, aber er ließ sich nicht vom Fleck bewegen, weil er durch Eis und Schnee am Boden festgefroren war.

»Helfen Sie mir mal«, wandte sie sich an Candace. Gemeinsam stemmten sie sich gegen den Stein. Bald begann er zu wackeln, und schließlich konnten sie ihn wegrollen wie die untere Kugel eines Schneemanns.

»Du liebe Zeit!«, rief Katherine, die mit ihrer Taschenlampe in ein kleines Loch am Fuße des Felsens hineinleuchtete. »Da ist er! Der Eingang!«

Das Loch sah winzig aus, kaum groß genug, dass sich ein Erwachsener hineinzwängen konnte. Wäre Ruthie beim Wandern zufällig darauf gestoßen, hätte sie es für den Eingang zum Bau eines kleinen Tiers gehalten – eines Fuchses oder eines Stinktiers vielleicht. Sie wäre achtlos daran vorbeigelaufen.

Ruthie knipste ihre Taschenlampe wieder an und leuchtete ebenfalls in die schmale Öffnung. Die Dunkelheit schien den Lichtstrahl zu verschlucken. Sie konnte nicht erkennen, wie weit der Tunnel reichte. »Sind Sie sicher, dass der überhaupt irgendwohin führt?«, fragte sie zweifelnd. In Wirklichkeit dachte sie: *Da kriegen mich keine zehn Pferde rein.*

Plötzlich überkam sie das Gefühl, dass die ganze Sache in Wahrheit nur ein übler Streich war. Dass jeden Augenblick alle in Gelächter ausbrechen, ihr auf den Rücken klopfen und sagen würden: *Da haben wir dich aber ganz schön angeschmiert, was?* Ihre Mutter würde aus ihrem Versteck kommen – natürlich war sie in den Scherz eingeweiht, vielleicht war er sogar ihre Idee gewesen – ihre ganz spezielle Art, Ruthie eine Lektion zum Thema Verantwortungsbewusstsein zu erteilen.

»Es gibt nur eine Möglichkeit, es rauszufinden«, sagte Candace. »Ich gehe zuerst, aber wenn ihr nicht alle sofort nachkommt, könnt ihr darauf wetten, dass ich ruckzuck wieder draußen bin. Und nicht in bester Laune.« Sie tätschelte das Holster unter ihrer Jacke, für den Fall, dass jemand sie nicht verstanden hatte.

»Ich weiß nicht so recht«, entgegnete Ruthie, während sie sich gleichzeitig fragte: *Wer um alles in der Welt benutzt Wörter wie »ruckzuck«? Noch dazu, während er andere Leute mit einer Waffe bedroht?*

»Sie mag keine engen Räume«, erklärte Fawn den anderen.

Die Untertreibung des Jahres, dachte Ruthie.

»Ich reiße mich auch nicht grade drum«, entgegnete Candace. »Aber wir müssen da runter, ob es uns nun passt oder nicht.« Sie stopfte ihren Rucksack ins Loch, dann zog sie die Jacke aus und schob sie hinterher. Ihre Schneeschuhe lehnte sie draußen gegen den Felsen. Mit eingeschalteter Stirnlampe zwängte sie sich, Kopf voran, in die Öffnung. Auf halbem Wege blieb sie stecken.

»Vielleicht ist das Loch nicht groß genug. Vielleicht kommt man gar nicht durch, oder es ist eine Sackgasse«, gab Ruthie zu bedenken, der der Schweiß ausbrach, während sie Candace zappeln sah. Candace trat mit den Füßen aus und wand sich wie ein Fisch auf dem Trockenen. Aus der Höhle hörten sie ihr gedämpftes Fluchen. Irgendwann verschwanden dann ihre Füße, und wenige Minuten später kam der widerhallende Ruf: »Ich bin drin! Los, kommt! Beeilung! Ihr werdet es nicht glauben!«

»Ich gehe als Nächste«, sagte Katherine. »Ich lasse mir so viel Zeit wie möglich. Ihr zwei macht währenddessen Folgendes.« Sie zog aus ihrer Manteltasche ein Schlüsselbund hervor. »Nehmt den Weg nach unten zur Straße. Mein Wagen steht etwa eine Viertelmeile hinter eurer Einfahrt. Ein schwarzer Jeep Cherokee. Mein Handy ist im Handschuhfach. Ruft Hilfe. Wenn ihr kein Netz habt, steigt in den Wagen und fahrt zum nächstgelegenen Haus. Hauptsache, ihr macht, dass ihr hier wegkommt. Diese Candace ist unberechenbar, und ich habe Angst, dass sie jemanden verletzen könnte, wenn sie weiter so mit der Waffe herumfuchtelt. Ich kann sie eine Zeitlang ablenken, dann habt ihr einen guten Vorsprung.«

»Wo bleibt ihr?«, brüllte Candace von drinnen. »Wer ist der Nächste?«

»Ich!«, rief Katherine in die Öffnung hinein. »Bin schon unterwegs!«

Ruthie malte es sich aus: wie sie mit Fawn den Hügel hinunterrannte, auf Katherines Handy die Polizei rief und die Rettung organisierte. Aber Candace glaubte, dass ihre Mutter in der Höhle war. Was, wenn sie recht hatte? Was, wenn Mom verletzt war oder Candace sie als Erste fand – Candace mit ihren wilden Verschwörungstheorien und ihrer Pistole?

Ruthie schüttelte den Kopf und senkte die Stimme. »Ich gehe hier nicht weg.« Sie nahm ihrer Schwester die Puppe ab, wickelte den Revolver aus und nahm ihn in die Hand. »Unsere Mutter könnte da unten sein. Und was auch immer hier los ist, ich weiß ganz genau, dass sie mich und meine Schwester niemals im Stich lassen würde. Wenn sie wirklich irgendwo da drin ist, steckt sie mit ziemlicher Sicherheit in Schwierigkeiten. Und jetzt ist Candace da unten, das macht es nur noch schlimmer.«

Katherine betrachtete den Revolver, seufzte schließlich und nickte.

Ruthie wandte sich an Fawn. »Nimm die Schlüssel und geh den Pfad runter zur Straße. Such den Jeep und ruf Hilfe. Du bist schon groß. Du schaffst das.«

Fawn schüttelte nachdrücklich den Kopf. »Auf keinen Fall. Mimi und ich bleiben bei dir. Wir helfen dir, Mom zu finden.«

»Na schön«, lenkte Ruthie ein und wünschte, sie wüsste, ob das die richtige Entscheidung war. Aber sie konnte nicht die ganze Nacht hier draußen stehen, Pläne schmieden und alle möglichen Szenarien durchgehen, während ihre Mutter vielleicht da unten in Schwierigkeiten steckte.

»Aber seid vorsichtig, ihr zwei, habt ihr verstanden?«, sagte Katherine. »Tut nichts Unüberlegtes.«

»Sie auch nicht«, gab Ruthie zurück.

»Meine Damen, was dauert da draußen so lange?«, wollte Candace wissen.

»Tut mir leid!«, rief Katherine ins Loch. »Ich bin diese verdammten Schneeschuhe nicht losgeworden. Komme schon!« Sie schob ihren Rucksack durch die Öffnung, dann kroch sie hinterher und war kurz darauf unter der Erde verschwunden.

»Jetzt Mimi und ich«, sagte Fawn. Ruthie gab ihrer kleinen Schwester die Taschenlampe.

»Ich bleibe direkt hinter dir«, versprach sie und überprüfte, ob der Revolver gesichert war, so wie Buzz es ihr gezeigt hatte, ehe sie ihn in die Tasche ihres Parkas steckte.

Fawns geringe Körpergröße war ein eindeutiger Vorteil für sie. Sie hatte keinerlei Schwierigkeiten, durch die enge Öffnung zu kommen. Der Lichtkegel ihrer Taschenlampe erhellte raue Wände aus dunklem, klammem Fels.

Ruthie holte tief Luft und folgte ihr. Der Tunnel roch nach nassem Stein, Erde und Holzrauch. Der Eingang war schmal, und als sie sich hineinzwängte, kam sie sich wie ein Korken im Hals einer Flasche vor. Sie hatte den Blick auf die Füße ihrer Schwester gerichtet. Ihr Herz hämmerte, und ihr Atem ging so schnell, dass sie Angst hatte, ohnmächtig zu werden.

»Alles klar, Ruthie?«, rief Fawn nach hinten.

»Geht schon«, antwortete Ruthie mit leiser, kieksender Stimme. Verengte sich der Tunnel etwa noch mehr? Sie stellte sich vor, wie der Fels sie immer stärker zusammenquetschte, bis irgendwann ihre Rippen brachen und ihr die Augäpfel aus den Höhlen quollen.

Falls ihr Instinkt sie nicht getrogen hatte und ihre Mutter tatsächlich irgendwo hier unten steckte, würde Ruthie sie möglicherweise umbringen müssen, weil sie ihretwegen einen solchen Höllentrip durchmachen musste. Sie konnte sich nicht daran erinnern, jemals in ihrem Leben so viel Angst gehabt zu haben.

»Mach dir keine Sorgen, der Tunnel wird breiter«, beteuerte Fawn.

»Sorgen machen? Ich doch nicht«, murmelte Ruthie. Sie war sich ganz sicher, dass ihr Herz jeden Moment den Geist aufgeben würde. Ihre Ellbogen schmerzten vom Kriechen über den rauen Stein.

Plötzlich wurde es stockfinster.

»Was ist mit der Taschenlampe?«, rief Ruthie in aufsteigender Panik.

»Ich glaub, sie ist kaputt«, kam Fawns Antwort von vorn. Ruthie hörte das Geräusch von Batterien, die dumpf in einem Kunststoffgehäuse rasselten: Fawn schüttelte die Taschenlampe.

Um sie herum war es pechschwarz, schwärzer als alles, was Ruthie sich überhaupt jemals hätte vorstellen können; eine Dunkelheit, die unendlich zu sein schien.

So fühlt es sich an, lebendig begraben zu sein, schoss es ihr durch den Kopf.

»Egal, kriech weiter«, rief sie und bemühte sich, tapfer zu klingen.

Glücklicherweise hatte Fawn recht, und der Tunnel verbreiterte sich tatsächlich, doch dann wurde er kurz darauf wieder enger. Ruthie kniff ganz fest die Augen zu und versuchte sich einzureden, dass es, wenn sie sie wieder aufschlug, nicht mehr dunkel sein würde. Inzwischen musste sie auf dem Bauch vorwärtsrobben. Die Arme angewinkelt, stieß sie sich mit Ellbogen und Zehen vom Boden ab. Der Tunnel ging noch etwa drei Meter stark abschüssig weiter. Ihr Parka und der Pullover darunter rutschten hoch, so dass ihr Bauch über den rauen Felsboden des Tunnels schrammte; einen kurzen Augenblick stellte sie sich vor, es wären Krallen, die aus den Steinen kamen und ihr die nackte Haut aufrissen.

»Stopp!«, rief sie laut.

»Wir haben's fast geschafft«, rief Fawn zurück. Ihre Stimme klang gedämpft. »Ich sehe Licht.« Sie musste viel weiter vorn sein, als Ruthie gedacht hatte.

Ruthie schob den Rucksack vor sich her, auf die entfernten Geräusche ihrer Schwester lauschend, und als sie endlich wagte, die Augen zu öffnen, sah sie ein Stück weiter vorn den sanften Schein von Taschenlampen.

Noch ein paar Meter, und Ruthie konnte auf allen vieren weiterkrabbeln. Nach einem letzten Stück gelangte sie in eine große, behagliche Felskammer. Zögernd rappelte Ruthie sich auf, streckte die Glieder und sah sich um. Sie setzte den Rucksack wieder auf und überzeugte sich davon, dass der Revolver noch in ihrer Jackentasche steckte.

Denk einfach nicht daran, dass du unter der Erde bist, schärfte sie sich ein.

Fawn hielt ihr die Taschenlampe hin. »Sie geht jetzt wieder. Wahrscheinlich hatte ich sie bloß nicht richtig eingeschaltet. Tut mir leid.«

»Schon okay«, sagte Ruthie. »Du bist echt mutig, weißt du das?«

Fawn lächelte.

Das Licht in der unterirdischen Kammer kam nicht allein von den Taschenlampen – überall brannten Öllaternen. Es war tatsächlich ein richtiges Zimmer – es gab Regale, einen Tisch und einen Holzofen mit Abzugsrohr, das in einem Spalt in der felsigen Decke verschwand. Im Ofen brannte knisternd und knackend ein Feuer, und Ruthie hätte fast vergessen können, dass sie sich in einer Höhle unter der Teufelshand befand. In einer Nische stand sogar ein Bett, auf dem sich mehrere alte Quilts türmten.

Der Raum kam ihr seltsam bekannt vor.

Ruthie trat zu einem der hölzernen Regale. Darauf standen Krüge mit Wasser, Säcke voller Mehl und Zucker, Dosen mit Tee und Kaffee, Sardinen, Thunfisch, Gemüse- und Suppenkonserven sowie ein Scheffelkorb mit Äpfeln.

»Hier wohnt jemand«, stellte Ruthie fest und nahm einen der Äpfel in die Hand. Er war fest und hatte keine faulen Stellen.

»Die Lampen haben alle gebrannt, als ich kam«, erklärte Candace. Die Pistole im Anschlag, leuchtete sie den Raum mit ihrer Stirnlampe ab. Neben dem Tunnel, durch den sie hereingekommen waren, gab es noch drei weitere. Jeder führte in eine andere Richtung, und in jedem war es kohlrabenschwarz.

»Ruthie, sieh mal!«, rief Fawn plötzlich mit heller Stimme. Sie kniete vor dem Bett auf dem Boden. Ruthie war in wenigen Schritten bei ihr und sah, dass Fawn einen violett und gelb gemusterten Häkelponcho in der Hand hielt.

»Das ist Moms!«, rief Ruthie.

Fawn nickte aufgeregt. »Den hat sie an dem Abend angehabt! Als sie verschwunden ist!«

Ruthie machte einen Schritt auf Fawn zu, um sich den Poncho näher anzusehen, doch dann erstarrte sie, als sie sah, was am Kopfende des Betts neben dem Kissen saß.

Ihr alter grüner Teddybär – Piney Boy. Ruthie nahm ihn hoch, drückte ihn an die Brust, und auf einmal war da eine Erinnerung, verschwommen und undeutlich wie ein Traum: Sie war schon einmal hier gewesen. Hier in diesem Raum. Sie war jemandem hierher gefolgt.

Sie schloss die Augen und ließ sich von der Erinnerung treiben.

Da war ein kleines Mädchen, das hier unten lebte. Aber es war kein nettes Mädchen. Es hatte Ruthie etwas Unheimliches gezeigt. Etwas ganz Schreckliches.

Später hatte ihr Vater dann behauptet, sie habe das Ganze nur geträumt.

Ruthies Blick glitt durch die Kammer – das konnte doch nicht stimmen? Warum sollte ein kleines Mädchen in einer Höhle unter der Teufelshand wohnen?

»Das war deiner, oder?«, fragte Fawn. »Als du noch klein warst?«

Ruthie nickte. Sie hielt den Teddy immer noch im Arm und versuchte sich weitere Einzelheiten jenes lange zurückliegenden Tages ins Gedächtnis zu rufen. Was genau hatte das Mädchen ihr gezeigt?

»Ich hab noch was anderes gefunden«, sagte Fawn. »Unter dem Bett.« Sie zeigte mit dem Finger. Den Bär in der einen Hand, die Taschenlampe in der anderen, lugte Ruthie unter das Bettgestell.

Dort lag auf dem Felsboden eine lila-weiße Skijacke voller rostbrauner Flecken – altes Blut.

»Die sieht genauso aus wie die von dem vermissten Mädchen, stimmt's?«, sagte Fawn. »Willa Luce?«

Ruthie nickte und wandte sich ab.

Sie dachte an das, was Candace ihr vorhin über ihre Eltern erzählt hatte – dass sie behauptet hätten, im Wald hause ein Monster. Ein Monster, das ihre leiblichen Eltern Tom und Bridget O'Rourke getötet hatte. Wo war Ruthie gewesen, als das passiert war? Hatte sie es mit angesehen? Bei der bloßen Vorstellung wurde ihr übel. Die Höhlenwände schienen enger zusammenzurücken, und die Luft kam ihr auf einmal dünner vor.

»Alice Washburne!«, rief Candace. Der Widerhall ihrer Stimme tat Ruthie in den Ohren weh. »Ich habe deine Kinder! Komm raus und zeig dich, sonst tue ich ihnen weh!«

Ruthie setzte den grünen Teddybär wieder hin, ließ die Hand

in die Tasche gleiten und tastete nach dem Revolver. Sie entsicherte ihn und wartete mit angehaltenem Atem.

Sie lauschten etwa eine Minute lang. Alles, was sie hörten, war das Knacken des Feuers und ein weit entferntes Tropfgeräusch.

»Mir gefällt's hier nicht«, verkündete Fawn und drängte sich dichter an Ruthie. »Hier unten gefällt's mir gar nicht.«

»Mir auch nicht«, antwortete Ruthie, die Hand am Revolver.

Stille.

»Verdammt«, zischte Candace. Sie ging in der Kammer umher und leuchtete mit ihrer Stirnlampe in jeden Tunnel hinein. Sie streckte den Kopf in einen der Tunneleingänge und knurrte etwas, was Ruthie nicht verstehen konnte.

»Was jetzt?«, fragte sie und schielte auf die Waffe in Candaces Hand. Bestimmt bluffte sie nur. Sie würde ihnen nichts tun. Sie würde sie am Leben lassen, damit sie sie zum richtigen Zeitpunkt als Druckmittel einsetzen konnte.

»Wir müssen jeden dieser Tunnel absuchen, einen nach dem anderen.«

Oh Gott, bitte keine engen Tunnel mehr, flehte Ruthie im Stillen.

»Wir könnten uns doch aufteilen«, schlug sie vor. »Oder vielleicht wäre es das Beste, wenn Fawn und ich hier warten. Falls Mom auftaucht.«

»Nein!«, herrschte Candace sie an. »Wir bleiben zusammen.« Sie ließ den Blick durch die Felskammer schweifen. Ihre wachsamen Augen blitzten. »Moment mal. Wo ist Katherine?«

Ruthie sah sich im Raum um und leuchtete mit der Taschenlampe in alle drei Tunneleingänge.

»Verflucht!«, stieß Candace hervor.

Katherine war nicht mehr da.

1908

Sara

31. Januar 1908

Auntie.

Ich blinzelte einmal, zweimal, dreimal, doch sie stand noch immer in der Tür, ein lebendiges Wesen aus Fleisch und Blut. Dies war gewiss kein Geist. Sie hatte Form, Substanz; Schnee tropfte aus ihren Kleidern, und ihr Körper warf einen langen Schatten.

Gertie hatte sich, kaum dass sie Aunties Stimme vor der Tür vernommen hatte, wieder in den Wandschrank geflüchtet.

Shep stand neben mir und knurrte tief in der Kehle. Als Auntie ihm einen Blick zuwarf, schlich er mit eingekniffenem Schwanz davon.

»Bist du …«, stammelte ich. »Bist du eine von ihnen? Bist du von den Toten zurückgekehrt?«

Vielleicht bin ich tatsächlich wahnsinnig geworden.

Ich hielt noch immer Martins Gewehr in der Hand und umfasste den Kolben so fest, dass meine Finger weiß wurden.

Sie sah erst mich, dann die Waffe an und lachte. Es klang wie ein scharfer Wind, der durch ein verdorrtes Maisfeld geht.

Gewiss, sie war älter geworden. Ihr einst rabenschwarzes Haar war nun stahlgrau und verfilzt. Einzelne Strähnen waren mit Stofffetzen und Lederbändern zusammengebunden, und sie hatte sich Federn und Perlen und hübsche kleine Steine hineingeflochten. Ihre Haut war dunkelbraun und runzlig. Um die Schultern trug sie einen Fuchspelz.

»Wäre es einfacher für dich«, fragte Auntie, »wenn ich eine Schlafende wäre?«

»Ich …«

»Einfacher zu glauben, dass du all die Jahre lang recht gehabt hast – dass ich tot in der Asche liege?« Ihre Miene verdunkelte sich vor Zorn.

»Aber wie? Wie hast du überlebt?« Ich dachte an die Hitze der Flammen, an den Ruß, der auf uns herabgeregnet war; am Ende war nichts mehr übrig gewesen als eine verkohlte Ruine und der alte Kanonenofen. »Ich habe doch den Schuss gehört. Ich habe gesehen, wie deine Hütte niedergebrannt ist.«

Auntie ließ ein bitteres Lachen erklingen. »Dachtest du, es wäre so leicht, mich zu töten, Sara?«

Ich erinnerte mich an Buckshot, der mit versengtem Fell in den Wald gelaufen war. War er Auntie gefolgt?

»Mich zu töten und meinen Körper in der Asche verrotten zu lassen?«

Ich wich einen Schritt vor ihr zurück. Plötzlich hatte ich Angst. »Ich habe versucht, ihn aufzuhalten«, sagte ich mit bebender Stimme. »Ich habe sogar versucht, zu dir zu gelangen, als die Hütte in Flammen stand, aber Papa hat mich festgehalten.«

Auntie machte einen Schritt auf mich zu und schüttelte enttäuscht den Kopf. »Du hast dir nicht genug Mühe gegeben, Sara.«

»Du warst die ganze Zeit am Leben?«, fragte ich ungläubig. »Wo bist du gewesen?«

»Ich bin nach Hause zurückgekehrt. Zu meinen Leuten. Ich habe versucht, mit der Vergangenheit abzuschließen, euch alle zu vergessen. Aber ich konnte nicht. Jedes Mal, wenn ich es fast geschafft hatte, musste ich nur meine Hände ansehen.« Auntie streifte sich die Handschuhe ab und hielt ihre Hände in die Höhe. Sie waren voller gespenstisch weißer Narben. Ich erschrak. »Am Bauch habe ich auch eine, vom Gewehrschuss deines Vaters. Die Wunde hat sich entzündet. Es war schrecklich.«

Auntie rieb sich mit der vernarbten rechten Hand über den Bauch.

Dann hob sie den Kopf und begegnete meinem Blick; ihre Augen waren zwei schwarze bodenlose Löcher. »Aber manchmal sitzen die Narben, die am meisten schmerzen, ganz tief im Innern, ist das nicht so, meine Sara?«

Schweigend starrte ich ihre schaurig bleichen Hände an.

»Ich wusste, dass ich eines Tages wiederkommen würde. Ich würde wiederkommen und mein Versprechen einlösen: Du würdest bezahlen. Du würdest für das bezahlen, was du und deine Familie mir angetan habt. Nach allem, was ich für euch getan habe, habt ihr mich verstoßen. Ich habe dich gehütet, habe dich aufgezogen wie mein eigenes Kind, und das ist eure Art, mir zu danken – indem ihr versucht, mich bei lebendigem Leibe zu verbrennen?«

»Aber ich habe es nicht getan! Es war Vater. Er war vor Trauer wie von Sinnen.«

Sie lächelte ein unheimliches Lächeln. »Wahnsinn ist immer eine wunderbare Ausrede, findest du nicht? Dafür, dass man anderen Menschen schreckliche Dinge antut.« Ein Glanz trat in ihre schwarzen Rabenaugen. »Oder ihren Kindern.«

Mein Herz wurde zu Eis, als ein grauenhafter Gedanke in meinem Kopf Gestalt annahm.

»Seit wann bist du wieder in der Stadt?« Ich bemühte mich, mit ruhiger Stimme zu sprechen.

»Ach, schon eine ganze Weile. Lange genug, um zu sehen, wie deine arme Familie sich abrackert. Dein humpelnder Ehemann, der gegen das Land kämpft, statt es zu bestellen. Deine Tochter. Deine wunderhübsche kleine Tochter. So klein. So zart. Genau wie du in dem Alter.«

»Gertie«, sagte ich. Meine Stimme drohte zu versagen. »Ihr Name ist Gertie.«

Aunties Mund verzog sich zu einem schmerzhaften Lächeln. »Oh, ich weiß. Sie und ich, wir kannten uns gut.«

Ich blickte in ihre Augen, und in dem Moment erkannte ich die Wahrheit.

Ich wich einen weiteren Schritt zurück, riss das Gewehr hoch und zielte auf ihre Brust.

»Es war gar nicht Martin. *Du* hast Gertie getötet.«

Sie warf den Kopf in den Nacken und stieß ein meckerndes Lachen aus. »Die Beweise deuten auf Martin, nicht wahr? Sein Ring in Gerties Tasche. *Mein* Ring, den er auf dem Acker ausgegraben hat. Ich mache dir keinen Vorwurf, dass du auf ihn geschossen hast. Ich hätte dasselbe getan.«

»Du hast ihr den Ring in die Tasche gesteckt«, sagte ich. »Du hast ihn Martin irgendwie weggenommen. Von dir waren auch die Botschaften, die angeblich Gertie geschrieben hat.«

Sie grinste breit und schief. »Meine kluge kleine Sara. Mein Augenstern.«

Ich trat ganz dicht an sie heran und drückte ihr den Lauf des Gewehrs gegen die Brust.

Sie schüttelte nur lachend den Kopf, als wäre ich ein unverständiges Kind. Ein kleines Mädchen, das es einfach nicht besser wusste.

»Was würde es nützen, mich jetzt zu töten, Sara? Würde es dir all das zurückbringen, was ich dir genommen habe? Dein Kind? Deinen Mann? Bruder und Vater?«

»Meinen Vater hast du nicht getötet«, widersprach ich.

»Nein. Er hat sich selbst mit dem Saufen umgebracht, nicht wahr? Weil er nicht damit leben konnte, was er mir angetan hatte.«

Ich blickte in ihre dunklen, mit Gold gesprenkelten Augen. Sie schlugen mich in ihren Bann und trugen mich zurück in die Zeit, als ich noch ein kleines Mädchen gewesen und Hand in Hand mit ihr zum Bach gegangen war.

Du bist anders als die anderen, Sara. Du bist wie ich.

Mag sein, dachte ich. Es mag sein, dass ich wie Auntie bin. Vielleicht bin auch ich fähig zu morden; grausame Rache zu üben. Auntie zu töten würde mir nichts von dem zurückgeben, was sie mir geraubt hatte, doch es wäre eine Art Gerechtigkeit. Ich würde sie töten. Ich würde es für Gertie tun. Für Martin. Für meinen Vater und meinen Bruder.

Doch der Entschluss kam zu spät.

Mit einer unglaublich schnellen Bewegung riss Auntie mir das Gewehr aus der Hand, drehte es um und zielte auf mich. Ich hatte vergessen, wie flink und stark sie war.

»Lass uns hinausgehen und schauen, ob wir deine Gertie finden, einverstanden?«, sagte sie, als hätte ich eine Wahl. »Ihr bleiben nur noch wenige Stunden, bis sie zurück unter die Erde muss. Ich will dabei sein, wenn es so weit ist. Ich will dein Gesicht sehen, wenn das kleine traurige Phantom, das du zum Leben erweckt hast, für immer verschwindet.«

4. Januar
Gegenwart

Katherine

Das erste Stück legte sie praktisch blind zurück, aus Angst, die anderen könnten den Lichtschein ihrer Taschenlampe sehen und ihr folgen. Lange würden sie nicht brauchen, um sie zu finden. Sie musste rasch handeln.

Der Tunnel war lang und führte weiter in die Tiefe. Die Wände waren kalt und klamm, immer wieder glitt sie auf den nassen Felsen aus.

Sie hatte keine Ahnung, wohin sie ging. Befand sich die Pforte an einer ganz bestimmten Stelle? Oder konnte sie das Ritual an einem beliebigen Ort innerhalb der Höhle vollziehen?

Sie blieb stehen, um zu verschnaufen, und lauschte. Sie hörte Stimmen, doch sie waren weit weg, nicht viel mehr als Echos. Aus Richtung der Kammer drang kein Lichtschimmer zu ihr; vermutlich war sie inzwischen weit genug weg, um gefahrlos die Taschenlampe einschalten zu können. Sie blinzelte, als es plötzlich hell wurde, und sah, dass sich der Tunnel vor ihr gabelte. Nach einigem Zögern wandte sie sich nach links. Die Decke war niedriger, so dass sie auf allen vieren kriechen musste. Nach etwa zwei Metern endete der Tunnel in einer Sackgasse, woraufhin sie rückwärts wieder herauskroch und den rechten Tunnel nahm. Sie folgte seinen engen Windungen, duckte sich und schob sich seitwärts weiter, als der Tunnel zu schmal wurde. Das Vorwärtskommen war mühsam, und Katherine schätzte, dass sie nur etwa drei Meter zurückgelegt hatte.

Weiter, flüsterte Gary. *Gut so. Du hast es gleich geschafft.*

Inzwischen war sie so weit von der Hauptkammer entfernt,

dass sie die anderen nicht länger hören konnte. Ihr kam ein neuer, beängstigender Gedanke: *Finde ich hinterher überhaupt wieder nach draußen?* Ihr kamen Szenen aus Filmen in den Sinn – wie Leute eine Höhle betraten und dort die Knochen derjenigen fanden, die den Weg ins Freie nicht mehr gefunden hatten.

Sie hätte Zeichen an die Wände malen oder eine Spur aus Brotkrumen streuen sollen – irgendetwas. Wie oft war sie abgebogen? Einmal rechts, dann die Gabelung. Oder war es zweimal rechts gewesen?

Keine Sorge. Ich zeige dir den Weg, erklang Garys Versprechen als leises Säuseln in ihrem Ohr.

Urplötzlich hatte sie keinen Boden mehr unter den Füßen. Sie stürzte und schlug sich das Knie und den linken Ellbogen auf. Die Taschenlampe fiel ihr aus der Hand und ging aus.

»Scheiße!«, keuchte sie.

Sie tastete nach der Taschenlampe und schaltete sie ein, um ihre Verletzung zu begutachten. Gott sei Dank, sie funktionierte noch. Ihre Jeans hatten ein Loch, die Haut am Knie war aufgeschürft und blutete, doch insgesamt sah es nicht allzu schlimm aus. Sie leuchtete mit der Taschenlampe umher, um festzustellen, wo sie sich befand.

Sie war in einer kleinen Felskammer mit runden Wänden gelandet. In der Mitte war eine Feuerstelle mit halb verkohlten Zweigen. Der Boden bestand aus Stein, Erde und Geröll. An den Wänden sah sie Bilder und Worte, die teils mit Holzkohle, teils mit rotbrauner Farbe (oder war es Blut?) gemalt worden waren. Primitive Zeichnungen von Menschen, die sich aus ihren Gräbern erhoben, um ins Land der Lebenden zurückzukehren.

SCHLAFENDER ERWACHE, stand mindestens einhundert Mal an den Wänden geschrieben.

»Hier ist es«, sagte sie laut. Sie war am Ziel.

Rasch machte sie sich an die Vorbereitungen, zog eine Kerze, Streichhölzer und Garys Kamera aus dem Rucksack. Sie legte den Schneeschuhhasen auf den Boden und tastete mit den Fingern seine Brust ab. Das Fell war weich, der Brustkasten winzig klein und biegsam. Nach kurzem Zögern schnitt sie den Hasen mit dem Schweizer Taschenmesser vorsichtig und behutsam entlang des Brustbeins auf. Es ging ganz leicht. Sie dachte an die Biologievorlesungen, die sie auf dem College besucht hatte, und es gelang ihr problemlos, Lunge und Herz des Tieres zu finden. Vorsichtig entfernte sie das noch warme Herz.

Die alte Katherine hätte sich womöglich vor dieser Tätigkeit geekelt – die neue Katherine jedoch erledigte sie ohne Mühe, als täte sie dergleichen jeden Tag.

Mit vom Hasenblut klebrigen Fingern zündete sie die Kerze an und hob Garys Kamera hoch.

»Gary, ich rufe dich zu mir zurück. Schlafender erwache!« Sie sagte es sieben Mal, und jede Wiederholung war drängender, fordernder, bis sie beim letzten Mal fast schrie.

Sie stach mit der großen Klinge des Messers in die Erde, die voller Steine, aber locker und sandig war. Sie grub mit dem Messer und hatte rasch ein kleines Loch ausgehoben. Dort hinein legte sie das winzige Herz und deckte es mit Erde zu. »Damit dein Herz wieder schlägt«, sagte sie mit klarer, fester Stimme.

Dann grub sie ein zweites Loch. Diesmal nahm sie die Finger zu Hilfe und schaufelte Erde mit den Händen beiseite, bis das Loch groß genug war für die Kamera. »Etwas von dir, damit du den Weg zu mir findest.«

Danach lehnte Katherine sich zurück und wartete. »Komm schon, Gary«, bat sie. »Ich habe meinen Teil erledigt. Jetzt bist du dran.«

Sie wagte kaum zu atmen. Sie dachte daran, wie sie und Gary sich vor all den Jahren im Atelier auf dem College zum ersten Mal geküsst hatten – ein Kuss, von dem sie sich gewünscht hatte, er möge nie zu Ende gehen. Ein Kuss, der zum Mittelpunkt ihres Lebens geworden war. Alles, was danach kam, drehte sich um ihn, als wäre er das Auge eines Wirbelsturms.

Sie überließ sich der Vorstellung, wie es wäre, ihn wiederzusehen, ihn im Arm zu halten, ihn zu riechen, zu schmecken, zu atmen. All die Worte, die sie einander nicht mehr gesagt hatten, würden sie nun sagen können.

Sieben ganze Tage. Was für ein Geschenk! In sieben Tagen konnten sie ein ganzes Leben leben. Sie konnten etwas von Austins Sachen aus einer Kiste in der Wohnung holen, damit zur Höhle gehen und ihn ebenfalls zurückholen. Dann wären sie wieder eine Familie.

Je länger sie wartete, desto größer wurden ihre Zweifel.

Was, wenn es nicht funktionierte?

Oder was, wenn es funktionierte, aber der Gary, der zu ihr zurückkam, nicht mehr der Gary war, den sie kannte?

Ihr Kopf füllte sich mit schrecklichen Bildern aus Zombiefilmen: bleiche, halb verfaulte Untote, denen die Gliedmaßen abfielen und die sich stöhnend, mit schweren Schritten durch das Land der Lebenden schleppten.

Sie beschloss, nicht mehr länger zu warten, und packte ihre Sachen zusammen. Sie wollte hier weg, und zwar so schnell wie möglich.

Als sie die Felskammer verlassen wollte, hörte sie Schritte in dem Tunnel, aus dem sie gekommen war. Sie waren langsam und gleichmäßig und kamen genau in ihre Richtung. Noch schlimmer: Jeden Schritt begleitete ein Scharren, ein grauenerregendes, schleifendes Geräusch.

Sie fuhr herum und floh in die entgegengesetzte Richtung. Sie wagte nicht, die Lampe einzuschalten, sondern tastete sich mit schützend vor dem Körper ausgestreckten Händen blindlings durch die Dunkelheit.

1908

Martin

31. Januar 1908

Er strauchelte auf dem Weg den Hügel hinunter. Zurück nach Hause. Ja, nach Hause. Er war auf dem Weg nach Hause.

Er irrte seit mindestens zwei Stunden durch den Wald. Zunächst war er gerannt, dann gegangen, und irgendwann war er im Schnee zusammengebrochen; dort lag er dann und versuchte sich davon zu überzeugen, dass er sich die Gestalt in der Dunkelheit hinter Sara nur eingebildet hatte; dass er ein elender Feigling gewesen war, einfach davonzulaufen.

Er bedurfte nicht seines Bruders, des Arztes, um zu wissen, dass ihm nur noch wenig Zeit blieb. Er wollte nicht in diesem gottverlassenen Wald sterben. Er wollte noch ein letztes Mal Sara sehen, ihr sagen, wie sehr er sie liebte, trotz allem, was geschehen war. Und mehr als alles andere wollte er sie davon überzeugen, dass er Gertie kein Leid angetan hatte. Er konnte unmöglich in der Gewissheit sterben, dass Sara ihn einer solchen Gräueltat für schuldig hielt. Also hatte er sich aus dem Schnee hochgerappelt und an den mühsamen Abstieg gemacht.

Bei jedem Atemzug brannte die Wunde in seiner linken Seite. Die Kugel hatte ihn direkt unterhalb der Rippen getroffen. Blut sickerte durch sein Hemd und den dicken wollenen Mantel. Er konnte nicht aufhören zu zittern.

Er konnte sich kaum noch auf den Beinen halten, das Blut rann aus der Wunde, und sein Atem rasselte, als er sich über den Acker schleppte. Der verfluchte Acker, wo nichts wachsen wollte. Jahr um Jahr hatte er gepflügt, gedüngt und sorgsam die Saat ausgebracht, die trotz all seiner Bemühungen nie aufging. Alles, was der Boden hervorbrachte, waren Steine, Scherben von Tellern, alte Blechbüchsen und einmal ein wunderschöner, aus Bein geschnitzter Ring.

Er sah zum Haus und erinnerte sich daran, wie er Sara über die Schwelle getragen hatte, als sie frisch vermählt waren. Wie sehr er in sie verliebt gewesen war. Sara mit ihrem wilden rotbraunen Haar und den funkelnden Augen. Sara, die in die Zukunft blicken konnte. Er erinnerte sich an sie als kleines Mädchen auf dem Schulhof, als sie zu ihm gesagt hatte: »Martin Shea, du bist der, den ich einmal heiraten werde.« Wie er ihr diese alberne kleine Glasmurmel geschenkt hatte. Sie bewahrte sie noch immer in einer kleinen Dose auf, zusammen mit Gerties Milchzähnen und einem silbernen Fingerhut, der ihrer Mutter gehört hatte.

Bilder ihres gemeinsamen Lebens schienen in seinem Kopf und seinem Herzen auf: die Weihnachtsfeste; das eine Mal, als sie zum Tanzen im Ballsaal von Barre gewesen waren und auf dem Heimweg das Rad gebrochen war, so dass sie die Nacht im Wagen hatten verbringen müssen, unter ihre Mäntel gekuschelt und glücklich. Es gab auch schmerzhafte Erinnerungen: die Kinder, die in Saras Bauch gestorben waren. Der Verlust ihres kleinen Charles; wie Sara ihn im Arm gehalten und sich geweigert hatte, ihn loszulassen, weil sie nicht hatte einsehen wollen, dass er tot war. Und natürlich der Tod ihrer über alles geliebten Gertie.

»Sara«, stöhnte Martin, als er an der Scheune vorüberkam. Seine Schritte knirschten im Schnee. »Meine Sara.« Er stürzte, und als er mühsam wieder auf die Beine kam, blieben im Weiß des Schnees rote Schlieren zurück. Sie sahen aus wie die Abdrücke von Flügeln.

Vielleicht stand sie in der Tür und wartete mit dem Gewehr auf ihn. Vielleicht hatte er nichts anderes verdient.

Du hast es fast geschafft, Martin, sagte er zu sich selbst.

Ja, er war beinahe zu Hause. Er wünschte sich so sehr, hineinzugehen, ein letztes Mal die Treppe hinaufzusteigen und sich ins Bett zu legen. Er wollte, dass Sara ihn mit Quilts zudeckte, sich neben ihn legte und ihm übers Haar strich.

Törichte Wünsche.

Erzähl mir eine Geschichte, würde er sie bitten. *Eine Abenteuergeschichte; die Geschichte unseres gemeinsamen Lebens.*

Als er über den Hof kam, sah er eine Gestalt hinter dem Haus, in der Nähe des kleinen Friedhofs. Als die Gestalt ihn bemerkte, schlüpfte sie hinter den alten Ahornbaum.

Er ging näher.

»Hallo?«, rief er matt. »Sara?«

Doch da war niemand.

Er musste sich getäuscht haben.

Was für eine überbordende Phantasie er als Junge gehabt hatte. Ein Junge mit dem Herz eines Helden. Ein Junge, der genau gewusst hatte, dass große Abenteuer auf ihn warteten.

Er hörte hinter sich die Haustür aufgehen, und als er den Kopf wandte, sah er Sara die Stufen herunterkommen. Sara, seine Sara. Strahlend wie immer.

Doch etwas war anders als sonst. Etwas stimmte nicht. Ihre Bewegungen waren abgehackt, ihr Gesicht eine Maske der Angst.

Hinter ihr trat eine alte Frau durch die Tür. Sie hielt Martins Gewehr in den Händen und stieß Sara den Lauf in den Rücken.

»Sara?«, rief Martin, als er sich ganz zu ihnen umdrehte. »Was ist los? Wer ist das?«

Sara hob den Kopf. »Die Frau, die unsere Kleine getötet hat«, sagte sie. Unendliche Qual lag in ihrem Blick. »Oh Martin, verzeih mir, dass ich gedacht habe, du seiest es gewesen.«

Und du mir dafür, dass ich dasselbe über dich dachte, fügte er im Stillen hinzu.

Er sah, wie sich das Gesicht der bösen Alten zu einem widerlichen Lächeln verzog, und wusste, dass er etwas tun musste. Selbst wenn dies seine letzte Tat auf Erden war, er musste seine Frau retten. Seine wunderschöne Sara. Wie hatte er jemals denken können, dass sie fähig wäre, Gertie ein Leid anzutun? Er hatte sich geirrt. So schrecklich geirrt.

Seine letzten Kräfte sammelnd, sprang Martin vor, die Hände nach dem Gewehr ausgestreckt. Doch irgendwie geschah es, dass er es nicht zu fassen bekam.

Wie konnte es sein, dass er es nicht zu fassen bekommen hatte?

Schon wieder hatte er Sara enttäuscht. Vermutlich zum letzten Mal.

Die Alte lachte, drehte das Gewehr um, schwang es wie einen Knüppel und schlug ihm den Kolben gegen die Brust, genau dort, wo seine Wunde war.

Mit einem Aufheulen fiel er zu Boden. Dort rang er verzweifelt nach Luft und versuchte nachzudenken, trotz der Schmerzen, die ihn erfüllten, die in jeder Faser seines Körpers widerhallten. Er unternahm einen Versuch, auf die Knie zu kommen, fiel jedoch gleich wieder in sich zusammen. Erneut hob die Alte das Gewehr und stieß es ihm ein zweites Mal gegen die Brust. Er merkte, wie es um ihn herum schwarz wurde, wie er an einen dunklen, warmen Ort hinabglitt.

Ins Bett. In ihr gemeinsames Bett, tief unter die Decke, mit Sara in seinen Armen.

»Bitte«, flehte Sara schluchzend. »Hör auf!«

»Nicht ehe ich fertig bin«, fauchte die Alte. »Nicht ehe alles, was du hast, vernichtet ist.«

Sara. Martin versuchte ihren Namen über die Lippen zu bringen. Ihr zu sagen, dass alles gut war. Er verdiente es nicht anders. Sie, sie hatte etwas Besseres verdient als ihn. All das wollte er ihr sagen. Wie leid es ihm tat. Er hob den Kopf, schlug die Augen auf und sah eine weitere Gestalt über den Hof kommen. Eine kleine Gestalt, die sich ihnen mit langsamen, schleppenden Schritten näherte.

Ein Kind. Ein Mädchen mit blonden Haaren in einem langen Kleid.

Es hielt eine Axt in den Händen. Martins Axt. Die Axt, mit der er Holz spaltete und Hühner schlachtete. Er achtete stets darauf, dass die Klinge so scharf war, dass sie Papier schneiden konnte. Er war gut darin, Dinge zu pflegen, dafür zu sorgen, dass sie lange hielten.

Aber für deine Frau und Tochter konntest du nicht sorgen, nicht wahr?

Das Mädchen kam immer näher und blieb schließlich hinter der Alten stehen, die das Gewehr herumgedreht hatte und nun wieder auf Sara zielte.

Als das Mädchen die Axt über den Kopf hob, wandte es sich Martin zu, so dass er sein Gesicht ganz deutlich im Mondlicht sah.

Das konnte nicht sein. Das war einfach nicht möglich.

»Gertie?«

Mit aller Kraft ließ sie die Axt auf den Hinterkopf der Alten niederkrachen. Blut spritzte ihr ins Gesicht. Das Gewehr fiel zu Boden, die Alte sackte in sich zusammen, und im nächsten Moment hatte sich das Mädchen (Gertie? Nein, es konnte unmöglich Gertie sein!) auf sie gestürzt und begann ihr Kleider und Haut vom Körper zu reißen.

Martin schloss die Augen. Er wollte, dass alles vorbei war.

»Martin? Martin?« Jemand rüttelte ihn, schlug ihm ins Gesicht. Seine Lider hoben sich. Er lag auf dem Hof im Schnee und war halb erfroren, obgleich er die Kälte nicht länger spürte.

Lucius blickte auf ihn herab. In seiner Miene stand das blanke Entsetzen. Lucius, der immer so ruhig und beherrscht war, zitterte am ganzen Leib. Sein weißes Hemd war zerknittert und blutbefleckt. »Guter Gott, Martin, was hast du getan?«

Ich bin verletzt, versuchte Martin zu sagen. Er wusste, dass er bald sterben würde. Er sah es in Lucius' Gesicht. Seine Brust fühlte sich schwer an, sein Atem war ein feuchtes Rasseln. Als er hustete, kam ein feiner Sprühnebel Blut aus seinem Mund.

»Sara«, ächzte er. Er griff nach der Hand seines Bruders und umklammerte sie fest. »Versprich mir, dass du dich um meine Sara kümmerst.«

»Dafür ist es ein wenig spät, Bruder«, erwiderte Lucius. Er entzog Martin seine Hand, und sein Blick glitt über Martin hinweg zu etwas hinter ihm.

Martin stützte sich auf den Ellbogen. Der Mond war höher gewandert und übergoss den Hof mit seinem klaren blauen Licht.

Keine zehn Fuß entfernt sah er einen Haufen zerfetzter, blutiger Kleider liegen: Saras Kleid, ihr Mantel.

»Nein«, wimmerte er.

Neben den Kleidern lag die Leiche einer Frau. Sie war gehäutet worden – das Fleisch glänzte nass, der Schädel leuchtete im Mondschein – und lag in einem Bett aus blutigem Schnee.

Martin wandte sich ab und erbrach sich. Die Krämpfe gingen als ein reißender Schmerz durch seine offene Brust.

Dann sah er das Gewehr.

»Wie konntest du nur so etwas tun?«, fragte Lucius, dessen Stimme zu versagen drohte. Er hatte angefangen zu weinen. Seit ihrer Kindheit hatte Martin seinen Bruder nicht weinen sehen.

»Ich war es nicht«, erklärte Martin, hob das Gewehr auf und drehte es so herum, dass der Lauf auf seine eigene Brust zielte. »Gertie war es.«

Martin schloss die Augen und drückte ab. Gleich darauf spürte er, wie er endlich ins Bett fiel, warm und geborgen neben seiner geliebten Sara. Gertie war unten im Flur und sang ein Lied, ihre Stimme war hell und klar wie die eines Sperlings. Sara schmiegte sich an ihn und flüsterte ihm ins Ohr: »Ist es nicht schön, zu Hause zu sein?«

4. Januar
Gegenwart

Ruthie

»Schneller«, trieb Candace sie an. »Bleibt hinter mir. Ich will nicht, dass noch jemand verlorengeht.«

Sie bewegten sich durch einen schmalen Gang. Candace war vorn, mit eingeschalteter Stirnlampe, die Pistole in der rechten Hand. Es war unmöglich festzustellen, in welche Richtung Katherine verschwunden war, also hatten sie sich einfach für den Tunnel entschieden, in dessen Nähe Katherine zuletzt gestanden hatte.

»Katherine?«, rief Candace. »Alice?«

Der Tunnel schien abwärts zu führen, tiefer unter die Erde. Die Luft fühlte sich schwerer, dumpfer an. Die Wände waren schroffer Fels, der Boden voller Unebenheiten. Wenigstens konnten sie aufrecht gehen.

Ruthie konzentrierte sich darauf, möglichst ruhig und gleichmäßig zu atmen. Bei jedem Ein- und Ausatmen zählte sie im Kopf *eins-zwei-drei*. Sie setzte einen Fuß vor den anderen und versuchte nicht daran zu denken, wo sie war, sondern einzig und allein daran, was sie tun musste: Fawn beschützen und ihre Mutter finden.

»Candace ... vielleicht wäre es besser, nicht ganz so laut nach ihnen zu rufen«, gab Ruthie zu bedenken. »Nur für den Fall, dass noch jemand hier unten ist. Jemand, dessen Aufmerksamkeit wir nicht auf uns ziehen wollen?«

Candace fuhr herum und funkelte Ruthie an. »Wer hat hier das Sagen?«, blaffte sie.

Ruthie ließ die Hand in die Tasche ihres Parkas gleiten und schloss die Finger um den Griff des Revolvers.

»Geht's dir gut?«, fragte sie Fawn.

Ihre kleine Schwester nickte, doch selbst im trüben Licht konnte man sehen, dass ihr Gesicht gerötet war. Ruthie legte ihr die Hand an die Stirn – Fawn glühte. Mist. Ruthie hatte den Fiebersaft vergessen. Was passierte mit einem Kind, wenn das Fieber immer höher stieg? Krampfanfälle, womöglich Hirnschäden?

Sie musste Fawn hier rausbringen. Sie würde ihr Medizin geben, sie ins Bett legen und eine Freundin bitten, auf sie aufzupassen, und dann würde sie mit Buzz zusammen noch mal in die Höhle steigen, um nach ihrer Mutter zu suchen.

»Mimi meint, das hier ist ein böser Ort«, sagte Fawn. Ihre Augen waren glasig und trübe. »Sie sagt, wir werden nicht alle lebend hier rauskommen.«

Ruthie bückte sich und schaute ihrer Schwester in die Augen. »Wir kommen hier wieder raus, Fawn. Versprochen. Und zwar bald.«

»Schh!«, zischte Candace und hielt unvermittelt an, die linke Hand warnend erhoben. Sie kamen hinter ihr zum Stehen und horchten.

»Habt ihr das gehört? Schritte! Da vorn. Los, weiter!« Candace eilte davon. In ihrer Aufregung schien sie die Mädchen ganz zu vergessen. Ruthie nahm Fawn bei der Hand und schlich ihr nach. Kurz darauf kamen sie an einen schmalen Tunnel, der rechts von ihrem Tunnel abzweigte. Candace war ihnen schon weit voraus, das Licht ihrer Lampe tanzte an den Wänden. Ruthie griff die kleine heiße Hand ihrer Schwester fester und zog sie in den Seitentunnel. Sie musste den Kopf einziehen, um hineinzupassen.

»Los«, wisperte sie, bevor sie in einen langsamen Trab fiel und Fawn hinter sich herzog. Sie schaltete die Taschenlampe ein, um den Weg erkennen zu können. Sie liefen so schnell es ging.

»Wo gehen wir denn hin?«, wollte Fawn wissen. »Ich dachte, wir sollen alle zusammenbleiben.«

»Ich weiß nicht, ob das so eine gute Idee ist«, gab Ruthie zurück. »Diese Candace hat ein paar Schrauben locker.«

»Was?«

»Egal, bleib einfach bei mir, okay? Ich bringe uns hier raus. Höhlen können mehr als einen Ausgang haben, stimmt's?«

»Kann schon sein.« Dann flüsterte Fawn ihrer Puppe Mimi etwas zu, was Ruthie nicht verstehen konnte.

Der Tunnel war hoch genug, dass Ruthie aufrecht stehen konnte, wurde allerdings nach einer Weile so schmal, dass sie kaum noch hindurchpasste – sie musste sich die Jacke ausziehen, den Revolver in die Hand nehmen und sich seitwärts weiterschieben. Bauch und Hintern schrammten schmerzhaft an den Felswänden entlang. Sie hielt den Revolver zu Boden gerichtet in der rechten Hand, in der Linken hatte sie die Taschenlampe, mit der sie nach vorn den Weg leuchtete. Ihr Rücken war klatschnass von Schweiß. Sie zwang sich, weiterzugehen, weiterzuatmen.

»Alles klar da hinten, kleines Reh?«, fragte sie, da sie sich nicht nach ihrer Schwester umdrehen konnte.

»Ja«, antwortete Fawn.

»Bleib einfach dicht hinter mir«, sagte Ruthie.

»Mmmhmm.«

Langsam gingen sie immer weiter, und nach einer Weile fiel ihr etwas auf. Das Licht veränderte sich. Ruthie knipste die Taschenlampe aus. Von vorn kam ein Lichtschein. Waren sie im Kreis gelaufen und wieder in der Felskammer mit den brennenden Öllampen gelandet? Ruthies Herz machte einen Satz. War die Freiheit so nahe?

»Schh«, mahnte Ruthie und nahm Fawn wieder bei der Hand. Langsam und auf Zehenspitzen schlichen sie weiter. Um sie herum wurde es immer heller. Wenige Meter vor ihnen endete der Tunnel in einer Kammer. Es war definitiv nicht dieselbe wie die, durch die sie hineingekommen waren. Ruthie presste sich mit dem Rücken an die Tunnelwand, zog Fawn neben sich und legte warnend den Finger an die Lippen: *Leise*. Fawn nickte. Ruthie hob die Hand und bedeutete Fawn, stehen zu bleiben. Erneut nickte Fawn. Ihre Augen waren groß wie die eines Lemuren. Den Revolver fest in der rechten Hand, schlich Ruthie vorwärts, um einen Blick in die Kammer zu werfen.

Sie war annähernd dreieckig und kleiner als die Kammer, durch die sie gekommen waren. Auch die Decke war niedriger. Auf einem Tisch flackerte eine Öllampe. Vor dem Tisch stand ein einzelner Stuhl, und darauf saß, mit dem Rücken zu ihnen, eine Frau. Ruthie erkannte ihre Figur, ihre Haare, den abgetragenen grauen Pullover.

Ihr Herz überschlug sich fast in ihrer Brust. Sie wollte rufen, aber sie spürte Gefahr. Irgendetwas an der Szene kam ihr falsch vor – als wäre es eine Falle.

»Bleib hier!«, befahl sie Fawn und drückte ihre Schwester gegen die Tunnelwand. »Wenn irgendwas ist, rennst du weg, so schnell du kannst.«

Fawn nickte furchtsam.

Ruthie pirschte in die Kammer. Sie ließ den Blick umherhuschen, um festzustellen, ob sich etwas in den Schatten verbarg. Nichts. Keine weiteren Möbel, nichts regte sich. Da waren nur die kalten dunklen Felswände. Auf der gegenüberliegenden Seite führte ein weiterer Tunnel aus der Kammer hinaus. Er gähnte wie ein schwarzer Mund. Gut möglich, dass dort jemand – oder etwas – auf sie lauerte.

»Mom?«, rief Ruthie und ging mit erhobener Waffe weiter in den Raum hinein, wobei sie den dunklen Tunnel auf der anderen Seite nicht aus den Augen ließ.

Ihre Mutter drehte sich nicht um. Sie sagte kein Wort. Mit angehaltenem Atem trat Ruthie näher. Ihre Mutter zuckte und zappelte auf ihrem Stuhl wie bei einem Krampfanfall. Sie sah aus, als hinge sie an unsichtbaren Fäden, an denen jemand ruckte.

Ruthie erstarrte. Plötzlich überkam sie die Angst, dass diese Frau vielleicht gar nicht ihre Mutter war; dass sie sich jeden Moment umdrehen und Ruthie in das graue Gesicht eines Aliens oder irgendeines grässlichen bleichen Höhlenmonsters blicken würde.

»Mom?«, sagte sie noch einmal. Um herauszufinden, was los war, musste sie näher heran. Sie zwang sich zum Weitergehen, obwohl ihre Beine wie Gummi waren. Erst einen Schritt, dann noch einen.

Im Näherkommen erkannte sie, dass ihre Mutter an den Stuhl gefesselt war und ein Tuch als Knebel im Mund hatte. Die Haare standen ihr nach allen Seiten vom Kopf ab, ihre Kleider waren zerknittert und schmutzig, doch ihr Blick war wach, und sie schien nicht verletzt zu sein.

»Mom!«, rief Ruthie. »Warte, ich helfe dir.« Sie legte den Revolver auf den Tisch und begann den Knebel zu lösen.

»Wer hat das mit dir gemacht?«, fragte sie, sobald das Tuch entfernt war. »Wie bist du hierhergekommen?« Als Nächstes machte sich Ruthie an den rauen Hanfseilen zu schaffen, mit denen ihre Mutter an den Stuhl gebunden war.

»Schh!«, zischte ihre Mutter warnend. »Wir müssen leise sein. Und wir müssen hier raus. Sofort.«

»Mommy!«, rief Fawn, stürzte aus der Dunkelheit auf sie zu und schlang ihrer Mutter die dünnen Ärmchen um den Leib.

Das Gesicht ihrer Mutter war angespannt vor Besorgnis. Sie warf Ruthie einen strafenden Blick zu. »Du hättest sie nicht herbringen dürfen.«

»Das weiß ich selbst. Es ist kompliziert«, gab Ruthie zurück.

»Egal«, sagte ihre Mom. »Bind mich einfach los. Wir müssen zusehen, dass wir hier wegkommen.«

Zuerst versuchte Ruthie, die Knoten im Hanfseil aufzuknüpfen, doch als sich das als aussichtslos erwies, nahm sie das kleine Pfadfindermesser, das sie in den Rucksack gesteckt hatte, und bearbeitete die Stricke mit der stumpfen Klinge.

»Schnell«, drängte ihre Mutter. »Ich glaube, sie kommt zurück.«

»Wer?«, wollte Ruthie wissen.

Dann lauschte sie. Ja, da waren Schritte zu hören – in dem Tunnel, durch den sie und Fawn hergefunden hatten. Jemand kam in ihre Richtung.

»Ruthie«, sagte ihre Mutter, und in ihrem Gesicht spiegelte sich nackte Panik. »Vergiss mich! Nimm deine Schwester und geh. Nehmt den anderen Tunnel und lauft weg. Jetzt sofort!«

»Nein«, erwiderte Ruthie gepresst. »Ich lass dich nicht im Stich. Ich hab Höllenqualen durchlitten, um hier runterzusteigen und dich zu finden, jetzt lass ich dich bestimmt nicht zurück.«

Außer der Panik sah Ruthie noch etwas anderes im Gesicht ihrer Mutter, etwas Weicheres. *Stolz*, erkannte sie.

Ruthie ließ die Stricke los, stand auf, packte den Revolver fest mit beiden Händen, so wie sie es aus Filmen kannte, und zielte damit in den Tunnel hinter ihrer Mutter. Die Schritte waren lauter geworden, und inzwischen konnten sie jemanden keuchen hören.

»Der wird dir nichts nützen«, sagte ihre Mom resigniert. Fawn kniete zu ihren Füßen und säbelte in verzweifelter Hast an den Stricken herum.

Ruthie blieb keine Zeit zu fragen, wieso der Revolver ihr nichts nützen würde.

Eine Gestalt kam unter lautem Gepolter und heftigem Schnaufen in die Kammer gestürzt.

Ruthie holte tief Luft und wollte gerade abdrücken, als sie die Gestalt erkannte.

»Katherine!«, rief sie und ließ den Revolver sinken. Katherines Hände waren voller Blut, ihr schweißnasses Gesicht war angstverzerrt. »Was ist passiert?«

»Da kommt was«, japste Katherine, deren Augen beinahe aus den Höhlen traten.

Was, dachte Ruthie. *Sie hat* was *gesagt.*

Fawn durchschnitt die letzten Fasern der Stricke.

»Los, kommt!«, forderte Ruthies Mutter, als sie die Fesseln abschüttelte und aufstand. »Ich kenne einen Weg nach draußen.«

Irgendwo ganz in der Nähe – aus welcher Richtung, war unmöglich zu sagen – hörten sie einen Schrei.

Candace, fuhr es Ruthie durch den Kopf. *Es hat Candace erwischt.*

1910

Sara

23. September 1910

Das Wintervolk, nennt Gertie uns, obgleich ich selbst noch zu den Lebenden zähle. Doch existieren wir außerhalb der bekannten Welt. Und wenn ich ehrlich bin, so habe ich mitunter das Gefühl, als sei auch ich nicht viel mehr als ein Geist.

Gertie kann noch immer nicht sprechen, jedoch schreibt sie gelegentlich Worte in meine Handfläche. Wenn ich die Augen schließe, tritt sie aus den Schatten, setzt sich neben mich und nimmt meine Hand. Ihre Finger sind kalt wie Eiszapfen, und jedes Mal, wenn sie mich berührt, zucke ich unwillkürlich ein wenig zusammen.

H-U-N-G-E-R, schreibt sie, und ich sage ihr, dass sie noch warten muss.

»Sobald es dunkel wird, gehe ich los und sehe, was ich finden kann.«

Manchmal ist ihre Berührung so zart, dass ich gar nicht weiß, ob sie wirklich bei mir ist.

Wir haben uns ein Heim in der Höhle eingerichtet, in demselben Labyrinth aus Gängen und Tunneln, in dem ich vor zwei Jahren meine Gertie aus dem Reich der Toten zurückholte.

Anfangs hielten wir uns fast die ganze Zeit dort unten auf und wagten uns nur in den Wald, um zu jagen und Wasser aus dem Bach zu schöpfen. Tagsüber lässt Gertie sich nicht blicken. Nur nachts, im Schutz der Dunkelheit, scheint hin und wieder ganz kurz ein Stückchen bleicher Haut auf. Es ist, als hätte ich eine eingebildete Freundin, die stets an meiner Seite, jedoch nie zu sehen ist.

Als unsere Vorräte zur Neige gingen, begann ich mit meinen mitternächtlichen Ausflügen in die Stadt, wo mich alle für tot halten.

Es ist ein ganz besonderes Erlebnis, in den Nachtstunden durch den Ort zu gehen. Man ist wie ein Gespenst. Die Menschen, die mich sehen, sprechen ein Gebet und ziehen die Vorhänge zu. Sie verriegeln ihre Türen und malen magische Zeichen über die Haustür, um mich fernzuhalten. Und sie haben angefangen, mir kleine Gaben hinzustellen, um meinen Zorn von ihnen abzuwenden: Gläser mit Honig, Geldstücke, Säcke voller Mehl, ja sogar eine kleine Flasche Branntwein.

Oh, welche Macht wir Toten über die Lebenden haben!

Ich habe Lucius einen Besuch abgestattet – ich konnte es mir nicht verkneifen. Als ich sah, wie sehr er sich vor mir fürchtete, sagte ich ihm, ich sei von den Toten zurückgekommen. »Du denkst, ich war wahnsinnig, als ich noch lebendig war? Du weißt nichts über den Wahnsinn der Toten. Jetzt gibt es kein Bett mehr, an das man mich fesseln kann, Doktor«, zischelte ich ihm ins Ohr.

Manchmal gehe ich bis hinaus zur Moosbeerenwiese und sitze an Martins Grab. Ich rede stundenlang mit ihm, bis die aufgehende Sonne den Himmel im Osten färbt. Ich erzähle ihm alles, was sich zugetragen hat, was aus mir geworden ist. Meistens sage ich ihm, wie unendlich leid es mir tut.

Auntie die Haut abzuziehen war meine Idee gewesen. Nachdem Gertie mit ihr fertig war, wusste ich, dass wir etwas tun mussten, um die wahren Geschehnisse zu verschleiern – Aunties Körper war zerfleischt, ihre Haut von Nägeln und Zähnen zerrissen, wie von einem wilden Tier und doch anders. Ich hoffte, dass man die Leiche finden und sie für meine halten würde. Auntie und ich waren zwar unterschiedlich alt, hatten jedoch denselben zierlichen Körperbau.

In gewisser Weise war es nicht schwieriger, als ein Tier zu häuten, und das ist etwas, worin ich viel Übung habe; Auntie selbst hat dafür gesorgt. Es war seltsam, wie leicht es mir fiel, in einem Menschen nichts als ein Tier zu sehen. Eine Arbeit, die getan werden musste.

Auntie hat recht behalten: Nun, da sie fremdes Blut vergossen hat, ist Gertie immer noch hier. Ohne Zweifel wird sie bis in alle Ewigkeit weiterleben.

Die Wahrheit jedoch ist, dass sie bloß ein Schatten des Mädchens ist, das sie einmal war. Manchmal erhasche ich hinter den trüben Augen der Kreatur, in deren Körper es gefangen ist, einen Blick auf mein geliebtes Kind.

Wenn ich sie erlösen könnte, würde ich es tun.

Doch das Beste, was ich tun kann, ist, dafür zu sorgen, dass sie sicher ist, und dass die Welt sicher vor ihr ist. Und vor anderen wie sie.

Soweit ich weiß, ist sie die Einzige. Doch hin und wieder steigt jemand auf den Hügel. Jemand, der einen Ehemann oder ein Kind verloren hat, jemand, der irgendwie vom Geheimnis der Schlafenden und der Pforte hier in West Hall erfahren hat. Es sind fast immer Frauen, obgleich es auch ein oder zwei Männer gab. Manchmal reicht meine bloße Anwesenheit, um sie zu verjagen oder von ihrem Vorhaben abzubringen. Doch mitunter kann ich nichts tun oder sagen, um sie am Betreten der Höhle zu hindern, wo sie versuchen wollen, ihre Lieben zurück ins Leben zu rufen. In solchen Fällen überlasse ich es Gertie, sich um sie zu kümmern.

Es mag grausam erscheinen, jemanden in den Tod zu schicken. Doch es genügt ein Blick in die leeren, hungrigen Augen des Wesens, das einst mein kleines Mädchen war, um zu begreifen, dass es Schlimmeres gibt als den Tod.

Ungleich Schlimmeres.

4. Januar
Gegenwart

Ruthie

Ruthies Schädel pochte. Ihr Körper fühlte sich an, als bestünde er aus kaltem, hartem grauem Marmor. Auf steifen Beinen folgte sie ihrer Mutter durch enge, sich windende Felsgänge.

Aus Fawn sprudelte eine Frage nach der anderen hervor. »Wovor laufen wir eigentlich weg? Wer hat dich gefesselt? Wo führst du uns hin?«

»Schhh, Liebes«, sagte ihre Mom immer wieder. »Nicht jetzt.«

Auch Katherine hatte Fragen. »Sie haben sich mit Gary getroffen, meinem Mann. Warum war seine Kameratasche in Ihrem Haus?«

Die Mutter wischte alle Fragen mit einem Stirnrunzeln beiseite. »Still«, warnte sie. »Wir müssen ganz still sein.«

In Ruthies Kopf spukte nur eine einzige Frage herum: Wo zum Teufel war Candace, und weshalb hatte sie so geschrien?

Da kommt was.

Das Vorwärtskommen wurde schwerer: enge Durchgänge, riesige Felsbrocken, über die sie kriechen oder an denen sie sich vorbeizwängen mussten. Fawn hatte sich Mimi vorsichtshalber vorn in den Pullover geschoben und sah nun absurderweise aus wie eine schwangere Sechsjährige.

Ihre Mutter lief mit der Taschenlampe und dem Revolver vorneweg, blieb jedoch immer wieder stehen und nahm jede Abzweigung genau in Augenschein, als wäre sie nicht ganz sicher, in welche Richtung sie sich wenden mussten. Ruthie hätte am liebsten geschrien. Jetzt war wirklich nicht der richtige Zeitpunkt für die notorische Unentschlossenheit ihrer Mutter.

Allmählich beschlich sie das Gefühl, dass der Tunnel in einem großen Kreis verlief.

»Mom, sind wir hier nicht eben schon mal vorbeigekommen?«, rief sie nach vorn.

»Ich bin mir nicht sicher«, antwortete ihre Mutter und ließ den Strahl der Taschenlampe umherwandern.

»Ich dachte, Sie kennen den Weg«, meldete sich Katherine zu Wort.

»In diesem Teil war ich nur ein paar Mal«, gestand Ruthies Mom.

»Mom, ich ...«, setzte Ruthie an. Sie wollte vorschlagen, kehrtzumachen und zu versuchen, denselben Weg zurückzugehen, den sie hereingekommen waren.

»Pst ... lass mich nachdenken«, sagte ihre Mutter ungehalten.

Ruthies Kleider waren schweißnass, und sie fror bis auf die Knochen. Ihre Zähne klapperten, alles tat höllisch weh. Sie fühlte sich benommen, ihr Kopf war wie leergefegt, und es gab nur eine einzige Sache, die sie mit Sicherheit wusste: Sie musste schleunigst aus dieser Höhle raus.

»Ich glaube, ich spüre einen Luftzug«, sagte Katherine plötzlich, wandte sich nach links und ging ein paar Schritte.

»Da waren wir doch schon«, meinte Ruthie.

»Nein, glaube ich nicht«, rief Katherine zurück. Sie ging jetzt schneller, rannte fast, stieg über Steine hinweg und prallte wie eine Flipperkugel gegen die schartigen Felswände. Dann bog sie um eine Kurve und war verschwunden. Ruthie und Fawn gingen ihr nach, ihre Mutter folgte mit einigen Schritten Abstand.

»Katherine!«, rief Ruthie. »Warten Sie!«

»Oh mein Gott!«, schrie Katherine von weiter vorn. Ihre Stimme klang schrill und verängstigt. »Nein!«

Als sie um die Kurve bogen, erhaschte Ruthie einen Blick auf das, was Katherines Taschenlampe anstrahlte. Wie erstarrt blieb sie stehen. Dann bückte sie sich, riss ihre Schwester auf den Arm und drückte sie an sich.

»Fawn, mach die Augen zu«, befahl sie. »Und mach sie erst wieder auf, wenn ich's dir sage, hast du gehört?«

»Ist gut«, murmelte Fawn.

»Versprochen?«

»Ich schwöre«, sagte Fawn und umklammerte Ruthies Schultern fester.

Langsam wagte sich Ruthie weiter vor.

Katherine stand neben Candace, die auf dem Rücken und mit geöffneten Augen am Boden des Tunnels lag. Die Pistole lag neben ihr, genau wie die noch eingeschaltete Taschenlampe, deren Strahl den Felsboden erleuchtete. Ihre Kehle war aufgeschlitzt, geradezu zerfetzt worden. In der rechten Hand hielt sie die verschollenen Tagebuchseiten.

»Sie hat gefunden, wonach sie suchte«, murmelte Ruthie, ohne zu merken, dass sie es laut sagte.

»Mein Gott«, hauchte Katherine und wich zitternd einen Schritt zurück.

»Was ist da?«, fragte Fawn. Ihre kleinen Finger kneteten Ruthies Schultern, kniffen und verdrehten ihr durch all die vielen Kleidungsschichten hindurch die Haut.

»Mach dir keine Sorgen, kleines Reh«, sagte Ruthie. »Lass einfach die Augen zu.«

Ruthies Mutter hatte sie eingeholt.

»Sie sieht aus, als hätte ein Tier ihr den Hals zerfleischt«, raunte Katherine, beugte sich herunter und richtete den Strahl ihrer Taschenlampe auf Candaces offene Kehle.

»Kein Tier«, erklärte Ruthies Mutter. Sie ging in die Hocke und nahm die blutbespritzten Tagebuchseiten an sich. »Wir müssen weiter.«

»Merkt ihr das?«, fragte Katherine. »Da ist definitiv ein Luftzug, er kommt von da unten.« Sie umrundete Candaces Leiche und eilte, ohne sich noch einmal umzudrehen, den Gang entlang.

Ruthie folgte ihr. Fawn klammerte sich an sie wie ein kleines

Äffchen. Ja, da war ein leichter Wind, die Luft fühlte sich irgendwie anders an. Auch sie schaute nicht zurück, und doch war sie sich ganz sicher, dass Augen sie aus den Schatten heraus beobachteten.

Ruthie

Ruthie saß mit ihrer Mutter, Fawn und Katherine zu Hause am Küchentisch. Mom hatte Kaffee aufgesetzt und Bananenbrot aus der Tiefkühltruhe geholt; eigentlich hätte der Duft auf Ruthie beruhigend wirken sollen, stattdessen drehte sich ihr davon der Magen um. Es war einfach alles zu viel. Aus der dumpfen, dunklen Stille der Höhle plötzlich wieder in einer Welt voller Licht und Farbe, Gerüche und Geräusche zu sein überforderte sie. Die Kaffeetassen und Kuchenteller waren unberührt.

Ihre Mom hatte Fawn Fiebersaft und eine Tasse Kräutertee gegeben und versucht, sie ins Bett zu bringen, aber Fawn hatte sich gesträubt. Sie wollte auf keinen Fall etwas verpassen. Jetzt saß sie zwischen Ruthie und ihrer Mutter auf ihrem Stuhl, hatte Mimi auf dem Schoß und bemühte sich krampfhaft, die Augen offen zu halten.

Katherine hatte Ruthies Mutter Tausende Fragen über Gary gestellt, und Fawn hatte wissen wollen, wie sie in die Höhle gekommen sei und wer sie gefesselt habe. »Ich erzähle euch die ganze Geschichte von Anfang an«, hatte Mom versprochen. Und jetzt endlich war es so weit.

»Dein Vater und ich sind vor sechzehn Jahren hierhergekommen. Unsere Freunde Tom und Bridget haben uns gerufen, sie sagten, ihnen wäre etwas in die Hände gefallen, was die Welt verändern und sie reich machen würde – reicher, als sie sich je erträumt hätten. Wenn wir bereit wären, ihnen zu helfen, wollten sie diesen Reichtum mit uns teilen. Es klang zu schön, um wahr zu sein – aufregend, unglaublich. Ein Abenteuer.«

Das Licht in der Küche war Ruthie zu grell und schien im Takt ihrer Kopfschmerzen zu pulsieren. Am liebsten wäre sie nach oben in ihr Zimmer gegangen, hätte sich ins Bett verkrochen, den Kopf unter die Decke gesteckt und alles vergessen, was im Laufe der letzten drei Tage passiert war.

Mom, die das Elend ihrer Tochter mit ihren speziellen mütterlichen Antennen spürte, nahm Ruthies Hand. Diese drückte die Hand ihrer Mutter kurz, bevor sie sich dem Griff entzog und ihre Hand in den Schoß legte. Dort lag sie wächsern und leblos wie die Hand einer Schaufensterpuppe.

Katherine rührte in ihrem Kaffee. Das Klappern des Löffels in ihrer Tasse klang wie eine Alarmglocke. »Bitte«, unterbrach sie Moms Bericht. »Sagen Sie mir einfach, wie Gary zu Ihnen gefunden hat. Wie sind Sie in den Besitz seiner Kameratasche gekommen? Was ist an dem Tag wirklich passiert?«

Ruthies Mutter sah Katherine über den Rand ihrer Brille hinweg an und nickte geduldig. »Dazu komme ich noch. Versprochen. Aber um es wirklich zu verstehen, müssen Sie die ganze Geschichte hören.«

Ruthie schloss die Augen und lauschte den Worten ihrer Mutter, so wie als kleines Kind, wenn sie ihr von Hänsel und Gretel oder Rotkäppchen erzählt hatte. Auch das, was sie jetzt hörte, klang wie ein Märchen: Es war einmal ein kleines Mädchen mit Namen Hannah, das liebte nichts auf der Welt so sehr, wie mit seiner Mutter in eine Bäckerei namens Fitzgerald zu gehen. Die Mutter und der Vater hatten das kleine Mädchen sehr lieb. Sie wollten nur das Beste für es. Und sie glaubten, der Schlüssel zu ihrem Wohlstand – zu ihrem Glück – liege in ein paar Seiten, die davon berichteten, wie man die Toten wieder zum Leben erwecken konnte.

Und wie in allen Märchen, gab es auch hier Blutvergießen und Tod.

»Es war ein kalter Frühlingsmorgen«, begann Ruthies Mutter. »Wir waren alle zusammen in den Wald gegangen, um nach der

Pforte zu suchen, von der in den Tagebucheinträgen, die Tom und Bridget gefunden hatten, die Rede war.« Lächelnd sah sie zu Ruthie. »Du hattest so ein hübsches Kleid an und eine Jacke. Und du hattest deinen Teddybär dabei.«

»Wie auf dem Bild?«, fragte Ruthie. Sie dachte an das Foto, an das fröhliche Strahlen in ihrem Gesicht. »Das im Schuhkarton?«

Ihre Mom nickte. »Ich habe es gemacht, kurz bevor wir losgegangen sind.« Sie blickte in ihre Kaffeetasse, dann fuhr sie in ihrer Erzählung fort.

»Es war wunderschön im Wald – die Bäume bekamen gerade ihre ersten Blätter, und überall sangen die Vögel. Tom und James unterhielten sich über Bücher; du hast vor dich hin geplappert und kleine Liedchen gesummt. Als du zu müde wurdest, um weiterzulaufen, hat deine Mutter dich getragen. Wir waren fast oben, da haben wir ein kleines Mädchen gesehen, das sich hinter einem Baum versteckte. Wir haben gerufen, aber sie ist weggerannt. Sie hatte weder Jacke noch Schuhe an. Ihre Haare waren verfilzt. Wir sind ihr bis hinauf zur Teufelshand nachgelaufen, aber sie ist zwischen die Felsen geschlüpft und war auf einmal verschwunden. Wir haben uns umgeschaut, und dabei hat Tom den Höhleneingang entdeckt und darauf bestanden, dass wir reingehen – wir müssten doch dem armen kleinen Mädchen helfen. Sie war ja offensichtlich ganz allein und hilflos.«

»Wir sind alle zusammen in die Höhle gegangen?«, fragte Ruthie.

Ihre Mutter nickte. »Das hätten wir niemals tun dürfen. Aber wir hatten ja keine Ahnung. Wie auch? Wir sind nie auf die Idee gekommen, dass die Pforte vielleicht da unten sein könnte oder dass das Mädchen etwas damit zu tun hatte. Wir haben nur ein kleines Kind in Not gesehen und wollten helfen. Ich glaube, alles andere haben wir einfach verdrängt.«

Die Mutter schwieg einen Moment lang. Niemand sagte etwas. Endlich holte sie tief Luft und fuhr fort.

»Es war dunkel. Tom und Bridget sind vorangegangen. Als wir

in die erste Kammer kamen, sahen wir sofort, dass jemand dort lebt. Ein paar Laternen brannten. Tom war, als hätte er Schritte in einem der Tunnel gehört. Er und Bridget sind hineingekrochen, um nachzusehen, und …«

»Sie hat sie getötet?«, sagte Ruthie.

Ihre Mom nickte. »Es ging alles so schnell. Wir konnten nichts tun. James hat dich auf den Arm genommen, und wir sind losgerannt.«

Die Schlafende tötete die Eltern des Mädchens. Doch dann nahmen die guten James und Alice Washburne es zu sich und zogen es als ihr eigenes Kind auf.

»Ich glaube, es hatte seinen guten Grund, dass wir dort unten waren«, erklärte ihre Mutter. »Als ich dich an dem Tag an meine Brust gedrückt habe, wusste ich ohne einen Funken des Zweifels, dass wir deine Eltern sein würden. Dass das unsere Bestimmung war.«

»Bestimmung«, wiederholte Fawn für Mimi.

Ruthie schüttelte den Kopf. Bestimmung, Schicksal, göttliche Fügung – solches Gerede war ihr immer auf die Nerven gegangen. Anzudeuten, dass der Mord an ihren leiblichen Eltern in irgendeiner Weise dem Willen des Universums entsprochen habe, machte es nur noch bitterer.

»Aber warum sind wir danach nicht von hier weggezogen?«, wollte sie wissen. »Meine Eltern waren ermordet worden. Ihr wusstet doch, was da draußen war!«

Mittlerweile konnte sie sich natürlich denken, was genau im Wald hauste: die kleine Schlafende, Gertie, für alle Ewigkeit von den Toten erwacht. Es war genau das eingetreten, wovor Auntie gewarnt hatte.

Irgendetwas hatte Candace getötet, hatte ihr wie ein Raubtier die Kehle herausgerissen.

Wenn es tatsächlich Gertie war, würde das auch erklären, was mit Willa Luce geschehen war, mit dem Jungen in den Fünfzigern oder dem verschollenen Jäger. Dann ergäben sogar einige der

Geschichten, die Buzz und seine Freunde erzählten, einen Sinn. Ruthie erinnerte sich daran, wie ihre Eltern ihr als Kind immer wieder eingeschärft hatten: *Geh nicht in den Wald. Kleinen Mädchen, die sich im Wald verirren, können schreckliche Dinge zustoßen.*

Ihre Mutter nickte. »Oh ja, ich wusste, was da draußen war, was da oben in der Höhle wohnte. Als wir an dem Tag wieder beim Haus ankamen, hatten dein Vater und ich längst begriffen, wer sie war, auch wenn wir es kaum glauben konnten.«

»Wer war es denn, Mom? Wer hat in der Höhle gewohnt?«, fragte Fawn.

»Ein kleines Mädchen namens Gertie. Nur war sie kein gewöhnliches Mädchen. Sie war eine Schlafende.«

»Ruthie hat gesagt, Schlafende gibt es gar nicht in echt.« Fawn sah Ruthie vorwurfsvoll an.

»Oh, und ob es sie gibt«, erwiderte ihre Mutter. Erneut schwieg sie eine Weile, ehe sie weitersprach.

»Wie auch immer, wir schafften es jedenfalls zurück zum Haus. Dein Vater war der Ansicht, dass wir abfahren sollten, möglichst schnell und möglichst weit weg. Aber ich fand, dass man etwas tun musste – einen Weg finden, die Leute vor ihr zu schützen und dafür zu sorgen, dass das, was Tom und Bridget passiert war, nie wieder jemandem passierte. Ich konnte ihn überzeugen. Ob das nun gut war oder nicht.« Wieder hielt sie inne, zerkrümelte ihr Bananenbrot und schob die Stücke auf ihrem Teller hin und her.

»Sie ist an dem Abend zurückgekommen.«

»Wer?«, fragte Ruthie.

»Gertie. Ich habe ein Scharren oben im Schrank gehört und die Tür geöffnet, und da war sie. Ich dachte, ich müsste sterben vor Angst, aber Gertie sah so ... betrübt aus, so traurig und allein. Sie konnte nichts dafür, dass sie so war, wie sie war. Also habe ich mit ihr geredet. Ich habe eine Abmachung mit ihr getroffen. Wir würden bleiben, und ich würde sie regelmäßig besuchen kommen. Ich würde ihr Gesellschaft leisten, ihr Geschenke bringen, ihr dabei helfen, Nahrung zu finden, aber als Gegenleistung musste sie mir versichern, dass sie uns in Ruhe lassen würde. Sie konnte nicht sprechen – ich glaube, keiner von ihnen kann das. Aber sie hat genickt und mich sogar angelächelt.«

Ruthie nickte wie betäubt. Noch immer konnte sie die Geschichte ihrer Mutter nicht ganz glauben. »Das heißt, im Grunde habt ihr an dem Tag gleich zwei kleine Mädchen adoptiert?«

»Ja«, sagte ihre Mutter. »Nur dass eins von ihnen eine wesentlich größere Bürde und Verantwortung war als das andere. Ich war fest davon überzeugt, dass ich sie schützen kann – und die Welt vor ihr. Außerdem hielt ich es für unsere Pflicht, dafür zu sorgen, dass niemand jemals einen neuen Schlafenden erschaffen konnte. Wir mussten das Wissen sicher verwahren.«

»Das heißt, Sie haben die Tagebuchseiten nicht vernichtet?«, erkundigte sich Katherine. »Sie haben sie die ganze Zeit über aufbewahrt?«

Was das anging, hatte Candace also recht gehabt. Am Ende hatte sie ihren Beweis bekommen, aber sie war dafür gestorben.

Ruthies Mutter schüttelte den Kopf. »Es kam uns nicht richtig vor, die Seiten zu vernichten. Wir hatten das Gefühl, dass es uns nicht zusteht. Also haben wir sie versteckt, bei Gertie, damit sie sie bewachen konnte. Candace gegenüber haben wir behauptet, sie seien verschwunden – sie wollte sie ja nur verkaufen, um Kapital daraus zu schlagen. Wir wussten, dass es irgendwo da draußen noch weitere Seiten gab – die eigentliche Anleitung und die Karte – und dass sie eines Tages wieder auftauchen würden.«

»Gary hat sie gefunden«, sagte Katherine. Sie sah müde aus und war totenbleich. Ihr Gesicht, selbst ihre Lippen hatten jede Farbe verloren. »Und er ist mit ihnen hierhergekommen. Er hatte Aunties Brief an Sara und die Karte mit dem Weg zur Pforte, die sie gezeichnet hatte.«

Ruthies Mutter nickte und starrte erneut in ihren Kaffeebecher. »Er kam zum Farmhaus, nachdem er die Höhle entdeckt hatte – die Karte aus Saras Tagebuch hatte ihn hingeführt. Er hatte Gertie da draußen gesehen, sie sogar fotografiert. Er wusste über alles Bescheid. Und er war wild entschlossen, nach Hause zu fahren, etwas zu holen, das seinem Sohn gehört hatte, zurückzukommen und ihn aufzuwecken. Er war nicht davon abzubringen. Ich habe versucht, ihm zu erklären, dass es gefährlich ist, dass es schreckliche Folgen haben kann. Wir sind im Streit auseinandergegangen, und ich bin ihm in die Stadt nachgefahren. Ich habe ihn angefleht, noch einmal mit mir über alles zu reden. Wir haben gemeinsam zu Mittag gegessen. Ich habe getan, was ich konnte, um ihn umzustimmen. Ich habe ihm von Gertie erzählt. Meine Güte, ich habe ihm sogar Geld angeboten – nicht, dass ich welches gehabt hätte. Er wollte einfach keine Vernunft annehmen.«

Katherine drehte den Ring am Finger, den sie über ihrem goldenen Ehering trug. Aunties Ring.

Ruthies Mutter rieb sich die Augen. »Ich bin ihm an dem Nachmittag hinterhergefahren. Ich wusste nicht, was ich noch machen sollte. Ich dachte, dass ich ihn vielleicht zum Anhalten bewegen könnte, dass es mir irgendwie gelingen würde, ihn aufzuhalten. Ich durfte ihn nicht mit diesen Fotos nach Boston zurückfahren lassen. Wenn er jemandem davon erzählte, wenn es sich herumsprach ...«

Sie ließ den Kopf hängen, und ihr Oberkörper sackte wie gebrochen nach vorn. Fawn sah verständnislos ihre Mutter, dann Ruthie und schließlich Katherine an.

»Er fuhr so schnell. Wenn ich nicht so dicht aufgefahren wäre, dann ...«

»Sie ... Sie haben den Unfall gesehen?«, fragte Katherine und schwankte leicht auf ihrem Stuhl. Sie legte eine Hand auf die Tischplatte, als müsse sie sich abstützen.

Ruthies Mutter nickte und blickte auf ihre Hände, die vor ihr auf dem Tisch lagen. »Er war genau vor mir und fuhr um eine Kurve. Er war zu schnell und hat die Kontrolle über den Wagen verloren. Es kam so plötzlich, man hätte es unmöglich verhindern können. Ich habe angehalten und bin hingerannt, aber als ich beim Wagen ankam, wusste ich, dass man nichts mehr für ihn tun konnte. Er war tot.«

Katherine stieß ein leises Schluchzen aus und vergrub das Gesicht in ihren Händen.

»Sein Rucksack lag neben ihm auf dem Beifahrersitz. Ehe ich darüber nachdenken konnte, hatte ich schon durchs Fenster gegriffen und ihn an mich genommen.«

Die Mutter hob den Kopf und sah Ruthie an. Ihre blauen Augen waren voller Tränen, doch dahinter war ein Ausdruck eiserner Entschlossenheit. »Ich durfte nicht zulassen, dass jemand die Unterlagen oder die Fotos auf seiner Kamera findet. Ich hatte vor, die Papiere zusammen mit den anderen Sachen oben in der Höhle zu verstecken, wo niemand sie je finden würde. Sie haben ja keine Ahnung, wozu ein Schlafender fähig ist. Wenn das Wissen bekannt würde, wenn mehr von ihrer Sorte erschaffen würden ...« Die Mutter schüttelte den Kopf. »Können Sie sich vorstellen, was das für Konsequenzen hätte?«

Alle wandten sich zu Katherine um und sahen sie abwartend an. Sie saß mit versteinerter Miene da und blickte mit dunklen leeren Augen ins Leere.

»Vermutlich«, sagte sie schließlich und stand auf. Sie schwankte ein wenig und war noch immer erschreckend bleich, »tun wir alle nur das, was wir für das Beste halten. Manchmal machen wir schreckliche Fehler, manchmal tun wir das Richtige. Manchmal wissen wir es selbst nicht und können nur hoffen.« Damit wandte sie sich ab und wollte die Küche verlassen, allerdings blieb sie noch einmal stehen. »Können Sie mir noch eine Sache sagen?«, fragte sie.

»Alles, was Sie wollen«, versicherte Ruthies Mutter.

»Was hat er bestellt?«

»Wie bitte?«

»Als Sie in Lou Lous Café zu Mittag gegessen haben. Was hat Gary da bestellt?«

Ruthies Mutter schien etwas erstaunt, gab dann jedoch bereitwillig Antwort. »Ein Clubsandwich mit Putenbrust und einen Kaffee.«

Katherine lächelte. »Gut. Das war immer sein Lieblingsessen.«

5. Januar
Gegenwart

Ruthie

Ruthie erwachte von den vertrauten, tröstlichen Geräuschen, wie ihre Mutter unten das Frühstück zubereitete. Es roch nach Kaffee, Speck und Zimtschnecken. Sie kroch aus dem Bett und ging nach unten in die Küche.

»Guten Morgen!«, grüßte Mom sie munter. Ruthie betrachtete ihre Mutter und sah sich in der Küche um. Für diesen einen Moment lang erlaubte sie sich die Vorstellung, dass alles, was in den letzten drei Tagen passiert war, nichts als ein böser Traum gewesen war.

Dann brach ihre Mutter den Bann.

»Ruthie, ich weiß, dass du viel verarbeiten musst. Ich möchte nur, dass du weißt, wenn du irgendwelche Fragen hast, wenn ich dir irgendetwas genauer erklären soll, dann bin ich da.«

»Danke«, sagte Ruthie, bevor sie sich einen Kaffee eingoss.

»Weißt du, für deinen Vater und mich warst du unser größtes Geschenk. Wir hätten dich nicht mehr lieben können, als wir es getan haben. Es war nie wichtig für uns, dass du nicht unsere leibliche Tochter warst.«

Ruthie nickte und spürte, wie sie rot wurde.

»Es tut mir leid, dass wir dir die Wahrheit verschwiegen haben. Und noch mehr tut es mir leid, dass du es auf diese Weise erfahren musstest.«

Ruthie wusste nicht, was sie sagen sollte.

»Jetzt kennst du die ganze Geschichte, und ich möchte, dass du über etwas nachdenkst. Ich weiß, wie viel es dir bedeutet, aufs College zu gehen, und wenn du nach wie vor dazu entschlossen bist, werden wir auch einen Weg finden, es möglich zu machen. Aber ich werde nicht jünger. Und irgendjemand muss sich um Gertie kümmern, wenn ich es nicht mehr kann. Wenn ich ganz ehrlich bin, könnte ich jetzt schon Hilfe brauchen – sie ist eine große Verantwortung für einen allein, und jetzt, wo dein Vater tot ist, konnte ich ihr, fürchte ich, nicht mehr die Aufmerksamkeit schenken, die sie benötigt. Sie braucht jemanden in ihrer Nähe, sonst wird sie … einsam.«

Ihre Mutter drehte sich wieder zum Herd, wendete den Speck in der Pfanne, klappte die Ofentür auf, um nach den Zimtschnecken zu sehen, und wischte sich die Hände an der Schürze ab.

»Gertie hatte immer eine besondere … Vorliebe für den Schrank in meinem Schlafzimmer. Wenn ich nicht so oft zu ihr in die Höhle kam, wie sie gerne wollte, dann fand ich sie früher oder später im Schrank. Ich hatte solche Angst, dass sie eines Tages einem von euch beiden über den Weg laufen würde. Deswegen habe ich ihn schließlich zugenagelt. Ich wollte sie einfach nur davon abhalten, hierherzukommen. Aber es hat sie bloß unheimlich wütend gemacht. Als sie in der Nacht kam, um mich zu holen, da hatte sie einen solchen Zorn, eine solche Verzweiflung in den Augen, wie ich es noch nie gesehen habe; sie dachte, ich hätte sie im Stich gelassen. Ich musste mit ihr mitgehen – mir blieb keine Wahl. Ich hatte Angst, was sie tun würde, wenn ich mich weigerte. Angst, dass sie dir oder deiner Schwester vielleicht etwas antun könnte.«

Sie nahm die Kaffeekanne und wollte Ruthie nachschenken, aber Ruthie hatte noch keinen einzigen Schluck getrunken. Also füllte sie stattdessen ihre eigene Tasse auf und rührte jede Menge Milch und Zucker hinein.

»Aber diesmal wollte Gertie mich nicht wieder gehen lassen. Sie hat mich an den Stuhl gefesselt und wollte, dass ich ihr Geschichten erzähle. Sie hat … sehr viel Kraft. Und als sie gehört hat, wie ihr in die Höhle gekommen seid, hat sie die Fesseln verstärkt und mich sogar geknebelt, damit ich nicht rufen konnte.«

Die Mutter nippte an ihrem Kaffee und schaute aus dem Fenster in Richtung Hügel.

»Du verstehst das doch, oder? Wir müssen alles dafür tun, dass so etwas wie mit Willa Luce nie wieder vorkommt. Die Sache mit Willa – das ist nur passiert, weil ich versagt habe. Aber wenn ich deine Hilfe hätte, wäre es vielleicht anders.«

Ruthie sah zu ihrer Mutter hoch, die ihr langsam und zärtlich übers Gesicht strich.

»Jemand muss die Geheimnisse unseres Hügels bewahren und dafür sorgen, dass die Leute im Ort sicher sind. Ich will nur, dass du darüber nachdenkst, das ist alles.«

Fawn kam in die Küche geschlurft. Sie trug einen rosafarbenen Schlafanzug mit Füßlingen und hatte ihre Puppe Mimi im Arm.

»Also, wer hat Lust auf Zimtschnecken?«, fragte ihre Mom fröhlich und öffnete die Ofentür.

Nach dem Frühstück schlichen die beiden Schwestern ins Schlafzimmer ihrer Mutter, während diese in der Küche den Abwasch machte.

»Stimmt das«, fragte Fawn, sobald sie allein waren und sich über das Geheimfach im Boden beugten, »dass wir gar keine richtigen Schwestern sind?« Sie blickte in das Loch unter den Dielen.

Ruthie streckte die Hand aus und hob Fawns Gesicht an, bis sie einander in die Augen schauten. »Du bist meine Schwester, Fawn. Du wirst immer meine Schwester sein, ganz egal, was kommt.«

Fawn lächelte, und Ruthie beugte sich vor und gab ihr einen Kuss auf die Stirn.

Sie nahmen alle fleckigen Tagebuchseiten, Toms und Bridgets Portemonnaies und den Revolver aus dem Geheimfach. Dann steckten sie die Sachen in Fawns Rucksack, um sie zum Brunnen zu bringen.

»Bist du sicher, dass das eine gute Idee ist?«, fragte Fawn erneut. »Mom ist bestimmt total sauer, wenn sie rausfindet, dass wir die Sachen genommen haben.«

Ruthie nickte. »Das wird schon. Außerdem müssen wir es machen. Mom hat es nicht über sich gebracht, die Sachen loszuwerden – sie hatte ein schlechtes Gewissen oder was auch immer, und das verstehe ich auch, aber denk nur mal an den ganzen Ärger, den das verursacht hat. Solange es diese Papiere gibt, werden immer wieder Leute bereit sein, verrückte Dinge zu tun, um sie in die Finger zu bekommen. Und solange die Anleitung existiert, können neue Schlafende erschaffen werden.«

Fawn sah Ruthie verdattert an. »Dann gibt es die Monster also in echt?«

Ruthie holte tief Luft. »Ja, aber sie können nichts dafür, dass sie so sind, wie sie sind. In Wahrheit tut mir Gertie leid. Sie hat das alles bestimmt nicht gewollt.«

Im Wald war es still, als die Mädchen auf der Suche nach dem alten Brunnen den Hügel hinaufgingen. Sie durchquerten die Obstwiese und kamen an der Stelle vorbei, wo Ruthie ihren toten Vater mit der Axt gefunden hatte. Immer höher stiegen sie, und je näher sie der Teufelshand kamen, desto steiler wurde der Pfad. Steine schauten unter der frischen Schneedecke hervor – einige groß und spitz, andere glatt und rund wie riesige Eier. Oben angekommen, blieben sie unterhalb der fünf hohen Finger stehen. Ruthie suchte nach dem Eingang zur Höhle, doch der Stein war an seinen Platz zurückgerollt worden und unter einer frischen Schneewehe begraben. Kein Vogel sang, nichts regte sich. Nur hin und wieder hörte man Schnee, der von den Zweigen rutschte, zu Boden fallen.

Als sie endlich nördlich der Teufelshand den alten Brunnen fanden, waren sie beide außer Atem, aber froh, am Ziel zu sein.

»Hier ist Gertie gestorben?«, fragte Fawn. Ihr Atem stand in kleinen weißen Dampfwolken in der Luft. Sie hielt ihre Puppe Mimi fest im Arm.

Ruthie nickte und spähte in den Brunnenschacht – ein Ring aus Feldsteinen und ein großes dunkles Loch, das bis in unendliche Tiefen zu reichen schien.

Sie versuchte sich vorzustellen, wie sie hinunterfiel. Wie sie zu dem hellen Kreis Tageslicht aufblickte und ihn immer kleiner und kleiner werden sah, bis er irgendwann nicht größer war als der weit entfernte Mond.

Die Mädchen hatten sich warm angezogen und trugen Schneeschuhe an den Füßen. Die Sonne war gerade über den Horizont gestiegen, ihr diesiges Licht schien durch die Bäume. Der Wald ringsherum lag unter einer weißen Decke. Es war vollkommen still. Nicht einmal ein Windhauch regte sich. Ruthie kam es vor, als schliefe die Welt, und sie wären die Einzigen, die schon wach waren.

»Dann ist es bestimmt richtig so«, sagte Fawn und ließ sich den kleinen Rucksack vom Rücken gleiten, den sie getragen hatte. Sie öffnete ihn, holte die Tagebuchseiten heraus und gab sie Ruthie. »Ich glaube, es ist besser, wenn du das machst«, meinte sie und wirkte plötzlich viel älter als ihre sechs Jahre; eine kluge Greisin im Körper eines Kindes. »Du bist ja schließlich mit ihr verwandt.«

Ruthie nahm die Seiten in die Hand. Die Tinte war verblasst, das Papier fleckig, zerknittert und mit Candaces Blut gesprenkelt. Auf diesen Seiten standen, in stark nach rechts geneigter Handschrift, die Worte ihrer Urgroßtante. Die Anleitung, wie man einen Schlafenden zum Leben erweckte.

Sie fuhr die Zeilen mit dem Finger nach und dachte daran, dass ihre leiblichen Eltern Tom und Bridget genau diese Seiten früher einmal in den Händen gehalten und geglaubt hatten, durch sie könnten sie reich werden und ihrer Tochter ein besseres Leben bieten. Am Ende hatten sie ihnen nichts gebracht als den Tod.

Diese Seiten enthielten alles: Saras Geschichte, Aunties Geschichte. Sogar Ruthies eigene Geschichte.

Die Geschichte eines kleinen Mädchens namens Gertie, das starb.

Doch ihre Mutter liebte es so sehr, dass sie sich nicht von ihm trennen wollte.

Also erweckte sie es wieder zum Leben.

Nur dass die Welt, in die Gertie zurückkehrte, nicht mehr dieselbe war.

Sie war nicht mehr dieselbe.

Ruthie ließ die Seiten einzeln in den Brunnen fallen und sah zu, wie sie immer tiefer flatterten, wie bleiche, verletzte Schmetterlinge oder Schneeflocken, tiefer und tiefer, bis sie nicht mehr zu sehen waren.

»Das heißt, jetzt kann niemand mehr neue Schlafende erschaffen, stimmt's?«, wollte Fawn wissen.

»Genau«, antwortete Ruthie und sah zu, wie die letzte Seite hinabschwebte. In dem Moment wusste sie, was sie tun würde. Sie würde in West Hall bleiben und mit ihrer Mutter zusammen Wächterin des Hügels sein, Hüterin seiner Geheimnisse. Sie lächelte bei dem Gedanken. Eigentlich war es ganz einfach, wie etwas, das so hatte kommen müssen. Also doch: Schicksal.

Sie nahm eine Bewegung wahr und drehte sich um, gerade noch rechtzeitig, um ein kleines Mädchen mit zerlumpten Kleidern und bleichem Gesicht hinter einem Baum hervorlugen zu sehen.

Es lächelte ihnen zu, glitt dann zurück in den Schatten und war verschwunden.

Katherine

Einmal erwacht, wird der Schlafende sieben Tage lang auf der Erde wandeln. Danach ist er für diese Welt auf immer verloren.

Katherine starrte die Worte auf ihrem Monitor an. Sie hatte die Speicherkarte von Garys Nikon an ihren Laptop angeschlossen und studierte die Fotos von den verschollenen Tagebuchseiten, Aunties Brief und der Karte.

Wie bizarr all das jemandem erscheinen musste, der es zum ersten Mal sah – jemandem, der nicht selbst in der Höhle gewesen war und die Wahrheit nicht kannte.

Der Gedanke, die Seiten könnten für immer verloren sein, war Katherine beinahe unerträglich ... was für ein schrecklicher Verlust. Zumindest waren sie doch von historischem Wert. Sie war mit einem Soziologieprofessor an der Boston University befreundet, vielleicht hätte der Interesse daran, einen Blick darauf zu werfen. Und würde sich der Mann aus dem Buchladen nicht auch nach einer Kopie die Finger lecken?

Sie drückte ein paar Tasten und hatte die Karte, die den Weg zum Höhleneingang an der Teufelshand zeigte, bis auf Briefmarkengröße verkleinert. Dann gab sie den Befehl zum Drucken. Während der Laserjet seine Arbeit tat, betrachtete sie den beinernen Ring an ihrem Ringfinger: Aunties Ring. Auntie, die Zauberin. Auntie, die Tote wieder zum Leben erwecken konnte.

Der Ring war Garys letztes Geschenk an sie gewesen.

Auf den Neubeginn.

Sie stand auf und streckte sich. Der Tag war nur so dahingeflogen, wie so oft, wenn sie ganz in ihrer Arbeit aufging. Es war fast zehn Uhr abends, und sie hatte weder zu Abend noch zu Mittag gegessen.

Als die Seite ausgedruckt war, nahm sie sie mit zu ihrem Arbeitstisch und schnitt die winzige Kopie der Karte aus. Seit ihrer Rückkehr in den frühen Morgenstunden hatte sie an ihrem neuesten Kasten gearbeitet. Die Außenseite war so angemalt, dass sie die Anmutung einer Backsteinfassade hatte. Vorn in der Mitte befand sich eine Tür, und darüber hing ein sauber gemaltes Schild mit der Aufschrift LOU LOUS CAFÉ. Links neben der Tür war ein großes Fenster mit einer Scheibe aus Plexiglas. Katherine zog die Tür auf und konnte sich fast vorstellen, welche Düfte sie im Innern erwarten würden: Kaffee, frisch gebackene Brötchen, Apfelkuchen. An einem Tisch in der Mitte des Cafés saß eine kleine Alice-Puppe mit einem langen grauen Zopf und winzigem Pullover. Ihr gegenüber saß eine Miniaturversion von Gary. Er trug die gute schwarze Hose und das weiße Hemd, in denen er an jenem Morgen das Haus verlassen hatte.

Ich muss nach Cambridge, eine Hochzeit fotografieren. Zum Abendessen sollte ich zurück sein.

Und vor ihm stand seine letzte Mahlzeit. Ein Clubsandwich mit Putenbrust und eine Tasse Kaffee. Kein extravagantes Mahl, aber eins von Garys Lieblingsgerichten – seine Standardbestellung in jedem Diner, an jeder Autobahnraststätte –, und es freute sie, daran erinnert zu werden, dass der Gary, der an jenem Tag bei Lou Lou zu Mittag gesessen hatte, derselbe Gary war, den sie gekannt hatte.

Mit einem ganz feinen Pinsel trug sie einen Tropfen Klebstoff auf die Rückseite der winzigen Karte auf, steckte die Hand in den Kasten und klebte die Karte neben Gary auf den Tisch. Die Karte, die ihn nach West Hall geführt hatte, zum Hügel und zur Teufelshand, wo er ein Foto von einem kleinen Mädchen gemacht hatte, das seit über hundert Jahren tot war.

Sie strich das weiße Hemd der Gary-Puppe glatt und malte sich sein letztes Gespräch aus: Alice, die ihn anflehte, seine Entdeckung zu vergessen und seinen Plan aufzugeben. Und Gary, der nach dem unbegreiflichen Verlust seines Sohnes die letzten zwei Jahre lang wie betäubt gewesen war, voller Wut und Schmerz, und der nur noch an Austin dachte – daran, dass er alles für die Chance geben würde, ihn wiederzubekommen, und sei es nur für sieben Tage.

Wie strahlend und herrlich und magisch die Welt Gary an seinem letzten Tag erschienen sein musste, als er dort in Lou Lous Café gesessen hatte. In einer Welt zu leben, in der die Toten wieder zum Leben erwachen konnten – was für eine wundersame Entdeckung! Welche Hoffnung musste sein Inneres erwärmt haben.

Und hatte er auch an Katherine gedacht – daran, was sie für ein Gesicht machen würde, wenn er mit ihrem Sohn nach Hause käme? Wie glücklich sie wäre? Wie außer sich vor Staunen?

»Ich verstehe dich«, sagte Katherine laut und strich der kleinen Puppe über den Kopf. »Ich kann verstehen, weshalb du es getan hast. Mir tut es nur leid, dass du mir nichts davon gesagt hast.« Und dann – sie musste es einfach sagen, musste die Worte laut aussprechen und spüren, wie die Last ein für alle Mal von ihr abfiel – fügte sie noch hinzu: »Ich vergebe dir.«

Sie schloss die Tür und ließ die beiden im Café allein, wo sie wieder und wieder ihre letzte Unterhaltung führen konnten: Alice, die ihn zu überzeugen versuchte, die ganze Sache zu vergessen. Gary, der ihr sagte, dass er das einfach nicht konnte.

Hinter ihr ein leises Geräusch.

Ein Kratzen an der Wohnungstür, als wolle ein Hund oder eine Katze hereingelassen werden.

Sie erhob sich von ihrem Hocker, flog durchs Zimmer und öffnete nach einem winzigen Zögern die Tür.

Ihr Herz jubelte.

Gary.

1939

Sara

4. Juli 1939, Unabhängigkeitstag

Die mitternächtlichen Ausflüge in den Ort sind schwieriger geworden. Mein Augenlicht lässt nach, meine Knochen und Gelenke schmerzen die ganze Zeit. Vor einigen Tagen habe ich mein Spiegelbild im Fluss gesehen und die magere Alte, die mich anschaute, gar nicht erkannt. Wann ist mein Haar so grau geworden? Mein Gesicht so runzlig?

Es schmerzt mich, daran zu denken, was aus meiner geliebten Gertie werden wird, wenn ich einmal nicht mehr bin. Sie wird ewig leben, meine Zeit hingegen ist begrenzt. Und so alt sie an Jahren auch werden mag, sie wird trotzdem ein Kind bleiben, und ihre Entscheidungen und Pläne werden immer die eines Kindes sein.

Wer wird da sein, um ihr Gesellschaft zu leisten und ihr dabei zu helfen, ihre Triebe zu beherrschen, wenn ich tot bin?

»Gibt es noch andere?«, schrieb sie mir eines Abends vor nicht allzu langer Zeit in die Hand. »Andere wie mich?«

Ich wusste nicht recht, was ich darauf antworten sollte. Ich hatte bereits über diese Frage nachgedacht und war zu dem Schluss gekommen, dass Gertie, bedachte man all die Jahre, seit denen die Menschen nun schon Schlafende erschufen, gewiss nicht die Einzige sein konnte, die fremdes Blut vergossen hatte. »Vielleicht«, sagte ich ihr. »Doch wenn es sie gibt, wissen sie sich gut zu verbergen.«

Insgeheim bete ich, dass sie die Einzige ist.

Wie es scheint, muss sie alle paar Monate Nahrung zu sich nehmen. Sobald sie schwach und hungrig wird, ist es Zeit für mich, hinauszugehen und etwas für sie zu suchen. Ich habe ihr schon Eichhörnchen, Fisch, sogar ein Reh gebracht. Ich lasse die Gaben vor dem Höhleneingang liegen und mache einen langen Spaziergang, während sie isst. Sie möchte nicht, dass ich ihr dabei zusehe. (Und ich ertrage den Anblick auch nicht.) Leider vermögen die Tiere, die ich ihr bringe, ihren Hunger nicht zu stillen. Am meisten gelüstet sie (ich erschauere, während ich dies niederschreibe) nach menschlichem Blut.

Auch das habe ich ihr schon gebracht.

Die Einzelheiten meiner Taten werde ich hier nicht schildern – sie sind zu grauenhaft. Es genügt, Folgendes zu sagen: Wenn es eine Hölle gibt, die Hölle, vor der Reverend Ayers in seinen Predigten stets gewarnt hat, so gehöre ich dorthin, und dort wird man mich auch am Ende finden.

Ich schäme mich zu bekennen, was ich getan habe, doch Gertie ist mein Geschöpf.

Das Kind meines Leibes und meine auf ewig erwachte Schlafende.

Danksagung

Mein Dank geht an Dan Lazar, der mich dazu angespornt hat, in größeren Dimensionen zu denken; an Anne Messitte, die meine Vision geteilt und Wege gefunden hat, sie noch besser zu machen; an Andrea Robinson für ihr scharfes Auge und ihren Tiefblick; und an das gesamte Team bei Doubleday – ich freue mich riesig, mit einer so phantastischen Mannschaft zusammenzuarbeiten; und schlussendlich noch an Drea und Zella für, nun ja, für alles – ohne euch könnte ich das alles niemals schaffen.

Camilla Läckberg

DER LEUCHTTURM-WÄRTER

Kriminalroman

ISBN 978-3-548-28586-3

»Die erfolg-
reichste
Schriftstellerin
Schwedens«

Brigitte

Schriftstellerin Erica Falck hat mit ihren Zwillingen alle Hände voll zu tun, seit ihr Mann Patrik wieder im Polizeidienst ist. Sie findet kaum Zeit für ihre Schulfreundin Annie, die gerade in das idyllische Fischerdorf Fjällbacka zurückgekehrt ist. Annie zieht in das kleine Haus auf der Leuchtturminsel vor der Küste. Dort soll es nachts spuken. Annie scheint es nicht zu stören, vor allem als Mats, ihre erste große Liebe, zu ihr zurückkehrt. Doch dann wird Mats brutal ermordet. Patrik und Erica beginnen zu ermitteln.

Auch als ebook erhältlich e-book

www.ullstein-buchverlage.de

ullstein

UB715

Tania Carver

DER STALKER

Thriller

Der Alptraum
beginnt erst,
wenn du
aufwachst

ISBN 978-3-548-28503-0

Suzanne Perry träumt, jemand ist in ihrem Schlafzimmer und berührt sie. Morgens findet sie ein Foto von sich, schlafend im Bett. Darunter die Worte: »Ich wache über Dich.« Suzanne ist geschockt, doch die Polizei findet keine Spur von dem Stalker. Dann beginnt eine Mordserie an jungen Frauen. Polizei-Profilerin Marina ermittelt – und begegnet ihren schlimmsten Ängsten.

Auch als ebook erhältlich
e-book

ullstein

www.ullstein-buchverlage.de

UB692

Jetzt reinklicken!

„Sind Sie auch Vielleser, Bücherfan oder Hobbyrezensent?“

„Dann lesen, kommentieren und schreiben Sie mit auf vorablesen.de!“

Jede Woche vorab in brandaktuelle Top-Titel reinlesen, Leseeindruck verfassen, Kritiker werden und eins von 100 Vorab-Exemplaren gewinnen.

vorablesen.de
Neue Bücher online vorablesen & rezensieren